U0029997

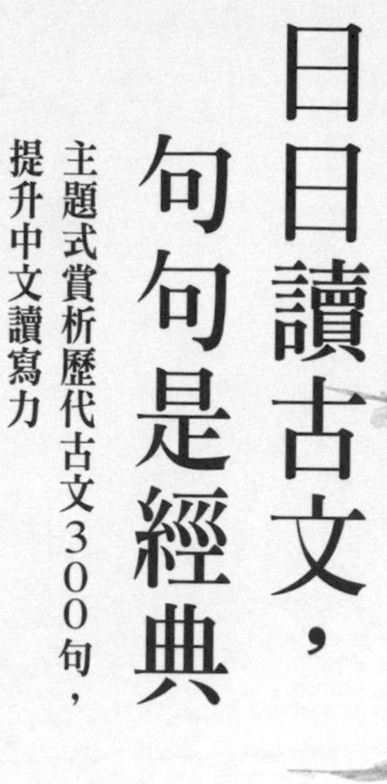

日日讀古文，句句是經典

主題式賞析歷代古文３００句，提升中文讀寫力

編輯說明

一、閱讀歷代名家作品，不僅能感受作者的生命體悟，也讓我們更理解傳統文化的精髓，並豐富語文表達能力。本書所收的歷代名句，年代上自先秦下至明清，且無論韻文、散文，均以語言精煉、表現技法出色或具有思想深度的作品為選擇標準，因此兼有藝術性和思想性的特色，是相當適合現代人學習或品味古文的範本。此外，文章的類別也非常多元，包括儒家經典、歷史散文、書信、哲思論辯，乃至傳記、遊記等。

二、全書每篇體例統一，除了有名句原文的白話語譯，讓讀者在閱讀上更無障礙；【字詞的注解】則解析名句的生難字、詞，以便澈底掌握原文內容；【題旨與故事】介紹名句的創作背景故事、作者生平、相關軼事或歷代評論；【使用的場合】更說明名句的建議適用情境，讓讀者在表達時能夠精準使用，信手拈來；最後【名句的出處】則節錄名句上下文，幫助記憶或理解名句完整段落的大意。

三、本書除了具有極高的閱讀價值，也是極佳的寫作參考書。全書架構依常見作文的三種型態，分為「抒情篇」、「議論篇」和「敘事寫物篇」三大篇章，便於讀者根據寫作需求查詢文章。三大篇章之下，更依照對應的概念類別，再細分為十大類、三十二小類，以詳盡的路徑分類，確保讀者能夠依需求找到適合的名句。

四、本書概念分類可另見彩色拉頁「古文名句心智圖」，並在目錄中有詳盡的分類標示，加速正確查找名句。

五、大量的閱讀，是增進語文表達能力的不二法門。期望本書除了滿足查詢或引用名句的功能外，還能協助讀者從這些作品的閱讀中，感受歷代創作者的用心、體會文章的思想價值，以及觀摩其寫作手法，進而提升閱讀素養、增進寫作力。

編者黃淑貞及商周出版編輯部

Contents／目錄

Contents／目錄

Contents／目錄

Contents／目錄

458 雲山蒼蒼，江水泱泱。先生之風，山高水長。

459 請日試萬言，倚馬可待。

461 懷文抱質，恬淡寡欲，有箕山之志，可謂彬彬君子者矣。

462 識時務者，在乎俊傑。

464 ## 三、繪寫景物

464 ### 自然風景

464 土地平曠，屋舍儼然，有良田、美池、桑、竹之屬。阡陌交通，雞犬相聞。

465 升清質之悠悠，降澄輝之藹藹。

467 天寒夜長，風氣蕭索，鴻雁于征，草木黃落。

468 日出而林霏開，雲歸而巖穴暝，晦明變化者，山間之朝暮也。

470 冰皮始解，波色乍明，鱗浪層層，清澈見底，晶晶然如鏡之新開，而冷光之乍出於匣也。

471 江流有聲，斷岸千尺；山高月小，水落石出。

473 每風自四山而下，振動大木，掩苒眾草，紛紅駭綠，蓊葧香氣。

475 其上則豐山，聳然而特立；下則幽谷，窈然而深藏；中有清泉，滃然而仰出。

476 初淅瀝以蕭颯，忽奔騰而砰湃，如波濤夜驚，風雨驟至。

478 忽逢桃花林，夾岸數百步，中無雜樹，芳草鮮美，落英繽紛。

479 春秋代謝，有務中園，載耘載耔，乃育乃繁。

480 掇幽芳而蔭喬木，風霜冰雪，刻露清秀，四時之景，無不可愛。

482 湖光染翠之工，山嵐設色之妙。

483 落霞與孤鶩齊飛，秋水共長天一色。

484 豐草綠縟而爭茂，佳木蔥蘢而可悅；草拂之而色變，木遭之而葉脫。

486 霪雨霏霏，連月不開；陰風怒號，濁浪排空。

487 ### 人文環境

487 五步一樓，十步一閣；廊腰縵迴，簷牙高啄；各抱地勢，鉤心鬥角。

489 池塘竹樹，兵車蹂踐，廢而為丘墟；高亭大榭，煙火焚燎，化而為灰燼。

Contents／目錄

壹、抒情篇

一、感時

感懷時光

人生聚散靡常[1]，異時或相望千里之外。

人世間的聚合和離散變動不定，不同的時間也許彼此間就已相隔了千里之遠。

【字詞的注解】

1.靡常：沒有一定的法則。靡，此作無、不。

【題旨與故事】

明代詩文作家楊寓（字士奇），曾於仁宗、宣宗和英宗三朝擔任內閣首席大學士（亦稱首輔，等同宰相的職務），其治理國事期間，吏治清明，社會安定，堪稱是明代歷史上「仁宣之治」盛世的締造者。此段文字出自楊寓〈遊東山記〉，為其早年踏入宦途之前所寫的一篇文章，內容前大半段主要記述其與好友蔣隱溪父子等人昔日登武昌（位在今湖北武漢市境內）東山春遊時，一夥人彈琴奏樂、共話衷腸的欣悅景況；最末文風由喜轉悲，敘寫蔣隱溪不幸於當年冬天辭世，隔年春天作者撫今思昔，興起一股人生離合無常、緣起緣滅的慨嘆，忍不住悲聲痛哭，流露其對亡友的哀悼與懷念。

【使用的場合】

本句可用來追憶過去和親友相聚的美好時刻，只是如今人事全非。

【名句的出處】

明．楊寓〈遊東山記〉：「嗚呼！人生聚散靡常，異時或相望千里之外，一展讀此文，存沒離合之感，其能已於中耶？」

向[1]之所欣，俯仰之間，已為陳跡，猶不能不以之興懷。

從前所喜愛的或感到開心的事情，才一轉眼便成了過去的事蹟，還不得不因此引發心中的感觸。

【字詞的注解】

1. 向：從前、昔日。

【題旨與故事】

暮春三月，東晉書法家王羲之邀請多位名滿一時的文人雅士以及自家子弟，不分年長年少，齊聚於會稽山陰（位在今浙江紹興市境內）的蘭亭，當天參與這場盛會的有謝安、孫綽、支遁、王凝之、王徽之、王獻之等共四十餘人，史稱「蘭亭集會」。身為東道主的王羲之，與眾人列坐在曲水之旁，飲酒賦詩，各抒己懷。原本他的目光已被大自然的麗日暖風、山水春色給深深吸引住，故言「遊目騁懷，足以極視聽之娛，信可樂也」，整個眼界大開，心神也隨之暢快奔放，其樂無窮。然而突然心念一轉，他回顧起自己曾歷經的美好樂事，不過瞬間就成了生命中的一段舊跡，片刻也不停歇；更何況「修短隨化，終期於盡」，人的壽命無論是長還是短，全憑造物者的安排，且終有走到窮盡的時候，任誰都逃不過生死這樣的大事，這樣想著，情緒頓時便由樂轉悲。

【使用的場合】

本句可用來形容懷想過往的情景或事物，感傷時不再來。

【名句的出處】

東晉．王羲之〈蘭亭集序〉：「向之所欣，俯仰之間，已為陳跡，猶不能不以之興懷。況修短隨化，終期於盡。古人云：『死生亦大矣！』豈不痛哉？」

昔日遊處，行則連輿[1]，止則接席[2]，何曾須臾相失？每至觴酌[3]流行，絲竹並奏，酒酣耳熱，仰而賦詩。

（回想我們這一群人）以前在一起交遊相處，外出時就是車子和車子相連，休息時就是座位和座位相接，哪裡會有片刻的分離？每當相互傳杯飲酒的時候，絲絃樂器和簫管樂器的樂音一齊奏鳴，大家痛快暢飲，意興濃厚，一仰頭便能作出詩來。

【字詞的注解】

1. 連輿：車與車前後相接。比喻情誼深厚。
2. 接席：坐席相接。比喻親近。
3. 觴酌：指杯中的酒。觴、酌，皆為古代盛酒的容器。

【題旨與故事】

文題〈與吳質書〉，是三國魏文帝曹丕寫於其被父親曹操立為魏太子後的隔一年，收信人吳質是他的摯友兼謀士。由於先前魏都鄴城（位在今河北邯鄲市境內）疾疫流行，曹丕與吳質的共同朋友們，也就是「建安七子」中的徐幹、陳琳、應瑒、劉楨四人皆罹疾而卒。曹丕在信中追述他們過去形影不離的宴遊場景，一旁還有絲竹歌樂、醇酒美饌來助詩興，悔恨自己那時竟未曾發覺當下的歡樂是多麼可貴，天真地以為彼此可以相伴至少百年之久，卻怎樣也料想不到，這些朋輩的姓名，如今已登錄在陰間死者的名冊上，而肉體早化成了地底下

的泥土，令人不勝喟嘆。

【使用的場合】

本句可用來形容緬懷與親朋好友朝夕相處、把酒言歡的日子。

【名句的出處】

三國魏．魏文帝曹丕〈與吳質書〉：「昔年疾疫，親故多離其災，徐、陳、應、劉，一時俱逝，痛可言邪？昔日遊處，行則連輿，止則接席，何曾須臾相失？每至觴酌流行，絲竹並奏，酒酣耳熱，仰而賦詩。當此之時，忽然不自知樂也。謂百年己分，可長共相保，何圖數年之間，零落略盡，言之傷心。頃撰其遺文，都為一集，觀其姓名，已為鬼錄。追思昔遊，猶在心目，而此諸子，化為糞壤，可復道哉？」

勝地不常，盛筵難再。

優美而著名的景致不會長久存在，盛大而豐美的宴會難以再次遇到。

【題旨與故事】

此句出自〈滕王閣序〉，全稱〈秋日登洪府滕王閣餞別序〉，作者是「初唐四傑」之一的王勃，其於唐高宗上元二年（西元六七五年）前往交趾（約位在今越南北部）的途中，路過洪州都督府（位在今江西南昌市境內），巧遇一位姓閻的都督正準備在依山傍水的滕王閣大宴賓客，他當時雖年僅二十六，但早有神童的美譽流傳在外，故也受邀參與了這場盛會，並即席寫下這篇序文。文題中的「滕王閣」，乃唐高祖李淵之子滕王李元嬰任洪州都督時所建造，故名之。王勃從華麗的樓閣遠望，收進眼簾的是層疊的峰巒，盤紆的川澤，舳艫相接，房舍遍地，裡頭住的盡是鐘鳴鼎食的富貴人家，由此可以看出洪州地靈人傑，物產豐饒；他回過頭來，見閣中賓朋滿座，與會的人士皆是來自東南一帶的賢豪俊傑，場面極為熱鬧。躬逢其盛的王勃，卻在這時想起了西晉富豪石崇、東晉書法家王羲之先後在洛陽金谷園、山陰蘭亭宴集名人雅士的場景，不也同今日洪州閻姓都督在滕王閣設席張筵一樣歡暢嗎？只是「蘭亭已矣，梓澤（金谷園的別稱）丘墟」，昔日榮景早已成為過往或變成廢墟，一切不過都是瞬息的繁華罷了！

【使用的場合】

本句可用來說明世上美好的事物、歡聚的時光，總有消逝和散場的時候，勸人應珍惜當下。

【名句的出處】

唐．王勃〈滕王閣序〉：「嗚呼！勝地不常，盛筵難再；蘭亭已矣，梓澤丘墟。臨別贈言，幸承恩於偉餞；登高作賦，是所望於群公。敢竭鄙懷，恭疏短引；一言均賦，四韻俱成。請灑潘江，各傾陸海云爾。」

暗想當年，節物[1]風流，人情和美，但成悵恨。

暗地裡想著當時那個年代，各個季節的風物景色，都蘊含著一股風雅的韻味，人民的生活和情感和諧美好，如今只能成為心頭的悵然遺恨。

【字詞的注解】

1. 節物：指每一時節的風光或景物。

【題旨與故事】

活動於北宋末、南宋初的孟元老在《東京夢華錄．序》中說明其撰寫此書的因由。年輕時的他曾在北宋京都汴京（即今河南開封市）度過了二十多年，看盡了汴京太平時節物產豐饒、人文薈萃的繁庶景象；後來發生「靖康之難」，金兵攻陷汴京，擄走了徽宗、欽宗父子以及後宮數千人，朝廷被迫南遷，建都臨安（即今浙江杭州市），孟元老也跟著避居到了南方，北宋王朝宣告滅亡。隨著時間流逝，晚年時的他，和親戚談及汴京過往的榮盛，後生晚輩竟然不信其所言，他遂提筆寫下印象中汴京的地景風貌和社會百態，像是節令慶典、風土民情、飲食服飾、百家技藝等等，內容琳瑯滿目，向來被視為是記錄北宋都市生活的一部重要歷史文獻。孟元老將書命名為《東京夢華錄》，其中「東京」指的就是北宋首都汴京，相對於當時被稱之西京的洛陽而言，汴京因位在東方而得名；「夢華」則是借用黃帝夢遊華胥氏之國的傳說，示意其對昔日京城喧囂鬧熱的追憶，彷若一場幻夢般。明末藏書家毛晉在《東京夢華錄．跋》寫道：「一時豔麗驚人風景，悉從瓦礫中描繪幻象。」意味著孟元老筆下那個侈奢富麗的汴京，經過兵燹的蹂躪，早已成一片破瓦頹垣，景貌全非。

【使用的場合】

本句可用來形容對昔往繁華景物或舊時風土人情的緬懷。

【名句的出處】

北宋末、南宋初．孟元老《東京夢華錄．序》：「僕數十年爛賞疊遊，莫知厭足。一旦兵火，靖康丙午之明年，出京南來，避地江左，情緒牢落，漸入桑榆。暗想當年，節物風流，人情和美，但成悵恨。近與親戚會面，談及曩昔，後生往往妄生不然。僕恐浸久，論其風俗者，失於事實，誠為可惜。謹省記編次成集，庶幾開卷得睹當時之盛。」

鄰人有吹笛者，發聲寥亮。追思曩昔[1]遊宴之好，感音而歎。

鄰里有人正在吹奏笛子，音聲嘹亮。追想起我們過去同遊宴樂的美好情景，而這笛音更引起我無限的嘆息。

【字詞的注解】

1. 曩昔：從前、昔日。

【題旨與故事】

三國魏末時期，原本隱居不仕的向秀，在歷經好友嵇康、呂安被權臣司馬昭所殺後，迫於當時的政治壓力，只能違背自己的心志出來做官。當他奉命前往京城洛陽應詔後返家的途中，特地回轉繞道至河內山陽（位在今河南西北部一帶），來到已故好友嵇康的舊宅院，此時鄰里正巧傳來悠揚的笛聲，他回憶三人以往在此遊樂的歡快時光，因而寫下這篇〈思舊賦並序〉。被列在「竹林七賢」中的向秀和嵇康兩人，與名士呂安的情感投合，嵇康甚至在呂安遭人誣陷時，無懼個人生命的安危，大膽地站出來替呂安申辯；殊不知司馬昭為了掃除篡魏政權上的障礙，早已視桀驁不馴的嵇康為眼中釘，剛好趁此機會將嵇康、呂安一併殺害，永絕後患。在向秀的心目中，嵇康和呂安皆具備「不羈之才」，才華雖然卓越，但生性不受世俗的羈束，其中嵇康「志遠而疏」，志向高遠，卻疏於經營人事，而呂安則是「心曠而放」，心胸曠達，行事恣意放縱；顯見嵇康和呂安都是屬於任率而為的性情中人，不諳自保之道，終是招來殺身大禍。文中向秀描寫其走在好友生前踏過的足跡上，望著人去樓空的巷弄故居，聽著附近鄰家吹笛的樂音，讓他想起了擅長彈琴的嵇康，臨刑前還能淡定自若地向旁人索琴，彈了一曲〈廣陵散〉的身影，忍不住悲從中來，此時縈繞在耳畔的慷慨妙聲，更觸動了他對亡友的痛惜之情。而這也正是成語「山陽鄰笛」、「山陽聞笛」的典故由來，用來比喻感念舊友。

【使用的場合】

本句可用來形容重溫昔日與好友相處時的歡樂景象，勾起對舊情的懷念。

【名句的出處】

西晉．向秀〈思舊賦並序〉：「余與嵇康、呂安，居止接近，其人並有不羈之才。然嵇志遠而疏，呂心曠而放，其後各以事見法。嵇博綜技藝，於絲竹特妙。臨當就命，顧視日影，索琴而彈之。余逝將西邁，經其舊廬。于時日薄虞淵，寒冰淒然。鄰人有吹笛者，發聲寥亮。追思曩昔遊宴之好，感音而歎，故作賦云。」

瞻顧遺跡，如在昨日，令人長號不自禁。

回顧以往的那些舊事舊物，就好像是昨天才剛剛發生的事情一樣，讓人忍不住大聲哭號，無法自止。

【題旨與故事】

明代文學家歸有光在〈項脊軒志〉中敘寫自己書齋「項脊軒」周遭的興廢變遷，追憶其和祖母、母親以及妻子三代人，生前與這間書齋的相關瑣事和對話，寄託其對已故親人的緬懷思念。歸有光文中提及自己青少年時期，祖母當時曾取出她的祖父太常公夏昶（即歸有光的高祖。夏昶在成祖永樂年間登進士第，於宣宗宣德年

間任職太常寺卿，故後世尊稱其為太常公）上朝覲見宣宗時所持的笏板（古代官員朝見皇帝時手中拿的長條板子），來到歸有光的書齋，以此勉勵孫兒勤奮向學，待來日科舉及第，也能持著先祖的這件遺物入朝為官，讓他們這個許久未有人考取功名的落敗家族，重現以往的榮光。作者透過記錄祖母在世時對自己的殷殷期許，抒發其面對人亡而物在的沉重感傷。清人姚鼐在其所編輯的《古文辭類纂》中評論此文：「此太僕（指歸有光，因其曾於穆宗隆慶年間任太僕丞一職）最勝之文，然亦苦太多。」直指〈項脊軒志〉可以算是歸有光所有作品中最出色的一篇，只是讀來叫人感到滿心的悲苦。

【使用的場合】

本句可用來形容睹物思人，悲傷無限。

【名句的出處】

明．歸有光〈項脊軒志〉：「比去，以手闔門，自語曰：『吾家讀書久不效，兒之成，則可待乎？』頃之，持一象笏至，曰：『此吾祖太常公宣德間執此以朝，他日汝當用之。』瞻顧遺跡，如在昨日，令人長號不自禁。」

舊事填膺，思之淒梗，如影歷歷，逼取便逝。

往事堆積在心頭，如今回想起來，淒楚的情感堵塞於胸臆，就好像影子一樣清晰，但真的要逼近去捕捉時，又立刻消失無蹤。

【題旨與故事】

文題〈祭妹文〉，是清代作家袁枚為年紀小其四歲的三妹袁機所寫的一篇祭文。文中回憶他與袁機從小一起玩耍嬉戲、作伴讀書等種種兒時趣事，以及長大後其準備遠行省親時，袁機哭著從後方拉著他的衣裳，不捨與自己分開的傷心畫面；還有他後來高中進士，自京城衣錦歸鄉時，從廂房走出來迎接兄長的袁機，臉上掩不住替哥哥感到驕傲的欣喜雀躍，一家人說說笑笑的歡樂場景。作者於文中一一細述自己與袁機共同經歷的家常小事與溫馨互動，除了凸顯兄妹兩人的情誼深篤之外，也藉此抒發其對妹妹離世後的牽記想念。

【使用的場合】

本句可用來形容無法忘懷昔日與親友故舊的往來相處。

【名句的出處】

清．袁枚〈祭妹文〉：「凡此瑣瑣，雖為陳跡，然我一日未死，則一日不能忘。舊事填膺，思之淒梗，如影歷歷，逼取便逝。悔當時不將嫛（ㄧ）婗（ㄋㄧˊ）情狀，羅縷紀存，然而汝已不在人間，則雖年光倒流，兒時可再，而亦無與為證印者矣。」

感嘆年華

人生天地之間，若白駒[1]之過郤[2]，忽然而已。

人生存於天地之中，就好像白色的快馬從狹窄的縫隙迅疾掠過般，不過是一瞬間罷了！

【字詞的注解】

1. 白駒：白色的良馬、駿馬。一說引申為光陰。另一說引申為日影。
2. 郤：音ㄒㄧˋ，通「隙」字。空隙、裂縫。此形容非常狹小的空間。

【題旨與故事】

在《莊子．知北遊》中假借孔子向老子問道一事，經由老子之口，闡述了生命「雖有壽夭，相去幾何？須臾之說也」的觀點，意謂壽命雖然有時間長短之分，但把長壽的人和短命的人，一同放在無窮的宇宙長河來看，兩者其實沒有什麼差別，都是一閃即逝的光景而已。接著又以「白駒之過郤」這樣具體的形象，來比喻人從出生到死去，停留在人世的時間是極為短促的，意在提醒人應當順應自然的變化，不要再為了生命的消逝而感到哀傷悲痛，自尋苦憂。

【使用的場合】

本句可用來比喻時光飛逝。

【名句的出處】

戰國．莊周《莊子．知北遊》：「人生天地之間，若白駒之過郤，忽然而已。注然勃然，莫不出焉；油然漻（ㄌㄧˊㄠ）然，莫不入焉。已化而生，又化而死。生物哀之，人類悲之。」

川閱[1]水以成川，水滔滔而日度。世[2]閱人而為世，人冉冉而行暮。

河川匯合了眾多的細水而成為河川，水一天一天地奔流不止。世代匯合了眾人而成世代，人一代一代地逐漸變老。

【字詞的注解】

1. 閱：此作總聚、匯集。
2. 世：一代人。古代有三十年為一世的說法。

【題旨與故事】

文題〈歎逝賦〉，作者是西晉作家陸機，他的祖父陸遜曾任三國孫吳丞相，父親陸抗為大司馬，家世顯赫，只是孫吳後來被晉武帝司馬炎所滅，陸機有將近十年的時間隱居家鄉，不願出來做官；直到武帝太康年間，陸機與弟弟陸雲來到京城洛陽，他那卓特的文才，立刻受到許多高官名流的重視，自此展開其於晉政權統治下的官宦生涯。沉潛多年，正準備在政壇大顯身手的陸機，等到惠帝一即位，就遇逢一場長達十六年的大規模戰亂，史稱「八王之亂」。皇族之間為了爭奪政權，不惜骨肉相殘，受到牽累而被殺害的士人不計其數，中原的房舍、田園遭到嚴重的破壞，人民的傷亡更是慘不忍睹。陸機眼看這場亂事歷時了十年，卻絲毫沒有平息的跡象，年方四十的他，身邊的親戚故舊，差不多都已經死去，他懷著哀傷的心情寫下這篇〈歎逝賦〉，抒發家國殘破、親故凋零的悲痛。文中以「水滔滔而日度」，道出歲月其實就像是滾滾流水般一去不返，以「人冉冉而行暮」，表明人生皆是由出生逐步走向衰老；其後又言「人何世而弗新？世何人之能故」兩句，意謂著哪個世代沒有新生的人？哪個世代有人可以老而不死？點出了生命終歸逃不開生與死的自然規律，但也唯有如此，代代才能不斷更新交替，生生不息地傳承下去。《論語．子罕》中記載孔子曾在川邊言道：「逝者如斯夫！不舍晝夜。」其見川水奔流不絕，有感於人間世事的興衰，亦如滔滔川水日復一日、不分晝夜地流著，而時間也和流過去的水一樣，永不可追。

【使用的場合】

本句可用來形容時序更迭無盡，而人的生命不僅易老且有其盡頭。

【名句的出處】

西晉．陸機〈歎逝賦〉：「悲夫！川閱水以成川，水滔滔而日度。世閱人而為世，人冉冉而行暮。人何世而弗新？世何人之能故？野每春其必華，草無朝而遺露。經終古而常然，率品物其如素。」

天地者，萬物之逆旅[1]；光陰者，百代之過客。而浮生若夢，為歡幾何？

宇宙，是一切物類暫時居住的旅店；時間，是長久以來在天地間短暫停留的旅人。況且人生虛浮無定，如幻夢一場，歡樂的日子又能有多少呢？

【字詞的注解】

1. 逆旅：旅館、客舍。逆，迎接。

【題旨與故事】

唐玄宗開元年間，李白與家族堂弟們相約在一處桃李盛開的花園裡設宴飲樂，眾人一邊欣賞陽春煙景，一邊酣暢談心，享受天倫之樂。席間杯觥交錯，氣氛熱絡融洽，身為在場兄弟中年紀最長的李白，面對佳景當前，手足歡笑敘舊，讓他體悟到人間浮來暫去一遭，在世猶如夢中，死亡彷若夢醒，若不及時把握當下，有限

的生命就像是過眼風燈般，短促即滅，無法追回。清人吳楚材、吳調侯選編《古文觀止》，其對李白這段文字的評注為：「發端數語，已見瀟灑風塵之外。」

【使用的場合】

本句可用來形容人生來去匆匆，苦多樂少，故應珍惜難得的美好，才不致抱憾而終。

【名句的出處】

唐．李白〈春夜宴桃李園序〉：「夫天地者，萬物之逆旅；光陰者，百代之過客。而浮生若夢，為歡幾何？古人秉燭夜遊，良有以也。」

四節流兮[1]忽代序[2]，歲云暮[3]兮日西頹。

春夏秋冬這四個季節依次運行，迅速輪換，一年就快要結束了啊！太陽向西傾斜，即將落下。

【字詞的注解】

1.兮：助詞，相當於「啊」、「呀」。

2.代序：此指時序更替。

3.歲云暮：即「歲暮」，指一年最後的一段時間。也可用來比喻老年。云，此作助詞，無義。

【題旨與故事】

此文文題〈寡婦賦〉，是西晉文學家潘岳模擬自己妻子楊氏之妹的口吻所寫的一篇賦作，主在抒發亡夫後的孤寡情懷。潘岳，字安仁，以相貌俊秀、才華洋溢著稱，人們後來便用「潘安」或「潘郎」來代稱美男子。此外，潘岳也是文學史上歷來少數對妻子始終專情如一的文人，直到楊氏離開人世，他還為了悼念這位結縭二十餘載的愛妻，寫下多首悼亡的詩作，終身未再新娶，此舉在當時的社會算是相當少見。潘岳在〈寡婦賦〉的前言寫道，其與妻妹的丈夫任護，兩人從年少時就情如兄弟，再加上各自的妻子又是親姊妹，彼此因而成為連襟的親屬關係；可惜任護不幸英年早逝，潘岳目睹了自己的妻妹，年紀輕輕就得面對丈夫亡故的巨大打擊，日夜悲慟欲絕，春去秋來，忍受孤獨淒涼，於是他提筆代替妻妹抒發哀情，誓言無論四季遞嬗，日月流轉，其對亡夫的情感和思念，此生永遠不變。

【使用的場合】

本句可用來形容時光匆匆，年華轉眼即逝。

【名句的出處】

西晉．潘岳〈寡婦賦〉：「廓孤立兮顧影，塊獨言兮聽響。顧影兮傷摧，聽響兮增哀。遙逝兮逾遠，緬邈兮長乖。四節流兮忽代序，歲云暮兮日西頹。霜被庭兮風入室，夜既分兮星漢迴。」

悲晨曦之易夕，感人生之長勤；同一盡於百年，何歡寡而愁殷[1]？

悲嘆晨光一轉眼就成了夕暉，感傷人生在世的辛勞太過漫長；生命同樣都會在百年內結束，但為什麼一生中的歡樂是如此少而憂愁卻是那麼多呢？

【字詞的注解】

1. 殷：此作眾多。

【題旨與故事】

陶淵明在這篇〈閑情賦〉中深情歌詠一位風姿綽約、秀麗絕倫的佳人，寫其不僅擁有傾城般的豔美容貌，還懷抱著如玉如蘭般的高潔心志，嗟嘆人世間的美好總是稍縱即逝，而一路上的憂勞辛苦卻是恆久不斷。作者在文中借寫美人對紅顏老去，以及世事苦多樂少的感慨，寄寓自己其實也和這位氣質優雅的美人一樣傷時感事，品格高尚，且不流於俗。

【使用的場合】

本句可用來形容人活在世上，總有一種樂少苦多的感受。

【名句的出處】

東晉．陶淵明〈閑情賦〉：「夫何瑰逸之令姿，獨曠世以秀群。表傾城之豔色，期有德於傳聞；佩鳴玉以比潔，齊幽蘭以爭芬。淡柔情於俗內，負雅志於高雲。悲晨曦之易夕，感人生之長勤；同一盡於百年，何歡寡而愁殷？」

歲月不居，時節如流。

光陰不能停留，時令有如流水。

【題旨與故事】

文題〈論盛孝章書〉，是東漢文學家孔融於獻帝建安九年（西元二〇四年）寫給當時擔任司空（負責監察百官）的曹操的一封信。其中「盛孝章」指的是江東名士盛憲，字孝章，曾任吳郡（轄境約位在今江蘇南部、浙江北部一帶）太守，在地方素有高名，與孔融一向交好，孫策平定江東之後，因妒嫉盛憲的聲望而將其囚禁；經過了數年，孫策去世，其弟孫權繼位，此時仍被拘禁在吳地的盛憲，妻兒都已經死去，只留其孤身一人存活著，心情憂苦，處境危急，隨時都有可能失去性命。身為盛憲好友的孔融，於是寫了這封〈論盛孝章書〉，請求曹操設法營救盛憲，其在信的一開頭，便發出韶光荏苒、年紀老大的感慨，藉此提醒曹操，彼此年紀都超過半百，故舊知交多已不在人世，放眼天下，與自己和曹操年齡相近的有識之士，唯有盛憲一人，希望重視交友之道和唯才是舉的曹操，無論於私或於公，務必對盛憲伸出援手，使其擺脫孫權的掌控。曹操在讀了這封信後，果然被孔融信上的懇切文辭所打動，決定徵調盛憲為騎都尉（掌管騎兵的官職），只是朝廷發布的制命尚未到達吳地，孫權便急著把盛憲給殺了！令人想不到的是，就在孔融〈論盛孝章書〉寫成後的四年，也就是獻帝建安十三年（西元二〇八年），過去曾擔心盛憲為孫權所害而向曹操上書求援的他，自己竟也因為恃才負氣、聲望甚高而遭到曹操所忌，其人生命運正如同他的好友盛憲一樣，終是為盛名所累而難逃殺身之禍。

【使用的場合】

本句可用來形容光陰如馳，一去不返。

【名句的出處】

東漢．孔融〈論盛孝章書〉：「歲月不居，時節如流。五十之年，忽焉已至。公為始滿，融又過二。海內知識，零落殆盡，惟會稽盛孝章尚存。其人困於孫氏，妻孥湮沒，單孑獨立，孤危愁苦。若使憂能傷人，此子不得復永年矣。」

二、感情

羈旅鄉愁

見白雲孤飛，謂左右曰：「吾親舍其下。」瞻悵久之，雲移乃得去。

（狄仁傑在太行山上）見一朵白雲在天空飄飛，於是對兩旁的人說道：「我的父母就住在那片白雲的下方。」他仰望著天空，心中悵然許久，直到那片白雲移去才離開。

【題旨與故事】

《新唐書》是北宋歐陽脩、宋祁等人奉仁宗詔令所修撰的一部史書，其中〈狄仁傑傳〉記載唐代名臣狄仁傑早年受到工部尚書（為工部的最高長官，工部主要掌管全國工程、水利、交通等事務的機構）閻立本所賞識，推薦其擔任并州（位在今山西境內）法曹參軍（負責刑法、訴訟等相關事務的官員）一職。由於狄仁傑的雙親當時住在河陽（位在今河南境內）別第，一日其登上太行山（為山西與河北、河南的界山），回首眺望父母所在的河陽那個方向，恰好看見天上有一片隨風飄移的白雲，讓他聯想到位在雲朵之下的親人，不由得對雲久久凝視，一直持續到雲的蹤跡從他的視野消失才肯離去，內心也為之百轉千迴，失意惆悵。後來「白雲孤

飛」、「白雲親舍」、「望雲之情」等語皆由此衍生而出，用來比喻客居思親或思鄉。

【使用的場合】

本句可用來形容遊子居住在外地，思念父母或家鄉的心情。

【名句的出處】

北宋．歐陽脩、宋祁等人《新唐書．狄仁傑傳》：「親在河陽，仁傑登太行山，反顧，見白雲孤飛，謂左右曰：『吾親舍其下。』瞻悵久之，雲移乃得去。」

見故國之旗鼓，感平生於疇日[1]，撫弦登陴[2]，豈不愴悢[3]？

如今您（指陳伯之）看見了以往自己國家（指南朝梁）軍隊的旗幟和戰鼓，回想起過去在梁朝生活時的情景，手撫摸著弓弦，登上了城樓，怎麼不會感到悲涼呢？

【字詞的注解】

1. 疇日：以往、從前。疇，此與「曩」同義，猶前日、往日。

2. 陴：音ㄆㄧˊ，城上的短牆。
3. 悢：音ㄌㄧㄤˋ，悲傷。

【題旨與故事】

文題〈與陳伯之書〉，是南朝梁人丘遲寫給昔日同事陳伯之的一封勸降書信。丘遲和陳伯之皆曾仕於南朝齊，前者為文官，後者為武將，齊亡後同樣歸梁，且兩人的家鄉都在江南一帶；然不同的是，陳伯之在入梁後不久，受到僚屬的慫恿，起兵反梁，兵敗後轉而去投靠北魏。梁武帝天監四年（西元五〇五年），派臨川王蕭宏（即梁武帝蕭衍之弟）率軍北伐，而此時已是北魏大將的陳伯之，則是屯兵八千在壽陽（位在今安徽中北部一帶）附近，隨時準備迎戰梁軍。次年三月，在臨川王蕭宏軍營之中擔任記室（掌理章表、書記等事宜）的丘遲，受命修書勸陳伯之投降，其在信上借寫江南暮春時節繁花似錦、綠樹茂密，以及草長鶯飛等旖旎景色，企圖喚起江南子弟陳伯之的思鄉情懷；接著又提及戰國時期的趙將廉頗和魏將吳起，說他們這兩個人生平都曾投奔過他國，但內心依然渴望有朝一日能重返祖國，殺敵建功，以此暗示寄人籬下的陳伯之應儘早棄魏降梁，畢竟北魏是由鮮卑族所建立的政權，而今身為漢族的陳伯之，卻統領著異族的軍隊，與自己過去的同袍交戰，實在不是明智之舉啊！陳伯之在收到丘遲的信後，不知是否真為丘遲信上情理兼顧的文辭所打動，亦或是評估自己手上的兵力，根本難以和梁朝大軍相抗衡，最後決定率眾歸降梁朝。

【使用的場合】

本句可用來形容人在異地，看見與故鄉、故國有關的人或事物，而興起懷舊的感傷情緒。

【名句的出處】

南朝梁．丘遲〈與陳伯之書〉：「暮春三月，江南草長，雜花生樹，群鶯亂飛。見故國之旗鼓，感平生於疇日，撫弦登陴，豈不愴悢？所以廉公之思趙將，吳子之泣西河，人之情也，將軍獨無情哉？」

春秋[1]迭代[2]，必有去故[3]之悲。

一年四季更迭交替，必然會讓人心生離鄉背井的悲哀。

【字詞的注解】

1. 春秋：此泛指一年春、夏、秋、冬四季。
2. 迭代：一說指時間更迭交替。另一說指作者庾信暗喻南朝梁、陳兩朝更替。
3. 去故：一說指離開故鄉。另一說指作者庾信暗喻其離別位在南方的故國梁朝。

【題旨與故事】

庾信是活動於南北朝時期的駢賦大家，清人紀昀在《四庫全書總目提要》對庾信的駢文造詣給予極高的評價：「其駢偶之文，集六朝（指三國吳、東晉、南朝宋、齊、梁、陳）之大成，而導四傑（指初唐四傑王勃、楊炯、駱賓王、盧照鄰）之先路，自古迄今，屹然為四六（指駢體文，多以四字、六字為對偶而得名）宗匠。」庾信早年在南朝梁做官，文章風格綺靡豔麗，以描寫浮華宮廷的頹靡生活為主，其於梁元帝承聖三年（西元五五四年）奉命出使北朝西魏，抵達國都長安不久，西魏即出兵攻打梁元帝蕭繹即位的所在江陵（位在今湖北境內），庾信從此被扣留在長安達二十七年；縱使後來西魏改朝為北周，南朝梁則由陳朝所取代，但北周寧可賜給庾信顯爵厚祿，也不肯放其還鄉，最後庾信老死在北方。原本是梁朝皇帝身邊的近臣，卻因家國淪喪而不得不先後屈仕西魏、北周兩朝，失去人身自由的庾信，內心除了得強忍失節於梁朝的愧恨之意，也常懷抱著對南方家園的思鄉情結，無奈「舟楫路窮」、「風飆道阻」，再回到江南已成了他此生遙不可及的一種想望。由於身處的環境與心境，與以往在江南時迥然不同，使其文風丕變，從過去的豔冶轉為蒼勁沉鬱，而這篇〈哀江南賦序〉正是庾信將自己流落北方的身世遭遇，與故國梁朝的危亡命運相結合，抒發其渴望南歸，卻始終無法如願的哀痛心情。見唐人杜甫在〈詠懷古跡〉詩五首之一的最末兩句：「庾信平生最蕭瑟，暮年詩賦動江關。」意謂晚年被迫羈留在北朝的庾信，人生歷經蕭條坎坷之後，寫出來的作品更加撼動人心，工力爐火純青。

【使用的場合】

本句可用來形容長期在他鄉或異國漂泊的人，更容易對時序的遷移、時局的變化產生鄉國之思。

【名句的出處】

北周．庾信〈哀江南賦序〉：「嗚呼！山嶽崩頹，既履危亡之運；春秋迭代，必有去故之悲。天意人事，可以悽愴傷心者矣。況復舟楫路窮，星漢非乘槎（ㄔㄚˊ）可上；風飆道阻，蓬萊無可到之期。窮者欲達其言，

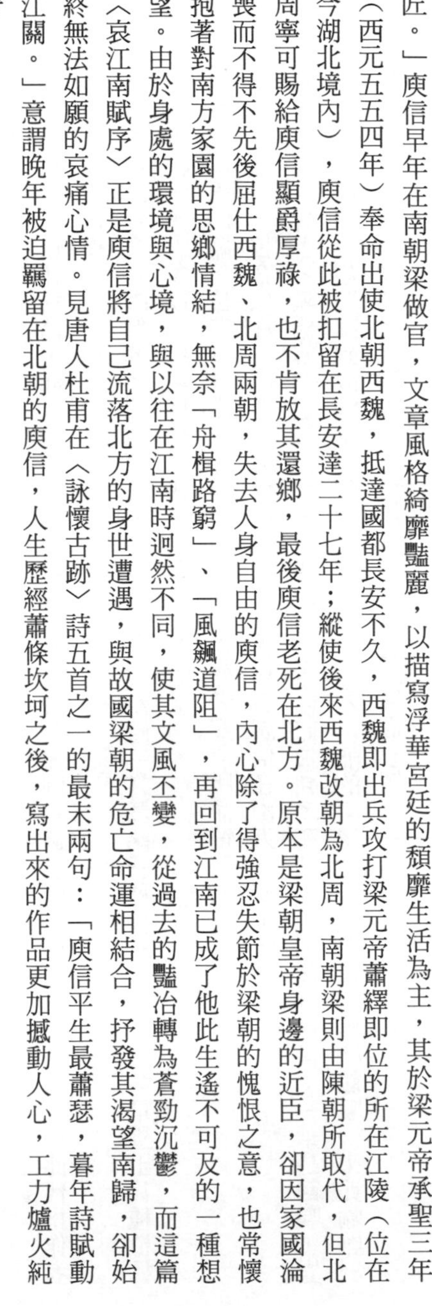

勞者須歌其事。陸士衡聞而撫掌，是所甘心；張平子見而陋之，固其宜矣。」

釣臺[1]移柳[2]，非玉關[3]之可望；華亭[4]鶴唳[5]，豈河橋[6]之可聞？

南方故鄉的楊柳樹，並不是遠在北方的人所能望見的；南方故鄉的鳥鳴聲，難道是身處異鄉的人所能聽聞的嗎？

【字詞的注解】

1.釣臺：地名，位在武昌，即今湖北武漢市境內。為東晉陶侃駐兵武昌時，廣種柳樹的所在。此代指作者庾信在南方故土的柳樹。

2.移柳：據《晉書．陶侃傳》記載東晉名將陶侃駐兵武昌時「嘗課諸營種柳」，曾下令各軍營士兵種植柳樹，並進行考核。後人多以「釣臺移柳」代指故鄉或故國的風物。

3.玉關：即玉門關，位在今甘肅敦煌市境內。此代指作者庾信所滯留的北地。

4.華亭：地名，位在松江，即今上海市境內。此代指作者庾信在南方的故土。

5.鶴唳：據《晉書．陸機傳》記載西晉人陸機因打了敗仗而被判了死刑，臨刑前曾嘆言：「華亭鶴唳，豈可復聞乎？」意即如今想要回到故鄉華亭聽鶴鳴聲，已經是不可能的事了！後人多以「華亭鶴唳」來比喻雖對往事或故鄉景物有所留戀，但現實人生再也無法回到過去的懊悔心情。

6.河橋：地名，位在孟州，即今河南焦作市境內。為西晉人陸機兵敗被誅之地。此代指作者庾信所滯留的北地。

【題旨與故事】

因出使西魏而遭到權臣宇文泰的強行拘留，不幸身陷北方的庾信，在〈哀江南賦序〉中使用了東晉名將陶侃「釣臺移柳」的典故，來比喻江南的明媚春色，以及西晉文學家陸機「華亭鶴唳」的典故，來比喻家鄉的悅耳鳥鳴，藉以表達其對南方故鄉的風土名物與梁朝舊君的深深眷戀，同時抒發自己中年遭遇喪亂，離鄉路遠、有家難奔的無限悲愴。

【使用的場合】

本句可用來形容懷念故鄉、故國、故物，或是對過去生活的依戀。也可用來比喻故鄉遙遠，歸途無望。

【名句的出處】

北周．庾信〈哀江南賦序〉：「日暮途遠，人間何世？將軍一去，大樹飄零；壯士不還，寒風蕭瑟。荊璧睨柱，受連城而見欺；載書橫階，捧珠盤而不定。鍾儀君子，入就南冠之囚；季孫行人，留守西河之館。申包胥之頓地，碎之以首；蔡威公之淚盡，加之以血。釣臺移柳，非玉關之可望；華亭鶴唳，豈河橋之可聞？」

鄉園多故，不能不動客子之愁。

家鄉屢屢遭逢變故，不可能不觸動（像我這樣）旅居外地的人的憂慮。

【題旨與故事】

文題〈報劉一丈書〉，是明代文人宗臣回覆給同鄉父輩劉玠的一封書信，其中「丈」是對長輩的尊稱，「一」指的是劉玠在家中兄弟的排行為第一，故以「劉一丈」稱之。宗臣的父親宗周與劉玠同為興化（位在今江蘇中部一帶）人，兩家的交情深厚，劉玠對宗臣從小關愛有加，曾對其講授經書，指導其為學之道，即使後來宗臣考取進士，離鄉展開仕宦生涯，仍與劉玠保持書信往來，思想深受其薰陶；由於當時他們的家鄉經常受到倭寇的侵擾，讓身在異鄉的宗臣，無時無刻不在替鄉人親友的安危感到憂心，同時也在信末表達其對劉玠高才博學卻不幸困頓於家鄉的勸慰之情。

【使用的場合】

本句可用來形容客居他鄉的遊子，時刻思念和擔憂著親人。

【名句的出處】

明．宗臣〈報劉一丈書〉：「鄉園多故，不能不動客子之愁。至於長者之抱才而困，則又令我愴然有感。

天之與先生者甚厚，亡論長者不欲輕棄之，即天意亦不欲長者之輕棄之也，幸寧心哉！」

雖信[1]美而非吾土兮，曾[2]何足[3]以少留？

這裡的環境和景致確實很優美，但不是我的鄉土啊！又如何值得我在此暫時停留呢？（最後一句另可譯為：竟不值得我在此暫時停留。）

【字詞的注解】

1. 信：此指的確、果真的意思。
2. 曾：一說語助詞，用來加強語氣。另一說是竟然的意思。
3. 何足：哪裡值得。反詰語氣，表示不足、不值得。

【題旨與故事】

東漢末年，戰亂頻仍，來自山陽高平（約位在今山東西南部一帶）的王粲（字仲宣），年少時即有才名，雖然獲得朝廷授予官位，但由於漢獻帝當時為權臣董卓所挾持，故王粲不願就職，而是選擇南下投靠荊州（漢代轄地，約位在今湖北、湖南，以及河南西南一帶）刺史（一州的最高長官）劉表，渴望能有一番作為。可惜王粲在荊州客居了十多年，卻始終不獲劉表重視，期間他登上麥城（位在今湖北當陽市境內）的城樓，向四方極目眺望，呈現眼前的是一片風物富庶的景象，但他一想到國家多年下來遭逢動亂，而自己又與遠在東方的故

鄉阻塞隔絕，不得已過著長期寄人籬下的流寓生活，內心惆然惋嘆，涕淚交零；縱使此時所見的城樓建築多麼雄偉壯觀，周遭的山川物產多麼美好宜人，又哪裡能和自己家鄉的土地相比呢？「人情同於懷土兮，豈窮達而異心」，作者在此明確點出了眷戀故土乃人之常情，自古皆然，從來不會因為境遇的窮困或顯達而有所改變，將其積壓心底已久的故園之思，傾洩而出，表達其強烈的歸鄉念頭。從此「仲宣樓」、「王粲登樓」也被後來的文人用來比喻離鄉思家的情感。元代劇作家鄭元祖甚至還根據王粲〈登樓賦〉的文意，再虛構一些情節，敷演成《王粲登樓》這齣雜劇。清代賦論家浦銑（ㄒㄧㄢˇ）在《復小齋賦話》中評曰：「〈登樓賦〉情真語至，使人讀之淚下。」

【使用的場合】

可用來形容人久客異鄉，興起懷戀故土的思歸之情。

【名句的出處】

東漢．王粲〈登樓賦〉：「登茲樓以四望兮，聊暇日以銷憂。覽斯宇之所處兮，實顯敞而寡仇。挾清漳之通浦兮，倚曲沮之長洲。背墳衍之廣陸兮，臨皋隰（ㄒㄧˊ）之沃流。北彌陶牧，西接昭丘。華實蔽野，黍稷盈疇。雖信美而非吾土兮，曾何足以少留？」

關山難越，誰悲失路之人？萍水相逢，盡是他鄉之客。

險隘和高山難以越過，有誰會同情失意的人呢？浮萍偶然與水相遇，所見的都是從外地而來的旅人。

【題旨與故事】

唐高宗在位期間，原在沛王府擔任修撰的王勃，本是被眾人視為政壇明日之星的早慧天才，只因沛王李賢和英王李顯兩位皇子（兩人皆唐高宗、武后之子）玩鬥雞遊戲時，他開玩笑地替沛王寫了一篇〈檄英王雞〉的助戰文，就被高宗當成是在挑撥皇子間的關係而逐出王府。在外遊歷多年，王勃迫於生計，出任虢州（位在今河南境內）參軍，卻又不慎犯了私匿和擅殺官奴的罪，後來雖獲得赦免，但他的父親王福畤也因此受其牽累而遠貶交趾。連續遭逢逆事，王勃的心情自是低落不振，就在他準備前往交趾探望父親時，途中經過洪州，當地都督閻公聽聞王勃的文名，邀請其至「滕王閣」參與重陽盛宴，他當場揮毫寫成〈滕王閣序〉，文中抒發其抱負不得伸展的落寞，以及長期到處流浪所經歷的辛酸，一路上不期而遇了許多的人，全都和他一樣是寄客他鄉的遊子，彼此短暫相逢，馬上又要各奔東西，誰也不知道何時才能找到屬於自己的真正歸處。

【使用的場合】

本句可用來形容人離鄉遠遊，流離顛沛，行蹤不定，引發羈懷愁緒。

【名句的出處】

唐．王勃〈滕王閣序〉：「關山難越，誰悲失路之人？萍水相逢，盡是他鄉之客。懷帝閽而不見，奉宣室以何年？」

至親骨肉

父母愛子，則為之計深遠。

父母親疼愛自己的子女，就應該替他們作長遠的打算。

【題旨與故事】

此為戰國時期趙國大臣觸龍對趙威太后（即趙惠文王王后，也是趙孝成王的母親）所說的一段話，除了記載於《史記．趙世家》之外，另在《戰國策．趙策》中作「父母之愛子，則為之計深遠」，比《史記》多一「之」字。趙惠文王去世，其子趙孝成王繼位，趙威太后以新君剛立，臨朝聽政，秦國趁機舉兵，已攻下趙國三座城池。趙國急忙向齊國求援，齊國要求趙國須派趙威太后最疼愛的幼子長安君到齊國為質，方肯出兵；護子情切的趙威太后，斷然拒絕了齊國提出的條件。眼看著趙國的形勢日益危急，眾臣接連進宮勸諫，但趙威太

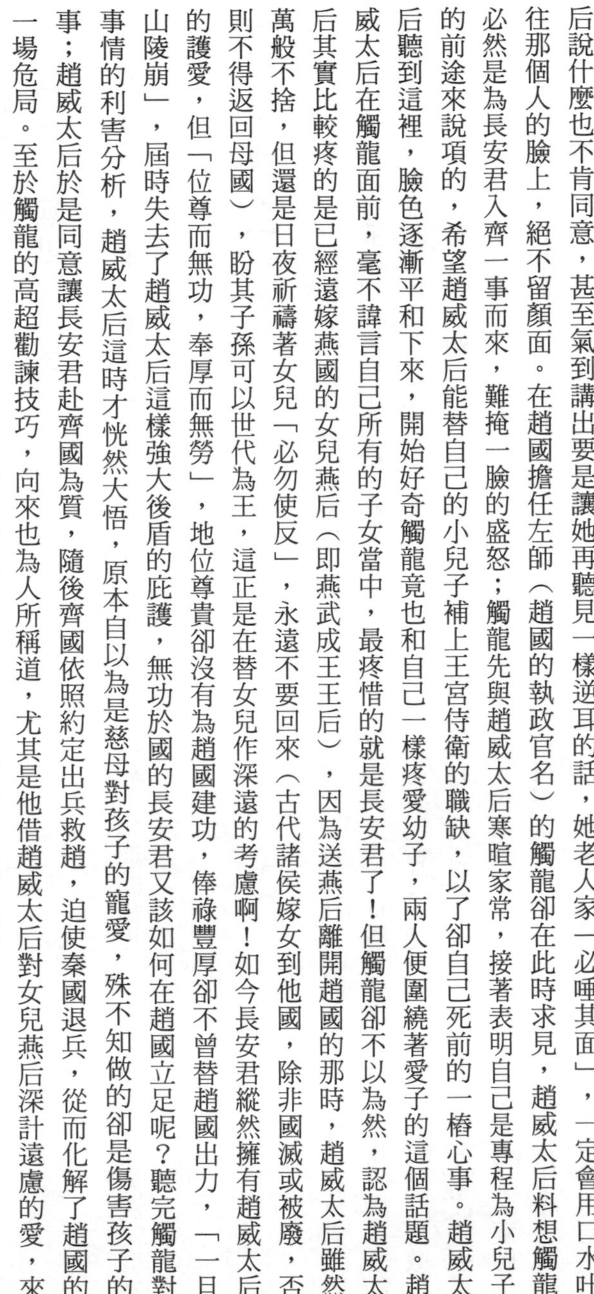

后說什麼也不肯同意，甚至氣到講出要是讓她再聽見一樣逆耳的話，她老人家「必唾其面」，一定會用口水吐往那個人的臉上，絕不留顏面。在趙國擔任左師（趙國的執政官名）的觸龍卻在此時求見，趙威太后料想觸龍必然是為長安君入齊一事而來，難掩一臉的盛怒；觸龍先與趙威太后寒暄家常，接著表明自己是專程為小兒子的前途來說項的，希望趙威太后能替自己的小兒子補上王宮侍衛的職缺，以了卻自己死前的一樁心事。趙威太后聽到這裡，臉色逐漸平和下來，開始好奇觸龍竟也和自己一樣疼愛幼子，兩人便圍繞著愛子的這個話題。趙威太后在觸龍面前，毫不諱言自己所有的子女當中，最疼惜的就是長安君了！但觸龍卻不以為然，認為趙威太后其實比較疼的是已經遠嫁燕國的女兒燕后（即燕武成王王后），因為送燕后離開趙國的那時，趙威太后雖然萬般不捨，但還是日夜祈禱著女兒「必勿使反」，永遠不要回來（古代諸侯嫁女到他國，除非國滅或被廢，否則不得返回母國），盼其子孫可以世代為王，這正是在替女兒作深遠的考慮啊！如今長安君縱然擁有趙威太后的護愛，但「位尊而無功，奉厚而無勞」，地位尊貴卻沒有為趙國建功，俸祿豐厚卻不曾替趙國出力，「一旦山陵崩」，屆時失去了趙威太后這樣強大後盾的庇護，無功於國的長安君又該如何在趙國立足呢？聽完觸龍對事情的利害分析，趙威太后這時才恍然大悟，原本自以為是慈母對孩子的寵愛，殊不知做的卻是傷害孩子的事；趙威太后於是同意讓長安君赴齊國為質，隨後齊國依照約定出兵救趙，迫使秦國退兵，從而化解了趙國的一場危局。至於觸龍的高超勸諫技巧，向來也為人所稱道，尤其是他借趙威太后對女兒燕后深計遠慮的愛，來對比其對幼子長安君思慮不周的愛，成功引導其朝往對長安君有利的方向去設想。

【使用的場合】

本句可用來說明父母不可一味溺愛子女，應替其未來作周詳的計畫和謀慮，別被眼前的得失所左右。

【名句的出處】

西漢．司馬遷《史記．趙世家》：「父母愛子，則為之計深遠。媼（ㄠˇ）之送燕后也，持其踵，為之泣，念其遠也，亦哀之矣。已行，非不思也，祭祀則祝之曰『必勿使反』，豈非計長久，為子孫相繼為王也哉？」

臣無祖母，無以至今日；祖母無臣，無以終餘年。

身為人臣的我，若沒有祖母的養育，根本無法活到今天；而如今年邁的祖母，若沒有了我，也無法安度她的晚年。

【題旨與故事】

文題〈陳情表〉，作者是曾在三國蜀漢任官的李密，他年幼喪父，母親在舅舅的逼迫下改嫁，祖母劉氏將其撫養成人。西晉武帝司馬炎滅了蜀漢，聽聞李密對祖母克盡孝道的美名，便徵召其擔任太子洗馬（即太子的侍從官，晉朝時負責東宮的圖書和典籍）一職。李密上此表向武帝說明暫時不能赴任的情由，強調門庭衰微，福氣淺薄，自己很晚才得子嗣，由於兒子年紀尚小，家族中既沒有叔伯這樣親近的同宗長輩，身旁也沒有手足兄弟扶持作伴；而如今祖母已高齡九十六，疾病纏身，臥床不起，生命猶似「日薄西山，氣息奄奄」，隨時都有死亡的危險，此時的他，又怎能為了個人前程的顯達而離開祖母呢？其後更舉「烏鳥私情」作為比喻，若是連烏鴉長大後，都知道出去覓食反哺年老的烏鴉，更不用說是人了！李密乞請武帝給予自己陪伴祖母終老的機會，畢竟將來他為朝廷竭盡衷誠的時日還很漫長，但能夠回報祖母養育之恩的時間卻是愈來愈少了啊！據《晉書·李密傳》記載，武帝讀了此表後大受感動，讚嘆地說出：「士之有名，不虛然哉！」意即李密在民間的孝名，果然並非虛傳。

【使用的場合】

本句可用來形容祖孫情感深厚，生活相互依靠。也可用來說明一手拉拔自己長大的長輩年老，使其安享天年是晚輩應盡的責任。

【名句的出處】

西晉·李密〈陳情表〉：「但以劉日薄西山，氣息奄奄，人命危淺，朝不慮夕。臣無祖母，無以至今日；祖母無臣，無以終餘年。母孫二人，更相為命；是以區區，不能廢遠。臣密今年四十有四，祖母劉今年九十有六，是臣盡節於陛下之日長，報養劉之日短也。烏鳥私情，願乞終養。」

孝在於質實，不在於飾貌。

孝順父母在於有實質的作為，而不在於外表裝飾的樣貌。

【題旨與故事】

此段文字為西漢昭帝始元六年（西元前八一年）所舉行的「鹽鐵會議」中，代表官方的丞相史（協助丞相處理事務的官員）針對孝養問題所提出的論述，主張「文實配行，禮養俱施」，意即外在的形式與實質的內容配合實行，孝敬的禮儀和物質的供養同時施行。丞相史的這些話，主要是回應來自民間的文學之士說的「君子重其禮，小人貪其養」，意思是君子重視的是禮義孝心，而小人追求的是物質方面的奉養；丞相史則是對文學之士所言感到相當疑惑，認為人若是無法給予父母生活安定的保障，在外行事又不懂得保全自身，甚至連累到父母，那麼即使事親的禮節再周全，外在表現出一副恭敬和順的樣子，也談不上是盡孝的行為啊！由此可以發現，丞相史與文學之士兩方都認同人子必須克敦孝行，只是在孝養的內容上，各自側重的面向不同罷了！

【使用的場合】

本句可用來說明孝以實際的行動為主，而非著重在虛浮的表面工夫上。

【名句的出處】

西漢．桓寬《鹽鐵論．孝養》：「上孝養色，其次安親，其次全身。往者，陳餘背漢，斬於泜（ㄔˊ）水；五被邪逆，而夷三族。近世，主父偃行不軌而誅滅，呂步舒弄口而見戮，行身不謹，誅及無罪之親。由此觀之：虛禮無益於己也。文實配行，禮養俱施，然後可以言孝。孝在於質實，不在於飾貌；全身在於謹慎，不在於馳語也。」

祭而豐，不如養之薄也。

等到父母死後，再祭拜豐盛的供品，還不如趁著父母在世時，予以微薄的奉養。

【題旨與故事】

文題〈瀧岡阡表〉，是六十四歲的歐陽脩於父親歐陽觀逝世後的六十年，追敘自己父母生前行誼所寫的一篇墓誌碑文。其中「瀧岡」為歐陽脩父母的安葬所在地，位在今江西吉安市境內。歐陽脩在他四歲的時候，父親便去世，母親鄭氏守節將其撫育成人，他從母親的口中，得知父親每年到了祭祀的時間，必會流著淚追思祖母，偶而吃到好一點的酒菜，就會感嘆地說道：「昔常不足，而今有餘，其何及也！」早年由於家境貧窮，歐陽脩的父親無法讓祖母過寬裕的生活，等到稍有餘力，祖母已不在人世了！這也讓父親體認到，即使是侍養父母的物質條件菲薄，也勝過死後在供桌擺上豐富的祭品。母親經常提醒歐陽脩，須謹記父親的遺教，承繼父親的心志，勉勵其「養不必豐，要於孝；利雖不得博於物，要其心之厚於仁」，養親不一定要豐厚，最重要的是孝敬的心意；恩惠雖然不能遍及所有的人，但一定要心存仁慈厚道。對於母親的耳提面訓，歐陽脩哭著將其記錄下來，到老都不敢忘記。

【使用的場合】

本句可用來說明人子行孝當及時，畢竟人死之後就算供祭再隆厚，父母也無法真正享受到。也可用來諷刺對父母生前的用度吝嗇，卻在父母亡故後對喪事、祭祀大肆鋪張的不肖子孫。

【名句的出處】

北宋．歐陽脩〈瀧岡阡表〉：「吾之始歸也，汝父免於母喪方逾年，歲時祭祀，則必涕泣，曰：『祭而豐，不如養之薄也。』間御酒食，則又涕泣，曰：『昔常不足，而今有餘，其何及也。』吾始一二見之，以為新免於喪適然耳。既而其後常然，至其終身，未嘗不然。」

愧無日磾[1]先見之明，猶懷老牛舐犢[2]之愛。

慚愧自己沒有西漢金日磾事先預見結果的能力，（能夠一發現兒子做錯事就果斷處置，至於我雖然沒有把兒子教導好）但還是懷有老牛對小牛的那份疼惜的情感。

【字詞的注解】

1.日磾：音ㄇㄧˋ ㄉㄧ，即西漢將領金日磾，原為匈奴休屠王太子，隨部落投降漢朝，武帝賜姓金。據《漢書．金日磾傳》記載：「自殿下與宮人戲，日磾適見之，惡其淫亂，遂殺弄兒。弄兒即日磾長子也。」金日磾有兩個兒子從小就是留在武帝身邊的「弄兒」，也就是供人逗弄的孩子，深受武帝的喜愛。其後這兩個兒子長大，某日金日磾進宮，剛好看見自己的長子與宮女狎暱的情狀，一氣之下，便親手將長子給殺了。武帝得知此事後大怒，金日磾前去向武帝請罪，表達其唯恐自己兒子放蕩穢亂的行為影響後宮，不得不忍痛替武帝斷除後患。武帝聽完金日磾的解釋，雖不捨其心愛的弄兒慘死而傷心掉淚，從此卻也對勇於大義滅親的金日磾更加敬重。

2. 舐犢：音ㄕˋ ㄉㄨˊ，老牛舔小牛身上的毛，表現對小牛的憐愛之情。

【題旨與故事】

東漢獻帝建安二十四年（西元二一九年）時任魏王的曹操，不滿聰慧過人又恃才傲物的楊脩，總是能精準料中自己沒有對外說破的心思，讓他感到芒刺在背，坐立難安，於是便藉故將其殺害。楊脩的父親楊彪，自其這代算起，到曾祖楊震，一家四代都曾在朝廷擔任太尉（掌管軍事的官職），名揚海內，在民間的聲望極高。曹操雖然處決了楊脩這個心腹大患，但也不敢輕忽楊彪對當時政局和輿論的影響力，他為了安撫楊彪，不但賜與楊彪及其家人許多貴重的物品，並親筆寫信說明自己處置楊脩的原由和苦衷，希望能夠藉此修補與楊彪的關係。《後漢書．楊震傳》提及楊脩死後，曹操看見了楊彪骨瘦如柴的樣子，還主動上前關心對方的身體狀況，表達慰問之意；然始終走不出喪子之痛的楊彪，則是借用前人金日磾殺子的典故，向曹操坦言自己即便教子無方，以致楊脩觸犯死罪，但內心還是存有為人父母者，天生本然疼愛子女的深情啊！語氣隱隱流露其出對曹操的怨意，只是礙於曹操的權勢如日中天，幾乎都快要取代漢室，楊彪除了壓抑滿心的悲痛，也無力改變愛子死於當權者之手的事實。

【使用的場合】

本句可用來比喻父母對子女的包容與愛護乃人情之常。

【名句的出處】

南朝宋．范曄《後漢書．楊震傳》：「彪見漢祚將終，遂稱腳攣（ㄌㄩㄢˊ）不復行，積十年。後子脩為曹操所殺。操見彪問曰：『公何瘦之甚？』對曰：『愧無日磾先見之明，猶懷老牛舐犢之愛。』操為之改容。」

歠[1]菽飲水，足以致其敬。

喝豆粥，飲白水，就足以表達對父母的敬意。

【字詞的注解】

1. 歠：音ㄔㄨㄛˋ，喝。

【題旨與故事】

此為西漢昭帝時所舉行的「鹽鐵會議」中，來自民間的文學之士針對孝養問題所發表的言論，主張「以己所有，盡事其親」，竭盡自己的心力來奉養父母，即使飲食粗簡，生活清苦，但是態度恭敬，顏色和悅，也算是符合孝的真義；相反地，如果沒有心存孝敬，只知道提供給父母錦繡華服、美味鮮肴，也是無法讓父母感到和樂的。文中引《論語．為政》孔子所言：「不敬，何以別乎？」若沒有敬重父母的心，以為給予充裕的衣食便算是盡孝，那麼與飼養犬馬又有何區別呢？

【使用的場合】

本句可用來說明侍奉父母貴在發自內心的尊敬，而不是在於物質方面的享受。

【名句的出處】

西漢．桓寬《鹽鐵論．孝養》：「善養者，不必芻豢也；善供服者，不必錦繡也。以己之所有，盡事其親，孝之至也。故匹夫勤勞，猶足以順禮；歠菽飲水，足以致其敬。孔子曰：『今之孝者，是為能養，不敬，何以別乎？』故上孝養志，其次養色，其次養體。貴禮，不貪其養，禮順心和，養雖不備，可也。」

愛慕相思

余情悅其淑美兮，心振盪而不怡。無良媒以接歡兮，託微波而通辭。

我喜歡她（洛水之神宓妃）的善良美好，心情為之動盪而感到不快樂。找不到合適的媒人替我去接洽歡情，只好寄託水波（一說指目光）來傳遞我想對她說的訊息。

【題旨與故事】

曹植在〈洛神賦〉一開始便說明自己於魏文帝黃初年間，入京都洛陽朝見皇帝，也就是他的兄長曹丕，之後準備返回封地鄄（ㄐㄩㄢˋ）城（位在今山東境內）的途中渡過洛水，想起了古來傳說伏羲氏之女宓妃溺於洛水，死後化為洛水之神，又有感於戰國文人宋玉曾在〈高唐賦〉、〈神女賦〉中描述楚王夢遇巫山神女之事，激發其寫下〈洛神賦〉。文中敘述其於日暮時分在洛水岸邊休息時，傳說中的洛水之神宓妃忽然出現眼前，她那輕盈婀娜的體態，豔美絕俗的容貌，還有一身華麗不凡的穿戴，嫻雅高貴的舉止，無一不讓他神魂顛倒，頓生悅慕情懷，不由得怨恨當下沒有良媒來撮合他與宓妃的姻緣，只能藉助洛水上的微波來傳達他的款款情愫。雖然宓妃後來也被作者的真誠心意所動搖，並收下了玉佩作為雙方的定情信物，但這段萍水相逢的邂逅，終因人神殊隔而不得不忍痛分別，留給作者「遺情想像，顧望懷愁」的綿綿思慕與無盡惆悵。歷來對曹植之所以作〈洛神賦〉大致有兩種說法：其一是感懷甄氏（名不詳，一說宓）而作，相傳甄氏曾是曹植年輕時想要追求的對象，後為曹丕所納，成為曹植的兄嫂；曹丕即帝位後，已經失寵的甄氏遭讒害而被賜死，曹植此時念及舊情，故〈洛神賦〉初名〈感甄賦〉。其二是假託對洛水之神宓妃的傾慕，寄寓自己在政治上不受重用的苦悶，表達其渴望得到兄長曹丕的關注，給予他建功立業的機會。

【使用的場合】

本句可用來形容強烈愛悅於某人，但又害怕表白後為對方所拒的矛盾心情。

【名句的出處】

三國魏．曹植〈洛神賦〉：「余情悅其淑美兮，心振盪而不怡。無良媒以接歡兮，託微波而通辭。願誠素之先達兮，解玉佩以要之。嗟佳人之信脩兮，羌習禮而明詩。抗瓊珶以和予兮，指潛淵而為期。執眷眷之款實兮，懼斯靈之我欺。感交甫之棄言兮，悵猶豫而狐疑。收和顏而靜志兮，申禮防以自持。」

吾與汝並肩攜手，低低切切，何事不語？何情不訴？

我和妳肩挨著肩，手牽著手，低聲細語聊著天，哪有什麼事情是我們不能談的呢？又哪有什麼情愫是我們不能傾訴的呢？

【題旨與故事】

清宣統三年（西元一九一一年）農曆三月二十九日（國曆四月二十七日）反清革命烈士在廣州起義，後因事情敗露而失敗，殉難者合葬於廣州黃花岡，史稱「黃花岡之役」。參與這次起義的烈士之一林覺民，預知自己極有可能在襲擊行動中喪命，其於起義前三天，寫了一封訣別信給他的妻子陳意映，信中一段提及夫妻新婚之初的甜蜜往事，兩人曾於某年冬天的月圓之日，在房間裡牽手依偎，一同望著窗外的月光梅影若隱若現，寒月下彼此共話衷腸，互訴心曲，這些繾綣恩愛的畫面，無不令其難以忘懷。然一想到國家蒙受屈辱，百姓深陷水火，林覺民希望妻子能理解他情非得已下所做的決定，「天下人人不當死而死、與不願離而離者，不可數

計，鍾情如我輩者，能忍之乎？此吾所以敢率性就死，不顧汝也」，用情專一的他，正因為深愛著妻子，故無法忍受天底下，竟有那麼多本不該死卻無辜死去，以及本不該離卻被迫離散的人，於是他將心比心，推己及人，最後寧可選擇犧牲一己的生命和幸福，來幫助全天下的人，得到他們本該擁有的生命和幸福。林覺民在信末雖然交代妻子，為了當時五歲的長子與腹中胎兒，一定要堅強活下去，並將孩子撫養成人，切莫因自己不在身邊而過度悲傷；然不幸的是，陳意映自得知丈夫的死訊，身心嚴重受創，始終走不出喪夫之痛，於生下次子後兩年，她便因傷心致病而離世。

【使用的場合】

本句可用來形容夫妻或愛侶之間心意相通，無話不談，情意綿綿。

【名句的出處】

清．林覺民〈與妻訣別書〉：「初婚三、四個月，適冬之望日前後，窗外疏梅篩月影，依稀掩映。吾與汝並肩攜手，低低切切，何事不語？何情不訴？及今思之，空餘淚痕。又回憶六、七年前，吾之逃家復歸也，汝泣告我：『望今後有遠行，必以告妾，妾願隨君行。』吾亦既許汝矣。」

身非形影，何得動而輒俱？體非比目[1]，何得同而不離？

我們兩個人並非如形體和影子的關係，怎麼可能每個動作都一模一樣呢？我們兩個人也並非如比目魚般，怎麼可能無時無刻都在一起而不會分開呢？

【字詞的注解】

1. 比目：即比目魚，身體扁平，因成長中兩眼漸移到頭部的一側而得名，常須兩兩相並始能游行，故被用來比喻形影不離的夫妻或情人。

【題旨與故事】

文題〈答夫秦嘉書〉，作者徐淑是東漢桓帝時期的官員秦嘉之妻，此文為其回覆給丈夫的一封家書。秦嘉原在地方擔任郡吏，後奉派至京城洛陽，其寫信給在娘家養病的妻子徐淑，希望對方能同他赴京。徐淑考量自己久病未癒，決定不隨丈夫前往，其在回給丈夫的這封書信中，除了表達未能與其當面道別的遺憾之外，也揣想著丈夫此去一路上所要承擔的顛簸勞苦，而自己則是迫於疾病之故，無法守護在丈夫的身旁分擔辛勞，只能用文字來寬慰彼此，強調世上無論情感多麼恩愛的夫妻，終究不可能永遠形影相依，片刻不離，即使無奈與丈夫分隔兩地，但她會不時吟詠著忘憂的詩歌，以求稍稍減輕相思之苦，衷誠期盼夫妻聚首之日儘早到來。據唐代史家家劉知幾《史通．人物》記載，秦嘉之後不及返家便死在他鄉，徐淑娘家的兄弟逼其改嫁，徐淑「毀形不嫁，哀慟傷生」，她寧可自毀容顏，也要與兄弟抗爭到底，表達自己不再婚嫁的決心，一生只情牽丈夫秦嘉一人。

【使用的場合】

本句可用來勸慰不能經常見面的夫妻或情侶，只要彼此的感情真誠堅定，有形的距離根本阻擋不了兩人的心靈互通。

【名句的出處】

東漢・徐淑〈答夫秦嘉書〉：「深谷逶迤，而君是涉；高山巖巖，而君是越；斯亦難矣。長路悠悠，而君是踐；冰霜慘烈，而君是履。身非形影，何得動而輒俱？體非比目，何得同而不離？於是詠萱草之喻，以消兩家之思，割今者之恨，以待將來之歡。今適樂土，優遊京邑，觀王都之壯麗，察天下之珍妙，得無目玩意移，往而不能出耶？」

恍[1]若有望而不來，忽若有來而不見。意密體疏，俯仰異觀；含喜微笑，竊視流眄[2]。

（那位美人）好像望著我卻不想要過來，又好像過來了卻不想要見我。看起來對我情意深切的樣子，形體卻不肯向我靠近，無論是低頭還是抬頭，都展現出不同的風情姿態；懷著欣喜，帶著淺笑，偷偷地看著我，眼波流轉動人。

【字詞的注解】

1.怳：音ㄏㄨㄤˇ，通「恍」字，隱約、好像。
2.眄：音ㄇㄧㄢˇ，斜著眼睛看。泛指看、望。

【題旨與故事】

此段文字出自戰國楚人在宋玉〈登徒子好色賦〉中虛構人物秦國章華大夫之口，敘說其與心儀女子間的一股曖昧不明、似有若無的情感。文中描述出使到楚國的章華大夫，向楚王說明其年輕時曾經遍遊天下，當他於某年春末夏初「從容鄭、衛、溱、洧之間」，來到了民風開放的鄭、衛兩國（轄境約位在今河南以及河北南部一帶），以及附近的溱水、洧水逗留遊玩時，見「群女出桑，此郊之姝，華色含光，體美容冶，不待飾裝」，他看到了這群在鄭、衛郊區採桑的美女，一個個身上散發出像花朵一樣的光采，體態曼妙、容光照人，根本無須多餘的妝扮；章華大夫的目光旋即被其中一名麗人給吸引住，進而產生愛慕的情愫，於是他當著對方的面，吟誦流行於鄭國民間的情歌，想要藉此挑動女子的心扉，以期達到展開交往的目的。誰知這名女子在聽了章華大夫的告白後，開始表現出一種欲說還休、欲迎還拒的嬌羞情態，看起來像是想向章華大夫靠近的樣子，又像是想要與其刻意保持距離似的，巧笑美盼，千姿百媚，讓章華大夫感到捉摸不定，神魂更為之撩亂。歷來鄭國、衛國的詩歌，內容多描寫男女情愛，被儒家斥為靡靡之音，而鄭、衛兩國的女子，也因長相美豔，個性熱情，作風豪放，與其他各國的保守民情迥異，故有「鄭衛之聲」、「鄭衛之女」等帶有貶抑的負面詞傳開。

【使用的場合】

本句可用來形容無法確定心中屬意的對象，是否也同樣鍾情於自己，懷抱著一種既期待又怕被拒絕的心情。

【名句的出處】

戰國・宋玉〈登徒子好色賦〉：「此郊之姝，華色含光，體美容冶，不待飾裝。臣觀其麗者，因稱詩曰：『遵大路兮攬子袪，贈以芳華辭甚妙。』於是處子怳若有望而不來，忽若有來而不見。意密體疏，俯仰異觀；含喜微笑，竊視流眄。」

美人邁[1]兮音塵[2]闕[3]，隔千里兮共明月。

美人離我遠去啊！音訊從此斷絕，相隔千里，只能抬頭共賞一樣明亮的月色。

【字詞的注解】

1. 邁：往；遠。
2. 音塵：指人的聲音和蹤影。

3.闕：此通「缺」字，空；短少。

【題旨與故事】

〈月賦〉作者謝莊，為南朝宋時期人，文中假託東漢獻帝建安年間，魏國公子曹植在秋夜賞月時，想起了他剛剛亡故的兩位文友應瑒、劉楨，一時憂傷難解，於是差人送筆墨、簡牘去給以才思穎敏著稱的王粲，命其鋪寫出一篇能讓他排遣思人愁緒的賦作。與應瑒、劉楨同屬「建安七子」成員的王粲，果然不負曹植所託，隨即作成佳篇，並得到曹植贈送的玉璧當作饋禮。謝莊在〈月賦〉中遐想王粲在曹植的授意之下，便以月夜美景為主題，吟唱出對故人的懷思，縱使一時之間無法見到心中所繫念的人，但還是可以通過天上的一輪明月作為媒介，由它代為傳遞彼此的情感，暫時解慰相思之苦。後來「千里音塵」一語遂由此衍生而出，意指遠方被思念者的音信。清人許槤《六朝文絜》點評此賦：「深情婉致，有味外味。」意指謝莊的這篇〈月賦〉，情韻深厚，婉約別致，讀後令人回味不盡。

【使用的場合】

本句可用來形容望月遙念遠方的戀人或故人。

【名句的出處】

南朝宋．謝莊〈月賦〉：「歌曰：『美人邁兮音塵闕，隔千里兮共明月。臨風歎兮將焉歇，川路長兮不可

越。』歌響未終，餘景就畢。滿堂變容，迴遑如失。又稱歌曰：『月既沒兮露欲晞，歲方晏兮無與歸。佳期可以還，微霜霑人衣。』陳王曰：『善。』乃命執事，獻壽羞璧。敬佩玉音，復之無斁（一）。」

情不知所起，一往而深，生者可以死，死可以生。

愛情在不知不覺中產生，而且愈陷愈深，活著的時候，可以為了愛一個人而死去，死去了以後，又可以為了愛一個人而復活。

【題旨與故事】

此段文字出自明代劇作家湯顯祖〈牡丹亭記題詞〉，是其針對《牡丹亭》這部體裁為傳奇的戲曲所寫的一篇短文，類似序文的作用。所謂「傳奇」，原指唐代文言短篇小說，到了宋、元時期，民間廣泛流傳一種有說又有唱的戲曲形式，由於講唱內容多取材自唐人傳奇，故沿稱這類戲文為傳奇。直至明、清時期，傳奇一詞成了以唱南曲為主的長篇戲曲的專稱，可與盛行於北方的雜劇相區別。《牡丹亭》全名《牡丹亭還魂記》，劇情描述南宋太守杜寶之女杜麗娘，在夢境中與貧寒書生柳夢梅相會於牡丹亭，醒來後對夢中情人從此念念不忘，導致相思成疾，不幸抑鬱以終，被家人葬於花園梅樹之下，後來花園修建成「梅花庵觀」，祭祀杜麗娘的靈位。數年後，書生柳夢梅於赴京考試的途中，因故寄宿於梅花庵觀，與杜麗娘的遊魂相遇相戀，後在杜麗娘的指示下，掘墓開棺，原本在棺木中的屍體竟然奇蹟似地復活，兩人又幾經折騰，終於突破封建禮教的藩籬，成

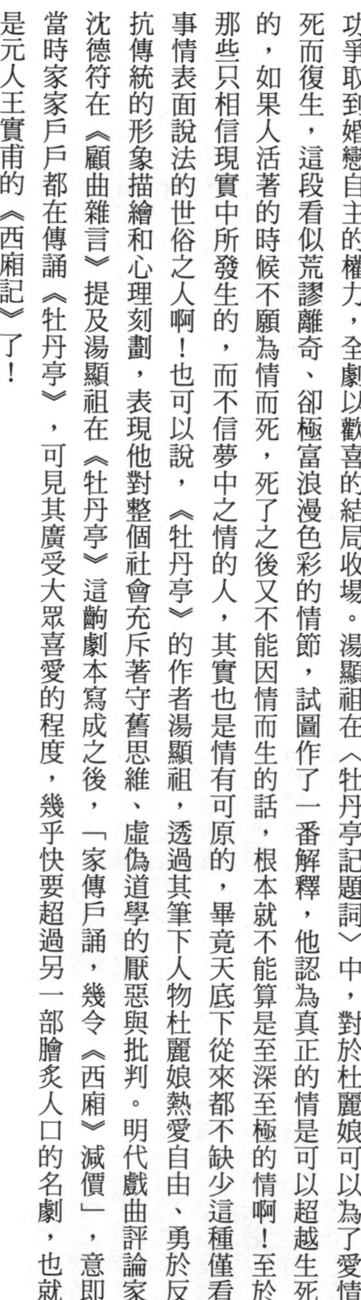

功爭取到婚戀自主的權力，全劇以歡喜的結局收場。湯顯祖在〈牡丹亭記題詞〉中，對於杜麗娘可以為了愛情死而復生，這段看似荒謬離奇、卻極富浪漫色彩的情節，試圖作了一番解釋，他認為真正的情是可以超越生死的，如果人活著的時候不願為情而死，死了之後又不能因情而生的話，根本就不能算是至深至極的情啊！至於那些只相信現實中所發生的，而不信夢中之情的人，其實也是情有可原的，畢竟天底下從來都不缺少這種僅看事情表面說法的世俗之人啊！也可以說，《牡丹亭》的作者湯顯祖，透過其筆下人物杜麗娘熱愛自由、勇於反抗傳統的形象描繪和心理刻劃，表現他對整個社會充斥著守舊思維、虛偽道學的厭惡與批判。明代戲曲評論家沈德符在《顧曲雜言》提及湯顯祖在《牡丹亭》這齣劇本寫成之後，「家傳戶誦，幾令《西廂》減價」，意即當時家家戶戶都在傳誦《牡丹亭》，可見其廣受大眾喜愛的程度，幾乎快要超過另一部膾炙人口的名劇，也就是元人王實甫的《西廂記》了！

【使用的場合】

本句可用來形容人一旦投入真心情感，便會奮不顧身地為其所深愛的人付出一切。

【名句的出處】

明．湯顯祖〈牡丹亭記題詞〉：「情不知所起，一往而深，生者可以死，死可以生。生而不可與死，死而不可復生者，皆非情之至也。夢中之情，何必非真，天下豈少夢中之人耶？必因薦枕而成親，待掛冠而為密者，皆形骸之論也。」

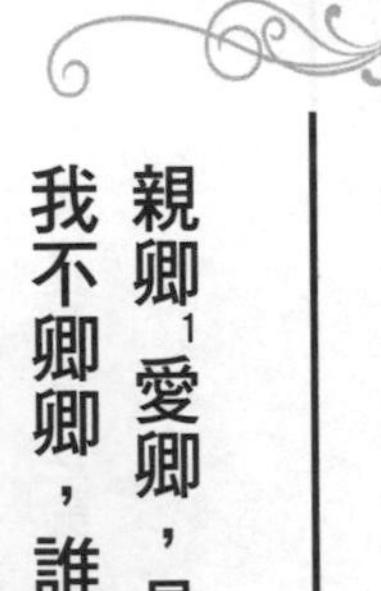

親卿[1]愛卿，是以卿卿；我不卿卿，誰當卿卿？

我因為親近您、愛慕您，所以才稱您為「卿」；如果我不稱您為「卿」，那麼還有誰可以稱您為「卿」呢？

【字詞的注解】

1. 卿：本為古代官爵的稱謂，後也用來作為對人的尊稱，或丈夫對妻子的暱稱。更後來則演變成夫妻或愛人間的親暱稱呼。

【題旨與故事】

魏晉時期，門第觀念非常濃厚，而「竹林七賢」中年齡最小的王戎，出身琅琊王氏，是當時數一數二的名門望族，家世顯赫，父祖輩身居高位，家族後人更出了東晉開國元勛王導、書法家王羲之等代表人物。王戎從小天資聰穎，神采秀澈，被人稱為神童，十五歲時便與年紀大其二十幾歲的阮籍交好，因而可以成為竹林下能和其他名士酣歌縱酒、風流放誕的一員；其後曹魏政權為司馬氏集團所取代，竹林七賢也因每個人的政治理念和立場互異而瓦解。西晉王朝成立後，王戎因討伐孫吳有功，被武帝司馬炎封為安豐侯，故有「王安豐」之稱。《世說新語．惑溺》記錄了一則王戎與妻子的甜蜜對話，由於當時的社會，丈夫可稱妻子為「卿」，而妻子只能稱丈夫為「君」，不過王戎的妻子完全不理會這些世俗成規，總是嬌滴滴地喚著丈夫「卿」；即使王戎一再勸說妻子應當恪遵禮法，言行得體，但他的妻子卻依然故我，甚至認為自己如此深愛丈夫，理所當然就是這世上最有資格稱丈夫為「卿」的人。最後王戎發現自己根本管不動妻子，從此便任憑妻子高興怎麼叫他都無妨了！這也是成語「卿卿我我」的典故由來，可用來形容夫妻和情侶間相親相愛的情狀。

【使用的場合】

本句可用來形容伴侶之間的關係親密，充滿愛意。

【名句的出處】

南朝宋．劉義慶《世說新語．惑溺》：「王安豐婦，常卿安豐。安豐曰：『婦人卿婿，於禮為不敬，後勿復爾。』婦曰：『親卿愛卿，是以卿卿；我不卿卿，誰當卿卿？』遂恆聽之。」

願在衣而為領，承華首之餘芳；悲羅襟之宵離，怨秋夜之未央。

我願意化作她衣上的領襟，承受著她美麗容顏所散發出的芳香；但又唯恐她到了夜晚就寢前就會脫下羅衣，而那時的我只能怨恨秋夜如此淒冷漫長。

【題旨與故事】

陶淵明在〈閑情賦〉中寫其傾心於一名品貌不凡的女子，想像著自己成為對方衣服上的領子，緊緊相隨，親近不離；然而又立即想到，女子在睡前就會解下身上的衣衫，這樣他朝夕依偎的渴望不也就落空了嗎？仍不死心的作者又接連展開九種設想，說自己希望化身成女子腰上的裙帶、頭上的髮膏、畫眉的黛墨、床上的草席、腳下的絲鞋、隨身的影子、照顏的燭光、手中的竹扇，以及膝上的桐琴。但他每提出一種設想，馬上發現不管任何一種化身，其實都有被女子放下或不需要的時候，這也意味著，他想和女子永不分離的心願終究無法達成。陶淵明在文中以連用十個「願」，再接寫十個「悲」的句式，除了表達其對戀慕女子的熾熱想望，同時也深化其欲求而不可得的強烈失落。作者最後還是不忘自我寬慰一番，明白既然所願必違，再苦心勞情也是無濟於事，故決定將自己這份情愫壓抑下來，終是不敢對女子表白。南朝宋人蕭統向來對陶淵明的作品予以極高的評價，卻在〈陶靖節集序〉寫道：「白玉微瑕，唯在〈閑情〉一賦。」顯然不太認同以文風質樸自然、志趣卓然高致著稱的陶淵明，竟然留下一篇對女子充滿情色遐想的〈閑情賦〉。北宋蘇軾對於蕭統以「白玉微瑕」來評論〈閑情賦〉頗不以為然，其在《東坡題跋》云：「淵明作〈閑情賦〉，所謂〈國風〉好色而不淫，正使不及〈周南〉，與屈、宋所陳何異？而統大譏之，此乃小兒強作解事者。」蘇軾認為陶淵明〈閑情賦〉的文學價值，與被蕭統收錄在《昭明文選》中屈原、宋玉的作品實不相上下，但蕭統卻對〈閑情賦〉予以譏評，此舉就好像是不成熟的小孩子一樣，強行用自己的想法去曲解他人的作品。

【使用的場合】

本句可用來形容追慕或單戀某人的忐忑、苦痛心情。

【名句的出處】

東晉・陶淵明〈閑情賦〉：「願在衣而為領，承華首之餘芳；悲羅襟之宵離，怨秋夜之未央。願在裳而為帶，束窈窕之纖身；嗟溫涼之異氣，或脫故而服新。願在髮而為澤，刷玄鬢於頹肩；悲佳人之屢沐，從白水而枯煎。……考所願而必違，徒契契以苦心；擁勞情而罔訴，步容與於南林。」

傷離怨別

不去此婦，則家不寧；不去此婦，則家不清；不去此婦，則福不生；不去此婦，則事不成。

不和這個婦人離婚，則家庭不會安寧；不和這個婦人離婚，則家庭不會清靜；不和這個婦人離婚，則福氣不會出現；不和這個婦人離婚，則所有的事情都不會成功。

【題旨與故事】

東漢文人馮衍的妻子任氏凶悍善妒，不允許丈夫蓄妾，馮衍於是寫了一封家書給妻子的弟弟任武達，說明自己決定將任氏休離的原委。他在信的一開頭先言「夫婦之道，義有離合」、「先聖之禮，士有妻妾」，認為

自己無論是想要休妻或娶妾都是天經地義的事情；又說任氏的言行「以白為黑，以非為是，造作端末，妄生首尾」，到處搬弄是非，顛倒黑白，搞得全家雞犬不寧；接著控訴任氏「繼嗣不育，紡績織紝，了無女工」，無心教養子女也不操持家務，以及「暴虐此婢，不死如髮」，還把一名婢女虐打到生命垂危的地步，忍不住斥責任氏「既無婦道，又無母儀」這樣不堪的字眼。信的最末，馮衍用連珠炮似的激烈語氣，道出四種出妻的理由，聲明任氏就是製造家庭紛爭的禍源，悔恨自己過去沒有積極處理問題，導致「養癰長疽，自生禍殃」，而現在的他絕不再姑息養奸，勢必要將任氏逐出家門。不過，馮衍後來即使如願休妻又迎來了新婦，然而他的家庭關係終究難以美滿收場。據南朝宋人范曄《後漢書．馮衍傳》記載：「豹字仲文，年十二，母為父所出。後母惡之，嘗因豹夜寐，欲行毒害，豹逃走得免。」馮豹是馮衍與任氏之子，馮衍與任氏離婚後再娶的新婦，曾經想要趁著十二歲的馮豹睡覺時加以毒害，所幸馮豹機警才逃過一劫。元配任氏是否真如馮衍信中所講的那樣潑悍已無從查證，但史料上確實記錄著馮衍新娶的妻子欲毒害繼子馮豹，可知其凶惡狠毒的程度，與馮衍筆下的元配任氏相比更是不遑多讓啊！

【使用的場合】

本句可用來形容丈夫與妻子感情不睦，展現其堅持離婚的決心。

【名句的出處】

東漢．馮衍〈與婦弟任武達書〉：「不去此婦，則家不寧；不去此婦，則家不清；不去此婦，則福不生；不去此婦，則事不成。自恨以華盛時不早自定，至於垂白家貧身賤之日，養癰長疽，自生禍殃。」

心慊[1]移而不省故兮，交得意而相親。

心思已經絕情移轉，從此不再顧念舊人，與新歡稱心如意，彼此親近。

【字詞的注解】

1. 慊：音ㄑㄧㄢˋ，怨恨、不滿。此作斷絕之意。

【題旨與故事】

文題〈長門賦〉，相傳這篇賦是司馬相如收受了西漢武帝陳皇后黃金百斤的酬勞所寫成的，目的是要借司馬相如動人的辭采來挽回君心。陳皇后是漢武帝第一任皇后，得專寵十餘年，在一部託名東漢班固著作的志怪小說《漢武故事》，提及武帝年幼時說過：「若得阿嬌作婦，當作金屋貯之也。」小說中的阿嬌，指的就是陳皇后，這也是後來成語「金屋藏嬌」的典故由來。只是武帝後來別戀其他妃子，謫居於長門宮的陳皇后，每日在宮中孤單徘徊，苦苦等候天子親臨卻總是希望落空。司馬相如在〈長門賦〉中，敘述一名遭受冷遇的美麗女子，滿懷愁思，面容憔悴，對君王昔日允諾要來探望她的話語，始終念念不忘，不料如今君王只想和新受寵的女子一起吃喝作樂，親暱相愛，早已忘了住在長門宮裡的故人啊！

【使用的場合】

本句可用來感嘆伴侶喜新厭舊，見異思遷。

【名句的出處】

西漢．司馬相如〈長門賦〉：「夫何一佳人兮，步逍遙以自虞。魂踰佚而不反兮，形枯槁而獨居。言我朝往而暮來兮，飲食樂而忘人。心慊移而不省故兮，交得意而相親。伊予志之慢愚兮，懷貞慤（ㄑㄩㄝˋ）之歡心。願賜問而自進兮，得尚君之玉音。奉虛言而望誠兮，期城南之離宮。修薄具而自設兮，君曾不肯乎幸臨。」

日不我與，曜靈[1]急節，
面有逸景[2]之速，別有參商[3]之闊。

時間不會等待我，太陽走得很急，相聚的時間有如掠過的影子一樣快速，別離則有如天上參星與商星的距離一樣遙遠，之後難以再見。

【字詞的注解】

1. 曜靈：指太陽。

2.逸景：形容光陰稍縱即逝，有如眼前閃過的影像。景，此通「影」字，指影子。

3.參商：星宿名，參星居於西方，商星位在東方，兩星此出則彼沒，不會同時在天空出現。後多用來比喻分離而不得相見。另可用來比喻感情不睦或意見不合。

【題旨與故事】

文題〈與吳季重書〉，為曹植早年寫給文友吳質的一封書信，其中「季重」是吳質的字。吳質，是曹丕、曹植兄弟的共同友人，但在關係親疏上，吳質與曹丕的情誼，相對比和曹植親近許多。曹植在信中追憶過去與吳質在鄴城一同宴飲遊樂的景狀，大讚其「鷹揚其體，鳳歎虎視」，神態像是在空中飛揚的老鷹，言談猶似鳳鳥的美妙鳴聲、目光宛若猛虎般炯炯有神，「左顧右盼，謂若無人」，可說是情志豪邁，氣宇非凡，只恨歲不我待，當時共處的歡愉有如浮光掠影，一旦逝去便無處追尋，自己怎麼也料想不到，如今兩人竟然各居一地，猶若參、商這兩顆永不相見的星宿般，讓他時刻顧念，寢食難安，不知還要等到何年何月，方能再與吳質這位好友聚首同歡。

【使用的場合】

本句可用來形容與人離別後的思念甚切。

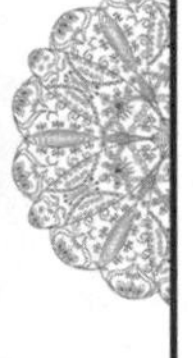

【名句的出處】

三國魏．曹植〈與吳季重書〉：「然日不我與，曜靈急節，面有逸景之速，別有參商之闊。思欲抑六龍之首，頓羲和之轡，折若木之華，閉濛汜之谷。天路高邈，良久無緣，懷戀反側，如何如何？」

念在昔之恩好，似比翼之相親。惟方今之疏絕，若驚風之吹塵。

懷念我們過去的恩愛美好，好似一對並翅雙飛的鳥一樣。只是如今我們的關係已從日漸疏遠到情義斷絕，就像是一陣疾風把塵埃吹走般。

【題旨與故事】

文題〈出婦賦〉，出婦，指的是被丈夫離棄的妻子。作者曹丕文中模仿一名棄婦的口吻，訴說自己婚變的經過，原與丈夫的情感親密相愛，儷影雙雙，但容貌經過漫漫歲月的摧殘，姿色衰退後便失去了丈夫的寵愛，再加上未生育子嗣，依照當時的禮法制度，更順理成章地成了丈夫將其趕出家門的理由。婦人離開夫家之前，穿上了她剛入門時穿的那身嫁衣，示意自己對婚姻的初心與諾言始終不變，無奈現實社會對待無子的女人就是如此殘酷無情，即使她心中對丈夫仍然存有依戀，也只能黯然離開夫家，絲毫不敢和當時世俗所認同的固有法則相抗衡。

【使用的場合】

本句可用來形容夫妻從原本的情感融洽，形影相隨，逐漸演變成貌合神離，最後走到無可挽回的地步。

【名句的出處】

三國魏．魏文帝曹丕〈出婦賦〉：「念在昔之恩好，似比翼之相親。惟方今之疏絕，若驚風之吹塵。夫色衰而愛絕，信古今其有之。傷煢獨之無恃，恨胤嗣之不滋。甘沒身而同穴，終百年之長期。信無子而應出，自典禮之常度。悲谷風之不答，怨昔人之忽故。」

昔伯牙絕絃[1]於鍾期，仲尼覆醢[2]於子路，痛知音之難遇，傷門人之莫逮。

過去伯牙在好友鍾子期死後就把琴絃弄斷，一輩子再也不撫琴了，孔子一聽到學生仲由（字子路）在衛國被剁成肉泥的消息，即叫人把家裡食用的肉醬全都倒掉，不忍再吃相似的食物了，伯牙把琴絃弄斷是痛惜人生的知音不容易遇到，孔子叫人倒去肉醬是悲傷其他弟子都比不上仲由勇敢。

【字詞的注解】

1. 伯牙絕絃：春秋時伯牙擅長彈琴，而鍾子期聽而知之；鍾子期死後，伯牙認為世上已無人聽得懂他的琴

音，遂毀琴斷絃，自此不再彈琴。典出《呂氏春秋．孝行覽．本味》：「鍾子期死，伯牙破琴絕絃，終身不復鼓琴，以為世無足復為鼓琴者。」比喻知音難遇。

2.仲尼覆醢：春秋時孔子的學生子路因衛國內亂而被砍成肉泥，從此孔子見到肉醬便叫人倒掉，不再食用。醢，音ㄏㄞˇ，肉醬。典出《禮記．檀弓上》：「孔子哭子路於中庭，有人弔者，而夫子拜之。既哭，進使者而問故。使者曰：『醢之矣。』遂命覆醢。」可用來比喻睹物思人或師生間的情誼深厚。

【題旨與故事】

曹丕於東漢獻帝建安二十二年（西元二一七年）被父親曹操立為魏太子，同年中原發生大疫，多位享有盛名的文人皆遭受這場災禍而相繼病逝，像是「建安七子」中的徐幹、陳琳、應瑒、劉楨，而他們四人先前都是投身曹氏父子幕下文士集團的中堅分子。曹丕寫信與其至交吳質，說明自己正在整理這幾位故友的遺作，準備將其編綴成集，近來經常一邊讀著他們生前的文稿，一邊忍不住拭淚，悲不自抑。作者文中借寫「伯牙絕絃」和「仲尼覆醢」兩則典故，表達其對當代諸位俊彥不幸亡故的極度哀傷，也顯示出他們之間聲氣相投，交情非同尋常。

【使用的場合】

本句可用來抒發對知交或得意門生逝去的痛念。

【名句的出處】

三國魏．魏文帝曹丕〈與吳質書〉：「昔伯牙絕絃於鍾期，仲尼覆醢於子路，痛知音之難遇，傷門人之莫逮。諸子但為未及古人，自一時之儁也，今之存者，已不逮矣。後生可畏，來者難誣，然恐吾與足下不及見也。」

恨無愆[1]而見棄，悼君施之不終。

怨恨的是，自己並沒有犯錯卻遭到丈夫拋棄，傷心的是，丈夫對我的情感沒有始終如一。

【字詞的注解】

1.愆：音ㄑㄧㄢ，罪過、過失。

【題旨與故事】

曹植文中揣摩一名正要被丈夫逐出家門的婦人口吻，敘說自己從十五歲辭別父母、嫁入夫家，便每天戰戰兢兢地侍奉夫君，隨時都在察言觀色，盡力去迎合丈夫的心意，但最後還是避免不了被休棄的命運；看著丈夫與新婚妻子甜蜜的模樣，對於即將下堂離去的舊人完全無動於衷，更讓婦人覺得委屈滿腹，不知向誰去申訴。

據傳東漢末年，曹操的部屬劉勳與妻子王宋結縭二十多年，劉勳後來打算另娶他人，便用王宋無子的理由將其

休離，此一事件引來了曹丕、曹植兄弟以及建安文士王粲的關注，三人皆以相同的題材各作一篇〈出婦賦〉，代替婚姻遭遇不幸的王宋，發出憤懣與不平；除了賦的文體之外，曹丕〈代劉勳妻王氏雜詩〉、曹植〈棄婦詩〉，則是以詩的體裁來抒寫劉勳出妻一事，由此可知，建安時期的文人開始重視婦女的情感世界，不再習於用男性為主體的角度來思考問題。而曹操麾下的這名將士劉勳，絕對沒有想過其休妻的舉動，本是封建體制下的男人再平常不過的行為，竟然成了長官的兒子及其好友的寫作題材，甚至據其休妻一事而寫成的詩賦作品，還全都站在被出妻子王宋的這一方，讓劉勳永遠甩不掉負心漢的壞名。

【使用的場合】

本句可用來形容女子婚後無端被丈夫休離，內心愁苦鬱結，悲憤難平。

【名句的出處】

三國魏．曹植〈出婦賦〉：「衣入門之初服，背床室而出征。攀僕御而登車，左右悲而失聲。嗟冤結而無訴，乃愁苦以長窮。恨無愆而見棄，悼君施之不終。」

春草碧色，春水淥[1]波。送君南浦[2]，傷如之何？

春天的草一片翠綠，春天的水泛起清澈的波浪。送心上人到分別的地方，悲傷到不知該如何是好？

【字詞的注解】

1. 渌：音ㄌㄨˋ，清澈。
2. 南浦：原指南邊的水岸。後泛指送別之處。

【題旨與故事】

此段文字為南朝梁人江淹在〈別賦〉中描述戀人別離時的傷心景況，其先是通過綠意盈盈的無邊春色，以及波光蕩漾的無盡春水，藉以渲染離人綿延無窮的不捨情意。接著同樣利用大自然中「秋露如珠，秋月如珪，明月白露」的清寒秋色，抒發情人自春日南浦一別之後，經過季節更迭，星移物換，依然盼不到情人的影蹤，心中滿是悲涼。其中「南浦」一詞，典出戰國楚國詩人屈原《楚辭．九歌．河伯》：「子交手兮東行，送美人兮南浦。」描述其在水濱之南，與即將向東遠行的心上人握手道別，自此「南浦」便成了離別時分手之地的代稱。明人楊慎《升庵詩話》針對這段情人之別的評語為：「取諸目前，不雕琢而自工，可謂天然之句。」意在讚美江淹〈別賦〉中的這段文字，取材自眼前所見的事物，完全不用修飾而自有工巧，可說是天生自然的佳句。

【使用的場合】

本句可用來形容與至親好友或愛人分別時的離愁哀情。

【名句的出處】

南朝梁．江淹〈別賦〉：「下有芍藥之詩，佳人之歌。桑中衛女，上宮陳娥。春草碧色，春水淥波。送君南浦，傷如之何？至乃秋露如珠，秋月如珪。明月白露，光陰往來。與子之別，思心徘徊。」

若言離更合，覆水定難收。

如果說，夫妻分離之後還能夠復合的話，這種情形，就好比翻覆的水根本無法收回是一樣的道理。

【題旨與故事】

南宋文人王楙在《野客叢書》這部筆記書中，提及姜尚（即姜太公，字子牙）在還未輔佐周文王之前，生活貧困，妻子馬氏不能忍受而離去。後來姜尚成功幫助文王之子武王滅了商朝，封地於齊，貴不可言，此時馬氏又出現在姜尚的面前，提出重修舊好的請求；姜尚則是取一壺水傾倒在地，告訴馬氏若是能讓倒出去的水回到壺裡的話，兩人才有和好的可能。馬氏聽完姜尚的這番話後，只能知難而退，畢竟當初是自己無情離棄丈夫在先，如今想要獲得對方的原諒，自然也不是一件容易的事。

【使用的場合】

本句可用來比喻夫妻一旦離異便難以挽回。也可用來比喻已成定局的事實，無法再更改。

【名句的出處】

南宋．王楙《野客叢書．心堅石穿覆水難收》：「案姜太公妻馬氏，不堪其貧而去。及太公既貴，再來，太公取一壺水傾於地，令妻收之，乃語之曰：『若言離更合，覆水定難收。』」

煢煢[1]遊魂，誰主誰祀？

（妳那）孤獨無依、到處遊蕩的魂魄，後代有誰可以（為妳）主持祭祀呢？

【字詞的注解】

1. 煢煢：音ㄑㄩㄥˊ，形容孤單、沒有依靠的樣子。

【題旨與故事】

文題〈祭程氏妹文〉，為陶淵明追弔其同父異母妹的一篇祭文，因妹妹嫁與姓程的人家，故以「程氏妹」稱之。文中他追憶與相差三歲的妹妹之間「嗟我與爾，特百常情」、「爰從靡識，撫髫相成」，從懵懂無知的童年開始，兄妹感情便比一般人好上百倍，成長過程中一路相互扶持；回想妹妹生前的言行舉止「靖恭鮮言，聞善則樂；能正能和，惟友惟孝；行止中閨，可象可效」，可說是具備所有的美德於一身，堪為世間女子的表率，卻不幸早逝，讓其發出「彼蒼何偏，而不斯報」的怒吼，怨恨上天偏頗不公，竟然沒有給予善良的人應得

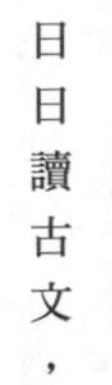

的報應；悲痛「藐藐孤女，曷依曷恃」，看著年幼即失去母親呵護的外甥女，不知將來可以依靠何人？最末，作者把希望寄託在「死如有知，相見蒿里」的約定上，假設人死後還有知覺的話，他希望妹妹不要忘記來日到墓地與其相會，再續兄妹情緣，句句流露出對至親離世的不捨哀慟。古來家祭向來由嫡長子主持，然從全文僅提及程氏妹留有「孤女」來看，陶淵明之所以憂慮「誰主誰祀」，極有可能是程氏妹並未生育男兒的緣故。此外，程氏妹亡故的時間，正好是陶淵明擔任彭澤縣令之時，其於〈歸去來兮辭並序〉中提到：「尋程氏妹喪於武昌，情在駿奔，自免去職，仲秋至冬，在官八十餘日。」原已忍受不了烏煙瘴氣的官場文化，此時又聽聞妹妹驟逝的消息，急著趕赴武昌奔喪的陶淵明，當下便決定辭去官職，自此歸居田野。

【使用的場合】

本句可用來形容生者對亡者的哀思之情。

【名句的出處】

東晉．陶淵明〈祭程氏妹文〉：「尋念平昔，觸事未遠；書疏猶存，遺孤滿眼。如何一往，終天不返？寂寂高堂，何時復踐？藐藐孤女，曷依曷恃？煢煢遊魂，誰主誰祀？奈何程妹，于此永已。死如有知，相見蒿里。嗚呼哀哉！」

親落落[1]而日稀，友靡靡[2]而愈索[3]。

（還存活的）親人日漸稀少，朋友零落散盡。

【字詞的注解】

1. 落落：此作稀疏。
2. 靡靡：此作盡。
3. 索：此作冷落。

【題旨與故事】

陸機在〈歎逝賦〉的序中提及「懿親戚屬，亡多存寡；昵交密友，亦不半在」，又言「十年之外，索然已盡」，在在說明他身邊的至親好友，多半已在十年之間離開人世，而造成這個不幸的原因，就是始於西晉惠帝在位時期所引發的「八王之亂」。武帝去世，其子惠帝即位後的第二年，宗室諸王為了奪取政權，互相起兵攻伐，這場混戰從原本的宮廷爭鬥，演變成到處殺戮劫掠的嚴重動亂，導致民生凋敝，百姓生活難以為繼。由於長時間干戈不止，陸機的親友大多因而死去，讓他不禁感嘆每年的季節雖然相同，但過去還活著的人，如今卻已不在人世；年紀愈大，思念亡故的人愈來愈多，尋找尚在人間的親舊，差不多只剩下以往的十分之一，感覺快樂似乎遺忘了自己，而哀傷盤踞了整個心頭，落寞難掩。文中他一方面感嘆歲月稍縱即逝，不知還能在這樣的亂世苟存多久？另一方面又自我安慰，想著人既然終將一死，何不儘早免冠解印，放下對功名的追求，安享餘年。不幸的是，陸機終究未能及時遠離風暴，其於〈歎逝賦〉寫成的三年後，也就是「八王之亂」的第十三年，當時擔任成都王司馬穎幕僚的他，奉命討伐長沙王司馬乂（一ˋ）卻不幸兵敗，被人讒陷通敵而判了死刑。

據《世說新語．尤悔》記載，陸機臨刑之前曾語出：「欲聞華亭鶴唳，可復得乎？」喟嘆自己再也聽不到故鄉華亭（位在今上海市境內）的鶴鳴聲，顯然對於捲入司馬家族的爭權衝突，又來不及避亂自保感到懊悔不已，而這也是成語「華亭鶴唳」的典故由來，比喻懷舊或仕途受挫的後悔心情。

【使用的場合】

本句可用來形容面對親友離散或喪亡的失落情緒。

【名句的出處】

西晉．陸機〈歎逝賦〉：「觸萬類以生悲，歎同節而異時。年彌往而念廣，途薄暮而意迮（ㄗㄜˊ）。親落落而日稀，友靡靡而愈索。顧舊要於遺存，得十一於千百。樂隤心其如忘，哀緣情而來宅。託末契於後生，余將老而為客。」

黯然銷魂者，唯別而已矣。

這世上會讓人容貌為之慘淡，心神感到沮喪，而且整個人像是失去了魂魄般的，唯有離別這件事罷了！

【題旨與故事】

江淹在〈別賦〉的一開場，便用「黯然銷魂」一詞為「別」字的特徵作了簡而有力的注解，直指人間唯一能使人表現出失神落魄情狀的，莫過於遭遇生離或是死別。之後又言「別離一緒，事乃萬族」，別離的情緒雖然只有一種，但造成別離的具體情況卻是非常的多，然而不管雙方是在何種時空或環境背景下分離，「有別必怨，有怨必盈」，這股盈滿胸中的強大怨恨，足以讓人「意奪神駭，心折骨驚」，意志渙散，筋骨如折，悚然心驚，無論是精神還是身體都會受到極大的打擊。作者最後以「誰能摹暫離之狀，寫永訣之情者乎」兩語作結，即使是擅長文辭的名家，也難以摹寫出暫時分離的狀態，描繪出永久訣別的情感，意味著在世時的分離和死亡時的永別，帶給人們的痛苦感受和心理創傷，實非言語或筆墨所能形容。清人許槤《六朝文絜》對此文開篇「黯然銷魂」的評語為：「此四字無限淒涼，一篇之骨。」意指江淹〈別賦〉中讓人讀了感到無盡悲傷的「黯然銷魂」四字，正是整篇文章的核心思想。

【使用的場合】

本句可用來形容離情別緒，令人神魂恍惚，樣貌慘然。

【名句的出處】

南朝梁．江淹〈別賦〉：「黯然銷魂者，唯別而已矣。況秦、吳兮絕國，復燕、宋兮千里。或春苔兮始生，乍秋風兮暫起。是以行子腸斷，百感悽惻。」

友朋交誼

人之相知，貴識其天性，因而濟之。

人和人之間的交往，最難得的是能夠了解彼此天生的本性，進而協助其依循著本性發展。

【題旨與故事】

文題〈與山巨源絕交書〉，為三國魏人嵇康寫給友人山濤的一封信，其中「巨源」是山濤的字，兩人皆名列「竹林七賢」之中。嵇康身處在魏、晉朝代更替之際，性情孤高的他不肯依附專橫國事的司馬家族，選擇終日與山水為伍，彈琴賦詩以自娛，想要藉此遠離政治紛爭，孰料山濤竟推薦其入朝為官，令嵇康大為光火，認為兩人若是相契摯交，又豈會強迫對方去做違背心志的事呢？他在信中除了陳述自己「剛腸疾惡，輕肆直言，遇事便發」的性格與官場扞格難通之外，更揚言要與擅作主張的山濤絕交。其援引多位聖賢名人與人的交誼為例，像是夏禹即位後，不逼迫隱居山野的伯成子高改變心意出來做官，以保全其高節；春秋時的孔子不跟生性吝嗇的學生子夏（姓卜名商，子夏為字）借車蓋，以回護子夏的缺點；東漢末年，原本要投靠劉備的謀士徐庶（字元直），曹操為迫使徐庶離開劉備而將徐母拘禁起來，諸葛亮（字孔明）不願徐庶因此左右為難，成全其回到母親身邊盡孝；三國魏文帝任用的相國華歆（字子魚）不勉強同窗管寧（字幼安）接受卿相的職務，以成全其出世之志，他們都可算是始終如一的知心人啊！嵇康雖然躲過了做官這件事，卻還是避不開遭人誣陷而亡的噩運，據《晉書．山濤傳》記載，嵇康臨刑前對兒子嵇紹說道：「巨源在，汝不孤矣。」可見山濤仍是嵇康值得信賴的好友，才會將自己年幼的兒女託付之。南朝梁時期的文學理論批評家劉勰在《文心雕龍・書記》對這封絕交信的評價是：「此書實志高而文偉。」

【使用的場合】

本句可用來說明真正的知己是相互理解，並支持對方實現其人生志向。

【名句的出處】

三國魏・嵇康〈與山巨源絕交書〉：「夫人之相知，貴識其天性，因而濟之。禹不逼伯成子高，全其節也；仲尼不假蓋於子夏，護其短也。近諸葛孔明不逼元直以入蜀，華子魚不強幼安以卿相。此可謂能相終始，真相知者也。」

人之相與，俯仰一世，或取諸懷抱，晤言一室之內，或因寄所託，放浪形骸之外。

人與人在這個世上相處一輩子，時間其實過得很快，有的人喜歡和朋友聚在屋內傾訴胸懷抱負，有的人則是偏好無拘無束的生活，將情感寄託在形體之外的精神追求上。

【題旨與故事】

東晉穆帝永和年間的春天，在王羲之的帶頭號召之下，一場堪稱文學史上規模盛大的詩歌雅集，在水秀山青的蘭亭展開，當時社會上的赫赫名流如謝安、孫綽、郗（ㄔ）曇等人皆有到場，而王羲之家族的眾位俊逸少年也都沒有缺席，可謂一時菁英薈萃。席間大家對著美景揮觴作詩，淋漓酣暢，互敘衷懷，此情此景，讓王羲之有感於朋友之間的交遊，雖有靜態和動態的分別，前者如在屋內談天論地，後者如縱情山林，享受不受羈絆的快意自由；然而不論選擇何種模式，終究都逃不過時間匆匆而逝的現實，讓人不由得產生情隨境遷、樂盡悲來的慨想，也提醒人們應把握當下聚合的緣分。

【使用的場合】

本句可用來說明由於每個人的性格、興趣不同，互動方式也會隨之有別，但情感上的交流都是會讓人感到真誠欣悅的。也可用來形容人生短暫無常，更當珍惜與良朋益友共處相伴的時光。

【名句的出處】

東晉・王羲之〈蘭亭集序〉：「夫人之相與，俯仰一世，或取諸懷抱，晤言一室之內，或因寄所託，放浪形骸之外。雖取舍萬殊，靜躁不同，當其欣於所遇，暫得於己，快然自足，不知老之將至。及其所之既倦，情隨事遷，感慨係之矣。」

生我者父母，知我者鮑子[1]也。

（春秋齊相管仲說）生我的人是父母，最懂我的人卻是鮑叔牙啊！

【字詞的注解】

1. 鮑子：此指鮑叔牙，春秋齊國大夫，早年即與管仲的情感友好。

【題旨與故事】

春秋初期，被齊桓公尊稱為「仲父」的管仲（名夷吾，仲是其字），在齊國執掌政權四十年，輔助齊桓公成就霸業，多次會和諸侯，匡正天下。其實最早發現管仲具有政治長才的是其年少好友鮑叔牙，即使當初在齊國王位的爭戰中，管仲擁護的是公子糾，而鮑叔牙效忠的是公子小白，兩人可說是各為其主；只是後來公子小白立為齊君（也就是後來的齊桓公），公子糾被殺，管仲也因而成了階下囚。但就在齊桓公準備殺管仲之際，鮑叔牙卻以管仲賢明能幹為由，向齊桓公大力推薦，其後齊桓公果然憑藉著管仲的智謀而成為一代霸主。《史記．管晏列傳》中記載了管仲與鮑叔牙早年一同經商，管仲總會在分利時，自己多拿一些，但鮑叔牙從來不認為管仲貪財，知其生活貧困；管仲曾替鮑叔牙辦事，卻因處理不當，使得鮑叔牙更加拮据，但鮑叔牙從來不認為管仲笨拙，知其時運不順；管仲也曾多次出來做官，卻多次遭到君王免職，但鮑叔牙從來不認為管仲沒有才能，知其時機未到；管仲多次上戰場打仗，又多次從戰場上逃走，但鮑叔牙從來不認為管仲貪生怕死，知其家有老母；管仲所支持的公子糾與公子小白爭位失敗，同僚召忽自殺，之後管仲被關進大牢受盡侮辱，卻又不能

死節，但鮑叔牙從來不認為管仲沒有廉恥，知其不拘小節，深信會讓管仲感到羞恥的，也就是功名不能顯揚於天下這樣的大事啊！對管仲而言，鮑叔牙可以說是比自己的親生父母更清楚自己的優點，且從不計較自己的缺點，不管發生任何事情，永遠待之如初。

【使用的場合】

本句可用比喻某位對自己了解甚深的知交。

【名句的出處】

西漢．司馬遷《史記．管晏列傳》：「吾始困時，嘗與鮑叔賈，分財利多自與，鮑叔不以我為貪，知我貧也。吾嘗為鮑叔謀事，而更窮困，鮑叔不以我為愚，知時有利不利也。吾嘗三仕三見逐於君，鮑叔不以我為不肖，知我不遇時。吾嘗三戰三走，鮑叔不以我怯，知我有老母也。公子糾敗，召忽死之，吾幽囚受辱，鮑叔不以我為無恥，知我不羞小節，而恥功名不顯於天下也。生我者父母，知我者鮑子也。」

百人譽之不加密，百人毀之不加疏。

很多人誇獎他，我也不會因此而跟他更加親密，很多人詆毀他，我也不會因此而跟他更加疏離。

【題旨與故事】

文題〈遠慮〉，為北宋文學家蘇洵所寫的一篇政論文章，內容主要是針對君臣相處之道提出建言，強調腹心之臣對於君王施政的重要性，文中寫道：「今夫一家之中必有宗老，一介之士必有密友，以開心胸，以濟緩急，奈何天子而無腹心之臣乎？」就好比一個家族當中，必定會有一位受眾人尊重的長輩，而一名普通的讀書人的身邊，也必定會有一位至交契友，隨時敞開著胸懷，救濟族人或好友的急難與需要，怎麼反而是堂堂一國之君的身邊，很難找到值得親近和信賴的臣子呢？這在蘇洵看來，恐怕是要歸咎於君王用人的標準不一，經常是「一人譽之則用之，一人毀之則捨之」，聽了一個人說某人好就任用他，或是聽了一個人說某人不好便罷黜他，在這種情況之下，臣子為了避嫌都來不及了，哪裡還有心思為君王分憂解勞呢？久而久之，君臣之間的距離和隔閡加劇，自然也就影響到國家政局的穩定。歸納以上所論，蘇洵認為君王對臣子應該「知無不言，言無不盡」，把自己內心的想法全都告訴對方，毫不保留，而且不要因為聽了誰說臣子的好話或壞話，就改變自己的態度，充分信任對方，然後與其共商國家機密大事，思慮如何因應時局的變化，君臣合作無間，達成共生雙贏的局面，如此才是國家與百姓之福。據《宋史．蘇洵傳》記載，仁宗時的宰相韓琦，在讀了蘇洵這篇〈遠慮〉後，驚為天人，立刻將文章上奏朝廷，蘇洵的名氣也因此傳了開來；就在同一時期，蘇洵的兩個兒子蘇軾和蘇轍，兄弟雙雙考中進士，蘇家一門三傑，轟動京師，在當時的文壇掀起了一陣不小的旋風。

【使用的場合】

本句可用來說明與人交往，對彼此要有一定的了解，不要讓輿論或謠言改變自己原有的看法。

【名句的出處】

北宋．蘇洵〈遠慮〉：「聖人之任腹心之臣也，尊之如父師，愛之如兄弟，握手入臥內，同起居寢食。知無不言，言無不盡。百人譽之不加密，百人毀之不加疏。尊其爵，厚其祿，重其權，而後可與議天下之機，慮天下之變。」

其言之不慚，恃惠子[1]之知我也。

我之所以敢大言不慚地說出這些話，正是仗恃著你能像惠施了解莊周一樣地了解我啊！

【字詞的注解】

1. 惠子：此指戰國宋國人惠施，為名家的代表人物，曾任魏惠王的相國，亦是道家代表人物莊周的好友。

【題旨與故事】

文題〈與楊德祖書〉，是二十五歲的曹植寫給好友楊脩（字德祖）的一封書信，並附上自己年少時所寫的辭賦作品，希望楊脩給予批評意見。曹植在信中除了對當時的文壇現況與批評風氣作了一番議論，更直言自己對功名事業的熱中，但若此一宏志不得實現，他便退而求其次，將目標轉向著述立說，像是「采庶官之實錄，辯時俗之得失，定仁義之衷，成一家之言」，採集史官的實錄，辨析世俗的得失，評定仁義的中正法則，成就獨樹一幟的文風，期許自己能在文學方面建立功績。由於楊脩與曹植的交情匪淺，所以曹植揮筆抒發懷抱，言詞毫無顧忌，其以「恃惠子之知我」來比喻兩人的莫逆情誼，正如戰國時的莊周和惠施同樣深厚親密。《莊子．徐无鬼》中記敘了惠施死後，莊周經過其墓時曾語：「自夫子之死也，吾無以為質矣。吾無與言之矣。」慨嘆知己惠施離開人世之後，從此再也找不到足以匹敵的對手和可以說知心話的人了！

【使用的場合】

本句可用來表示與朋友相知甚深，彼此信賴，故能暢所欲言，無所畏忌。

【名句的出處】

三國魏．曹植〈與楊德祖書〉：「若吾志未果，吾道不行，則將采庶官之實錄，辯時俗之得失，定仁義之衷，成一家之言，雖未能藏之於名山，將以傳之於同好，非要之皓首，豈今日之論乎？其言之不慚，恃惠子之知我也。」

斯賢達之素交[1]，歷萬古而一遇。

能夠和這種賢能通達的人，成為真誠相待的朋友，是經過相當長久的時間才有可能遇上一次的。

【字詞的注解】

1. 素交：真誠樸實的朋友。

【題旨與故事】

文題〈廣絕交論〉，為南朝梁人劉峻有感於世風日下、人情澆薄而作的一篇駢文。此文作者劉峻，字孝標，一生坎坷不順，但其為南朝宋人劉義慶《世說新語》一書作注，因考證詳實，材料豐富，至今仍為世人所推重。事實上，早在東漢時期，便有文人朱穆撰寫〈絕交論〉一文，內容主在諷刺當時人與人之間的交往，多為營謀私利而結合，彼此掩蔽過失，朋比為奸，同惡相求，故必須與之斷絕往來，而後出的劉峻〈廣絕交論〉，則是在前人朱穆〈絕交論〉的基礎上作更深入的闡述，同時借寫自身所見的真實事例，抒發其對交友的看法。話說劉峻有一友人任昉，政聲卓著，生前樂於獎掖士友，得其推薦者，身價立刻增長數倍，升擢的機會也比以往更多，因此家裡經常高朋滿座，士大夫們爭相與其交好；由於任昉為政清廉，平時又喜好款待客人，身上並無餘蓄，死後家中蕭條，留下多名未成年的孩子，生活頓時陷入困境，朝不保夕。而過去曾受任昉提拔的人，竟然全都不見蹤影，無人願意對昔日恩人的幼子伸出援手，任其流落他鄉，可見這些勢利之輩，先前接近任昉的目的，不過是想獲得任昉的延譽，以抬高自己的名聲，便於仕途更加順暢騰達，根本不是真心來與任昉交結為友的。整起事件，讓劉峻深刻體認到，真正的友情應該是純潔無私，質樸持久，只是擁有這樣情誼的機遇，實在是歷時長遠也難得一見，更非人力所能強求的。既然認清世道已走到如此險惡的地步，人心又是如此卑劣汙穢，純樸真摯的情誼不會再有，起而代之的是爭逐利益的風氣，令人感到可恥可畏，劉峻決定效法前人作絕交之論，表明自己從此不再與以利相交的人有所交集。

【使用的場合】

本句可用來形容人的一生，若能遇到與自己真純交往、沒有任何利害關係的朋友是非常珍貴的。也可用來比喻知音難遇。

【名句的出處】

南朝梁．劉峻〈廣絕交論〉：「至夫組織仁義，琢磨道德，驩其愉樂，恤其陵夷。寄通靈臺之下，遺跡江湖之上，風雨急而不輟其音，霜雪零而不渝其色，斯賢達之素交，歷萬古而一遇。逮叔世民訛，狙詐飆起，谿谷不能踰其險，鬼神無以究其變，競毛羽之輕，趨錐刀之末。於是素交盡，利交興，天下蚩蚩，鳥驚雷駭。」

肅乃指一囷[1]與周瑜，瑜益知其奇也，遂相親結，定僑、札[2]之分。

魯肅指著其中一座穀倉贈給周瑜，周瑜也看出魯肅這個人奇特不凡，主動與其親近，兩人從此結為好友，訂下和春秋時期公孫僑和季札一樣堅固的情誼。

【字詞的注解】

1. 囷：音ㄐㄩㄣ，圓形的穀倉。

2.僑、札：指春秋鄭國執政大夫公孫僑（字子產）和吳國公子季札。典出《左傳．襄公二十九年》：「聘于鄭，見子產，如舊相識，與之縞帶，子產獻紵衣焉。」季札奉令出使鄭國，與公孫僑一見如故，季札贈與公孫僑白絹所製成的帶子，公孫僑回贈季札麻布所製成的衣服。後人遂用兩人的名字「僑札」比喻結交朋友；以兩人互贈的物品「縞紵」比喻朋友間的相互饋贈。

【題旨與故事】

據《三國志．吳書．魯肅傳》記載，尚未替孫吳效力之前的魯肅「家富於財，性好施與」，家境優渥的他，生性輕財好義，常用錢財來救濟窮苦的人，喜好結交天下才士。周瑜擔任居巢（約位在今安徽中部一帶）縣長時，聽聞魯肅的名聲，便帶領數百人前去拜訪，並請其援助糧食；當時魯肅家裡共有兩座穀倉，各可貯藏三千斛（古代計算容量的單位，一斛等於十斗）米，他二話不說就指撥一整座穀倉的米給周瑜。周瑜亦看出魯肅絕非泛泛之輩，與其結為莫逆之交，彼此惺惺相惜，他們日後也成了孫吳政權在江東奠定勢力的兩大功臣，而「魯肅指囷」、「指囷相贈」、「斛米之交」等成語，便是根據這段史實脫化而出的。

【使用的場合】

本句可用來比喻友誼深厚，互相扶助。也可用來比喻慷慨資助朋友。

【名句的出處】

西晉．陳壽《三國志．吳書．魯肅傳》：「周瑜為居巢長，將數百人故過候肅，并求資糧。肅家有兩囷米，各三千斛，肅乃指一囷與周瑜，瑜益知其奇也，遂相親結，定僑、札之分。」

觸景生情

日光寒兮草短，月色苦兮霜白。傷心慘目，有如是耶？

（在死傷無數的戰場上）陽光寒冷，地上的草長得短矮，月光淒苦，映照著雪白的冰霜。世上還有如此令人心痛又慘不忍睹的景狀嗎？

【題旨與故事】

此段文字出自中唐散文家李華〈弔古戰場文〉，其在文章的一開頭就先描述位在邊境的古戰場嚴寒、荒涼的景象，其云：「浩浩乎平沙無垠，敻（ㄒㄩㄥˋ）不見人。河水縈帶，群山糾紛。黯兮慘悴，風悲日曛。蓬斷草枯，凜若霜晨。鳥不飛下，獸鋌亡群。」展現在讀者面前的是，一片廣漠無際的沙原上，人跡杳然，山河寂

寥，風聲淒厲，日光黯淡，蓬草枯飛，寒霜冷冽，甚至連鳥獸也不願在此稍作停留，紛紛疾走遠避。李華接著回顧歷來在古戰場發生過無數的激烈戰役，每每士卒與敵軍浴血拚殺，陷入一番苦戰之後，全軍覆滅，滿地盡是枯屍朽骨，縱橫相枕；此時戰場上萬籟俱寂，夜長風淅，天色昏沉，烏雲密布，彷彿是戰死的魂魄和天地間的鬼神全都結聚一起，氣氛陰森悚然，慘不可言。

【使用的場合】

本句可用來形容天地幽黯無光，籠罩著一股死寂、愁慘的氣息。

【名句的出處】

唐．李華〈弔古戰場文〉：「鳥無聲兮山寂寂，夜正長兮風淅淅。魂魄結兮天沉沉，鬼神聚兮雲冪冪（ㄇㄧˋ）。日光寒兮草短，月色苦兮霜白。傷心慘目，有如是耶？」

昔年移柳，依依漢[1]南。今看搖落，悽愴江潭。樹猶如此，人何以堪？

往年在漢水的南方種下的柳樹，茂盛的枝條隨風輕柔飄拂。而今卻見柳樹凋零落敗，江邊呈現一片淒清悲

涼的景色。樹木尚且有這麼大的變化，人又怎麼經得起歲月的摧殘呢？

【字詞的注解】

1. 漢：此指漢水，又稱漢江，為長江最長的支流，流經陝西南部、河南西南部、湖北大部分等地區。

【題旨與故事】

文題〈枯樹賦〉，是南北朝文學家庾信羈滯北方時所寫的一篇賦作，文中借寫樹木由榮到枯的過程，猶如自己從年輕力壯活到年邁老朽的這段親身經歷般，抒發其對南方故鄉的思念以及身世浮沉的感傷。其中「樹猶如此」典出《世說新語．言語》中的一則故事，敘述東晉權臣桓溫曾於率兵北征前燕的途中，看見自己從前所種的細弱柳樹，樹幹如今已變得又粗又壯，慨嘆地說出：「木猶如此，人何以堪？」意即隨著時間的推移，小樹轉眼間都長成大樹的模樣，人自然也是難敵時間的逼迫而出現老態。庾信在〈枯樹賦〉中引用桓溫望柳時所發出的今昔之感，寄託自己也和前人一樣撫今追昔，才驚覺眼前的景物早與過去所見的情狀迥殊，讓他真切體會到人身易老、時不我與的悲苦滋味。

【使用的場合】

本句可用來形容望著草木昔盛今衰的景象，興起人生世事的變化遠比草木更加劇烈的悲懷。

【名句的出處】

北周．庾信〈枯樹賦〉：「《淮南子》云：『木葉落，長年悲。』斯之謂矣。乃歌曰：『建章三月火，黃河萬里槎。若非金谷滿園樹，即是河陽一縣花。』桓大司馬聞而嘆曰：『昔年種柳，依依漢南。今看搖落，悽愴江潭。樹猶如此，人何以堪？』」

悲落葉於勁秋，喜柔條於芳春。

在冷寒肅殺的秋天，悲傷樹葉枯黃凋落，在百花盛開的春天，欣喜枝條柔嫩新生。

【題旨與故事】

西晉作家陸機在〈文賦〉中提及創作靈感的來源，與天地萬物的關係密不可分，其認為作家在執筆寫作之前，須用心觀察隨著時序推移變化的四季景物，如此不僅可以使取材更為豐富，內在思緒也會受到外物的激發而波動不已，進而寫出真情流露的優秀作品。

【使用的場合】

本句可用來形容目睹自然風物秋去春來的枯榮與盛衰，人的悲喜情思也會為之牽動。

【名句的出處】

西晉・陸機〈文賦〉：「佇中區以玄覽，頤情志於典墳。遵四時以歎逝，瞻萬物而思紛。悲落葉於勁秋，喜柔條於芳春。心懍懍以懷霜，志眇眇而臨雲。詠世德之駿烈，誦先人之清芬。遊文章之林府，嘉麗藻之彬彬。慨投篇而援筆，聊宣之乎斯文。」

登斯樓也，則有心曠神怡，寵辱皆忘，把酒臨風，其喜洋洋者矣。

此時登上（岳陽樓）這座城樓，就會感到心情開朗，精神愉快，忘記所有的榮耀和恥辱，舉起酒杯，迎風暢飲，整個人充滿欣喜得意的感覺啊！

【題旨與故事】

北宋仁宗慶曆年間，時任岳州（即今湖南岳陽市）知州（一州的行政長官）的滕宗諒（字子京）重建當地名勝岳陽樓，由於其與當世名人范仲淹為同榜進士，便派人捎去一幅〈洞庭晚秋圖〉給在鄧州（位在今河南境內）的范仲淹，希望好友能為重新落成的岳陽樓寫一篇記文。相傳臨靠洞庭湖的岳陽樓，前身不過是三國吳國都督魯肅訓練水師時，所築構的一座閱兵臺而已，直至唐玄宗開元年間，貶謫到岳州的張說，才在閱兵臺的舊址造建一所城樓，因位在大岳山之陽（指山的南面或水的北面）而得名「岳陽樓」。當范仲淹收到滕宗諒求記的書信和圖畫之後，認為歷來描寫岳陽樓壯麗景觀的詩文已經不少，他便不再多加著墨，而是採用對比的手

法，從觀覽岳陽樓所見景物的晦明變化，牽動著文人墨客的悲喜之情下筆，想像著陰雨時看見天色昏灰，耳邊不斷傳來狂風怒吼的聲響，此時登樓很容易產生「去國懷鄉，憂讒畏譏，滿目蕭然」的感受，也正是眼前蕭瑟淒清的景色，最能觸動人的悲傷情緒，興起懷念家園故國的遊子之思，對於他人的毀謗和譏笑充滿惶然不安；反之，若逢晴朗好天，遠望碧波無邊，鳥飛魚游，夜來欣賞月明千里，浮光閃耀，此時登樓就會讓人的胸襟為之大開，把那些惱人的榮辱、得失全都拋諸腦後，享受無與倫比的暢快喜樂。事實上，范仲淹抒寫一般文人墨客隨物悲喜的行為表現，目的是為了襯托古來仁人志士「不以物喜，不以己悲」的更高思想境界，嚮往他們的情操從來不為外在環境或景物所動搖，也不會因個人際遇的好壞而改變，心境超然脫俗，藉此勉勵同自己一樣貶謫在外地的滕宗諒。

【使用的場合】

本句可用來形容陶醉於自然美景，忘卻一切煩憂，心情舒暢開闊。

【名句的出處】

北宋．范仲淹〈岳陽樓記〉：「至若春和景明，波瀾不驚，上下天光，一碧萬頃；沙鷗翔集，錦鱗游泳，岸芷汀蘭，郁郁青青。而或長煙一空，皓月千里，浮光躍金，靜影沉璧，漁歌互答，此樂何極。登斯樓也，則有心曠神怡，寵辱皆忘，把酒臨風，其喜洋洋者矣。」

陽春召我以煙景，大塊[1]假[2]我以文章[3]。

溫暖的春天用如煙般的美景來召喚我，天地將斑斕美麗的景象借給我。

【字詞的注解】

1. 大塊：此指大自然、天地。
2. 假：此作借。
3. 文章：錯雜的色彩或花紋。此代指錦繡般的美好景色。

【題旨與故事】

李白在〈春夜宴桃李園序〉文中記敘其與諸位堂弟在綺麗春色的陪伴下宴飲聚會，眾人有時高談闊論，有時言語清雅，見到堂弟們各個才情俊逸出眾，竟讓一向負才使氣的李白自認比不上而愧慚不已。眼前桃李爭妍、含煙籠霧的景致，在多情的作者看來，好似大自然也有了和人一樣豐富的情感，很想融入人們歡愉的氛圍中，才會主動把迷人的「陽春煙景」和多彩的「大塊文章」呈現在他們的面前，為這場筵席增添更多悅心娛目的興味。

【使用的場合】

本句可用來形容春景繽紛秀美，爛漫動人。

【名句的出處】

唐．李白〈春夜宴桃李園序〉：「況陽春召我以煙景，大塊假我以文章。會桃花之芳園，序天倫之樂事。群季俊秀，皆為惠連；吾人詠歌，獨慚康樂。」

曝沙之鳥，呷[1]浪之鱗[2]，悠然自得，毛羽鱗鬣[3]之間，皆有喜氣。

（舉凡）在沙灘上晒太陽的鳥兒，浮在水波戲水的魚兒，都是一派悠閑自在的樣子，牠們身上的羽毛和鰭鱗之間，無不散發著喜悅的氣息。

【字詞的注解】

1. 呷：音ㄒㄧㄚˊ，吸而飲。
2. 鱗：此代指魚。
3. 鬣：音ㄌㄧㄝˋ，指魚類頷旁的小鰭。

【題旨與故事】

文題〈滿井遊記〉，是袁宏道於明神宗萬曆二十七年（西元一五九九年）春天所寫的一篇遊記。其中「滿井」，指的是位在京都北京近郊的一處風景勝地，因附近有一口常年井水噴湧不絕的古井而得名。原已掛冠求去，正在各地遊山玩水的袁宏道，接獲哥哥袁宗道催促他盡快恢復仕宦生涯的信件，生性煩厭做官的他，不得已只能收拾行囊，赴京擔任順天府教授（官學老師）的職務。文中記述其來到京城任官後的隔年，與好友相約尋探滿井的早春風光，此時大自然的蟲魚禽獸，無論是處於靜止還是活動的狀態，都顯得一副無拘無束、瀟灑自若的模樣，看在樂山樂水的作者眼中，彷彿也能感受到動物被春光薰染的歡喜情愫。事實上，袁宏道自萬曆二十三年（西元一五九五年）踏上仕途，至萬曆三十八年（西元一六一〇年）告老還鄉，不過十六年的光景，然實際就任時間前後卻不到六年，經常因身心受不了桎梏而屢屢辭官，其後迫於無奈又一再復官。其在〈乞改稿五〉這封辭職書信寫道：「病起於鬱，鬱起於官，若官一日不去，病何得一日痊哉？一切藥餌，皆為治標，唯有解官，是攻病本。」可見其嚮往快意悠閑的生命情調，不甘心一生就在官場的明爭暗鬥下辛苦度過。晚明作家張岱在〈寓山注跋〉評曰：「古人記山水手，太上酈道元，其次柳子厚，近時則袁中郎。」稱譽袁宏道的山水文章，足以和北魏酈道元的地理名著《水經注》，以及唐人柳宗元山水名篇〈永州八記〉相提並論。也正是袁宏道對自然萬物總抱持著一顆識趣之心，更凸顯其作品與一般山水遊記的風格迥異。

【使用的場合】

本句可用來說明人將心中的主觀情感，投射到眼前所見的景物上，達到物我無間、情景交融的境地。

【名句的出處】

明．袁宏道〈滿井遊記〉：「凡曝沙之鳥，呷浪之鱗，悠然自得，毛羽鱗鬣之間，皆有喜氣。始知郊田之外，未始無春，而城居者，未之知也。夫不能以遊墮事而瀟然於山石草木之間者，惟此官也。而此地適與余近，余之遊將自此始，惡能無紀？己亥之二月也。」

三、抒發自我

自娛自適

太山[1]在前而不見，疾雷破柱而不驚；雖響九奏[2]於洞庭[3]之野，閱大戰於涿鹿[4]之原，未足喻其樂且適也。

就算是泰山擋在我的面前也看不見，急雷劈破巨柱也不會驚慌；即使是在洞庭湖的郊野響起了九韶這樣高雅的曲子，在涿鹿的山原觀看黃帝與蚩尤激烈的戰況，都不足以比喻自己的快樂和舒服的感受。

【字詞的注解】

1. 太山：即泰山，位在今山東境內。此比喻巨大的障礙物。

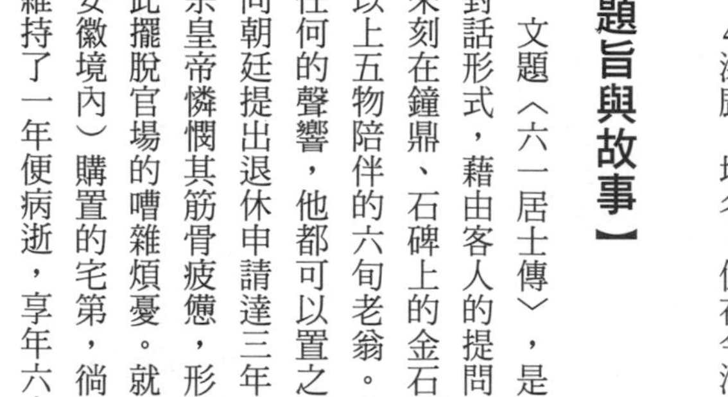

2.九奏：即九韶。相傳是虞舜時期的音樂。

3.洞庭：一說指洞庭湖，位在今湖南境內。另一說指廣闊的庭宇，即天地。

4.涿鹿：地名，位在今河北張家口市境內。相傳是黃帝與作亂的諸侯蚩尤大戰的地點。

【題旨與故事】

文題〈六一居士傳〉，是歐陽脩為其晚年取的自號「六一居士」所寫的一篇傳記，全文採漢賦中常用的主客對話形式，藉由客人的提問，再道出自號中的「六一」指的是家中的藏書「一」萬卷，集錄夏、商、周三代以來刻在鐘鼎、石碑上的金石遺文「一」千卷，琴「一」張，棋「一」局，酒「一」壺，以及自己這「一」個有以上五物陪伴的六旬老翁。文中提及他被這五樣物品所吸引的當下，不管外界發生多麼驚天動地的事情或傳出任何的聲響，他都可以置之度外，完全不受干擾，精神安逸滿足。事實上，歐陽脩寫〈六一居士傳〉之時，已向朝廷提出退休申請達三年之久，卻未獲允准，故借寫其對書籍、金石、琴、棋、酒五物的鍾愛程度，希望神宗皇帝憐憫其筋骨疲憊，形神憔悴，難以再承擔繁重的政務，儘早同意讓他實現與這五物歸返田廬的心願，從此擺脫官場的嘈雜煩憂。就在文章寫成的隔年，六十五歲的歐陽脩終於獲准告老，回到他早年在潁州（位在今安徽境內）購置的宅第，徜徉於西湖的靈山秀水間，安度餘年；可惜的是，他多年下來夢寐以求的退隱生活僅維持了一年便病逝，享年六十六歲。

【使用的場合】

本句可用來形容專注於自己所熱愛的事物上，別無旁騖，心情悠閑適意。

【名句的出處】

北宋·歐陽脩〈六一居士傳〉：「吾之樂可勝道哉？方其得意於五物也，太山在前而不見，疾雷破柱而不驚；雖響九奏於洞庭之野，閱大戰於涿鹿之原，未足喻其樂且適也。然常患不得極吾樂於其間者，世事之為吾累者眾也。」

行無轍跡，居無室廬，幕天席地，縱意所如。

來去不留蹤跡，也不一定要住在房子裡，把蒼天當作幃幕，大地當作墊席，一切舉動皆任隨自己的心意。

【題旨與故事】

魏、晉文人劉伶為「竹林七賢」之一，行為放浪不羈，對封建禮教尤為蔑視，其在〈酒德頌〉這篇文章中，除了歌頌飲酒是一種美好德行之外，更借一位酒不離身、以醉為樂的「大人先生」比喻不受世俗規範的自己，又以「貴介公子」和「搢紳處士」比喻那些自詡身分尊貴、學識豐富，便經常出現在大人先生的眼前，對其喋喋不休地陳述禮法的衛道人士。文中的大人先生對於貴介公子和搢紳處士的怒目斥責完全無動於衷，「靜聽不聞雷霆之聲，孰視不睹泰山之形」，即使他們的身軀猶如巍巍的泰山，說出來的道理好似隆隆的雷聲，但大人先生手裡依然提著酒壺，口中銜著酒杯，暢飲不歇，醉倒了便睡，睡醒了又喝，腦中沒有任何的思慮，心情快樂無比。據《世說新語·任誕》記載，成天喝到爛醉的劉伶，在家常常裸露著身體，有人便以此譏笑他。

劉伶回其：「我以天地為棟宇，屋室為褌衣，諸君何為入我褌中？」意即天地就是他的房舍，臥室就是他的衣服和褲子，不懂人們為何要鑽進他的褲子卻還來恥笑他呢？這番言論不正與〈酒德頌〉中那位「幕天席地，縱意所如」的大人先生一致嗎？清人于光華在《評注昭明文選》寫道：「酒中忘思慮、絕是非，不知寒暑利欲，此便是德。」對於劉伶大醉後忘卻人間寒暑、是非名利的淡泊態度評價甚高。

【使用的場合】

本句可用來形容行跡自由，隨心所欲，從不在意他人的眼光。

【名句的出處】

西晉．劉伶〈酒德頌〉：「有大人先生，以天地為一朝，萬期為須臾，日月為扃牖，八荒為庭衢。行無轍跡，居無室廬，幕天席地，縱意所如。止則操巵（ㄓ）執觚，動則挈榼（ㄎㄜˋ）提壺，唯酒是務，焉知其餘？」

余之無所往而不樂者，蓋遊於物之外也。

我無論到任何地方都不會感到不快樂的原因，是因為我的心能優遊於事物之外的緣故啊！

【題旨與故事】

文題〈超然臺記〉，是蘇軾於北宋神宗熙寧年間在密州（位在今山東中東部一帶）擔任知州時，為其修葺的舊臺所寫的一篇記文。由於當時蘇軾的弟弟蘇轍（字子由）做官的地點正好在濟南（位在今山東中西部一帶），與密州相距不遠，只是兄弟各有公務在身而難以見上一面；因而當蘇轍得知兄長在密州建臺一事，其深知蘇軾不管是先前在繁華的杭州出任通判（掌管地方軍事、獄訟等事務的官員），還是之後被遷調到僻遠的密州，環境由優變劣，蘇軾皆可隨遇而安，逍遙自得，超脫於世俗之外，故將這座樓臺取名為「超然臺」，由此也可看出兄弟間的相知與相惜。蘇軾在文章的開篇寫道「凡物皆有可觀，苟有可觀，皆有可樂，非必怪奇偉麗者也」，意思是說，天下萬物都有值得觀賞的地方，如果值得觀賞，就可從中獲得樂趣，不一定需要特別新奇或華麗的東西，才能使人感到愉快。接著又言「餔糟啜醨，皆可以醉；果蔬草木，皆可以飽」，吃著酒渣，喝著薄酒，就可以讓人醉倒；即使只有果實、蔬菜等一類的植物，也是可以讓人飽足，依此推論出「吾安往而不樂」的思想情懷。當蘇軾用超然物外的觀點，來面對自我與物的關係時，其理解到物本身並沒有大小、高下的區別，不過是人心進行了比較，然後才產生了美惡和憂樂的想法。明末清初人金聖歎在《天下才子必讀書》中高度評價蘇軾〈超然臺記〉一文「手法超妙」，其中寫道：「臺名『超然』，看他下筆便直取『凡物』二字，只是此二字已中題之要害。便以下橫說豎說，說自說他，無不縱心如意也。」也可以說，無論蘇軾所處的地方是熱鬧城市還是窮鄉僻壤，生活條件是充裕還是乏匱，態度始終坦然從容，樂觀開朗，不讓自己的心受到物的牽累，展現其超越凡俗的曠達胸襟。

【使用的場合】

本句可用來形容心境澹泊脫俗，不為物欲所牽絆，欣然自樂。

【名句的出處】

北宋．蘇軾〈超然臺記〉：「臺高而安，深而明，夏涼而冬溫。雨雪之朝，風月之夕，余未嘗不在，客未嘗不從。擷園蔬，取池魚，釀秫（ㄕㄨˊ）酒，瀹（ㄩㄝˋ）脫粟而食之，曰：『樂哉遊乎！』方是時，余弟子由，適在濟南，聞而賦之，且名其臺曰：『超然』。以見余之無所往而不樂者，蓋遊於物之外也。」

悅親戚之情話，樂琴書以消憂。

跟親人聊聊知心話使我的心情感到愉悅，藉由撫琴和讀書這兩件充滿樂趣的事情讓我忘記煩憂。

【題旨與故事】

文題〈歸去來兮辭〉，東晉文人陶淵明文中抒寫其辭官歸隱後田居生活的恬適心境，平日致力於農事之餘，他也經常和親朋鄰里談天說地，閑暇時則是以彈琴、閱讀自得其樂。其實對作者而言，這樣從容安然的日子得來並不容易，是其經過多年的反省與思考所做的抉擇，期間雖斷斷續續當了幾任的小官，但也正是因為這些看盡官場現實和人性醜陋百態的經歷，讓他更能理解到「世與我而相違」，既然世俗與自己的志趣難以相

合，那麼就「請息交以絕遊」，此後斷絕和外界的一切交遊，不願再與官場上的人或事有任何的瓜葛。南宋末、元初學者李公煥編《箋註陶淵明集》中引用北宋文豪歐陽脩曾經說過：「晉無文章，惟陶淵明〈歸去來兮辭〉一篇而已。」可謂頌揚備至。

【使用的場合】

本句可用來形容親友間的交往單純真誠，喜歡用彈琴和看書來陶冶自己。

【名句的出處】

東晉．陶淵明〈歸去來兮辭〉：「歸去來兮，請息交以絕遊。世與我而相違，復駕言兮焉求？悅親戚之情話，樂琴書以消憂。農人告余以春及，將有事乎西疇。或命巾車，或棹孤舟。既窈窕以尋壑，亦崎嶇而經丘。木欣欣以向榮，泉涓涓而始流。善萬物之得時，感吾生之行休。」

清泠[1]之狀與目謀[2]，瀯瀯[3]之聲與耳謀，悠然而虛者與神謀，淵然而靜者與心謀。

（擺好枕頭和席子，然後躺在小丘上）清澈涼爽的景色映入眼中，瀯瀯的流水聲傳入耳裡，悠遠空靈的情境與精神相互感知，幽深寧靜的氛圍與心靈相互契合。

【字詞的注解】

1. 清泠：形容景物明淨而給人清涼的感受。泠，音ㄌㄧㄥˊ，清泠的樣子。
2. 謀：此作會合、接觸。
3. 瀯瀯：此形容水流動的聲音。

【題旨與故事】

文題〈鈷鉧潭西小丘記〉，其中「鈷鉧潭」位在今湖南永州市境內，因水潭的外形似鈷鉧（熨斗的古稱）而得名。這篇遊記是柳宗元於唐憲宗元和年間，被貶為永州司馬（在唐代名義上雖為州刺史的佐官，但實際上多以貶斥的官員任之，徒具虛銜而毫無實權）時所作，記述其因閑來無事，於到處遊山玩水的途中，意外發現了鈷鉧潭西邊一座特異的小丘。由於小丘的地點十分偏僻荒遠，以致雜草、賤樹叢生，地主一直想賣卻始終賣不出去，柳宗元很喜歡這座小丘，又聽到地主的開價甚低，便把它買了下來；之後，他和幾位好友合力除去穢草惡木，經過一番悉心整理，小丘上美好的樹木、翠綠的竹子和奇峭的岩石，也都一一顯現出來，風景賞心悅目，令人流連不已。柳宗元從小丘上向四周遠望，看見高聳的山峰、飄浮的白雲、流動的溪水，以及自由自在的飛鳥走獸等，各自呈現它們千姿百態的風情，看起來就像是一個個身懷絕技的藝人，正在為他這個小丘的新主人獻上精彩的表演般，不僅帶給他視覺和聽覺上的享受，甚至深深觸動到心坎裡，彷彿此時的自己，已和眼前的優美景物、天籟之音融合為一，心境舒適、平靜，原本惱人的思緒也頓時消逝無蹤。

【使用的場合】

本句可用來形容走入自然山水的環抱，讓心神優遊其中，進而領會到物我合一的和諧、愉悅感受。

【名句的出處】

唐．柳宗元〈鈷鉧潭西小丘記〉：「嘉木立，美竹露，奇石顯。由其中以望，則山之高，雲之浮，溪之流，鳥獸之遨遊，舉熙熙然回巧獻技，以效茲丘之下。枕席而臥，則清泠之狀與目謀，瀯瀯之聲與耳謀，悠然而虛者與神謀，淵然而靜者與心謀。」

溪雖莫利於世，而善鑑萬類。清瑩秀澈，鏘鳴金石[1]，能使愚者喜笑眷慕，樂而不能去也。

這條溪雖然對世人沒什麼好處，卻是善於映照萬物。溪水的質地清澈晶瑩，發出有如敲打鐘、磬般的鏗鏘聲響，能使愚蠢的人笑容滿面，眷戀愛慕，高興到捨不得離開。

【字詞的注解】

1.金石：此指用金屬、玉石製成的鐘、磬一類樂器。

【題旨與故事】

文題〈愚溪詩序〉，是柳宗元替自己所作〈八愚詩〉寫的一篇序文，惜今〈八愚詩〉已失傳，僅序流傳下來。柳宗元在文中提及自己因「愚」而觸罪，故將貶所附近的一條溪命名為「愚溪」；接著又言「水，智者樂也」，水雖是智者所喜愛的，然而「其流甚下，不可以溉灌；又峻急多坻（ㄔˊ）石，大舟不可入也；幽邃淺狹，蛟龍不屑，不能興雲雨」，由於愚溪的水道很低，不適宜灌溉；同時水流湍急，淺灘和石頭很多，以致大船根本無法駛進來；再加上地處幽僻，溪流淺窄，連傳說中喜歡興雲作雨的蛟龍也不屑在此停留。以上種種先天不利的條件，讓柳宗元有感於這條對世人無利可圖的「愚溪」，正好和自己這個無用的「愚」人相似呢！其後話鋒一轉，強調即使愚溪對世人沒有帶來實際的利益，但水質純潔明亮，能將萬物的面貌反映得一清二楚，水聲鏗鏘作響，如金石樂器在演奏一樣悅耳，足以讓人胸懷暢快，忍不住笑顏逐開。柳宗元藉由對愚溪先抑後揚的描述，抒發自身的處境其實也和絕美的愚溪一樣，縱有洞悉世間萬象的能力，清瑩光潔的本質，激越響亮的聲調，卻被囿限在蠻荒又不為人知的所在，無可奈何之餘，只能寄情於奇山異水，從中獲得些許的心靈慰藉。清人吳楚材、吳調侯在其所選編的《古文觀止》評論此文：「通篇就一『愚』字，點次成文。借愚溪自寫照，愚溪之風景宛然，自己之行事亦宛然。」意指柳宗元借寫愚溪的光潔照人，景色清幽，示意自己的行為處事清白坦蕩，不合俗流，正與其筆下的愚溪毫無二致。

【使用的場合】

本句可用來形容人沉浸於清澄秀麗的水光之中，心情也為之舒暢。

【名句的出處】

唐．柳宗元〈愚溪詩序〉：「溪雖莫利於世，而善鑑萬類。清瑩秀澈，鏘鳴金石，能使愚者喜笑眷慕，樂而不能去也。余雖不合於俗，亦頗以文墨自慰，漱滌萬物，牢籠百態，而無所避之。」

與其[1]有譽於前，孰若[2]無毀於其後？與其有樂於身，孰若無憂於其心？

與其在人前得到稱譽，怎麼比得上背後沒有人詆毀呢？與其身體享受到快樂，還不如心中無憂無慮呢？

【字詞的注解】

1.與其：在比較兩件事情的利害得失而決定取捨時，常用來表示捨棄或不贊成的一面；後面常配合孰若、不如、不若、寧可、毋寧等詞。

2.孰若：在詢問兩件事情相比時，何者優劣，但實際上常用於反詰語氣，表示選擇或贊成的一面。意指何如、哪裡比得上。

【題旨與故事】

文題〈送李愿歸盤谷序〉，是韓愈於唐德宗貞元十七年（西元八〇一年）為厭倦宦途而欲返鄉的友人李愿所寫的一篇贈別文章。李愿，生平事蹟不詳，因隱居盤谷（位在今河南境內）而有「盤谷子」之封號。韓愈寫這篇文章的當時，處於窘迫難堪的境地已有很長的一段時日，在政治上不甚如意，所以他很欣羨李愿能夠放下對功名利祿的追求，斷然作出歸隱的決定，於是文中借李愿對盤谷自然環境和隱逸生活的細節描述，抒發自己心雖嚮往之，但終是無法割捨經世濟民的大志。其中「與其有譽於前，孰若無毀於其後」以及「與其有樂於身，孰若無憂於其心」這兩組前後比較的文字，表達出李愿經過權衡輕重和得失之後，寧可選擇僻居深山野林，與茂樹清泉終日為伍，也不願迎合世俗熱中仕宦的觀念，從此身心不受天子賞賜的車馬服飾等榮華所束縛，也不必擔憂刀鋸的刑罰加諸己身，天下是太平還是紛亂，哪個人的官位是高升還是貶降，完全毋須理會，言語間流露出李愿潔身自持、恬靜寡欲的思維。

【使用的場合】

本句可用來形容人的心境平和恬淡，隨遇而安，不會為了圖求名利和享樂而違背本心。

【名句的出處】

唐．韓愈〈送李愿歸盤谷序〉：「窮居而野處，升高而望遠，坐茂樹以終日，濯清泉以自潔。採於山，美可茹；釣於水，鮮可食。起居無時，惟適之安。與其有譽於前，孰若無毀於其後？與其有樂於身，孰若無憂於其心？車服不維，刀鋸不加，理亂不知，黜陟（ㄓˋ）不聞。大丈夫不遇於時者之所為也，我則行之。」

醉翁之意不在酒，在乎山水之間也。山水之樂，得之心而寓之酒也。

這個醉翁所在意的並不是酒，而是在於山水間的清秀景色。把玩賞山水的樂趣領會於心，然後寄託在酒上啊！

【題旨與故事】

文題〈醉翁亭記〉，其中「醉翁」是作者歐陽脩的自號，而「醉翁亭」則是其替轄境內琅琊山上一處臨泉而建的涼亭所起的名。歐陽脩治理滁州（位在今安徽境內）期間，曾與眾賓客來到風景秀麗的琅琊山宴飲作樂，不善飲酒的他，在酣然而醉的情境下，寫下這篇傳世名作，抒發其公餘之暇，縱情山水的同時，也能享受與民同樂的愉悅心境。文中他先是點出滁州四面環山，尤以西南方向的琅琊山最為優美，不僅山林幽深，草木茂盛，而且從兩座山峰間傾瀉而出的泉水，乾淨清澈到可以作為釀酒之用，故有「釀泉」之稱；然後順著曲折迴轉的山勢而行，便可看見一座簷角的形狀長得像是鳥翼般的涼亭，高居在釀泉的上方，建造這座亭子的人是山中一位名叫智僊的和尚，而為它命名的人，正是來滁州擔任太守（為宋代州郡最高行政長官「知州」的別稱）的自己。歐陽脩在文末抒寫其與滁地居民酣宴後踏上歸途時的心得，其云：「禽鳥知山林之樂，而不知人之樂；人知從太守遊而樂，而不知太守之樂其樂也。」意思是鳥兒知道山林的快樂，卻不知道人們的快樂；而人們只知道跟著太守遊山玩水的快樂，卻不知道太守之所以快樂，其實是因為他們的快樂而感到快樂的啊！也就是說，對於一州之長歐陽脩而言，能和當地百姓一同徜徉於青山碧水，共醉高歌，才是他開懷的主要原因，可以顯示其在滁州的政績斐然，人民生活安定和樂，至於「酒」不過是「樂」的一個媒介罷了！文中「醉翁之意不在酒」這句話，原是指喝酒時所在意的並不是酒，而是山水之美；後用來比喻本意不在此，而是另有別的目的。清人林雲銘在《古文析義》評論此文：「通篇結穴處在『醉翁之意不在酒』一段。末以『樂其樂』三字見意，則樂民之樂，至情藹然。」意即歸納〈醉翁亭記〉整篇文章的要點，就是在於「醉翁之意不在酒」這一句，至於歐陽脩以百姓之樂為樂這件事，則是最能讓讀者感受到他真情流露、平易近民的一面。

【使用的場合】

本句可用來形容藉由飲酒以增添欣賞山水風光的意趣，心情舒坦暢快。

【名句的出處】

北宋．歐陽脩〈醉翁亭記〉：「峰迴路轉，有亭翼然臨於泉上者，醉翁亭也。作亭者誰？山之僧智僊（ㄒㄧㄢ）也。名之者誰？太守自謂也。太守與客來飲於此，飲少輒醉，而年又最高，故自號曰『醉翁』也。醉翁之意不在酒，在乎山水之間也。山水之樂，得之心而寓之酒也。」

抒解不平

人生到此，天道寧論？

人生到了這個地步，哪裡還需要談論什麼天理法則呢？

【題旨與故事】

此文的文題〈恨賦〉，作者是一生經歷在南朝宋、齊、梁三朝都做過官的江淹，其為後人所稱道的〈恨賦〉和〈別賦〉兩篇名作，皆寫於他早年仕途失意的南朝宋時期。江淹當時自恃才華出眾卻不幸被誣陷下獄，上書自白獲釋後又遭貶謫遠地，此時的他，遙望平原上蔓生的野草，想著大樹旁墳墓下的白骨幽魂，不禁替古來那些壯志未酬、含恨而終的逝者感到憤慨不已，同時也為自己飽受屈辱、有志難伸的境遇憤憤不平。文末他還發下「自古皆有死，莫不飲恨而吞聲」這兩句滿懷無奈之結語，抒發其對人生有限而遺恨無窮之惋嘆。據《南史．江淹傳》記載，江淹在少年時便享有文名，晚年因官高祿厚，作品表現大不如前，有傳言江淹曾夢見一位自稱東晉名士郭璞對他說：「吾有筆在卿處多年，可以見還。」江淹於是從懷中掏出一支五色的彩筆給了對方，此後再也寫不出任何佳句，當時人們都說一代才子江淹的文采已經用盡，而這也正是成語「江郎才盡」的典故由來，比喻人的文思枯竭，才情減退。

【使用的場合】

本句可用來說明天道無常或人間善惡有報之說，難以令人信服。也可用來形容任憑人再怎麼努力，奈何天卻不從人願的激憤。

【名句的出處】

南朝梁・江淹〈恨賦〉：「試望平原，蔓草縈骨，拱木斂魂。人生到此，天道寧論？於是僕本恨人，心驚不已。直念古者，伏恨而死。」

大凡物不得其平則鳴。

大概世間萬物處在不平衡的狀態，就會發出鳴響來。

【題旨與故事】

文題〈送孟東野序〉，是韓愈為即將遠行的好友孟郊（字東野）所寫的一篇贈序，主在替孟郊懷才不遇的際遇抱屈，並藉此闡述「不平則鳴」的理論。孟郊早年雖有詩名，卻屢試不第，直到近半百才考取進士，其著名的〈登科後〉詩開頭「昔日齷齪不足誇，今朝放蕩思無涯」兩句，描述的就是其前大半生落魄潦倒的困躓處境，原以為金榜題名之後，日子從此苦盡甘來，過去經歷的種種難堪已不值得一提，誰知命運仍然多舛。幾年後，孟郊被選派到偏僻的溧陽（位在今江蘇境內）擔任縣尉（輔佐縣令的官員）這樣的小吏，心情煩悶，韓愈因而寫此文加以寬慰，其先言各種物體在不平靜的時候都會發出聲音，好比大自然中的草木和水本來沒有聲音，當風一吹動時便會產生音響；而人也是一樣，一旦被現實逼到不得已之際，就會利用語言、歌聲或哭泣等各種方式，來宣洩心中的壓抑與憤怨。換言之，韓愈認為孟郊之所以能寫出內容深刻的優秀作品，與其人生遭受巨大的苦難和衝擊有一定的關聯。明代茅坤在《唐宋八大家文鈔》評論此文：「一『鳴』字成文，乃獨倡機

軸，命世筆力也。」意指韓愈用一個「鳴」字貫穿整篇文章的構思，別出機杼，筆勢縱放，堪稱是當世傑出的作家。

【使用的場合】

本句可用來比喻人或事物受到不公平的對待，必然會透過言論、文字或其他管道，表達其抗議的呼聲。

【名句的出處】

唐．韓愈〈送孟東野序〉：「大凡物不得其平則鳴。草木之無聲，風撓之鳴；水之無聲，風蕩之鳴。其躍也，或激之；其趨也，或梗之；其沸也，或炙之。金石之無聲，或擊之鳴。人之於言也亦然，有不得已者而後言。其歌也有思，其哭也有懷。凡出乎口而為聲者，其皆有弗平者乎？」

使不羈之士與牛驥同皁[1]，此鮑焦[2]所以忿於世，而不留富貴之樂也。

讓那些不喜歡受到拘束的才士和牛馬同槽而食，這就是春秋隱士鮑焦為什麼忿恨世俗而對財富勢位毫不留戀的原因啊！

【字詞的注解】

1.牛驥同皁：牛隻和千里馬使用同一個食槽。比喻賢愚不分。皁，音ㄗㄠˋ，餵食牲口的食槽。

2.鮑焦：春秋時的隱士，對濁世深惡痛絕，不願向天子稱臣，也不屑結交諸侯，隱居山林，躬耕自給。據西漢經學家韓嬰《韓詩外傳》記載，孔子的學生子貢曾問鮑焦：「吾聞非其政者，不履其地，汙其君者，不受其利。今子履其地，食其利，其可乎？」子貢認為鮑焦既然如此不滿時政，又不願接受君王的俸祿，又為何要踏在君王的土地上，吃著土地上所長出來的食物呢？於是鮑焦「棄其蔬而立槁於洛水之上」，將採來的蔬菜丟掉，寧可抱著洛水旁的樹木絕食而死，這也是成語「抱木而死」、「抱木立枯」的典故由來，用來比喻人不合時俗，為了維護道義或執守於某種信念，不惜自絕身亡。

【題旨與故事】

西漢政論家鄒陽是景帝同母弟梁孝王劉武的門客，富有才智謀略，行為恣意放蕩，毫無顧忌，自然就容易成為其他門客嫉恨的目標，這些人便到梁孝王面前進讒言，鄒陽因而被押入牢獄候審，性命朝不保夕。處於生死存亡關頭的鄒陽，在獄中上書梁孝王陳述冤屈，他自認個性豪邁奔放，任性使氣，才會讓有心人士找到誣陷的藉口，希望梁孝王能夠分辨忠姦，不可沉溺於迎合奉承的言辭，遠離左右近親寵臣的牽制，否則日後有誰還敢像他一樣對君王坦誠相待、竭盡忠信呢？原本正打算處死鄒陽的梁孝王，在看完了鄒陽替自己辯護的陳情書後猛然大悟，立刻命人將其釋放，並奉為座上賓，禮遇更甚以往。清人浦起龍《古文眉詮》評論此文：「只反覆讒蔽之旨，不落一乞憐語，高絕。」對於鄒陽身陷囹圄，即便一句話說錯就會引來殺身之禍，然其仍勇於直言上諫，字裡行間，沒有露出絲毫乞求憐憫的討好語氣，予以極高的評價。

【使用的場合】

本句可用來形容人雖身懷奇才，但因不願與流俗苟合而遭到打壓迫害，內心充滿慨憤。

【名句的出處】

西漢．鄒陽〈獄中上書自明〉：「今人主沉諂諛之辭，牽於帷牆之制，使不羈之士與牛驥同皁，此鮑焦所以忿於世，而不留富貴之樂也。」

若俛[1]首帖耳，搖尾而乞憐者，非我之志也。

如果要我像狗一樣低著頭，垂著耳朵，搖著尾巴，向人乞求憐憫，那絕不是我的志向。

【字詞的注解】

1. 俛：音ㄈㄨˇ，低頭。

【題旨與故事】

文題〈應科目時與人書〉，是韓愈於進士及第後的隔年，也就是唐德宗貞元九年（西元七九三年）參加博學宏詞科考試時寫給他人的一封自薦信。在唐代即使已經通過科舉的文人，想要獲得入仕的機會，還是需要達官或名士的舉薦，作者在文中託物寓意，抒發自己空懷高才卻處於困厄的環境，急需有人出手援助，其以「怪物」比喻有過人才華的自己，以「有力者」比喻有能力推舉人才的顯貴，即這封信的收件人，描述這個非比尋常的怪物必須「得水」方能有一番作為，若缺少了水就無法施展長才，而此時有力者若能哀憐怪物的窘境，將其挪移到有水的地方，舉手之勞便能扭轉怪物的生死命運；而這個正在有力者面前號叫的怪物，寧可爛死在沙泥之中，也不會為了求助而向對方低聲下氣，即便有力者已經看見了怪物，卻還是表現出熟視無睹的樣子，那也是怪物的命該如此啊！韓愈寫這篇文章的目的，自是希望求得有力人士的引薦，只是自命不凡的他，絲毫不願和其他考生一樣，面對名公巨卿的強大權勢，而顯露出一副卑微可憐的模樣。清人林雲銘《韓文起》對此段文字的評論為：「況篇中所謂『搖尾乞憐』，罵盡前此應舉之徒，營求卑屈，如狗之依人。」可見當時的文人為了提高自己的聲譽，謀取一官半職，不得不放下身段，奔走於權貴大門的干謁風氣有多麼盛行啊！

【使用的場合】

本句可用來形容身陷困境或不得志的才士，始終不肯對有權力的人做出卑躬屈膝的乞求姿態。

【名句的出處】

唐．韓愈〈應科目時與人書〉：「如有力者，哀其窮而運轉之，蓋一舉手一投足之勞也。然是物也，負其異於眾也，且曰：『爛死於沙泥，吾寧樂之。若俛首貼耳，搖尾而乞憐者，非我之志也。』是以有力者遇之，熟視之若無睹也。其死其生，固不可知也。」

時無英雄，使豎子[1]成名。

（在楚霸王項羽和漢王劉邦相互爭奪天下的時代）當年世上沒有出現真正的英雄，所以才讓沒有能力的小子成就了名聲。

【字詞的注解】

1. 豎子：本意是指兒童，後多引申罵人無能，含有輕視或戲謔的意思。

【題旨與故事】

三國魏國末期，朝政已為司馬家族所把持，為使政權更加鞏固，司馬家族不惜用盡各種手段來誅鋤異己。「竹林七賢」之一的阮籍，其父親阮瑀為曹操所看重的幕僚，同時也是「建安七子」中的一員，與曹魏家族關係親近，也正因如此，阮籍自然成了兩派勢力極欲拉攏的對象。本有濟世之志的阮籍，為求自保，在政治上選擇不涉是非，平時不是在家閉門讀書，就是整日酗酒，做出放浪佯狂之態，避免捲入血雨腥風的政爭。據《晉書．阮籍傳》記載，阮籍登上秦末楚、漢兩軍對陣的古戰場廣武山（位在今河南鄭州市境內），曾發出「時無英雄，使豎子成名」的慨嘆，由於他並未具體指出「時」為何時？又「豎子」為何人？以致於這段話後來出現兩種解釋，其一是指在楚、漢逐鹿天下的那個年代根本不見英豪傑士，才會讓劉邦這樣的小人得到天下；其二是借古諷今，表達對自己所處的魏、晉昏亂時局失望透頂，抒發有志也不敢伸的苦悶。

【使用的場合】

本句可用來感嘆時勢造就了無能的人僥倖成名，反而讓有才能的人抱負難以伸展。

【名句的出處】

唐・房玄齡等人《晉書・阮籍傳》：「嘗登廣武，觀楚、漢戰處，歎曰：『時無英雄，使豎子成名。』」

胸中又有勃然不可磨滅之氣，英雄失路、託足無門之悲。

內心又充塞一股強烈不可消去的銳氣，才能出眾卻無處施展、找不到立足容身之處的悲傷。

【題旨與故事】

文題〈徐文長傳〉，是明人袁宏道替同一時代的文人徐渭（字文長）所寫的一篇傳記。辭官後的袁宏道遊歷至紹興（位在今浙江境內）時，意外發現友人的書架上，有一冊紙張和印刷粗糙，內容卻讓他愛不釋手的詩集，原本以為是他從未讀過的古人之大作，一問之下，才知道詩集的作者是五、六年前甫去世的當地文藝作家徐渭。而令袁宏道感到不解的是，像徐渭這樣一位詩文書畫樣樣精通，甚至能寫出戲曲劇本的奇才，竟然一生失意潦倒，除了科場連續失利，其放浪形骸的怪異行徑也與時俗不合，晚年還患有狂疾，貧病交迫，最後抱恨

而終。袁宏道出於對徐渭詩文作品的喜愛，更讚賞其不趨迎他人的風骨，他不甘徐渭「名不出於越」，聲名出不了自己的鄉里越地，於是開始蒐集徐渭生平的相關資料，兩年後完成這篇〈徐文長傳〉，希望能為他心目中的傳奇人物留下文字紀錄。袁宏道在文末對徐渭作了以下的總評：「文長無之而不奇者也。無之而不奇，斯無之而不奇也。悲夫！」感嘆徐渭不管是在文學藝術或是行為表現方面，沒有一處不奇特的。也正因為沒有一處不奇特，所以註定一生的遭遇沒有一處不坎坷啊！「奇」字，除了可以表示特別、不尋常的意思之外，另可作命運不佳的解釋。清人林雲銘《古文析義》評論此文：「以『奇』字作骨，而重惜其不得志。」

【使用的場合】

本句可用來形容時乖運蹇，人的才華遭到埋沒，心中沉抑幽憤。

【名句的出處】

明．袁宏道〈徐文長傳〉：「其胸中又有勃然不可磨滅之氣，英雄失路、託足無門之悲，故其為詩，如嗔如笑，如水鳴峽，如種出土，如寡婦之夜哭，羈人之寒起。」

無路請纓[1]，等終軍之弱冠[2]；
有懷投筆，慕宗愨[3]之長風[4]。

我雖然和終軍同樣年紀很輕，但是我卻找不到和他一樣為國盡忠的機會；抱持著和班超當時一樣棄文就武的情懷，也欣羨像宗愨那樣乘風破浪的志向。

【字詞的注解】

1.請纓：比喻自請從軍或請求上級交派任務。典出《漢書．終軍傳》：「軍自請，願受長纓，必羈南越王，而致之闕下。」西漢武帝派年僅二十的終軍出使南越（又稱南粵，約位在今兩廣一帶和越南北部），欲令南越王入朝歸順；終軍請求武帝給他一條長繩，即使把南越王綑綁著羈押到宮門之下，也必會完成使命。

2.弱冠：指男子二十歲。古代男子滿二十歲行冠禮，表示成年。由於體猶未壯，故以弱稱之。

3.宗愨：南朝宋名將。愨，音ㄑㄩㄝˋ。

4.長風：此比喻志向遠大，不畏艱難。據《宋書．宗愨傳》記載，宗愨年少時，叔父曾問其志向，宗愨回說：「願乘長風破萬里浪。」這也是「乘風破浪」、「長風萬里」成語的出處由來。

【題旨與故事】

仕途不甚順遂的王勃，藉由登臨滕王閣作客寫序的機緣，行文抒發心中的怨懟，其援引歷史上三位俊偉少年的英勇事蹟，像是西漢時請求武帝賜其長纓，成功說服南越王歸漢的終軍；以及東漢時先是投筆從戎，之後衛國建功，威震西域的班超；還有南朝宋時從少年便立下豪情壯志的宗愨。王勃認為自己和他們三人一樣年輕氣盛，懷才抱智，可惜英雄失路，無容足之地，只能任由華年平白流逝，無法大有作為。

【使用的場合】

本句可用來形容空懷報國的理想與雄心，卻不受重用，不甘一事無成。

【名句的出處】

唐·王勃〈滕王閣序〉：「勃三尺微命，一介書生。無路請纓，等終軍之弱冠；有懷投筆，慕宗慤之長風。舍簪笏於百齡，奉晨昏於萬里。非謝家之寶樹，接孟氏之芳鄰。他日趨庭，叨陪鯉對；今茲捧袂，喜託龍門。楊意不逢，撫凌雲而自惜；鍾期既遇，奏流水以何慚？」

懷正志道之士，或潛玉於當年；潔己清操之人，或沒世以徒勤。

胸懷正直、有志於治世之道的人，有的只能在年輕時就潛藏才德，隱居不仕；潔身自愛、操守清白的人，有的只能一輩子空自勞苦，虛度而終。

【題旨與故事】

文題〈感士不遇賦並序〉，序中陶淵明表明自己是在讀了西漢董仲舒〈士不遇賦〉和司馬遷〈悲士不遇賦〉兩篇賦文後，感傷歷來賢才高士屢遭當權者壓抑或誹謗，迫使他們在「寓形百年，而瞬息已盡」的有限生命裡，步履維艱，空有高潔志向和出眾才華，卻無處可以伸展；又言「閭閻懈廉退之節，市朝驅易進之心」，嚴厲抨擊當時民間早已淡忘廉潔謙讓的節操，而盛行在官場的是追逐高顯名位的僥倖心態。面對如此混亂無道的世局，正人君子有的選擇潛居遠禍，獨善其身，有的苦辛奔波，反而受到冷遇，憂憤以終，一生永遠得不到實現理想的機會。

【使用的場合】

本句可用來形容品德高尚的人懷有才幹，卻遭到埋沒或讒害，身不遇時。

【名句的出處】

東晉．陶淵明〈感士不遇賦並序〉：「昔董仲舒作〈士不遇賦〉，司馬子長又為之。余嘗以三餘之日，講習之暇，讀其文，慨然惆悵。夫履信思順，生人之善行；抱朴守靜，君子之篤素。自真風告逝，大偽斯興，閭閻懈廉退之節，市朝驅易進之心。懷正志道之士，或潛玉於當年；潔己清操之人，或沒世以徒勤。故夷、皓有安歸之歎，三閭發已矣之哀。」

懼匏[1]瓜之徒懸兮，畏井渫[2]之莫食。

所擔心的是，像葫蘆一樣徒然懸掛在那裡，不為人們所用，所害怕的是，像已經除去汙泥的潔淨井水一

樣，沒有人來打水喝。

【字詞的注解】

1. 匏：音ㄆㄠˊ，葫蘆的一種，果實圓大，成熟後可剖開製成盛水的容器。
2. 渫：音ㄒㄧㄝˋ，清除汙泥。

【題旨與故事】

王粲向來被後人視為是「建安七子」中的第一人，然其在尚未投靠曹操之前，曾於荊州度過一段相當漫長的苦悶歲月。據《三國志．魏書．王粲傳》記載：「表以粲貌寢，而體弱通侻（ㄊㄨㄛ），不甚重也。」文名冠時的王粲，起初滿懷理想，以為必會獲得荊州刺史劉表的重用，誰知劉表一見到王粲的外貌醜陋，身體瘦弱，而且行為放曠不拘，便對其十分冷淡。東漢獻帝建安九年（西元二〇四年），已是王粲來到荊州的第十三個年頭，而辭賦名篇〈登樓賦〉就是寫於這一年的秋天，原本是想要排遣愁思而登上高樓的王粲，一想到光陰飛逝，久居他鄉十多年，治世抱負無處施展，功業一無所成，結果不但煩憂難消，反而更加氣憤填膺。其中「懼匏瓜之徒懸兮」一句，典出《論語．陽貨》之「吾豈匏瓜也哉？焉能繫而不食」，王粲抒發自己也同古代聖賢孔子一樣，不願成為久放不食的無用匏瓜，才能本該得到任用，卻遲遲等不到機會；至於「畏井渫之莫食」一句，則是典出《易經．井卦．九三》之「井渫不食，為我心惻」，王粲擔心自己與水井的遭遇相同，雖然已經淘除了汙濁，水質淨澈，仍然沒有人來汲水飲用。後由此衍生出「匏瓜徒懸」和「井渫莫食」兩句成語，前者比喻徒具才力，卻無所作為；後者比喻修潔己身，卻不為人所用。

【使用的場合】

本句可用來比喻自己雖懷才抱德，卻苦於無人賞識。

【名句的出處】

東漢．王粲〈登樓賦〉：「惟日月之逾邁兮，俟河清其未極。冀王道之一平兮，假高衢而騁力。懼匏瓜之徒懸兮，畏井渫之莫食。」

言志詠懷

人生有命，吾惟守分而已。

人活在這個世上，一切的遭遇都是命中註定的，我只是安守自己的本分罷了！

【題旨與故事】

此文作者宗臣是活動於明世宗嘉靖年間的一位文人，由於世宗尊崇道教，沉迷於煉丹、長生不老之術，朝中事務皆交由權臣嚴嵩處理，導致國政長期為嚴嵩、嚴世蕃父子把持，任其植黨營私，貪贓受賄，嚴氏父子甚

至為了排除異己，還不惜陷害忠良，濫殺無辜，足見當時吏治之敗壞。向來不肯阿附權勢的宗臣，在回給同鄉長輩、也是父親好友劉玠的這封〈報劉一丈書〉信中，除了仔細描摹其於京城任職期間，士大夫奔走權門時，各種攀附權貴、拉攏關係的陋俗和醜事之外，同時也表達其寧可安分守紀，循規蹈矩，絕不願以奴顏婢膝的姿態，去討上級長官的歡心，就算因此讓他失去仕途晉升的機會也毫不在乎，其深信人一生的福禍窮達，命中早有定數，實不該貪位慕祿而忘卻了士人應有的氣節和操守。

【使用的場合】

本句可用來形容人安於自身所處的境遇，對非分之事從不存有任何的企圖或想望。

【名句的出處】

明．宗臣〈報劉一丈書〉：「前所謂權門者，自歲時伏臘，一刺之外，即經年不往也。間道經其門，則亦掩耳閉目，躍馬疾走過之，若有所追逐者，斯則僕之褊（ㄅㄧㄢˇ）衷，以此長不見悅於長吏，僕則愈益不顧也。每大言曰：『人生有命，吾惟守分而已。』長者聞之，得無厭其為迂乎？」

老當益壯，寧移白首之心？窮且益堅，不墜[1]青雲之志。

即便年紀老大，志氣也要更加豪壯，豈可在頭髮變白時就改變心意呢？縱使處境窮困，意志應當愈堅強，絕不輕易放棄高遠的志向。

【字詞的注解】

1.墜：此指喪失。

【題旨與故事】

王勃寫成〈滕王閣序〉這一千古名篇不過是二十餘歲的年紀，但此時的他卻像是飽經風霜般，早已看盡了世事的起伏變化。由於才華早露，王勃未成年時便文名大顯，然也因其恃才傲物的個性而遭遇諸多磨折，但他依舊不忘鼓舞自己，理當效法《後漢書．馬援傳》中引述東漢初年名將馬援的名言：「丈夫為志，窮當益堅，老當益壯。」人生就算備嘗艱苦，還是活到高齡，信心和勇氣反而都要比以往堅定，精神更加抖擻，不能因此灰心喪志，而對原本立下的宏遠志願有所動搖。

【使用的場合】

本句可用來形容即使年華老去或身處困境，仍然意氣昂揚，心志雄壯。

【名句的出處】

唐·王勃〈滕王閣序〉：「老當益壯，寧移白首之心？窮且益堅，不墜青雲之志。酌貪泉而覺爽，處涸轍以猶歡。北海雖賒，扶搖可接；東隅已逝，桑榆非晚。孟嘗高潔，空餘報國之情；阮籍猖狂，豈效窮途之哭？」

富貴之於我，如秋風之過耳。

錢財和地位對於我來說，就好像秋天的風從耳邊吹過一樣。

【題旨與故事】

這段話出自春秋吳國公子季札之口，表達其視名利如無物，對權位無爭無求，其目的就是希望吳國上上下下，不要再存有擁立他當國君的念頭。據東漢史家趙曄《吳越春秋·吳王壽夢傳》記載，春秋時期，吳王壽夢的正室生有四位嫡子，分別是嫡長子諸樊、次子餘祭、三子餘昧與幼子季札。壽夢原本是想要傳位給最受到國人推崇的幼子季札，但遭到季札的拒絕，認為壽夢不該獨獨偏愛自己這個兒子，而違背了古來長幼之序的禮制。壽夢無可奈何，只好先立諸樊為王，並交代其「必授國以次及於季札」，意即按照長幼先後次序的方式，務必讓季札繼承到王位為止。壽夢死後，諸樊服喪期滿，要把王位傳給季札，季札再度推讓，甚至拋棄了家業，躲到田野去耕種；過了許久，諸樊快要去世前，將王位傳給了大弟餘祭，命其一定要遵守兄終弟及的約定，以完成父親欲立季札為王的遺願。餘祭死後，其弟餘昧繼位，等到餘昧一死，吳國人民以為季札再也沒有理由推辭，哪知季札的態度一如以往，表明自己看待富貴有如秋風過耳般，王位在他的心目中，自然也無足輕重，接著就逃回自己的封地延陵（轄境約位在今江蘇常州市一帶），吳國最後決定改立餘昧之子州于（另有一說州于是壽夢的庶長子，也就是非正室所生的年齡最大的兒子）為王，世稱吳王僚。雖說季札不把君王這個位置放在心上，潔身自持，德行高尚，但他的讓位之舉，卻也間接釀成了吳國內部日後一場血腥的奪權鬥爭，事件的起因是，諸樊之子公子光不滿吳王僚被立為國君，認為叔叔季札既然不願接受王位，按理應該是由自己即位，於是便暗中籌畫刺殺吳王僚的行動；經過了多年，終於讓公子光找到適當的時機，成功派遣刺客專諸殺死吳王僚，自立為君，也就是後來的吳王闔閭。

【使用的場合】

本句可用來比喻對身外之物漠不關心，或對祿位無所戀棧。

【名句的出處】

東漢．趙曄《吳越春秋．吳王壽夢傳》：「十七年，餘祭卒。餘昧立，四年，卒，欲授位季札。季札讓，逃去，曰：『吾不受位，明矣。昔前君有命，已附子臧之義。潔身清行，仰高履尚，惟仁是處。富貴之於我，如秋風之過耳。』遂逃歸延陵。吳人立餘昧子州于，號為吳王僚也。」

寧固窮以濟意，不委曲而累己；既軒冕[1]之非榮，豈緼袍[2]之為恥？

寧可堅守窮困，以成全自己的心志，也不願曲意遷就，而使自己的人格受到牽累；既然認為高官厚祿並不值得顯耀，又怎麼會把穿著舊袍當成是恥辱呢？

【字詞的注解】

1. 軒冕：古代卿大夫的車乘和冕服。後多借指官位爵祿或身分顯貴者。
2. 緼袍：形容粗糙的衣服，多為窮人所穿。緼，音ㄩㄣˋ，新舊相混的棉絮或亂麻。

【題旨與故事】

陶淵明在〈感士不遇賦〉中感嘆「真風告逝，大偽斯興」，淳樸古風蕩然無存，整個社會充斥著一股虛偽狡詐的習氣，讓他認清大濟蒼生社稷的志向已不可能實現，寧可歸隱避世，安貧守節，也不願委屈自己而與惡濁的世道妥協。文末以「擁孤襟以畢歲，謝良價於朝市」作結，強調他要一直懷抱著孤介的襟懷，度過餘生，即使名利場上出再高的價錢，也堅決不會出賣自己的人品節操。其中「固窮」一詞出自《論語．衛靈公》中「君子固窮，小人窮斯濫矣」，意即君子雖身處逆境也能安於貧窮，不改其志，但小人一旦貧窮則會守不住心性，言行失當。清代學者孫人龍所輯《陶公詩評註初學讀本》有云：「公一生貞志不休，安道苦節，其本領見於此數語。雖感士不遇，而歸於固窮篤志。」可見陶淵明無論隱居還是出來做官，始終以「君子固窮」自勉，秉持任真本性，潔身自好。

【使用的場合】

本句可用來形容固守德操，貧賤不移。

【名句的出處】

東晉．陶淵明〈感士不遇賦〉：「蒼旻遐緬，人事無已；有感有昧，疇測其理。寧固窮以濟意，不委曲而累己；既軒冕之非榮，豈縕袍之為恥？誠謬會以取拙，且欣然而歸止。擁孤襟以畢歲，謝良價於朝市。」

寧為蘭摧玉折[1]，不作蕭敷艾榮[2]。

寧可成為受摧殘的香蘭或被斷折的美玉，也不願成為到處蔓延的蕭草或繁衍盛茂的艾草。

【字詞的注解】

1. 蘭摧玉折：常用來比喻賢能之士不幸早夭。蘭玉，原指香草和玉器。此比喻賢才或君子。
2. 蕭敷艾榮：常用來比喻品格不好的人飛黃騰達，或平凡的人享有高壽。蕭艾，原指臭草。此比喻凡人或小人。

【題旨與故事】

在南朝梁人劉義慶所編撰的《世說新語．言語》中，有一則關於東晉人毛玄（字伯成）負才任氣的記事。官拜征西行軍參軍（武官名，即部隊出征時，跟隨在軍事長官身邊的幕僚官員）的他，自視甚高且志氣遠大，常以「寧為蘭摧玉折，不作蕭敷艾榮」作為自勉之詞，其不甘心一生庸庸碌碌，老大無成，渴望能在有生之年，出頭露角，獲得充分發揮才幹的機會，成就出一番事業來，縱使須以自己的生命作為代價，他也毫不退縮。其實早在戰國時期，愛國詩人屈原《楚辭．離騷》中就出現了用「蘭」、「玉」和「蕭」、「艾」來比喻君子和小人的說法，其云：「戶服艾以盈要兮，謂幽蘭其不可佩。覽察草木其猶未得兮，豈珵美之能當。」詩人氣憤家家戶戶把雜生的艾草掛在腰間，還說幽谷下的香蘭是不可佩帶的，認為人們連草木的美惡都分辨不清，怎麼能看出美玉的真正價值呢？又云：「何昔日之芳草兮，今直為此蕭艾也。」同時也感傷自己過去所見的遍地香草，如今竟然成了雜草橫生的景象，意味著世道淪降，有德的君子已經不見影蹤，卑鄙的小人卻是四處橫行。

【使用的場合】

本句可用來比喻人志大心高，不屑與平庸之輩或品格低下的人為伍。

【名句的出處】

南朝宋．劉義慶《世說新語．言語》：「毛伯成既負其才氣，常稱：『寧為蘭摧玉折，不作蕭敷艾榮。』」

戮力上國，流惠下民，建永世之業，留金石之功。

（身為諸侯的我，仍希望）竭力報效國家，造福百姓，建立永久的基業，功蹟被銘刻在鐘鼎和石碑之上。

【題旨與故事】

《三國志．魏書．陳思王植傳》記載曹植從小便以「言出為論，下筆成章」的夙慧文才而備受父親曹操的寵愛，其在文學史上的雅號也是多不勝數，如誇獎其詞藻雋美、風骨遒勁的「繡虎」，另外還有「建安之傑」、「七步奇才」、「才高八斗」等家喻戶曉的美譽，都是在盛讚他詩文方面超乎常人的才氣。但事實上，曹植從他駿逸飛揚的年少，到四十一歲憂悒以終，其念茲在茲的，卻是在政治和軍事領域上取得豐偉的成就，自許能於青史留名，其次重視的才是在翰墨文章上的建樹。除了在這封寫給摯友楊脩〈與楊德祖書〉的信中自陳他的理想之外，見其〈白馬篇〉詩之「捐軀赴國難，視死忽如歸」，以及〈雜詩〉詩六首之五的「閑居非吾願，甘心赴國憂」等詩句，皆可看出曹植時時以國事為念，不甘治世能力遭到埋沒，強烈的功名欲望，始終與其緊緊相隨。可惜的是，曹植一生都無法企及他的宏圖遠志，自兄長魏文帝曹丕登基，他的封地經常變動，被迫四處遷徙，等到姪子魏明帝曹叡即位，依然對其保持高度的戒心，根本不可能讓曹植在朝廷或邊防軍務上擔任要職。雖說政事上沒能留下一番功業是曹植畢生之遺憾，但他的作品至今流傳不衰，在文學史上的地位舉足

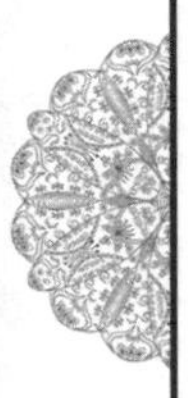

輕重，其「留金石之功」的志願終是以文學事業來達成。

【使用的場合】

本句可用來形容心懷為國為民的大志，期許自己立功立業，名傳不朽。

【名句的出處】

三國魏．曹植〈與楊德祖書〉：「吾雖德薄，位為藩侯，猶庶幾戮力上國，流惠下民，建永世之業，留金石之功，豈徒以翰墨為勳績、辭賦為君子哉？」

質性自然，非矯厲[1]所得；飢凍雖切，違己交病。嘗從人事，皆口腹自役；於是悵然慷慨，深愧平生之志。

（為什麼興起辭官歸去的念頭呢？）因為我的本性坦白真率，（做官這種事）不是勉強自己裝模作樣就可以辦得到的；飢餓和寒冷雖然緊要迫切，但違背本性也讓人的身心感到痛苦。過去曾不得已出來做官，都是為了溫飽而勞役自己；因此惆悵感慨，情緒激動，深深愧對平生的志願。

【字詞的注解】

1. 矯厲：矯揉造作，故意裝出一副正經嚴肅的模樣。

【題旨與故事】

這段文字出現在陶淵明〈歸去來兮辭〉前的序文，主在敘述其選擇就任彭澤（位在今江西境內）令和旋即離職的原因與經過。由於家貧的緣故，從事農耕已無法維持全家的生計，以前也曾短暫入仕和辭官的陶淵明，在親友的勸說以及叔父的引薦下，這回選擇了離家不遠的彭澤令；然甫上任不久，他便思念起家園，審視自己的本心性情，與汙濁黑暗的官場根本格格不入，短短八十多天便棄官歸田，從此終身不仕。按唐代房玄齡等人《晉書．隱逸傳．陶潛傳》記載：「郡遣督郵至縣，吏白應束帶見之。潛嘆曰：『吾不能為五斗米折腰，拳拳事鄉里小人邪。』義熙二年，解印去縣，乃賦〈歸去來〉。」陶淵明入南朝宋後更名為陶潛，其於東晉安帝義熙年間擔任彭澤令時，因無法忍受上級長官要求其束帶迎見一名負責督察縣務的督郵，憤而去職，並作〈歸去來兮辭〉，以明其不為五斗米而事鄉里小人的心志。

【使用的場合】

本句可用來形容即使現實處境飢寒交迫，也不願做出違反自己心意的事。

【名句的出處】

東晉．陶淵明〈歸去來兮辭並序〉：「於時風波未靜，心憚遠役，彭澤去家百里，公田之利，足以為酒，故便求之。及少日，眷然有歸歟之情。何則？質性自然，非矯厲所得；飢凍雖切，違己交病。嘗從人事，皆口腹自役；於是悵然慷慨，深愧平生之志。猶望一稔，當斂裳宵逝。」

薰蕕[1]不同器，梟鸞[2]不接翼。

香草和臭草不能放在同一器皿裡，惡鳥和神鳥不會比翼雙飛。

【字詞的注解】

1. 薰蕕：指香草和臭草。也可用來比喻善與惡。蕕，指含有臭氣的草。
2. 梟鸞：指惡鳥和祥鳥。也可用來比喻壞人和好人。梟，此通「鴞」字，即貓頭鷹，古來多被認為是惡鳥。鸞，傳說中的一種神鳥，類似鳳凰。

【題旨與故事】

據唐代史家姚思廉《梁書．劉峻傳》記載，南朝梁武帝蕭衍即位後，大舉延攬文學才士，當時許多文人獲得進用，而曾為《世說新語》作注解的劉峻雖有文名，但其「率性而動，不能隨眾浮沉」，恣意而為的性情，再加上不善於和其他人一樣對武帝逢迎拍馬，令武帝頗為嫌惡，始終不受見用。然而就在這樣惡劣的處境下，劉峻寫出了〈辨命論〉，一方面抒發人生一切皆由命運主宰的無奈，一方面則是寄託自己懷才抱德卻無人賞識的鬱憤。文中借「薰蕕」和「梟鸞」這兩組各自對立、無法相容相合的物類，暗喻自己如「薰」、「鸞」一樣芳潔美好，實在難以融入如「蕕」、「梟」那般汙穢邪惡的環境之中。

【使用的場合】

本句可用來比喻品格高下不同的人，是不可能共處的。

【名句的出處】

南朝梁．劉峻〈辨命論〉：「夫虎嘯風馳，龍興雲屬。故重華立而元凱升，辛受生而飛廉進。然則天下善人少，惡人多，闇主眾，明君寡。而薰蕕不同器，梟鸞不接翼，是使渾敦、檮杌踵武於雲臺之上，仲容、庭堅耕耘於巖石之下。橫謂廢興在我，無繫於天。」

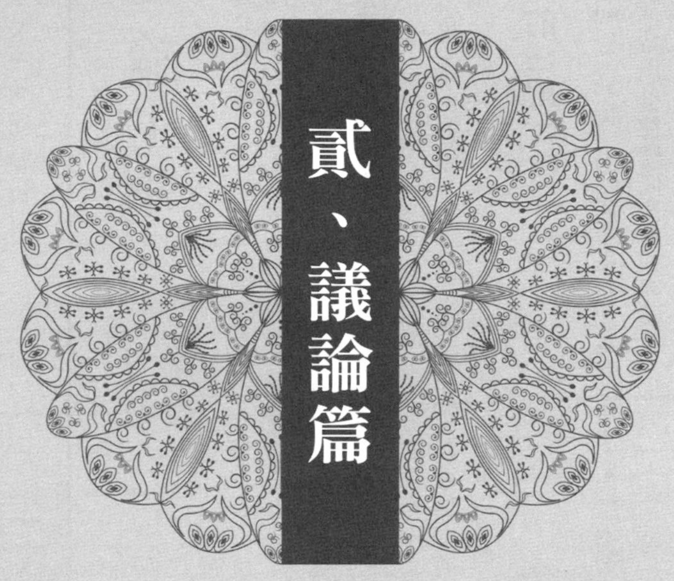

貳、議論篇

一、論生命

一登龍門[1]，則聲價十倍。

只要被您舉薦過的人，聲名身價立刻比先前增加十倍。

【字詞的注解】

1. 龍門：位在今山西河津市西北黃河兩岸，由於地勢陡峭，水流湍急，古來傳說魚登此即化為龍。後用來比喻人的地位由低微變成顯赫或考試及第。

【題旨與故事】

文題〈與韓荊州書〉，是李白於唐玄宗開元年間，寫給時任荊州大都督府長史韓朝宗的一封自薦書。韓朝宗以喜提攜後進而受到許多文人的尊崇，而向來懷有宏大抱負與入仕志向的李白，自認才智卓犖，卻一直沒有人懂得欣賞，只能先屈居草野，伺機而動；其透過這封書信，希望韓朝宗能夠引薦自己，使其有機會和其他文士一樣獲得美名，奠定聲望，然後為朝廷所重用，從此躍上龍門，脫穎而出。據《後漢書．黨錮列傳．李膺傳》記載：「是時朝庭日亂，綱紀穨阤（ㄊㄨㄟˊ ㄓˋ），膺獨特風裁，以聲名自高。士有被其容接者，名為登龍門。」李膺身處東漢衰世，面對朝政日益紛亂，綱紀傾圮崩壞，依然重視風紀法度，標望絕人，士子以「登龍門」來稱美能入李膺的門第或受其引薦延譽的人，後來衍生出的「膺門」、「李膺客」等語，也成了德高望重的門第或名門之客的代名詞。

【使用的場合】

本句可用來比喻人經過有聲望者的提拔後飛黃騰達，名譽身價大增。

【名句的出處】

唐．李白〈與韓荊州書〉：「一登龍門，則聲價十倍。所以龍蟠鳳逸之士，皆欲收名定價於君侯。願君侯不以富貴而驕之，寒賤而忽之，則三千賓中有毛遂，使白得穎脫而出，即其人焉。」

小民之家，一朝而獲千金，非有大福，必有大咎。

尋常百姓的家庭，有一天突然獲得了很多的金錢，並不是有很大的福氣要降臨，而是有很大的災禍要發生。

【題旨與故事】

文題〈士燮論〉，士燮，人稱范文子，是春秋晉國時期的名臣。作者蘇軾文中極力推崇士燮在政治上的高識遠見，認為士燮早已看出晉國雖在「鄢陵（位在今河南中部一帶）之戰」贏了楚國，但晉國國君在國內的地位，已呈現搖搖欲墜的狀態，反倒是晉國各家公卿的勢力比國君還更加強盛；士燮又見晉厲公不過打了一回勝戰就矜功自喜，然其面對國內公卿間的內鬥爭權，甚至超越國君的壯大聲勢，卻顯得毫無約束和反擊的能力，士燮便預料到晉國將有大禍要臨頭了！果不其然，隔年晉厲公就遭到臣子欒書所弒。蘇軾通過此事所得到的體悟是，一般民眾對於每日辛勤勞作所賺來的微薄收入，都懂得格外珍惜，用度有所節制，不敢隨意浪費；相對地，若是無緣無故就可以得到大筆的金錢，很容易讓人變得驕傲自大，而把原本習慣遵守的生活原則全拋在腦後，對意外之財毫不看重，花費無度，結果自然是來得快的、去得也是快的。同樣的道理，國君如果得來天下的過程是艱辛的，必然會努力去經營而不使其失去；反之，天下是其輕而易舉就到手的，人一旦樂極忘形，很快地就會步上敗亡的運途啊！

【使用的場合】

本句可用來說明不勞而獲並非喜幸之事，禍難將隨之而來。

【名句的出處】

北宋．蘇軾〈士燮論〉：「嗚呼！小民之家，一朝而獲千金，非有大福，必有大咎。何則？彼之所獲者，終日勤勞，不過數金耳；所得者微，故所用狹。無故而得千金，豈不驕其志，而喪其所守哉？由是言之，天下者，得之艱難，則失之不易；得之既易，則失之亦然。」

天與弗取，反受其咎；時至不行，反受其殃。

上天要賜給你的，而你卻不願接受，反過來就會被上天追究罪責；時機已經到來，而你卻還沒有行動，反過來災禍就會降臨到自己的身上。

【題旨與故事】

西漢史家司馬遷在《史記．淮陰侯列傳》中描述楚、漢相爭之際，韓信擊敗了齊國之後，被劉邦封為齊王，當時在韓信身邊的一名謀士蒯（ㄎㄨㄞˇ）通，看出韓信是決定當時天下形勢的關鍵人物，「為漢則漢勝，與楚則楚勝」，意即韓信若支持漢，則劉邦取得勝利，若換成是與楚聯盟，則項羽將成為最後的贏家。蒯通又對韓信獻出「莫若兩利而俱存之，參分天下，鼎足而居，其勢莫敢先動」的計策，希望韓信不如讓劉邦、項羽兩人都能得到好處，楚、漢同時存在，並與其形成三足鼎立的局面，如此一來，任誰也不敢先輕舉妄動。蒯通還不忘用古來流傳的天時運命之說來開導韓信，提醒韓信若錯過了這次上天安排其自立為王的機遇，違背了天意，日後必然會受到天譴，招來禍殃。韓信最終還是沒有採納蒯通的建言，他自負對漢立下汗馬功勞，相信劉邦絕對不會辜負自己；只是韓信未料到的是，劉邦之所以會對他心生疑忌，也正是因為他功高震主的緣故啊！

等到楚、漢戰爭一結束，建立漢朝的劉邦，便借呂后之手，以謀反的罪名殺了韓信，夷其三族，這時韓信才後悔當初沒有聽進蒯通的勸言，以致鑄下無可挽回的大錯。

【使用的場合】

本句可用來告誡人們，若沒有及時抓住對自己有利的情況，坐失良機，反而會深受其害。

【名句的出處】

西漢．司馬遷《史記．淮陰侯列傳》：「割大弱彊，以立諸侯，諸侯已立，天下服聽而歸德於齊。案齊之故，有膠、泗之地，懷諸侯以德，深拱揖讓，則天下之君王相率而朝於齊矣。蓋聞天與弗取，反受其咎；時至不行，反受其殃。願足下孰慮之。」

我辰[1]安在？實命不同。

我人生中的好運到底在哪裡呢？真的是我的命生下來就和其他人不一樣啊！

【字詞的注解】

1. 辰：時運。此偏向好運的意思。

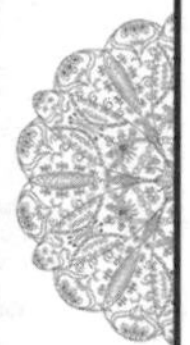

【題旨與故事】

文題〈自序〉，為清代學者汪中模仿南朝梁人劉峻〈自序〉文章風格所寫的一篇駢文，內容自述其與前人劉峻一樣身不遇時，命運乖蹇，處境甚至比劉峻當時還更艱難的辛酸經歷。文中提到自己的人生際遇與劉峻有四項相同，其一是同樣出身貧困，其二是同樣婚姻失和，其三是同樣備嘗憂患，其四是同樣疾病纏身。至於兩人的現實情況則是有五項不同，其一是劉峻的遠、近親屬有十來人在朝當官，而自己的家族卻是衰微不振；其二是劉峻即使沒有做過高官，但至少曾被齊、梁兩朝的王室所賞識，而自己卻是受人僱用，從事抄寫或筆記的工作，地位低微有如倡優般；其三是劉峻隱居山林，得以脫離塵世的羈絆，保全天性，而自己卻是為了生存，不得不卑賤地繼續在塵俗間墮落下去；其四是劉峻的著作，在當世即享有聲譽，受到人們的廣泛讚揚，而自己的作品雖多，卻是無人懂得欣賞；其五是劉峻的言行舉動，不會遭來世人的評議，而自己卻是動輒得咎，經常遭到輿論的責難。經過兩兩比較，汪中歸納出其與劉峻的生平有「四同五異」，得到的結論就是自己的時運、機緣，實比劉峻更加凶險不順。

【使用的場合】

本句可用來形容生不逢辰，命途坎坷。

【名句的出處】

清．汪中〈自序〉：「嗟乎！敬通窮矣，孝標比之，則加酷焉。余於孝標，抑又不逮。是知九淵之下，尚

有天衢。秋荼之甘，或云如薺。我辰安在？實命不同。勞者自歌，非求傾聽。目瞑意倦，聊復書之。」

命與仇謀，取敗幾時？

（多年下來，仕途不順）就好像命運和仇敵一起合謀，不知道還要忍受失敗到什麼時候呢？

【題旨與故事】

韓愈自唐德宗貞元八年（西元七九二年）二十五歲考取進士，到憲宗元和七年（西元八一二年）四十五歲作〈進學解〉一文，這漫長的二十年，他一直都在各地輾轉流離，沉淪下位，即使期間有幾次獲得朝廷重用的機會，但很快地又因直言無諱而遭到貶官；作〈進學解〉的那年，他正在國子監（古代最高學府和教育管理機構）擔任國子博士（負責教導高級官員的子弟），故借寫國子先生（即韓愈自喻）與其弟子的對話，抒發自己從政多年，始終未能大展懷抱的牢騷。文中有一段描述國子先生訓勉弟子進德修業，來日必受上位者大用的話之後，弟子則是以此反問國子先生，何以從年輕開始便致力於學，焚膏繼晷，孜孜不倦，但仕宦之路卻還是如此蹭蹬顛簸？不僅在公事方面，不為當權者所信任，甚至在私交方面，也得不到人們的幫助，進退不得，一舉一動都受到責難；尤其還讓自己的妻小在暖冬時哭著喊冷，豐年時忍著飢餓，衣食匱乏，至今頭頂已禿，牙齒也掉了，體貌老衰，仍在國子監這個閑散單位來回徘徊了好幾回，政治長才無處發揮，而這就是國子先生一路埋首學問、修養品德所得到的待遇啊！事實上，韓愈〈進學解〉中的弟子之言，其實就是他自己想說卻又不敢直接表達而出的話，只能假借先天註定的運命不斷與自己敵對作為託辭，目的還是希望朝廷高層最終能夠聽見他的心聲。

【使用的場合】

本句可用來形容時運不佳，人生屢遭挫敗。

【名句的出處】

唐．韓愈〈進學解〉：「然而公不見信於人，私不見助於友。跋前躓後，動輒得咎。暫為御史，遂竄南夷。三年博士，冗不見治。命與仇謀，取敗幾時？冬暖而兒號寒，年豐而妻啼飢。頭童齒豁，竟死何裨？不知慮此，而反教人為？」

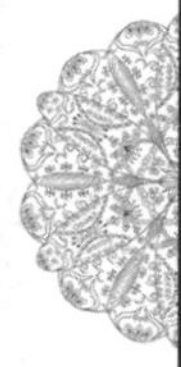

時運不齊，命途多舛[1]。

馮唐[2]易老，李廣[3]難封。

（我的）時機和氣運不佳，平生遭遇很多的不順。不禁感嘆馮唐的才德雖然賢能，但老得實在是太快了，而李廣的一生建功無數，卻始終無法獲封侯爵。

【字詞的注解】

1.舛：音ㄔㄨㄢˇ，困厄、不幸。

2.馮唐：西漢官員，文帝、景帝在位時不受重用，至武帝時廣徵賢良，才又被人舉薦，可惜那時他已經九十餘歲，老到不能夠再做官了。

3.李廣：西漢名將，常與匈奴作戰，被匈奴稱為「飛將軍」，屢立戰功，但至死都未獲封爵。

【題旨與故事】

王勃在年少時便有才名，不滿二十歲的他，被沛王李賢召入府中，本可成為皇子身邊的一名重要幕僚，卻因為諸位皇子的一場鬥雞競賽，替自己的上司沛王寫了一篇〈檄英王雞〉的戲謔文章；由於「檄」這個文體，是國家聲討敵人時所使用的官方文書，王勃卻把皇子間的頑鬧嬉戲，以討伐敵人的形式寫出來，此舉看在高宗的眼裡，無異是造成皇子們展開爭奪、相互仇恨的禍端，勃然大怒後，遂將王勃趕出了沛王府。四處漫遊了一段時間，王勃好不容易才得到了虢州參軍一職，但他莽撞的行止依舊改不了，不久又闖出了藏匿和擅自殺死罪奴的大禍，之後雖逃過死罪，卻也因此拖累父親被謫往交趾這樣偏僻的地方。路過洪州，恰逢都督閻公邀其寫參與滕王閣宴會的序文，王勃忍不住在文中大吐苦水，借寫歷史上的失意人物，寄託自己同他們一樣時乖運蹇，像是西漢賢人馮唐在文帝、景帝時期一直淪於下僚，等到武帝即位，獲得舉薦時已是耄耋之年，此時即使有心報國，也是力不從願了；還有年代稍晚於馮唐的李廣，以驍勇善戰聞名，一生與匈奴作戰七十餘回，為朝廷立下彪炳軍功，但到死之前仍然得不到侯爵的名位，只能飲恨而終。

【使用的場合】

本句可用來比喻生不逢時，才能遭到埋沒，命運坎坷不濟。

【名句的出處】

唐・王勃〈滕王閣序〉：「嗟乎！時運不齊，命途多舛。馮唐易老，李廣難封。屈賈誼於長沙，非無聖主；竄梁鴻於海曲，豈乏明時？所賴君子見機，達人知命。」

魚游於沸鼎[1]之中，燕巢於飛幕[2]之上。

就好比是魚兒游進滾沸的鍋鼎裡，也像是燕子在飄動的帷幕上方築巢一樣。

【字詞的注解】

1. 沸鼎：盛著滾水的鼎。鼎，古代的烹飪器具，一般是兩耳三足。
2. 飛幕：指飄移不定或隨時可以撤除的帳幕。

【題旨與故事】

梁武帝蕭衍代齊建梁後不到四年，為收復中原而命其弟臨川王蕭宏出兵征伐北魏鮮卑拓拔氏；而當時北魏派出迎戰梁軍的將領，正是先前曾經反梁降魏的武將陳伯之。此番隨梁朝主將蕭宏一同北征的文官丘遲，奉命寫下〈與陳伯之書〉這封招降信，成功地讓陳伯之轉而率軍八千，歸順了梁朝。丘遲在信中借「魚游沸鼎」和「燕巢飛幕」之喻，提醒正在為北魏效命的陳伯之，其當下所處的境地實在危險至極，直指北魏王朝的內部早已四分五裂，不僅皇室成員骨肉相殘，部落首領之間也是各懷異心，彼此猜忌，在如此動盪的政治局勢之下，身為漢族的陳伯之，連自己個人的生命安全都岌岌可危了，怎麼還妄想替竊據中原土地的蠻夷，也就是北魏統治集團立下戰功，而敢與正統繼承政權的梁朝對立呢？丘遲希望陳伯之能夠認清現實形勢，儘快迷途知返，以免等到禍難降臨之時，再來懊悔也已經來不及了！

【使用的場合】

本句可用來比喻正處於危亡險境當中的人。

【名句的出處】

南朝梁．丘遲〈與陳伯之書〉：「北虜僭（ㄐㄧㄢˋ）盜中原，多歷年所，惡積禍盈，理至焦爛。況偽孽昏狡，自相夷戮，部落攜離，酋豪猜貳。方當繫頸蠻邸，懸首藁（ㄍㄠˇ）街，而將軍魚游於沸鼎之中，燕巢於飛幕之上，不亦惑乎？」

達能兼善而不渝，窮則自得而無悶。

得志的時候能夠施恩給眾人，而且自始至終都不會改變，失意的時候能夠不失其道，而且內心也不會覺得苦惱。

【題旨與故事】

三國魏人嵇康文中借古來聖哲為例，強調人無論處於得意或遭逢困厄都要堅守正道，絕不因際遇的順逆變化而動搖心志，就像春秋時期的教育家孔子，一生主張仁愛無私，即使替人執鞭駕車也不會感到羞恥；又如春秋楚國大夫子文，對名位利祿本無欲望，卻屢屢當上掌管楚國政治軍事大權的最高官銜「令尹」，他們都是懷抱濟助世人的胸懷，想要為社會貢獻一己之力啊！其中「兼善」一語出自《孟子．盡心上》：「窮則獨善其身，達則兼善天下。」窮困時就要保持個人的節操修養，顯達時就要讓天下蒼生都能蒙受其惠。此外，「無悶」一語出自《易經．文言傳》中，是孔子針對〈乾卦．初九〉的爻辭「潛龍勿用」這四個字的解釋，其言：「龍德而隱者也，不易乎世，不成乎名，遯（ㄉㄨㄣˋ）世無悶。」具備像天上飛龍般的德行而隱遁的聖人，是不會為了迎合世俗而改變自己的心意，也不會為了博取名聲而刻意有所作為，縱使離群索居，心情亦不會受到影響。

【使用的場合】

本句可用來說明不管遭遇順境或是困境，始終意志堅定，心無煩憂。

【名句的出處】

三國魏．嵇康〈與山巨源絕交書〉：「又仲尼兼愛，不羞執鞭；子文無欲卿相，而三登令尹，是乃君子思濟物之意也。所謂達能兼善而不渝，窮則自得而無悶。」

感悟哲思

一死生為虛誕，齊彭[1]殤[2]為妄作。

把死和生當作一樣，是虛無荒誕的言論，將長壽和早夭看成等同，也是荒謬胡謅的作為。

【字詞的注解】

1. 彭：指彭祖，相傳為古代帝王堯的臣子，傳言其活到七、八百歲。後多用來比喻長壽。
2. 殤：未成年而死。

【題旨與故事】

王羲之在〈蘭亭集序〉一文抒發其對世事變幻無常、生命終有期限的傷嗟，每每他閱讀古人在作品中興起感慨的理由，都與自己的心靈相契合，沒有一次不對著那些作品發出聲聲嘆息，因而他無法接受道家莊周視死生和壽夭為一致這樣不切實際的說法，深信生命自有其積極正面的存在意義。正因如此，王羲之希望後代的人們看待現在的自己，就好像現在的自己看待古人所留下的感人篇章一樣，所以他要詳實記錄眾文友今日在蘭亭雅集的盛況，並且收集大家當場所作的詩，彙編成《蘭亭詩集》，期許後人將來讀到這些文字時也能夠觸發情懷，藉此證明人的生命儘管有限，但感人心脾的佳作卻可以代代流芳。其中「一死生」和「齊彭殤」的觀點，出自戰國莊周《莊子．德充符》：「以生死為一條，以可不可為一貫者。」意即把死和生看成是一體，把可與不可看成是連貫相通；以及《莊子．齊物論》：「莫壽於殤子，而彭祖為夭。天地與我並生，而萬物與我為一。」天底下沒有比夭折的人更長壽了，彭祖還算是短命呢！因為天地與我同時存在，而萬物和我合而為一。莊周意在提醒人們，死生變化原是天地間再自然不過的常態，萬物本為一體，並無分別，是人自己產生了差別、比較之心，才會招來痛苦和失落的情緒；就好像早夭的人，若是和稍縱即逝的生物相比，就算是長壽了，而享有高壽的彭祖，若是和源遠流長的歷史相比，就算是短命了！不同的參照標準，比對出來的結果也就不同。換言之，人若能放下生死、是非、長短、大小、美醜、福禍、有用無用等，各種相對相待的執念，對天地萬物等量齊觀，心靈便能從物、我之別的束縛中解脫，不會再自尋煩惱。由於王羲之所處的年代，知識分子崇尚老、莊之學，造成玄學清談的風氣盛行，見南朝宋人劉義慶《世說新語．言語》記載，王羲之曾對謝安說過「虛談廢務，浮文妨要，恐非當今所宜」這幾句話，顯見其對當時文人將心思專注在空談的行為頗不以為然。只是話說回來，《莊子》書中強調的是達觀生死、破除執著、物我平等，使人心得到安頓，逍遙自得，並不能算是消極避世的思想；反觀魏、晉士大夫流行的玄學，雖然談論的內容也是以老、莊學說為主，但形式已落入了競鬥巧辯、空言虛語的窠臼，甚至不少清談者，喜好營造出名士風流的放浪形象，自命清高，早與《莊子》順應自然、安之若命的精神相去甚遠了！

【使用的場合】

本句可用來說明反對把生命浪費在虛浮的議論或不著邊際的事物上，進而耽誤了人生中真正該做的事。

【名句的出處】

東晉．王羲之〈蘭亭集序〉：「每覽昔人興感之由，若合一契，未嘗不臨文嗟悼，不能喻之於懷。固知一死生為虛誕，齊彭殤為妄作。後之視今，亦猶今之視昔。悲夫！故列敘時人，錄其所述，雖世殊事異，所以興懷，其致一也。後之覽者，亦將有感於斯文。」

人之所欲無窮，而物之可以足吾欲者有盡。

人的欲望是沒有窮盡的時候，而物質能夠滿足人的欲望卻是有限的。

【題旨與故事】

蘇軾在〈超然臺記〉一文提及其從杭州調至密州之後，雖然明顯感受到民風淳樸的密州，無論是在交通、屋舍、起居飲食以及山水景觀等各方面，完全比不上物阜民豐的杭州，但他還是可以在密州過著適意自快的生活，每天樂在其中，其關鍵就在於，不要讓自己的心被無止盡的欲望所蒙蔽。蘇軾認為「求福而辭禍」是人人通曉的道理，因為福是大家所喜歡的，而禍是大家所厭惡的；但事實上，人終其一生，卻經常為了欲求不得而

陷入苦惱，可以想到的快樂很少而痛苦卻極多，顯見人們做的盡是「求禍而辭福」的事，這難道不違背常情嗎？在蘇軾看來，人一旦執著於「物之內」，心神迷惘昏亂，視野受到局限，如同「隙中之觀鬥」，就像在縫隙中看人打鬥一樣，根本看不清全貌，又如何知道最後是誰勝誰負呢？可悲的是，人往往相信自己眼前所見的一定是真確的，殊不知一切不過是眼界狹窄的自己既偏頗又無知的見解啊！也可以說，一個人若想要遠離禍的根源，必得擺脫對物的企求，把觀看事物的視角拉到「物之外」，體認到物、我齊一，本無大小、好壞之別，那麼心就不會為物所役使而感到患得患失，平添無謂的煩憂。

【使用的場合】

本句可用來說明人的貪欲無度，永遠不知饜足。

【名句的出處】

北宋．蘇軾〈超然臺記〉：「夫所為求福而辭禍者，以福可喜而禍可悲也。人之所欲無窮，而物之可以足吾欲者有盡。美惡之辨戰乎中，而去取之擇交乎前，則可樂者常少，而可悲者常多，是謂求禍而辭福。夫求禍而辭福，豈人之情也哉？物有以蓋之矣。」

人固有一死，死有重於太山[1]，或輕於鴻毛[2]，用之所趨異也。

每個人本來都會死亡，有的人死得比雄偉的泰山還要重，有的人死得比鳥羽還要輕，這是因為他們人生所追求的意義不同所致。

【字詞的注解】

1.太山：即泰山。五嶽中的東嶽，位在今山東境內。古人常用泰山來比喻敬仰的人或重大、寶貴的事物。此比喻價值非凡。

2.鴻毛：大雁的羽毛。此比喻不受重視。

【題旨與故事】

文題〈報任少卿書〉，是西漢史家司馬遷回覆友人任安（字少卿）的一封書信。時任中書令（西漢時期多以宦官任之，掌管宮廷文庫檔案，協助皇帝處理政務事宜）的司馬遷，因曾替投降匈奴的李陵辯護而觸怒漢武帝，獲罪入獄後慘遭宮刑（又稱腐刑，一種施以閹割的刑罰），其在信中提到自己在監牢時，沒有選擇在受刑前自裁而死，全是因為正在著手進行的《史記》還沒寫完，生平的理想尚未實現，不甘自己的文章從此湮沒在歷史的長河，無法流傳於後世。假使當初不願忍受宮刑這等莫大的羞辱，直接在法律制裁之前死去，有如九牛身上失去一根毛一樣微不足道，與螻蟻又有什麼區別？世人也不會把自己和堅持節操而自殺的人相提並論，只會覺得自己才智用盡，罪大惡極，最後不得不死罷了！既然生命不免一死，對自身期許甚高的司馬遷，發憤一定要在有生之年完成《史記》這部著述，傳與後代志同道合之人，如此便可抵償先前忍辱偷生所受盡的折磨與痛苦，其所在意的生命價值和意義也得以實踐，聲名世代永存。

【使用的場合】

本句可用來說明人生到頭終須一死，但由於每個人對生死的體認有懸殊之別，故有人死得其所，歿而不朽，有人則不足輕重，毫無價值。

【名句的出處】

西漢．司馬遷〈報任少卿書〉：「假令僕伏法受誅，若九牛亡一毛，與螻蟻何以異？而世又不與能死節者比，特以為智窮罪極，不能自免，卒就死耳。何也？素所自樹立使然也。人固有一死，死有重於太山，或輕於鴻毛，用之所趨異也。」

天高地迥，覺宇宙之無窮；興盡悲來，識盈虛之有數。

天看起來很高，地看起來很遠，讓人感覺到天地的無邊無際；高興過後，悲傷隨之而來，使人理解到萬物的盛衰消長有其一定的規律。

【題旨與故事】

宦途屢遭挫折的王勃，於秋日重陽登上靠山臨水而建的滕王閣，他從閣外極目遠望，層層青翠的山巒高入

雲霄，低頭俯瞰，則見滕王閣的倒影映於江上，彷彿整座建築物的底下沒有著地、騰於空中般，氣勢壯美。樓閣上歌樂聲喧，賓主宴飲談笑，王勃卻在如此歡暢的氣氛下，引發出對人生的感慨，眼前寥廓的天光水色，讓他體認到人在天地的面前顯得是那麼渺小，微不足觀，正如自己的乖舛際遇，也實非人力所能改變，畢竟世間的興衰榮辱，皆逃不過由天註定的命運。

【使用的場合】

本句可用來說明天地廣闊遙遠，深奧難測，萬事萬物只能順應天意的安排而發展變化，一切成敗得失都由不得人作主。

【名句的出處】

唐．王勃〈滕王閣序〉：「天高地迥，覺宇宙之無窮；興盡悲來，識盈虛之有數。望長安於日下，目吳會於雲間。地勢極而南溟深，天柱高而北辰遠。」

安時而處順，哀樂不能入也，古者謂是帝之縣解[1]。

安於時運的安排，順應時勢的變化，悲傷和快樂的情感就不會進入心中，這就是古人說的解脫自然的束縛。

【字詞的注解】

1. 縣解：本意是解開被繩子懸吊著的苦。此引申為解脫人間生死哀樂的拘繫。縣，音ㄒㄩㄢˊ，此通「懸」字，繫、掛。此引申為人活在世上所受到的牽制、羈絆，就好像是被繩子懸吊起來一樣的痛苦。

【題旨與故事】

活動於戰國時期的道家思想家莊周在《莊子．養生主》中杜撰一個名叫秦失的人去弔祭老聃（即道家始祖老子，相傳其姓李，名耳，字聃，春秋楚國人），寫其哭了幾聲便走了出來；老聃的學生見秦失沒有表現出嚎啕痛哭的樣子，覺得秦失枉為老聃的好友，行為實在不合禮法。秦失對此則提出反駁，認為在場的人不分老少，全因不捨老聃的死去，每個人哭得像是失去自己的至親一樣，這種情況才是在逃避自然，且違背天性，忘記了生命本來就受之於自然，最終也該回歸於自然，人們卻為了一件理所當然的事而放聲大哭，即是所謂的「遁天之刑」，意思是違反自然規律所招致的懲罰。莊周借寫秦失祭奠老子的這則寓言，表達人不過是在偶然的機緣下出生，其後走向死亡，也是生命歷程中的必然方向，提醒人們不要再執著於樂生惡死的世俗觀念，應以平和安適的態度去看待生死，依循自然命運的推移，從此便可擺脫哀樂情緒的繫絆，無累無憂，心境超然灑脫。

【使用的場合】

本句可用來說明對生死無所動心，樂天安命，了無牽掛。

【名句的出處】

戰國．莊周《莊子．養生主》：「向吾入而弔焉，有老者哭之，如哭其子；少者哭之，如哭其母。彼其所以會之，必有不蘄（ㄑㄧˊ）言而言，不蘄哭而哭者。是遁天倍情，忘其所受，古者謂之遁天之刑。適來，夫子時也；適去，夫子順也。安時而處順，哀樂不能入也，古者謂是帝之縣解。」

君子居正體道，樂天知命，明其無可奈何，識其不由智力，逝而不召，來而不距[1]，生而不喜，死而不慼[2]。

有德行的人處事遵循正道，對大道有所體悟，樂於順應天意，安於自身所處的境遇，明白人對天意的無可奈何，理解其不會因人的智力而有所更動，過去的無法重來，已經到來的也不可能拒絕，不因活著而感到欣喜，也不會因死去而感到悲傷。

【字詞的注解】

1. 距：此通「拒」字，回絕。
2. 慼：音ㄑㄧ，憂傷。

【題旨與故事】

南朝梁人劉峻在〈辨命論〉中闡述人的死生、禍福皆取決於先天命定，唯有智愚、善惡是出於人的後天學習和所作所為，但無論是行善還是作惡，並不能改變命中早已註定的事實。文中援引了歷史上諸多的賢能才士，終究未能得到善報或善終，一生窮困潦倒或遭遇橫禍，如孔門高徒顏淵、子路等；同樣地，奸險狡詐的人也不一定會有惡報，如春秋楚成王的長子商臣，犯了殺逆之罪，其後繼位為楚穆王，大業光耀後代子孫，以及魯國大盜柳下跖（又稱盜跖）生性暴虐，作惡多端，最後卻能夠長壽以終。劉峻儘管不認同古來人們所謂的天理報應之說，但他仍然堅持人理當為善修德，體察天命有其幽微難測之處，人事的變化更是交錯複雜，人只能盡力而為，「不充詘於富貴，不遑遑於所欲」，不會因為富裕顯達而得意忘形，也不會因為有所追求而心神不寧，無論結果如何，都能寵辱不驚，泰然處之。其中「樂天知命」一詞，語出《易經．繫辭上》：「樂天知命故不憂。」意即不管遭逢順逆，都能安於自身所處的境遇，樂觀以對，而不是怨天尤人。其實劉峻這整段話的文意更趨近於《莊子．人間世》中：「知其不可奈何而安之若命，德之至也。」也就是說，當人領悟到人生中有許多事情是無可奈何、且非人力所能抗拒或掌控的情況時，倒不如保持心氣平和，安時順命，這樣就算是達到德的極致了！

【使用的場合】

本句可用來說明順應天意的變化，坦然接受命運的安排，知足守分，怡然自得。

【名句的出處】

南朝梁．劉峻〈辨命論〉：「然則君子居正體道，樂天知命，明其無可奈何，識其不由智力，逝而不召，來而不距，生而不喜，死而不慼，瑤臺夏屋，不能悅其神；土室編蓬，未足憂其慮。不充詘（ㄑㄩ）於富貴，不遑遑於所欲。豈有史公、董相不遇之文乎？」

宜其渥[1]然丹者為槁木，黟[2]然黑者為星星。奈何以非金石之質，欲與草木而爭榮？

（人過於憂慮勞累的結果）自然是讓紅潤的面容變成像枯木般的毫無生機，烏黑的頭髮變成像星光點點般的花白。為什麼人要用不是堅固如金石的脆弱身軀，想要去和草木競爭一時的榮茂呢？

【字詞的注解】

1. 渥：此作光澤。
2. 黟：音一，黑色。

【題旨與故事】

歐陽脩在〈秋聲賦〉中以沒有感情的草木與萬物之中最有靈性的人為對比，抒發心中的感悟。作者認為，如果連草木經過秋風的摧殘都不免蕭條零落的話，那麼不斷讓百般煩惱耗損精神、萬種操勞傷害身體的人，比草木更容易衰老不也是理所當然的事嗎？更何況，人經常思慮自己能力所不及的，憂愁自己智慧所解決不了的，日復一日，戕害自己身心的其實也正是自己，又豈可去埋怨秋天帶給人悲涼肅殺的氣息呢？清人林雲銘《古文析義》評曰：「篇中感慨處帶出警語，自是神品。」認為歐陽脩〈秋聲賦〉除了借秋聲表達其對人生的感觸之外，也語帶發人深省的警策哲理，可謂是一篇出神入化的名作。

【使用的場合】

本句可用來說明人為了達到理想的目標，日夜憂勞，以致身體和精神受到損傷卻還不自知。

【名句的出處】

北宋．歐陽脩〈秋聲賦〉：「嗟乎！草木無情，有時飄零；人為動物，惟物之靈。百憂感其心，萬事勞其形；有動於中，必搖其精。而況思其力之所不及，憂其智之所不能；宜其渥然丹者為槁木，黟然黑者為星星。奈何以非金石之質，欲與草木而爭榮？念誰為之戕賊，亦何恨乎秋聲？」

匪貴前譽，孰重後歌？人生實難，死如之何？

既然不會以生前的美譽而感到榮耀，又哪裡會在乎死後的歌頌呢？人活在世上，實在是很不容易，但是死

了之後又能怎麼樣呢？

【題旨與故事】

文題〈自祭文〉，為陶淵明臨終之前的兩個月所作的一篇文章，感知將不久於人世的他，撰文回顧和總結自己的一生，敘述其「自余為人，逢運之貧」，即便從出生開始，家境貧寒，但他仍然「含歡谷汲，行歌負薪」，懷著快樂的心情走到山谷去取水，就算背負著沉重的薪材，也能邊走邊唱著歌，從不以身體的勞累為苦，「勤靡餘勞，心有常閑」，勤勞工作，心境悠閑自在；踏入仕途之後，他發現世上的人多恐懼自己的一生一事無成，總是希望「存為世珍，歿亦見思」，活著的時候能為人所尊重，死後也能被人念念不忘；偏偏他的想法特立獨行，始終抱持「寵非己榮，涅豈吾緇」的心態，不會把受到世人的寵愛放在眼裡，汙濁的官場也無法將其染黑。而今「壽涉百齡，身慕肥遁，從老得終，奚所復戀」，活到了老年，仍能過著自己所喜歡的退隱生活，並得以善終，人生至此，還有什麼顧戀和遺憾的呢？作者面對自己貧窮辛勞的一生，坦然自若，無怨也無悔；面對即將到來的死亡，語氣依然平和，不憂亦不懼，表現其任運隨緣、樂天知命的思想，也難怪友人顏延之在〈陶徵士誄〉中稱譽其「視死如歸，臨凶若吉」，對生死的問題看得透徹清明。南宋初人葛立方在《韻語陽秋》提及北宋文家蘇軾評論陶淵明〈自祭文〉時曾云：「出妙語於纊息之餘，豈涉生死之流哉？」佩服陶淵明到了人生最後的彌留之際，還能寫下如此佳妙的篇章，已然從生死苦海中超脫而出。其中「生死之流」乃佛家語，意謂生死能使人飄流和湮沒，故以「流」稱之。

【使用的場合】

本句可用來說明人在飽經風霜之後，對生命的自然規律有所體悟，便能淡然看待生死榮辱。

【名句的出處】

東晉．陶淵明〈自祭文〉：「寒暑逾邁，亡既異存，外姻晨來，良友宵奔，葬之中野，以安其魂。窅窅（一ㄠˇ）我行，蕭蕭墓門，奢恥宋臣，儉笑王孫。廓兮已滅，慨焉已遐，不封不樹，日月遂過。匪貴前譽，孰重後歌？人生實難，死如之何？嗚呼哀哉！」

聊乘化以歸盡，樂夫天命復奚疑？

姑且隨著自然推移的變化，走到生命的盡頭，樂觀面對天意的安排，還有什麼可猶疑的呢？

【題旨與故事】

陶淵明的少壯時期，也曾有過如其〈雜詩〉中「猛志逸四海，騫翮思遠翥」所言的遠大志向，準備像大鳥一樣展翅高飛，希望通過入仕的途徑來成就一番事業；然而當時東晉的國祚已搖搖欲墜，經過連年的戰亂，政局腐敗黑暗，使其在理想與現實之間產生嚴重的矛盾衝突。他一方面既無力對抗惡濁的官場，又不肯與世俗同流合汙，另一方面雖嚮往躬耕田園，但僅靠農耕的收入又難以維持一家衣食，以致從青年開始，多次的入仕又

出仕，即使每次做官的時間都很短暫。直到四十一歲出任彭澤縣令，這時的他思索著「寓形宇內復幾時？曷不委心任去留」，肉體寄身在這個天地間還能有多久的時間呢？為什麼不隨心所欲地去過自己真正想要的生活呢？於是決定順隨自己內心真正的想法，從此向浮沉的宦海告別，縱使知道歸隱之後，全家生計將難逃貧窘的景況，但一想到形體得以不再被世俗雜務所箝制，心神也不用再飽受天人交戰的煎熬，所有的遑遑不安頓時煙消雲散，整個人感到無比的舒暢快活。其中「樂夫天命復奚疑」一語自《易經．繫辭上》之「樂天知命，故不憂」中脫化而出，意指通達自然之理，聽天任命，心安理得，因而無所憂慮。

【使用的場合】

本句可用來形容順應自然的變化，安於自己的處境，以達觀超然的態度面對人生。

【名句的出處】

東晉．陶淵明〈歸去來兮辭〉：「已矣乎！寓形宇內復幾時？曷不委心任去留？胡為乎遑遑欲何之？富貴非吾願，帝鄉不可期。懷良辰以孤往，或植杖而耘耔。登東皋以舒嘯，臨清流而賦詩。聊乘化以歸盡，樂夫天命復奚疑？」

舉世而譽之而不加勸[1]，舉世而非之而不加沮。

即使得到世上所有人的稱讚，也不會因此感到特別鼓舞，即使遭受世上所有人的非議，也不會因此感到特別沮喪。

【字詞的注解】

1. 勸：勉勵、奮發。此引申為鼓舞。

【題旨與故事】

此段文字為莊周在《莊子．逍遙遊》中對當時一名學者宋榮子的評論。宋榮子，為戰國宋國人，一說姓宋，名鈃（ㄐㄧㄢ），另一說名牼（ㄎㄥ），其於齊宣王任內，曾在稷下學宮（為齊國官方主辦、民間主持的一處學術機構，因位在都城臨淄的稷門附近而得名）講學，主張止戰息兵、降低情欲、崇尚節儉等思想，與宋榮子活動於同一時代的孟軻和莊周皆稱其為「先生」，表示尊敬的意思。莊周在文中提及宋榮子對於那些智德兼備、能力深獲君王和百姓所倚重，便自我感覺成就非凡的人很不以為然；因為宋榮子從來不會把外界對自己的誇讚或是批評言論放在心懷，「定乎內外之分，辯乎榮辱之境」，他能夠看清內心與外物的分際，判別榮耀和恥辱的界限，不管天下人如何看待自己，都不會對他造成任何的干擾，或讓他因而改變自己本來的心志。在《老子．第十三章》中有云：「得之若驚，失之若驚，是謂寵辱若驚。」得到時像是受到驚嚇，失去時也像是受到驚嚇，這就是得寵和受辱同樣都會讓人感到驚惶不已；老子這段話意在提醒人們，若是一直把世俗認定的榮寵或恥辱放在心上，整天為此而患得患失，最後遭受牽累和傷害的還是自己。由此可以看出，向來可以做到不為輿論所影響的宋榮子，深切理解前人老子所言，懂得無寵無辱，淡然得失，心境才可保持平和安詳。

【使用的場合】

本句可用來說明對於他人的褒獎或貶抑毫不在意，內心恆常如故，平靜無波。

【名句的出處】

戰國．莊周《莊子．逍遙遊》：「故夫知效一官，行比一鄉，德合一君，而徵一國者，其自視也亦若此矣。而宋榮子猶然笑之。且舉世而譽之而不加勸，舉世而非之而不加沮，定乎內外之分，辯乎榮辱之境，斯已矣！彼其於世未數數然也。」

二、論生活

風俗世情

一死一生，乃知交情；一貧一富，乃知交態；一貴一賤，交情乃見。

只有在生死關鍵的時刻，才能看出人與人之間的交往情誼；只有在貧富變化的當下，才能看出人與人之間的交往心態：只有在貴賤地位交替之時，才能顯現出人與人之間的真正情誼。

【題旨與故事】

司馬遷在《史記．汲鄭列傳》講述了西漢武帝時期兩位賢臣汲黯和鄭當時的生平故事，其中提到兩人位居高官顯爵時，家裡的客人接連不絕，是平時的十倍之多，後來因事被免去官職，失去了權勢，情況便和先前完全相反，根本沒有人再上門了。除了汲黯和鄭當時之外，另有一位翟公（名不詳）在擔任廷尉（為古代中央最高司法機構的長官）期間，賓客擠滿門下，等到被罷官之後，門庭外冷清到可以張起捕捉麻雀的羅網；只是誰也沒料到，翟公不久恢復原來的官職，許多賓客又想要重新登門求見，那時對世情冷暖已有深刻體會的翟公，遂在家門口貼上「一死一生，乃知交情；一貧一富，乃知交態；一貴一賤，交情乃見」幾行大字，剛好趁此機會，認清那些攀貴疏貧的勢利之徒，從此與其斷絕往來。

【使用的場合】

本句可用來說明歷經際遇的重大轉折和變動，方知世態的炎涼，交情的深淺與真假。

【名句的出處】

西漢．司馬遷《史記．汲鄭列傳》：「夫以汲、鄭之賢，有勢則賓客十倍，無勢則否，況眾人乎？下邽翟公有言，始翟公為廷尉，賓客闐（ㄊㄧㄢˊ）門；及廢，門外可設雀羅。翟公復為廷尉，賓客欲往，翟公乃大署

其門曰：『一死一生，乃知交情；一貧一富，乃知交態；一貴一賤，交情乃見。』汲、鄭亦云，悲夫！」

今之交乎人者，炎而附，寒而棄。

現今的人們與人交往的情形，大多是見人得勢便上前依附，見人貧寒便鄙棄不顧。

【題旨與故事】

文題〈宋清傳〉，是柳宗元所寫的一篇傳記小品，記錄一位長安藥商宋清的經營活動和處世之道。柳宗元筆下的宋清，原本只是一名普通的藥材商人，由於其向藥農收購藥材的價錢較為優渥，所以各地藥農都搶著要把自己採收來的良藥賣給宋清；而醫生使用了宋清店裡的良藥配成的藥方，因療效相對顯著，也進而提高了醫生的口碑和信譽。許多患者為了能早點治癒也會登門求藥，無論有付錢的或沒能力付錢而先立借據的，宋清一律只給良藥；到了年底，猜測那些先前立借據的人應該無力還錢，便將一年累積下來的借據通通燒掉，從此絕口不提。當時有人嘲笑宋清是個蠢人，有人則讚美宋清的道德高尚，但宋清對這些議論完全否認，認為自己就是一個努力賺錢養家的普通商人罷了！從事藥商生意四十年下來，宋清至少燒了上千張的借據，有許多人到死都沒有還債，但其中約有百來人後來當上了大官，他們顧念宋清舊日的恩惠，經常派人餽贈大禮來給宋清，以致每天上門送禮的人川流不息，宋清俠義的名聲也因此傳遍遠近。柳宗元發現宋清與一般藥商的行事風格有很大的不同，其一是以誠待人，從不藉故壓低藥農的收購價格，自然能吸引品質優良的藥材進到店裡；其二是一視同仁，無論求藥者的身分是高貴還是低微，拿出來的藥材品質都是一樣的；其三是目光長遠，不會去計較眼前一時的利益，明知借據燒了就更難取回藥錢，但還是堅持己念，經過了漫長的時間，最後得到豐厚的報酬，不知比以往增益了多少？文末，作者刻意把商人出身卻不以市道交（用商賈逐利的關係來結交朋友）的宋清，來和那些在朝廷、官衙、學校、鄉里以士大夫自居的知識分子作對比，暗諷當時官僚、士子階層爭相做出附炎棄寒、唯利是圖的行為，反而比真正的商人還要市儈、現實。與柳宗元活動於同一時代的史家李肇在《唐國史補》這部筆記中也記載了宋清的事蹟，其中提到長安人經常把「人有義聲，賣藥宋清」一語掛在嘴上，說明當時整座長安城，都在傳揚宋清重義輕財的美名，可見宋清並非柳宗元杜撰出的一號人物，而是確有其人其事的。

【使用的場合】

本句可用來形容社會充斥著一股見人富貴即攀結、見人寒微即離棄的涼薄風氣。

【名句的出處】

唐．柳宗元〈宋清傳〉：「吾觀今之交乎人者，炎而附，寒而棄，鮮有能類清之為者。世之言，徒曰：『市道交。』嗚呼！清，市人也，今之交有能望報如清之遠者乎？幸而庶幾，則天下之窮困廢辱得不死亡者眾矣。『市道交』豈可少耶？或曰：『清，非市道人也。』柳先生曰：『清居市不為市之道，然而居朝廷、居官府、居庠（ㄒㄧㄤˊ）塾鄉黨，以士大夫自名者，反爭為之不已，悲夫！然則清非獨異於市人也。』」

今世俗壞而競於淫靡，女極纖微，工極技巧。

如今社會風氣敗壞，人們競逐奢華浮靡，女紅的工法極力追求細緻，工藝的技術極力追求奇巧。

【題旨與故事】

西漢武帝、昭帝時期，由於海陸交通運輸便利，貨物在市場上的流通活絡，老百姓開始崇尚奇貨，珍愛遠物，以彰顯出自己的與眾不同。於是工人把原本素樸的東西雕飾美化，開鑿山石挖取金銀，潛入深海尋找珍珠，設置陷阱、羅網捕捉稀有的異獸珍禽，商人再把這些四方搜羅到的奇特珍寶轉運販賣。原本工商業的蓬勃發展，對於國家的經濟前景有一定程度的正面影響，但當時一群來自民間的文學之士，卻對這樣的現象感到憂心，認為政府不該為了增加國庫稅收，浪費大量的人力、物力來運送那些非民生必需的奢侈品，應重視農桑耕作，使民心趨向務實簡樸，才能遏止競侈爭利的歪風。

【使用的場合】

本句可用來形容人民喜歡追逐新巧奇異的物品，相互攀比炫耀，形成一股侈靡之風。

【名句的出處】

西漢・桓寬《鹽鐵論。通有》：「今世俗壞而競於淫靡，女極纖微，工極技巧，雕素樸而尚珍怪，鑽山石而求金銀，沒深淵求珠璣，設機陷求犀象，張網羅求翡翠，求蠻、貉（ㄇㄛˋ）之物以眩中國，徙邛、筰（ㄗㄛˊ）之貨，致之東海，交萬里之財，曠日費功，無益於用。」

天下熙熙[1]，皆為利來；天下壤壤[2]，皆為利往。

天下的人吵吵鬧鬧的，都是為了各自的利益蜂擁而來；天下的人紛紛亂亂的，都是為了各自的利益東奔西走。

【字詞的注解】

1. 熙熙：此形容喧鬧的樣子。
2. 壤壤：此通「攘」字，紛雜的樣子。

【題旨與故事】

司馬遷在《史記・貨殖列傳》中肯定商業發展對整體社會的正面影響，其中「貨殖」指的就是財貨或經商

的意思。司馬遷認為世上的芸芸眾生，一生致力在通往財利的路上，勞碌奔波，不過都是為了想要擁有更安定、舒適的生活。縱使是坐擁千輛車馬的國君，享有萬戶封地的諸侯，以及治理百家的士大夫，尚且都害怕貧窮，更何況是編在戶口冊子上的一般平民呢？也就是說，人唯有衣食無虞，財物充裕，才有多餘的精神去追求文化內涵，提升思想品德，使整個社會更趨於和諧、穩定。

【使用的場合】

本句可用來說明現實社會中，人們為了企求物質生活的富足，終日汲汲營營，勞累不休。

【名句的出處】

西漢．司馬遷《史記．貨殖列傳》：「故曰：『天下熙熙，皆為利來；天下壤壤，皆為利往。』夫千乘之王，萬家之侯，百室之君，尚猶患貧，而況匹夫編戶之民乎？」

仕宦而至將相，富貴而歸故鄉，此人情之所榮，而今昔之所同也。

一個人做官做到了將帥、宰相這樣的高位，擁有財富、地位之後回到自己的家鄉，這是大多數的人認為榮耀的事，無論是現在還是以前都是一樣的道理啊！

【題旨與故事】

文題〈相州晝錦堂記〉，是作者歐陽脩受其好友韓琦所託，為其在相州（位在今河南境內）家宅後園所建造的「晝錦堂」作記。韓琦是北宋名臣，早年曾與范仲淹在外一同抗禦西夏，守護邊疆，之後進入朝廷任相十年，文武功勛顯赫。「晝錦堂」中的「晝錦」典出《史記．項羽本紀》之「富貴不歸故鄉，如衣繡夜行，誰知之者」，本是項羽用來強調榮顯後理應回鄉，否則就像穿著錦繡華服在黑夜裡行走似的，無人知曉自己的豐功偉績；韓琦故意將項羽說的「夜」改成「晝」，意在提醒自己與家族成員「不以昔人所誇者所榮，而以為戒」，不要把古人所誇耀的高官顯爵視為光榮，而是要以「晝錦」當成是一種警惕，由此可以看出韓琦的心志和識度皆超脫於世俗之外。故歐陽脩在文章的起首，便言即使古今社會一致認同衣錦還鄉是一件光耀門楣之美事，但對出外能為大將、入朝能為宰相的韓琦來說，其在乎的是「德被生民，而功施社稷」，恩澤施與百姓，功業及於國家，而不是「誇一時而榮一鄉」，只為了在鄉人面前，得意一時衣錦之榮的世俗中人啊！

【使用的場合】

本句可用來說明具有聲望、名位的人，往往希望能回歸故里，除了可向鄉親炫耀成就，也可讓自己和家人倍感榮光。

【名句的出處】

北宋．歐陽脩〈相州晝錦堂記〉：「仕宦而至將相，富貴而歸故鄉，此人情之所榮，而今昔之所同也。蓋

士方窮時，困厄閭里，庸人孺子，皆得易而侮之。若季子不禮於其嫂，買臣見棄於其妻。一旦高車駟馬，旗旄導前，而騎卒擁後，夾道之人，相與駢肩累跡，瞻望咨嗟；而所謂庸夫愚婦者，奔走駭汗，羞愧俯伏，以自悔罪於車塵馬足之間。此一介之士，得志於當時，而意氣之盛，昔人比之衣錦之榮者也。」

民生[1]不見外事，而安於畎畝[2]衣食，以樂生送死。

（滁州）這裡的居民生性純樸，從不關心外面的事情，每天致力於耕田以及穿衣、吃飯等日常所需，一輩子過著快樂無憂的日子，死時也能得到安葬。

【字詞的注解】

1.民生：此指人民的天性。

2.畎畝：田間、田野。此指耕種之事。畎，音ㄑㄩㄢˇ，田間的小溝。

【題旨與故事】

文題〈豐樂亭記〉，是歐陽脩於北宋仁宗慶曆年間出任滁州知州時，為其在城南豐山下新建的「豐樂亭」所寫的一篇文章。歐陽脩自從來到滁州之後，發現無論是搭乘船隻、車馬的商人，還是四方的遊客，都不會想要到這個交通不便的窮山僻壤來，以致滁州當地百姓鮮少與外界接觸，但仍安心地從事耕織工作，生活閑適自在。事實上，歐陽脩書寫這段文字的真正用意，主要是要讓滁州的居民理解到，他們之所以能夠不問世事，一生安居樂業，是幸而生在政治昇平的時代；畢竟近百年前的滁州，在五代時期是一處干戈不止、兵禍連年的地方，「百年之間，漠然徒見山高而水清，欲問其事，而遺老盡矣」，就連歐陽脩想要找前朝舊人詢問滁州的往事，可惜那些老人家都已經不在人世了！眼前只見高山清水，寧靜平和，讓人無法想像這裡曾是充滿血腥的殺戮戰地。不過讓歐陽脩感到慶幸的是，太祖趙匡胤承受天命，出來剷平群雄割據的局面，一統天下，與民休息，滁州百姓如今才得以享受豐年的快樂，而這也正是他將新亭取名「豐樂」的來由。

【使用的場合】

本句可用來形容民風淳厚，與世無爭，人心安定和樂。

【名句的出處】

北宋．歐陽脩〈豐樂亭記〉：「今滁介於江、淮之間，舟車商賈、四方賓客之所不至，民生不見外事，而安於畎畝衣食，以樂生送死。而孰知上之功德，休養生息，涵煦百年之深也？」

見我家兄，莫不驚視。錢之所祐，吉無不利。

人們只要一看見我的親兄長（此指孔方兄，即金錢），沒有一個人不是對其驚奇注視。金錢所能帶給人們的庇祐，可說是吉祥且沒有任何的壞處。

【題旨與故事】

西晉隱士魯褒在〈錢神論〉一文中，用戲謔嘲弄的口吻，將錢比喻成「家兄」，以示彼此親暱的關係，藉此揭露西晉世風日下，人們貪慕虛榮的現實嘴臉。文中也提到，當時的人喜歡把錢說成是「泉」，因為無論多麼荒遠幽僻的地方，錢都能像泉水般地通行無阻，無往不利，顯見其人見人愛的程度；再看看那些住在京城裡的權豪勢要，每天家裡總是賓客雲集，車馬盈門，讓人以為來到了鬧市一樣。這樣的現象就好像俗語說的「錢無耳，可暗使」，錢雖然沒有耳朵，但可以暗中驅使它去做任何的事情，足見其神通廣大的能力；以及「有錢可使鬼，而況於人乎」，如果錢連鬼都可以使喚的話，那麼更何況是人呢？在在點出了世人唯利是圖的心態。

【使用的場合】

本句可用來形容人勢利貪財，見錢眼開。

【名句的出處】

西晉．魯褒〈錢神論〉：「錢之為言泉也，無遠不往，無幽不至。京邑衣冠，疲勞講肄。厭聞清談，對之睡寐。見我家兄，莫不驚視。錢之所祐，吉無不利。何必讀書，然後富貴？」

落陷阱，不一引手救，反擠之，又下石焉者，皆是也。

（看見朋友）掉落陷坑裡，不肯伸出手來救援，反而去推擠他，然後再往陷坑中丟擲石頭，社會上到處都是這樣的人啊！

【題旨與故事】

文題〈柳子厚墓誌銘〉，是韓愈替已故友人柳宗元所寫的一篇紀念文章，文中提及柳宗元與劉禹錫兩人在患難中見證真正友誼的一段故事。因參與永貞革新（為唐順宗即位，由士大夫集團所發動的一場試圖打擊宦官勢力的政治改革運動）失敗，而遭到貶出的柳宗元和劉禹錫，十年後各自從貶地被召回京城，馬上又接到再度外放的詔令；柳宗元這次被分發到柳州（位在今廣西境內），而劉禹錫則是被分發到比柳州更偏遠的播州（位在今貴州境內）。播州在當時被視為是蠻荒之地，柳宗元得知消息後立刻上奏朝廷，哭著說道：「播州非人所居，而夢得（劉禹錫的字）親在堂，吾不忍夢得之窮，無辭以白其大人，且萬無母子俱往理。」柳宗元認為劉禹錫身邊尚有高堂老母要奉養，擔憂老人家無法適應播州那樣惡劣的環境，也不忍心劉禹錫承受如此不幸的痛苦，無言面對家中的長輩；於是請求朝廷將自己的貶所從柳州換成播州，即使因此又獲更重的罪責，亦死而無怨。朝廷最後決定改派劉禹錫到連州（位在今廣東境內），而柳宗元仍維持赴柳州上任。韓愈回顧柳宗元生前這起不顧自身安危的「以柳易播」事件，不禁發出「士窮乃見節義」的慨嘆，唯有在窮困的時候，才看得出讀書人的節操與義氣。官場沉浮多年，韓愈目睹了許多人的交情，在危急的當下即產生厚薄變化，大家平時聚在一起，嬉戲說笑，看似情投意合，一握手就好像可以為了對方掏肺挖肝，指著天日，流淚發誓彼此死生不相背

棄；怎料一遇到如毛髮般的細微利害，馬上翻臉成仇，看見對方落難，不但不伸手相救，反而做出排擠和投石的卑劣動作。韓愈借寫這些人前後不一的勢利嘴臉，兩相對照，更凸顯出柳宗元的重情重義，節行瑰奇。其中「落陷阱，不一引手救，反擠之，又下石焉者」這句話也正是後來成語「落井下石」的出處由來。

【使用的場合】

本句可用來嘲諷世俗充斥著薄情忘義、乘人之危的人。

【名句的出處】

唐．韓愈〈柳子厚墓誌銘〉：「嗚呼！士窮乃見節義。今夫平居里巷相慕悅。酒食遊戲相徵逐，詡詡強笑語，以相取下，握手出肺肝相示，指天日涕泣，誓生死不相背負，真若可信。一旦臨小利害，僅如毛髮比，反眼若不相識。落陷阱，不一引手救，反擠之，又下石焉者，皆是也。此宜禽獸夷狄所不忍為，而其人自視以為得計。聞子厚之風，亦可以少愧矣。」

齊土[1]之民，風俗淺薄，虛論高談，專在榮利。

住在齊地的百姓，社會風氣浮薄，喜歡講一些不切實際的言論，心思專注在得到榮華和利益方面的事情上。

【字詞的注解】

1. 齊土：泛指戰國時期齊國所在的地區。此指北魏時期的青州，轄境約位在今山東中部一帶。

【題旨與故事】

《洛陽伽藍記》的作者楊衒之是活動於北魏末、東魏初時期的人，曾在北魏擔任官員的他，書中提到北魏孝莊帝元子攸派遣其舅太傅李延寔（ㄕˊ）出任青州刺史，臨行前孝莊帝還特別囑咐青州有所謂的「懷磚之俗」，是出了名的難治之地，希望舅父李延寔到任之後，用心治理青州，改善當地的不良風俗。「懷磚之俗」指的就是齊地涼薄、勢利的民風，而這則典故的起源是，青州百姓在迎接新任太守入境時，每個人懷裡都會抱著磚頭，對著太守伏身跪拜，以表敬意；只是等到替代的太守來了，先前的太守卸任準備離去時，民眾便會拿出磚頭來攻擊之，看待一個人有權和無權時的態度轉變，就跟把手掌翻面一樣快速，可謂前恭後倨。然而仔細想想，當時生活在北魏時期的青州子民，是否真如孝莊帝所聽聞的傳言那樣反面無情已不得而知，但站在黎民百姓的立場，也有可能是太守的施政背離民意，導致民怨盈塗，因而選擇在太守離去之前，使出「以磚擊之」的激烈手段，藉此發洩壓抑心底許久的怨怒。總之，不管事情的真相究竟為何，不可改變的是，「懷磚」一詞自北魏京城傳開至今，原本應是政府高層或京城人士，對青州民風所抱持的成見或刻板印象，後來竟成了比喻人心澆薄的一個負面詞義。

【使用的場合】

本句可用來說明古代齊國或某一地域的風俗、人情淡薄，言談浮誇。也可用來比喻世態炎涼，不講情義。

【名句的出處】

北魏．楊衒之《洛陽伽藍記．秦太上君寺》：「齊土之民，風俗淺薄，虛論高談，專在榮利。太守初欲入境，皆懷磚叩首，以美其意；及其代下還家，以磚擊之。言其向背速於反掌。」

親之如兄，字曰孔方[1]。失之則貧弱，得之則富昌。無翼而飛，無足而走，解嚴毅[2]之顏，開難發之口。

（人們對金錢）親近喜愛的程度如對兄長般，便稱呼它為「孔方」。失去了它就感到貧窮軟弱，得到了它就感到富裕昌盛。它沒有翅膀卻能夠飛翔，沒有雙腳卻能夠行走，能使嚴厲的臉色露出笑容，也能讓難以開啟的嘴巴說出話來。

【字詞的注解】

1. 孔方：古代錢幣的形狀外側為圓形，中央有一方孔，故稱之。
2. 嚴毅：此指嚴正剛毅的面容。

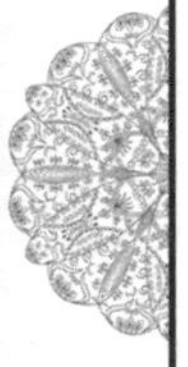

【題旨與故事】

西晉隱士魯褒感嘆當時社會充斥著一股貪鄙勢利的風氣而作〈錢神論〉，此文正是錢的戲稱「孔方兄」的出處由來。魯褒文中譏諷世人看待金錢親近如兄，珍愛如寶，因為錢多的人可以身列於前，錢少的人只能屈居於後；而列於前的有如君王、長官，居於後的就像是臣子、僕人，前後的地位天差地遠。此外，錢還有一項神奇的功能，就是無論碰到多麼正顏厲色的人，還是原本口風很緊或難以啟齒的話，它都可以讓人立刻變得眉飛色舞、談笑風生，前後的態度判若兩人，顯見其妙用如神。其中「無翼而飛，無足而走」一語，作者借用動態的「飛」、「走」字眼，摹寫「無翼」、「無足」的金錢，在市面上流通的速度快捷迅疾。明人袁宏道〈讀錢神論〉詩有云：「古時孔方比阿兄，今日阿兄勝阿父。」魯褒筆下的孔方兄，到了袁宏道所處的時代，已經躍升到父輩的等級，可見無論年代先後，時光流轉，凡人始終很難抗拒得了金錢的誘惑啊！

【使用的場合】

本句可用來說明世俗習於用金錢作為衡量一切的標準。

【名句的出處】

西晉．魯褒〈錢神論〉：「錢之為體，有乾坤之象。內則其方，外則其圓。其積如山，其流如川。動靜有時，行藏有節，市井便易，不患耗折。難折象壽，不匱象道，故能長久，為世神寶。親之如兄，字曰孔方。失之則貧弱，得之則富昌。無翼而飛，無足而走，解嚴毅之顏，開難發之口。錢多者處前，錢少者居後，處前者

為君長，在後者為臣僕。」

衣食娛樂

引以為流觴曲水[1]，列坐其次；

雖無絲竹管絃之盛，一觴一詠，亦足以暢敘幽情。

把水引導出來，成為彎曲的水渠，酒杯順著水流而下，每個人依次坐在水渠周圍；雖然沒有絃樂和管樂演奏那麼熱鬧，但喝一杯酒，吟一首詩，也足以讓人暢快地抒發內心幽微的情思。

【字詞的注解】

1.流觴曲水：古代在農曆三月三日上巳節有修禊（ㄒㄧˋ）的習俗，人們會在這天臨水洗濯，以除去身上的不潔穢氣；到了魏晉，文人於修禊儀式之後，群聚在溪流的兩旁，把盛了酒的酒杯放在上游，任其飄浮流動，看酒杯停在離誰最近的水渠附近，誰便得舉杯而飲。原本是為了消災求福而舉行的上巳節修禊活動，後來也發展成文人在水邊飲酒作樂的風雅集會。

【題旨與故事】

文題〈蘭亭集序〉，此乃王羲之為《蘭亭詩集》所寫的一篇序文，文中記錄了他與謝安、孫綽等諸位當代名士，於東晉穆帝永和九年（西元三五三年）的上巳節在蘭亭聚會、作詩的原因與經過，而《蘭亭詩集》就是因應這次的春遊活動，將眾人現場所作的詩輯成的合集。當天所有的與會人士，先依習俗在水邊完成春季修禊之事，緊接著就是眾所期待的「流觴曲水」這項餘興節目登場，大家環坐在群山圍繞、竹林茂密的曲折小溪旁，流水清澈湍急，看著從上游順著水波飄流的酒杯停在哪個小渠，坐在那處的人便可取杯飲之。其中「一觴一詠」，除了可解釋成一邊喝酒、一邊寫詩之外；另有一派主張是先作出一首詩後，方有飲用美酒的資格，如此才符合這群名流才俊的身分和雅趣。

【使用的場合】

本句可用來說明一群愛好文學的高雅人士，到郊外結聚宴飲，一同遊賞玩樂。

【名句的出處】

東晉．王羲之〈蘭亭集序〉：「此地有崇山峻嶺，茂林修竹，又有清流激湍，映帶左右。引以為流觴曲水，列坐其次；雖無絲竹管絃之盛，一觴一詠，亦足以暢敘幽情。」

日暮酒闌[1]，合尊[2]促坐，男女同席，履舄[3]交錯，杯盤狼藉[4]。

太陽西下，酒筵也將要結束，這時大家靠近坐著飲酒，男人和女人同在一席，坐席之外，脫在地上的各種鞋子夾雜混在一起，桌上的杯子和盤子凌亂不堪。

【字詞的注解】

1.酒闌：指宴席的時間已超過一半，即將結束。闌，此指將盡、晚。
2.合尊：酒杯合在一起。引申一同飲酒。尊，此通「樽」字，酒器。
3.履舄：泛指鞋子。履，單底的鞋。舄，音ㄒㄧˋ，鞋底下再加上木底的鞋，在古代多為地位尊貴的帝王和大臣所穿。
4.狼藉：相傳狼會在草地上臥息，離去時會將草地弄亂，以免留下蹤跡。後多用來引申不整齊或不守秩序、紀律。

【題旨與故事】

此段文字出自西漢史家司馬遷《史記．滑稽列傳》，其中「滑稽」指的是歷史上一群言語詼諧風趣、又對事理透徹入微的人物，他們的特點是「談言微中，亦可以解紛」，善於運用委婉隱晦的比喻，便能切入問題的要害，進而排解糾紛。全篇首位上場的滑稽人物代表，是戰國齊國人淳于髡（ㄎㄨㄣ），其於齊國官方設立的

學術中心「稷下學宮」擔任學者，多次奉命出使他國，不曾屈節辱命，文中寫淳于髡以其自身的逸樂經驗，用調笑戲謔的說詞，成功勸諫日夜飲宴無度的齊威王。某日，淳于髡被齊威王召請入宮飲酒，齊威王問淳于髡：「先生能飲幾何而醉？」淳于髡回其：「一斗亦醉，一石（等同十斗的容量）亦醉。」齊威王對淳于髡的酒量竟能相差十倍的說法感到好奇，自然會想要進一步探究原由。淳于髡認為自己置身在不同的場合，酒量便有多寡之別，其一是在國君和大臣的面前喝酒，內心戒慎恐懼，即便喝不到一斗也就醉了；其二是父親招待貴賓，而自己在旁侍奉酒食，那麼喝不到二斗也會醉酒；其三是與老朋友忽然相逢，暢談往事，大約可以喝到五、六斗的酒；其四是鄉里間的聚會，男女坐在一起嬉戲說笑，眉目傳情，那麼就算喝上八斗，也只有兩、三分的醉意而已；最後一種是飲酒喝到天色昏暗，酒席將盡，鞋子混雜，杯盤散亂，男女挨靠著促膝而坐，堂前的燭火熄滅，此時女子的衣衫已經解開，散發出隱約的香氣，這時的自己快樂無比，竟然可以喝上十斗的酒呢！由此可見，「酒極則亂，樂極則悲」，任何人酒一喝多了，就容易亂性，而歡樂到達了極致，就會生出悲苦來。齊威王聽出淳于髡話中的諷諫之意，從此停止夜夜笙歌，不再縱情於酒色享樂。作者司馬遷藉由替滑稽人物立傳，凸顯出輕俏逗趣的言談，其實也能對國君產生莫大的啟示和發揮勸戒的作用。

【使用的場合】

本句可形容在飲酒作樂的聚會上，男女眾多，氣氛歡快，即使酒食用畢也還不願散會。

【名句的出處】

西漢・司馬遷《史記・滑稽列傳・淳于髡傳》：「若乃州閭之會，男女雜坐，行酒稽留，六博投壺，相引為曹，握手無罰，目眙（ㄔˋ）不禁，前有墮珥，後有遺簪，髡竊樂此，飲可八斗而醉二參。日暮酒闌，合尊促坐，男女同席，履舄交錯，杯盤狼藉，堂上燭滅，主人留髡而送客，羅襦襟解，微聞薌澤，當此之時，髡心最歡，能飲一石。故曰：『酒極則亂，樂極則悲。』萬事盡然。」

四美[1]具，二難[2]並。
窮睇眄[3]於中天，極娛遊於暇日。

（這場宴會上，良辰、美景、賞心、樂事）四種美好的事物皆已齊備，（賢主人和嘉賓）兩種難得遇合的人也一併出現。往天空的方向縱目遠眺，在閑暇時盡情遊樂。

【字詞的注解】

1.四美：四種美好的事。一說指良辰、美景、賞心、樂事。語出南朝宋人謝靈運〈擬魏太子鄴中集詩八首序〉：「天下良辰、美景、賞心、樂事，四者難並。」意即美好的時光、優美的景色、愉悅的心情、歡樂的事情，這四種情形難以同時擁有。另一說指音、味、文、言。語出西晉人劉琨〈答盧諶〉詩：「音以賞奏，味以殊珍，文以明言，言以暢神。之子之往，四美不臻。」劉琨詩中想要對僚屬兼好友盧諶表達的是，音樂被欣賞才得以演奏，味道因特殊才顯得珍貴，文章是用來表達言語，言語是用來傳遞心意，而如今盧諶離其遠去，自

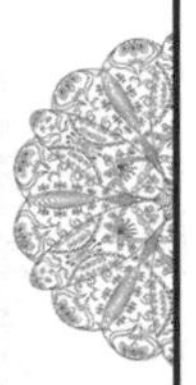

己人生的這四件美事再也不會到來了。

2.二難：兩種難以兼得或達成的事。一說指宴會上的主人和賓客兼備才能和賢德。另一說指料事如神的能力，以及交往不深卻仍能坦然以對。語出《世說新語・規箴》中三國魏人何晏之言：「知幾其神乎，古人以為難；交疏吐誠，今人以為難。今君一面，盡二難之道，可謂明德惟馨。」何晏的意思是說，從前的人認為具備預知事情的徵兆和變化，有如通神的能力很難；而現在的人則是認為交情雖然疏淡，但說話坦誠很難。若是有人可以做到深明事理和交往真誠這兩件難事，便稱得上是德行芳香的人。

3.睇眄：顧盼。睇，音ㄉㄧˋ，微微斜視。

【題旨與故事】

在〈滕王閣序〉中，王勃以「四美具，二難並」這樣的溢美之詞，來稱讚洪州都督閻公於重陽佳節，在景觀壯麗的滕王閣置酒設筵，到場的賓客皆當世名流俊士，而筵席上歌樂鼎盛，桌上擺滿酒餚奇珍，人人談吐不俗，盡情展現錦心繡口的才思，這一切看在王勃的眼中，無論是時間、地點、事件還是人物等各方面，可謂無一不備，全都配合得完美得宜，也使得參與其中的每一個人興致飛揚，賓主盡歡。

【使用的場合】

本句可用來形容宴飲聚會上洋溢著歡娛熱鬧的景象，騷人墨客濟濟一堂。

【名句的出處】

唐．王勃〈滕王閣序〉：「遙襟甫暢，逸興遄（ㄔㄨㄢˊ）飛。爽籟發而清風生，纖歌凝而白雲遏。睢（ㄙㄨㄟ）園綠竹，氣凌彭澤之樽；鄴水朱華，光照臨川之筆。四美具，二難並。窮睇眄於中天，極娛遊於暇日。」

衣食者民之本，稼穡[1]者民之務。

穿衣和吃飯是老百姓最根本的需要，耕種和收割是老百姓最重要的任務。

【字詞的注解】

1. 稼穡：音ㄐㄧㄚˋㄙㄜˋ，播種和收穀。泛指一切農事勞動。

【題旨與故事】

此為西漢昭帝所舉行的「鹽鐵會議」上，代表民間的文學之士所提出的論述，強調唯有仰賴農業的生產，人民的衣食充裕，才是國家富強、民心安定的基礎。文學之士的這番言論，實是用來反駁代表官方的御史大夫（在漢代地位相當於副丞相，主管彈劾、糾察等事宜）桑弘羊主張均輸制度能有效調節物資的供需，並防備水旱饑荒所發出的言論，他們不希望政府等到災害發生之後，人民的衣食出現匱乏之時，再以均輸制度所蓄積的財物來救濟災民，而是平日就要獎勵人民從事農耕，尊重勞力活動，這樣即使不幸遭遇荒年，家家戶戶也有足夠的存糧可以度過難關。

【使用的場合】

本句可用來說明人的生存必須依賴衣服和食物，故致力於農桑才是維繫生存的基本需求。

【名句的出處】

西漢．桓寬《鹽鐵論．力耕》：「是以古者尚力務本而種樹繁，躬耕趣時而衣食足，雖累凶年而人不病也。故衣食者民之本，稼穡者民之務也。二者修，則國富而民安也。」

寒之於衣，不待輕暖；飢之於食，不待甘旨[1]；飢寒至身，不顧廉恥。

人在受寒的時候，不會等待有輕暖的衣服才穿；人在挨餓的時候，不會等待有甘甜美味的東西才吃；當切身感受到飢餓和寒冷時，就考慮不到廉潔和羞恥心了。

【字詞的注解】

1.甘旨：味道甜美的食物。旨，美味的食品。

【題旨與故事】

文題〈論貴粟疏〉，是西漢政論家鼂錯上呈給漢文帝的一篇奏疏，其中「貴粟」，意即重視糧食。由於當時工商業發達，雖說因此促進了社會經濟的繁榮，但也造成富商大賈到處兼併土地，以致農民無法安居樂業，經常過著衣食不敷、飢凍交切的日子；試想，當一個人連基本生存都無以為繼時，哪裡還會顧慮到操守和廉恥呢？針對這個問題的嚴重性，鼂錯向文帝提出重農抑商的主張，希望朝廷鼓勵人民從事農業生產，並減輕他們的賦稅，增加糧食貯備，藉以充實糧倉，以及事先做好防範水、旱災害的工作，這樣才能夠得到人民的擁護。鼂錯認為工商業的發展活絡，使得一般人對於金銀財寶的珍視更勝過糧食，但事實上，「珠玉金銀，飢不可食，寒不可衣」，這些貴重的物品根本無法提供人們溫飽的需求；而「一日弗得而飢寒至。是故明君貴五穀而賤金玉」，正是因為常人難以忍受一天不吃不穿，所以明智的國君必然會特別看重農桑而輕視珍寶，以求民殷國富。

【使用的場合】

本句可用來說明飢不擇食，寒不擇衣，迫於生活所需，便顧不得保有節操和羞惡之心。

【名句的出處】

西漢．鼂錯〈論貴粟疏〉：「夫寒之於衣，不待輕暖；飢之於食，不待甘旨；飢寒至身，不顧廉恥。人情一日不再食則飢，終歲不製衣則寒。夫腹飢不得食，膚寒不得衣，雖慈母不能保其子，君安能以有其民哉？明主知其然也，故務民於農桑，薄賦斂，廣畜積，以實倉廩，備水旱，故民可得而有也。」

無一瓦之覆，一壟[1]之植，以庇而為生。

（你父親去世之後）沒有留下一片瓦可以遮覆，一行田地可以種植，作為（我們）生活的依靠。

【字詞的注解】

1. 壟：音ㄌㄨㄥˇ，此指田中種植作物的條形土堆。

【題旨與故事】

〈瀧岡阡表〉是歐陽脩晚年寫來立在父親歐陽觀墓道前石碑上的一篇文章。由於歐陽脩年幼喪父，全文主要通過其母鄭氏的口述，表現出父親生前待人寬厚，為官清廉，以及事親至孝的行狀。文中歐陽脩敘述母親提及擔任地方小官的父親，薪俸雖然很少卻樂於助人，家裡經常沒有多餘的錢，以致去世後未能遺留任何賴以維生的房產和田地，讓母親頓時無所依託。其中「無一瓦之覆，一壟之植」，可引申為沒有一間小屋可供居住，

沒有一塊小地可以耕種，顯見當時處境之艱難。儘管如此，歐陽脩的母親仍然立志守節，憑恃著自己對丈夫日常行事和人品的了解，將希望寄託在歐陽脩的身上，自謀衣食生計，獨力養育子女（歐陽脩與其妹）成人。作者借寫母親追憶父親生前樂善好施的行為，以及父親死後家中一無所有的貧乏窘狀，除了彰顯父親仁慈廉直的操守，同時也刻畫出母親堅毅賢淑的美德。

【使用的場合】

本句可用來形容家境清寒，生活拮据窘迫。

【名句的出處】

北宋．歐陽脩〈瀧岡阡表〉：「脩不幸，生四歲而孤。太夫人守節自誓；居窮，自力於衣食，以長以教，俾至於成人。太夫人告之曰：『汝父為吏廉，而好施與，喜賓客；其俸祿雖薄，常不使有餘。曰：『毋以是為我累。』故其亡也，無一瓦之覆，一壟之植，以庇而為生。吾何恃而能自守邪？吾於汝父，知其一二，以有待於汝也。」

開瓊筵以坐花，飛羽觴[1]而醉月。

所有的人圍坐在花叢間，擺開盛美的筵宴，酒杯傳遞的速度飛快，大家都醉倒在月光下。

【字詞的注解】

1. 羽觴：古代一種盛酒的器具，兩側有耳，像鳥的雙翼，故名之。

【題旨與故事】

唐代詩人李白在〈春夜宴桃李園序〉一文中，描寫其與諸位堂弟於春夜月下，在一座花團錦簇的庭園裡，舉辦一場盛大的宴會，席上只見傳遞酒杯的手頻頻高舉，不斷互相邀飲，氣氛熱絡愉快。眾人趁著酒興正濃，還仿效起西晉富豪石崇在〈金谷詩序〉寫其在洛陽金谷園宴請賓客時玩的遊戲，即「遂各賦詩，以敘中懷，或不能者，罰酒三斗」，也就是在場的人若不能即席賦詩的話，便得罰酒三杯，藉此激發大家的筆力和詩情，以促使現場的佳作美句源源而來。

【使用的場合】

本句可用來形容開筵設席，一邊玩賞花月、一邊傳杯送盞的酣樂景象。

【名句的出處】

唐・李白〈春夜宴桃李園序〉：「幽賞未已，高談轉清。開瓊筵以坐花，飛羽觴而醉月。不有佳作，何伸雅懷？如詩不成，罰依金谷酒數。」

歌吹[1]為風，粉汗[2]為雨，羅紈[3]之盛，多於堤畔之草，豔冶極矣。

美妙的歌聲和伴隨的奏樂像風一樣在空氣中飄揚，女子帶有粉香的汗水如雨滴般落下，到處都是盛裝打扮的遊客，人數甚至多過於堤岸邊的青草，看起來真是豔麗極了。

【字詞的注解】

1. 歌吹：指唱歌的聲音和吹奏樂器的聲音。
2. 粉汗：指婦女的汗。因婦女的臉上多敷有脂粉，故稱之。
3. 羅紈：本指質地輕軟的絲織品，此借指穿著一身華麗服裝的人。

【題旨與故事】

明神宗萬曆二十五年（西元一五九七年），袁宏道辭去官職，生平第一次遊覽其神馳已久的風景名勝杭州西湖，並寫下十六篇〈西湖雜記〉，此出自第二篇〈晚遊六橋待月記〉，其中「六橋」指的是西湖蘇堤上的六座橋。作者文中寫湖上由斷橋到蘇堤一帶，兩岸滿是楊柳和桃花，綿延二十餘里，遠望而去，有如色彩繽紛的煙霧般，吸引眾多的遊人前來觀賞，男男女女，接踵比肩，歌樂聲喧，揮汗如雨，為西湖風光更添絢麗的光采。

【使用的場合】

本句可用來形容湖岸花木繁盛，音樂和遊客喧囂的熱鬧景況。

【名句的出處】

明．袁宏道〈晚遊六橋待月記〉：「由斷橋至蘇堤一帶，綠煙紅霧，彌漫二十餘里。歌吹為風，粉汗為雨，羅紈之盛，多於堤畔之草，豔冶極矣。」

環堵蕭然，不蔽風日；短褐穿結，簞瓢[1]屢空。

四面都是土牆的屋子裡空蕩蕩的，無法遮蔽風吹和日晒；身上穿的是有破洞和補丁的粗布短衣，家中盛飯的竹籃和瓢勺裡也時常都是空的。

【字詞的注解】

1. 簞瓢：常用來借指飲食或形容生活刻苦。簞，音ㄉㄢ，盛飯的竹器。瓢，用來舀水或取東西的工具，多用對半剖開的葫蘆或木頭製成。

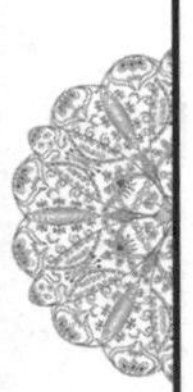

【題旨與故事】

文題〈五柳先生傳〉，是作者陶淵明自述其生活狀況和人生態度的一篇傳記，文中假託一位不詳其真實姓名，只知其住家門前種有五棵柳樹，便以「五柳先生」稱之的隱士來比喻自己。陶淵明筆下的這位五柳先生，除了屋外幾株柳樹之外，屋內四壁蕭條，衣衫破爛，饔飧不繼，克難處境正與作者的現實生活如出一轍。見其〈始作鎮軍參軍經曲阿作〉詩：「弱齡寄事外，委懷在琴書。被褐欣自得，屢空常晏如。」說明他在年少時期對世俗事物毫無興趣，只想寄情於琴聲與書籍當中，即使身穿粗衣、衣食匱乏也安然自若；又如〈有會而作〉詩：「弱年逢家乏，老至更長飢。」道出了家道貧寒以及長期處於飢餓的苦狀，已成了他一生的日常寫照。其中「簞瓢屢空」語本《論語・雍也》中孔子讚美顏回：「一簞食，一瓢飲，在陋巷，人不堪其憂，回也不改其樂。」含有安貧樂道的寓意。

【使用的場合】

本句可用來形容人的居室簡陋，弊衣粗食，生活極為清苦。

【名句的出處】

東晉・陶淵明〈五柳先生傳〉：「性嗜酒，家貧不能常得。親舊知其如此，或置酒而招之，造飲輒盡，期在必醉；既醉而退，曾不吝情去留。環堵蕭然，不蔽風日；短褐穿結，簞瓢屢空，晏如也。常著文章自娛，頗示己志。忘懷得失，以此自終。」

以寡欲為四物[1]，以食淡為二陳[2]，以清心省事為四君子[3]。

用減低對外物的渴望當作是四物湯，用飲食清淡當作是二陳湯，用清除內心的雜念當作是四君子湯來服用。

【字詞的注解】

1. 四物：即四物湯，為中醫養血、補血的藥方。四物指的是當歸、川芎、白芍藥、熟地黃這四種中藥材。
2. 二陳：即二陳湯，為中醫化痰、幫助消化的藥方。二陳指的是半夏、陳皮這兩種以陳久者為良的中藥材，故名「二陳」，中醫多會再佐以茯苓、甘草等其他中藥材。
3. 四君子：即四君子湯，為中醫健脾、補氣的藥方。四君子指的是人參、白朮、茯苓、甘草這四種中藥材。

【題旨與故事】

明朝思想家呂坤有感於「美味令人多食，美色令人多欲」，世人多禁不起「食」與「色」的誘惑，終日傷身又勞神，故有人詢問其養生之道，他告訴對方若能經常粗茶淡飯，避免欲念煩心，效果絲毫不輸給「四物」、「二陳」和「四君子」這三種中醫名方；呂坤這段話的用意是在提醒人們，不用花錢的良方，以及沒有

名氣的高明醫生，其實就在自己的身上，只是深陷在欲求不得的人無從體會，或是根本不願去面對和認真解決問題，以致元氣不斷損耗，身體自然一直虛弱不振。

【使用的場合】

本句可用來說明減少各種欲望，有利於養生保健。

【名句的出處】

明．呂坤《呻吟語．養生》：「愚愛談醫，久則厭之，客言及者，告之曰：『以寡慾為四物，以食淡為二陳，以清心省事為四君子。無價之藥，不名之醫，取諸身而已。』」

出輿入輦[1]，命曰蹶痿[2]之機；
洞房清宮，命曰寒熱之媒；
皓齒蛾眉[3]，命曰伐性之斧[4]；
甘脆肥醲[5]，命曰腐腸之藥。

（如今貴族子弟）無論是出外還是返家都乘坐車子，可視為是下半身癱瘓的徵兆；終日住在幽深的房室和清涼的宮殿，可視為是得到傷寒和中暑的媒介；身邊總是圍繞著年輕貌美的女子，可視為是摧殘性命的一把利斧；每天吃著甘甜酥脆、肥美厚味的飲食，可視為是腐蝕腸胃的毒藥。

【字詞的注解】

1.輦：音ㄋㄧㄢˇ，本指用人力拉或推的車子。後泛指君王或貴族富豪坐的車子。
2.蹶痿：音ㄐㄩㄝˊ ㄨㄟˇ，腳疲軟而無法行走。也可引申作癱瘓、麻痺的意思。
3.蛾眉：形容女子細長而彎曲的眉毛有如蠶蛾的觸鬚般。後多用來代指美人。
4.伐性之斧：砍毀人性的斧頭。後多用來比喻危害身心的事物。
5.肥膿：形容滋味肥膩醲厚的食物。膿，此通「醲」字，醇厚。

【題旨與故事】

此段文字出自西漢文人枚乘〈七發〉一文，旨在勸諫當時的豪門貴冑切莫耽溺逸樂、嗜欲過度，以免百病叢生。枚乘在文中假託一名吳國客人去探望生病的楚國太子，然後道出了楚國太子致病的根源，就是長時間過著四體不勤，養尊處優，貪聲逐色，以及飽嚐珍饈的淫靡生活，導致全身的筋骨硬化，血脈不通，精氣耗傷，以及腸胃損壞等症狀的發生；吳國客人藉此提醒楚國太子，若不澈底放棄原本的生活和飲食方式，即使有辦法請到名醫來治療或神巫來祝禱，身上的疾病也是不可能根治的。

【使用的場合】

本句可用來說明貪求安逸和縱情享樂的人，必然會造成身體的損傷，進而出現各種疾病的症狀。

【名句的出處】

西漢．枚乘〈七發〉：「縱耳目之欲，恣支體之安者，傷血脈之和。且夫出輿入輦，命曰蹶痿之機；洞房清宮，命曰寒熱之媒；皓齒蛾眉，命曰伐性之斧；甘脆肥膿，命曰腐腸之藥。今太子膚色靡曼，四支委隨，筋骨挺解，血脈淫濯，手足墮窳（ㄩˇ）；越女侍前，齊姬奉後；往來遊醼，縱恣於曲房隱間之中。此甘餐毒藥，戲猛獸之爪牙也。所從來者至深遠，淹滯永久而不廢，雖令扁鵲治內，巫咸治外，尚何及哉？」

多病無完身，久病無完氣，予奄奄視息[1]，而人也哉？

經常生病就沒有完好的身體，生病的時間久了就沒有充沛的氣力，我現在的氣息微弱，只能用眼睛看，用鼻子呼吸，哪裡還像是個人呢？

【字詞的注解】

1. 視息：眼睛僅能看，鼻子僅能呼吸，隱含苟且偷活的意思。

【題旨與故事】

明人呂坤自幼孱弱多病，其在《呻吟語》的序文中，敘述自身長年罹病的經驗心得，以及如何與疾病對抗的感悟；其中「呻吟」兩字，指的就是病痛時所發出的聲音，而人在生病時說的話語，也正是出自肺腑的真實言詞，因為病時的切身之痛，除了自己之外，外人是無法全然理解的，只是一旦痊癒，隨即又忘了曾受過的苦痛，生活依舊我行我素，不知節制。因此，呂坤記下生病時的各種情狀，作為日後康復時的借鑑，提醒自己務必愛惜身體，才不會讓舊疾年年復發，呻吟如故。

【使用的場合】

本句可用來形容人身飽受病痛折磨，奄奄一息。

【名句的出處】

明．呂坤《呻吟語．序》：「予小子生而昏弱善病，病時呻吟，輒志所苦以自恨曰：『慎疾，無復病。』已而弗慎，又復病，輒又志之。蓋世病備經，不可勝志。一病數經，竟不能懲。語曰：『三折肱成良醫。』予乃九折臂矣。沉痼年年，呻吟猶昨。嗟嗟！多病無完身，久病無完氣，予奄奄視息，而人也哉？」

動搖則穀氣[1]得消，血脈流通，病不得生，譬猶戶樞不朽[2]是也。

晃動搖擺身體能讓食物得以消化，血流順暢，筋骨活絡，才不至於生病，這就像經常轉動的門軸不會腐朽的道理是一樣的。

【字詞的注解】

1.穀氣：指進食後積聚於人體的氣，也就是食物之氣。因人的飲食以五穀為主，故稱之。

2.戶樞不朽：本意是常轉動的門軸不易朽壞。後多用來比喻人體應經常活動才不會生病。戶樞，門的轉軸。典出《呂氏春秋．季春紀．盡數》：「流水不腐，戶樞不蠹，動也。」意思是經常流動的水不會腐臭，經常轉動的門軸不會被蟲蛀爛。

【題旨與故事】

此段文字出自《三國志．魏書．華佗傳》，是東漢末年名醫華佗對弟子吳普所講述的養生之道，主張人應當維持適當的運動習慣，使全身的氣血疏通，關節靈活，促進體質強健；反之，若氣血一直鬱結在體內的各個部位，沒有適時運轉流動，將導致身體出現各種病痛。此外，華佗還傳授吳普一套強身健體的招式，名為「五禽戲」，即模仿虎、鹿、熊、猿、（鶴）鳥五種動物的動作和姿態，使全身的各個關節、肌肉、內臟都能得到鍛鍊；據傳吳普正是勤練五禽戲而活到九十多歲，不僅耳聰目明，連牙齒都沒有掉落，可見祛病長生的妙方就是讓肢體多進行活動。

【使用的場合】

本句可用來說明運動能預防疾病的發生，常保健康。

【名句的出處】

西晉．陳壽《三國志．魏書．華佗傳》：「人體欲得勞動，但不當使極爾。動搖則穀氣得消，血脈流通，病不得生，譬猶戶樞不朽是也。是以古之仙者為導引之事，熊頸鴟顧，引輓腰體，動諸關節，以求難老。吾有一術，名五禽之戲，一曰虎，二曰鹿，三曰熊，四曰猿，五曰鳥，亦以除疾，並利蹄足，以當導引。體中不快，起作一禽之戲，沾濡汗出，因上著粉，身體輕便，腹中欲食。」

緣督[1]以為經[2]，可以保身，可以全生[3]，可以養親[4]，可以盡年[5]。

依循自然之中道，且以此為常理，就能夠保護身體，能夠保全天性，能夠養護精神，能夠安享天年。

【字詞的注解】

1. 緣督：本意是指順著人體上的督脈。此引申為順從自然之中道。緣，沿著、順著。督，即督脈，中醫上

所指的人體奇經八脈之一，位在身體背面的中央線上，沿著脊骨，貫徹上下，主氣血循環。此引申中道。

2. 經：常。

3. 生：此通「性」字，一說指天性。另一說指性命。

4. 親：一說指精神。另一說指親人。

5. 盡年：終其天年，不致短命。年，自然的年壽。

【題旨與故事】

此段文字出現在《莊子．養生主》中，全篇內容主在闡述養生的關鍵要領。文章的一開頭寫道：「吾生也有涯，而知也無涯。以有涯隨無涯，殆已。已而為知者，殆而已矣。」莊子認為人往往以一己有限的生命，去追逐浩瀚無窮的知識，這樣已讓人感到很不安了，竟然還能以此沾沾自喜，自以為是有智慧的人，實在是危險到了極點啊！接著又云：「為善無近名，為惡無近刑。」真正善於養生的人，是不會在乎世人所熱中的名聲或聲譽，即使不太善於養生的人，也不會拘泥於世人所認可的模式或典範上，而讓自己的身軀過度疲勞；值得注意的是，這裡的「為善」和「為惡」，與行善作惡的意思無關，而是針對養生方面而言，至於「為惡無近刑」的「刑」字，後代學者多認為並非指刑罰的「刑」，而是「型」的假借字，意指法式、榜樣。在莊子看來，人唯有順應自然的規律和萬物的理路而行，遠離那些容易耗損心力和傷害形軀的各種禍源，諸如智識機巧、浮名虛譽以及塵累俗物等等，不要再把世俗所認定的意義或價值，視為是人生不懈追求的目標，方能使形神相親，益身延年，從而達到攝生保健的目的。

【使用的場合】

本句可用來說明隨順自然運作的法則和萬物天生的本性，使身體得到保全，精神獲得自由，性命才不致遭受禍敗。

【名句的出處】

戰國．莊周《莊子．養生主》：「吾生也有涯，而知也無涯。以有涯隨無涯，殆已。已而為知者，殆而已矣。為善無近名，為惡無近刑。緣督以為經，可以保身，可以全生，可以養親，可以盡年。」

識厚味之害性，故棄而弗顧，非貪而後抑也。

知道美味的食物容易傷害本性，所以便厭棄而不去看重它，並不是心裡貪戀然後又強迫自己去壓抑對美食的喜愛。

【題旨與故事】

魏、晉時期，許多士大夫都相信服食丹藥可以使人長生不老，進而羽化登仙，竹林名士嵇康雖然也有服用丹藥來調養身體的習慣，但他認為服藥成仙的說法並不可信，人們應該學習「導養得理，以盡性命」的長壽之方，平時就要重視身心的調理保養，如此自然可以延年益壽；尤其要特別注意「飲食不節，以生百病」，不可

一再放縱自己的口腹欲望，以致身軀受到損害而引發各種疾病。正是因為嵇康理解到一般人多難以抗拒珍饈佳餚的誘惑，故在文中提醒人們「清虛靜泰，少思寡欲」，唯有保持心靈平和清靜，減低雜念私欲，避免精神的損耗，造成身體的勞累不堪，才能達到「忘歡而後樂足，遺生而後身存」的境界，忘掉物質享受所帶來的喜悅滿足，遺忘生存而後能保全自身，頤養天年。

【使用的場合】

本句可用來說明養生的祕訣在於摒棄對飲食珍味的貪求渴望，不讓心神受其牽制。

【名句的出處】

三國魏．嵇康〈養生論〉：「清虛靜泰，少私寡欲。知名位之傷德，故忽而不營，非欲而強禁也。識厚味之害性，故棄而弗顧，非貪而後抑也。外物以累心不存，神氣以醇白獨著，曠然無憂患，寂然無思慮。……忘歡而後樂足，遺生而後身存。若此以往，恕可與羨門比壽，王喬爭年。何為其無有哉？」

三、論藝文教育

教化薰陶

仕宦之家，不蓄積銀錢，使子弟自覺一無可恃，一日不勤，則將有饑寒之患。

有擔任官職並享有俸祿的家庭，不可積存多餘的錢財，要讓家中晚輩自己察覺沒有什麼是可以依靠的，若是一天不勤奮，日後可能會有挨餓受寒的禍患。

【題旨與故事】

晚清軍政大臣曾國藩於清文宗咸豐五年（西元一八五五年），在外統領湘軍與太平軍作戰時，寫此信給在家鄉湘鄉（位在今湖南湘潭市境內）的弟弟們，告誡他們務必勤勞自立，生活簡樸，使子姪們明白家裡並沒有過多的財產，必須從小養成吃苦耐勞的習慣，安步當車，用度減省，千萬不可仗勢家人為官，便貪圖逸樂，以為可以永遠過著衣食無虞的日子。

【使用的場合】

本句可用來說明富貴子弟容易憑恃家產豐厚而好逸惡勞，故不留餘錢，子孫方能腳踏實地。

【名句的出處】

清．曾國藩《曾國藩家書》：「生當亂世，居家之道，不可有餘財，多財則終為患害。又不可過於安逸偷惰，如由新宅至老宅，必宜常常走路，不可坐轎騎馬。又常常登山，亦可以練習筋骸。仕宦之家，不蓄積銀錢，使子弟自覺一無可恃，一日不勤，則將有饑寒之患，則子弟漸漸勤勞，知謀所以自立矣。」

古人謂之豢養[1]，言甘食美服養此血肉之軀，與犬豕[2]等。

古代的人所說的豢養，指的就是用美味的食物和華麗的衣服，來養活這個由血和肉構成的軀體，與養狗和豬的意思是一樣的。

【字詞的注解】

1. 豢養：餵養；養育。豢，音ㄏㄨㄢˋ，飼養牲畜。
2. 豕：音ㄕˇ，豬。

【題旨與故事】

呂坤是活動於明神宗萬曆年間的著名清官，一生潔身自好，愛民如子，深獲百姓愛戴。他在官場上觀察到許多富貴人家的子弟，一出生便在金衣玉食的環境中成長，每天飯來張口，茶來伸手，只知道生活的享樂，長久下來，十個人當中，至少有九人養成驕縱荒淫、揮霍浪費的習性，不求上進，遇事懦弱無能，讓人看了都為他們感到羞愧不已。呂坤認為富貴人家這樣的教育方式，即是古人所謂的「豢養」，自以為是在疼愛孩子，實際上卻是把孩子當成狗豬在餵養，除了供應優渥的衣食和物質享受之外，完全不予以教導，甚至還自以為滿足，以此向人炫耀高人一等的富裕家境，如此戕害孩子的作為，罪孽全在家裡的父親和兄長啊！

【使用的場合】

本句可用來說明應從小教育子女不可好逸惡勞，否則便與飼養家畜無異。

【名句的出處】

明．呂坤《呻吟語．倫理》：「子弟生富貴家，十九多驕惰淫泆，大不長進。古人謂之豢養，言甘食美服養此血肉之軀，與犬豕等。此輩闒（ㄊㄚˋ）茸，士君子見之為羞，而彼方且志得意滿，以此誇人。父兄之孽，莫大乎是。」

君子[1]多欲則貪慕富貴，枉道速禍[2]；小人[3]多欲則多求妄用，敗家喪身。

在上位的人欲望很多的話，就會貪圖財富和愛慕地位，不循正道而導致災禍；一般平民欲望很多的話，就會多方搜求和任意揮霍，敗壞家業，甚至因此而喪失性命。

【字詞的注解】

1. 君子：此指有地位的人。
2. 枉道速禍：不按正道行事以致招來禍患。枉，彎屈、歪曲，此引申為違背。
3. 小人：此指普通百姓。

【題旨與故事】

文題〈訓儉示康〉，是北宋文史大家司馬光寫給兒子司馬康的一篇家訓，內容主在教誡兒子厲行儉省的重要性。文中援引了《左傳．莊公二十四年》記載春秋時期魯國大夫御孫勸諫魯莊公「儉，德之共也；侈，惡之大也」這段話來闡釋「儉」的意涵，御孫的意思是，節儉是德行的共同根基，奢侈的惡行是很嚴重的；司馬光則是認為，歷來有德之士都不會做出鋪張浪費的舉動，他們的心地清淨，少有欲望，而這樣的人，若是居於上位，就不容易受到外物的牽制，行事正大光明；若是庶民的身分，便會處處謹慎，撙節用度，遠離刑罰，不會讓家族走向衰敗破落。在〈訓儉示康〉一文中，司馬光還舉了當代大臣張知白為例，敘寫張知白在仁宗朝任相時，依然儉約如昔，有人便譏笑張知白的行為過於矯情，但張知白的回應是「由儉入奢易，由奢入儉難」乃人之常情，人從節儉到奢侈是很容易養成的，但從奢侈要回復到節儉卻是相對困難的；其深知自己現今豐厚的俸祿不可能常有，未來也終有離開人世的一天，擔心家人驕奢成性，日後情況一旦發生變化，肯定無法適應簡樸的日子，所以還是維持著和以往一樣的開支模式，這樣無論自己做官或存亡與否，全家人的生活都不會有任何的改變。一生為官清正的司馬光，希望兒子司馬康謹記名臣賢士的遠慮高見，不要被當時官宦人家日趨浮靡的風氣所左右。

【使用的場合】

本句可用來勸導人應當降低欲望，生活素樸，才不致耗盡家業，惹禍上身。

【名句的出處】

北宋．司馬光〈訓儉示康〉：「御孫曰：『儉，德之共也；侈，惡之大也。』共，同也；言有德者皆由儉來也。夫儉則寡欲，君子寡欲，則不役於物，可以直道而行；小人寡欲，則能謹身節用，遠罪豐家。故曰：『儉，德之共也。』侈則多欲，君子多欲則貪慕富貴，枉道速禍；小人多欲則多求妄用，敗家喪身；是以居官必賄，居鄉必盜。故曰：『侈，惡之大也。』」

效伯高[1]不得，猶為謹敕[2]之士，所謂刻鵠不成尚類鶩[3]者也。效季良[4]不得，陷為天下輕薄[5]子，所謂畫虎不成反類狗者[6]也。

學習羅述不成功的話，仍然可以成為一個謹慎自持的人，這就是所謂的即使雕天鵝不成，也還會像是野鴨的樣子。學習杜保不成功的話，便會變成社會上輕浪浮薄的人，這就是所謂的想要畫老虎不成，反而像成是狗的樣子。

【字詞的注解】

1. 伯高：指東漢人羅述，伯高是羅述的字，原為山都（漢代屬南陽郡下的一縣，約位在今河南鄧州市境內）縣長，後因馬援這封語帶褒揚的家書傳到光武帝的手中，進而被擢升為零陵郡（漢代轄境約位在今湖南西南部、廣西東北部一帶）太守。
2. 謹敕：言行謹嚴，有所節制。敕，音ㄔˋ，此通「飭」字，不逾規矩。
3. 刻鵠不成尚類鶩：比喻模仿的成效雖然不夠逼真，但還算近似。亦可用來比喻仿效失真，適得其反。鵠，音ㄏㄨˊ，天鵝。鶩，野鴨。
4. 季良：指東漢人杜保，季良是杜保的字，是當時知名的遊俠，曾任越騎司馬（兩漢時期掌領宿衛兵的官職），後因馬援這封家書中，提到其不願姪子效法杜保豪爽俠義的行為，而被仇家拿來作為彈劾杜保的證據之一，於是光武帝便下詔罷免杜保的官職。
5. 輕薄：舉止輕浮，不夠莊重。
6. 畫虎不成反類狗：比喻模仿他人的成效不佳，反而變得什麼都不像樣。

【題旨與故事】

東漢名將馬援遠征交趾時，聽聞家中姪子馬嚴和馬敦喜好譏刺議論他人，又常與輕薄俠客往來，於是便寫了這封〈誡兄子嚴、敦書〉告誡他們。文中馬援舉自己的兩位好友龍述和杜保為例，說龍述「敦厚周慎，口無擇言，謙約節儉，廉公有威」，為人寬宏厚道，周到細心，說話合乎道理，無可挑剔，待人謙和，律己甚嚴，生活節省儉樸，處事廉明公正，又不失威嚴；說杜保「豪俠好義，憂人之憂，樂人之樂，清濁無所失，父喪致客，數郡畢至」，為人豪放勇敢，愛好正義，與人同憂共樂，交友廣闊，無論對方的人品好壞，一概來者不拒，杜父去世時，好幾郡的人都前來弔唁。馬援表明龍述和杜保這兩個人，都是自己既敬愛又重視的友人，但他希望姪子能以龍述為學習的榜樣，因為就算無法企及龍述的所有優點，至少懂得凡事應當細心斟酌，審慎處理；至於杜保就不是馬援認可的學習對象，因為每天與龍蛇雜處，分寸拿捏不好的話，學不到杜保的優點也就算了，萬一只學到皮毛，還會對眾人所討厭的輕佻放浪行止感到自鳴自得呢！原本只是叔叔寫給姪子的一封私信，後來卻意外成了杜保被皇帝免官的證據。據《後漢書．馬援傳》記載，杜保的仇家便是以馬援的這封信上書給光武帝，控告杜保「為行浮薄，亂群惑眾」，是連遠在萬里之外作戰的馬援都知道的事實；更令人想不到的是，光武帝在讀了信之後，不僅免除了杜保的官位，也因看了馬援對羅述的稱美之詞，決定將羅述的職務從一縣之長，升任成一郡之長。由此可以看出，戰功彪炳的馬援對當時政壇的影響力，而其原本寫來教育姪子的一封家書，竟然也可以被人拿來作為政治鬥爭的工具。

【使用的場合】

本句可用來說明寧可師法謹言慎行的人，也不要仿效豪情仗義的人，因為學不好前者，行為還不至於有所

逾越，但學不好後者，行為就很容易產生偏差。

【名句的出處】

東漢．馬援〈誡兄子嚴、敦書〉：「龍伯高敦厚周慎，口無擇言，謙約節儉，廉公有威。吾愛之重之，願汝曹效之。杜季良豪俠好義，憂人之憂，樂人之樂，清濁無所失，父喪致客，數郡畢至。吾愛之重之，不願汝曹效也。效伯高不得，猶為謹敕之士，所謂刻鵠不成尚類鶩者也。效季良不得，陷為天下輕薄子，所謂畫虎不成反類狗者也。」

無貴無賤，無長無少，道之所存，師之所存也。

無論地位高貴或低微，無論年歲大還是小，只要是道理和知識存在的地方，就是老師所在的地方。

【題旨與故事】

唐德宗貞元十八年（西元八〇二年），時年三十五歲的韓愈在國子監擔任四門博士（負責教導官家子弟，兼收庶人子弟中的俊秀者）一職；當時的他，官位雖然不高，但因倡導古文運動，在文壇累積一定的聲望，故跟隨其學習的弟子並不少。韓愈對外招收學生的舉動，引來士大夫階層的群起嘲笑和大張撻伐，他們普遍抱持著「位卑則足羞，官盛則近諛」的心態，覺得去向比自己官階還低的人請教是十分可恥的，但又覺得去向比自己官階高的人請教，像是在諂媚對方一樣，久而久之，就形成了一股「恥學於師」的風氣，誰都不願意放下自己的身段，虛心與各個領域的傑出人士，討教他們所擅長的事理。〈師說〉一文就是韓愈在這樣的時空背景之下寫成的，文中闡述為學一定要從「師」的觀念，畢竟「人非生而知之者，孰能不惑」，為了解除求知過程中的疑惑，他也提出了擇師的標準，無關乎對方是否位高或年長，而只在於其是否有「道」。韓愈此所謂的「師」，除了可指學校的師長之外，也含括了各個行業中學有所成的人士；其所謂的「道」，除了可指儒家的經義、學問之外，也包羅了天下各種技藝及其工夫的養成。換言之，韓愈認為只要是在某一領域中比自己更懂的人，即使地位和年齡都比不上自己，也一樣可以當自己的老師，而自己在向他們請益之後，先前不明白的地方或所遭遇的困惑便可迎刃而解。

【使用的場合】

本句可用來說明衡量一個人成為人師的準則，在於其對事理高度的掌握能力或具備一技之長。

【名句的出處】

唐．韓愈〈師說〉：「生乎吾前，其聞道也，固先乎吾，吾從而師之；生乎吾後，其聞道也，亦先乎吾，吾從而師之。吾師道也，夫庸知其年之先後生於吾乎？是故無貴無賤，無長無少，道之所存，師之所存也。」

經師易遇，人師難遭。

找到傳授學識的老師是很容易的，但能夠遇見可以當作行為榜樣的老師卻是很困難的。

【題旨與故事】

這兩句話現多通行「經師易求，人師難得」的說法，強調為師者雖多學問淵博，講理透徹，但很少有人能夠以身作則，成為學子的真正表率。東晉史家袁宏《後漢紀．孝靈帝紀》記載東漢靈帝時期，名士郭泰（字林宗）在太學任教時，深受學生的愛戴，地位尊崇；有神童之譽的魏昭，慕名而來拜訪郭泰，表達自己願留在郭泰的身邊擔任隨從。郭泰見魏昭的資質優異，認為對方應把心力拿來攻讀詩書，而不是將時間花在灑水、掃地等雜務上；但對魏昭而言，其知道可以教授自己知識的老師，天底下比比皆是，但是能像郭泰這樣博學多聞又操守正直的人，卻是難得一見，他希望自己有朝一日，人品涵養也能從現在如白絲般的質地，染成像郭泰一樣的朱藍色澤。郭泰於是答應了讓魏昭追隨左右，共同居住一起，以方便魏昭就近學習的請求，也藉此觀察其言行表現是否如一；經過幾番測試，郭泰發現魏昭的修養品行不同於一般年齡的孩子，始信其前來拜師的心意，而魏昭也沒有辜負郭泰的教導，長大後果真成為當世著名的儒者。

【使用的場合】

本句可用來說明學行兼優的人，足以為人師表。

【名句的出處】

東晉．袁宏《後漢紀．孝靈皇帝紀》：「童子魏昭求入其房，供給灑掃，泰曰：『年少當精義書，曷為求近我乎？』昭曰：『蓋聞經師易遇，人師難遭，故欲以素絲之質，附近朱藍耳。』泰美其言，聽與共止。」

嚴家無悍虜[1]，而慈母有敗子。

管教嚴格的家庭，不會出現兇悍的僕人，然而疼愛子女的母親，必然會養出不肖的敗家子。

【字詞的注解】

1. 虜：此指奴僕。

【題旨與故事】

此段文字出現在戰國法家代表人物韓非《韓非子．顯學》中，其認為治理國家和經營家庭的道理其實是相通的，一家之長不可毫無威勢，治家必須訂立嚴明的賞罰規則，遇到下屬或子女犯錯時，若不加以訓誡，予以適當的輕重懲處，反而用自以為的慈愛，一味袒護對方，久而久之，便會養成其有恃無恐、傲慢無禮的作風，進而做出荒腔走板的逾矩行為也是可以想見的。

【使用的場合】

本句可用來說明家教嚴謹，部屬與子女才不致恃寵而驕，放縱無度。

【名句的出處】

戰國．韓非《韓非子．顯學》：「是故力多則人朝，力寡則朝於人，故明君務力。夫嚴家無悍虜，而慈母有敗子，吾以此知威勢之可以禁暴，而德厚之不足以止亂也。夫聖人之治國，不恃人之為吾善也，而用其不得為非也。」

勤學勵志

几案羅列，枕席[1]枕藉[2]，意會心謀，目往神授，樂在聲色狗馬[3]之上。

眾多的書籍陳列在案桌上，雜亂地堆積在我們床鋪的枕頭和席子間，能讓我們的內心有所領會和營求的，全神所貫注和嚮往的，全都在書籍當中，這種樂趣遠遠超過那些追逐歌樂美色、玩弄狗馬的享樂。

【字詞的注解】

1. 枕席：枕頭和席子。泛指床鋪。
2. 枕藉：縱橫交錯地躺在一起。此指書籍錯亂堆置。
3. 聲色狗馬：指古代富貴人家所嗜好的歌樂、女色、養狗、騎馬等奢靡的娛樂。

【題旨與故事】

文題〈金石錄後序〉，是活動於北宋末、南宋初的詞家李清照，於丈夫趙明誠死後多年，重讀夫妻過去合力蒐集資料、共同整理校勘《金石錄》時所寫的自述感言。《金石錄》向來被公認是研究古代銅器銘文和石刻文字的重要著作，作者雖掛名趙明誠，但實際上李清照的功不可沒，其對金石的專業素養和酷愛，完全不亞於趙明誠，兩人耗費了二十餘年的心血，《金石錄》一書始能完成。李清照在〈金石錄後序〉詳細記載《金石錄》成書的經過，敘述夫妻對金石書畫的鍾愛，除了趙明誠的俸祿全都拿來搜購金石史料和書籍之外，李清照也會想辦法省下食衣住行的各種開銷，寧可粗茶淡飯，穿戴簡樸，也要竭力滿足兩人的收藏癖好。李清照在文中還提到自己的記憶力特強，經常與趙明誠飯後在書齋烹茶時，「指堆積書史，言某事在某書某卷第幾頁第幾行，以中否角勝負，為飲茶先後。中則舉杯大笑，至茶傾覆懷中，反不得飲而起」，他們會指著成堆的書籍，說哪一個典故出現在哪一本書中的哪一卷，甚至可以記到第幾頁的第幾行，以猜中的人作為喝茶的先後順序；往往猜中的人拿著茶杯，笑得太過開懷，一不小心就把杯子裡的茶水潑灑到衣服上，反而弄得一口茶也喝不到。由此可以看出，李清照和趙明誠除了金石書畫這方面的共同愛好之外，兩人的婚姻生活也是相當寫意和甜蜜的。不幸的是，金人入侵中原，他們夫妻倉皇南逃，有超過一半的珍貴古器和書籍來不及帶走；之後趙明誠

病逝，歷經戰亂流離的李清照，發現當初兩人攜帶出來的文物，此時幾乎蕩然無存，而她也只能用「人亡弓，人得之」來寬慰自己，既然有人丟了弓，就會有人得到了弓，得失之間，也不必太過於去計較了！明代學者胡應麟在《少室山房筆叢》寫道：「始余以明誠所癖，金石而已。讀此，乃知其於書無弗聚，而亦無弗讀也。亡軼之餘，尚存萬卷，則當其盛時，又何如耶？」其對於趙明誠和李清照在逃難的當下，身邊還存有上萬卷的書籍感到十分驚訝，顯見兩人在太平時期的藏書不知凡幾；尤其可貴的是，他們夫妻不僅只是書的收藏者，對書熟讀的程度更是超越了許多文人雅士，不愧是真正的愛書人。

【使用的場合】

本句可用來說明人嗜書好學，將全部的心神投注於書籍當中，享受擁有書和讀書的快樂。

【名句的出處】

北宋末、南宋初．李清照〈金石錄後序〉：「余性不耐，始謀食去重肉，衣去重采，首無明珠、翡翠之飾，室無塗金、刺繡之具。遇書史百家，字不刓（ㄨㄢˊ）缺，本不訛謬者，輒市之，儲作副本。自來家傳《周易》、《左氏傳》，故兩家者流，文字最備。於是几案羅列，枕席枕藉，意會心謀，目往神授，樂在聲色狗馬之上。」

今學者曠廢隳[1]惰，玩歲愒[2]時，而百無所成，皆由於志之未立耳。

如今的讀書人荒廢學業，懶惰散漫，整天貪圖享樂，浪費時間，最後所有的事情都沒有做好，這都是由於志向還沒有立定的緣故罷了！

【字詞的注解】

1. 隳：音ㄏㄨㄟ，毀壞、損毀。
2. 愒：音ㄎㄞˋ，荒廢。

【題旨與故事】

原在朝廷擔任兵部主事（負責章奏、公文等事務的官員）的王守仁，於明武宗正德元年（西元一五〇六年），因得罪宦官權臣劉瑾，而在廷上當眾被施以杖刑，幾乎致死，其後謫為貴州龍場（位在今貴州貴陽市境內）驛丞（主管驛政事務的官員）。由於貴州龍場地處邊陲，交通不便，環境惡劣，教育水平和其他地區相比，相對落後許多；王守仁於是利用公務閑暇之餘，進行講學授徒，修建書院，幾年下來，追隨者眾多，也帶動了當地的讀書風氣。這篇〈教條示龍場諸生〉就是王守仁對前來受教的學子，提出的訓勉之詞，其認為立志、勤學、改過和責善，是學習路上絕對不可輕忽的四件大事；其中立志被王守仁列為首要條件，直言「志不立，天下無可成之事」，以及「志不立，如無舵之舟，無銜之馬，漂蕩奔逸，終亦何所底乎」，意即志向不能

樹立的話，天下就沒有可以做成功的事情了！這就好像沒有舵木的船，只能順水而流，也像是沒有套上銜勒的馬，只能任意奔馳一樣，最後根本不知道自己所在的位置到底在哪裡啊！王守仁要求這些專程來龍場聽其講學的弟子們，務必立下自己的人生志向，然後通過不懈的努力，朝著目標的方向邁進，終會有所成就的。

【使用的場合】

本句可用來說明為學或從事任何事情，都不可懶散怠惰，苟且偷安，才不至於一事無成，虛擲光陰。

【名句的出處】

明．王守仁〈教條示龍場諸生〉：「志不立，天下無可成之事，雖百工技藝，未有不本於志者。今學者曠廢隳惰，玩歲愒時，而百無所成，皆由於志之未立耳。故立志而聖，則聖矣；立志而賢，則賢矣。志不立，如無舵之舟，無銜之馬，漂蕩奔逸，終亦何所底乎？」

好讀書，不求甚解；每有會意，便欣然忘食。

喜歡讀書，但只求了解內容大意；每當有所領會的時候，就會高興到連飯都忘了吃。

【題旨與故事】

陶淵明文中借寫一位「閑靜少言，不慕名利」的「五柳先生」以自況，言其雖然喜好讀書，但只著重在理解要旨，從不愛去鑽研書中字句的解釋，若遇有心領神會之處，便感到欣悅滿足而忘記飲食。作者在寫給兒子們的家書〈與子儼等書〉中也曾提到自己「少學琴書，偶愛閑靜；開卷有得，便欣然忘食」，正好與「五柳先生」的秉性志趣完全符合；另見〈讀山海經〉詩十三首之一中「汎覽《周王傳》，流觀《山海圖》。俯仰終宇宙，不樂復何如」詩句，敘說其因瀏覽神怪小說《穆天子傳》和《山海經》的圖像，心思猶如遊遍整個宇宙般，充滿無窮的趣味。陶淵明死後，好友顏延之作了一篇〈陶徵士誄〉以示悼念，其中「學不稱師，文取指達」兩句，道出了陶淵明求學生涯時的表現，經常不合乎老師的心意，無論是在學習還是寫作方面，但求通達文意即可，這也正好與「五柳先生」讀書方式「不求甚解」可相互印證。由以上可知，閱讀對於陶淵明而言，不止是精神上的享受，也是其生活愉悅的泉源，從不以求取榮華利祿為目的。其中「不求甚解」後來也被引申為學習態度不夠認真、敷衍了事的貶義，早與陶淵明本來的意思相去遙遠。

【使用的場合】

本句可用來說明重視讀書所帶來的樂趣，從不拘泥於艱難文詞的考究與過度詳盡的解釋。

【名句的出處】

東晉．陶淵明〈五柳先生傳〉：「先生不知何許人也，亦不詳其姓字，宅邊有五柳樹，因以為號焉。閑靜

少言，不慕榮利。好讀書，不求甚解；每有會意，便欣然忘食。」

弟子不必不如師，師不必賢於弟子。聞道有先後，術業有專攻。

學生不一定不如老師，老師不一定比學生還要賢能。理解知識或事物的道理有早或晚的差別，學術和修業方面各自有各自的專長研究。

【題旨與故事】

唐代文學家、教育家韓愈在〈師說〉中批判了當時士大夫恥於求師問學的陋習，致使古來重視師道的風氣失傳已久，這些人寧可對於事理一知半解或充滿疑惑，也不願意從師學習，尋求解答。文中提到「聖人無常師」的說法，直指古代聖賢沒有固定的老師，例如孔子一生當中，曾向郯國（春秋時的小型諸侯國，國境位在今山東境內）國君請教過古代官職名稱的由來，也跟周敬王的大臣萇弘討教過音樂的理論，又和魯國樂官師襄學習彈琴的技巧，以及聽聞在周朝擔任守藏室之史（掌管藏書室的官員）的老聃（即老子，姓名李耳，聃是老子的字）博學多聞，遂入周向其詢問禮法；以上這些舉動，恰好證明了《論語．述而》中孔子所說的「三人行，必有我師」並非一句泛泛空話，而是其親身踐履的事實。韓愈在此所要表達的是，像孔子這樣的聖哲，尚且需要不同領域的專家，來指導自己人生中的各種疑難，反觀受當時風氣影響的士大夫，才德和修養皆與孔子相差甚遠，卻以跟隨老師學習為恥，但這也正是聖人之所以愈加聖明，而愚人之所以愈加愚昧的原因啊！

【使用的場合】

本句可用來勉勵人應當不恥下問，虛心求教，新進後輩也是可以超越學資歷較深者的成就，而資深前輩也要積極扶掖後學新人，促進教學相長。

【名句的出處】

唐．韓愈〈師說〉：「聖人無常師。孔子師郯（ㄊㄢˊ）子、萇弘、師襄、老聃。郯子之徒，其賢不及孔子。孔子曰：『三人行，則必有我師。』是故弟子不必不如師，師不必賢於弟子。聞道有先後，術業有專攻，如是而已。」

沉浸醲郁，含英咀華，作為文章，其書滿家。

沉潛浸潤在典籍的醇厚香氣裡，咀嚼品味含蘊在書冊中的精華，寫成文辭篇章，著作堆滿了整間屋子。

【題旨與故事】

韓愈〈進學解〉藉由在國子監就學的弟子之口，道出其追隨國子先生學習多年，目睹國子先生把畢生精力，全都投入在古籍的鑽研上，文學造詣自不待言，提筆寫作，得心應手，文章內容往上取法《書經》中〈虞

書〉、〈夏書〉的深奧辭義，和〈周書〉中〈大誥〉、〈康誥〉等各篇誥書，以及〈商書〉中〈盤庚〉篇的艱澀字句；學習《春秋》的體例謹慎嚴正，《左傳》的辭藻浮靡誇飾；揣摩《易經》的神奇變化中，又有一定的規律法則，《詩經》的義理雅正，而且文采華麗。除了以上多部先秦儒家經典，往下探究《莊子》、屈原〈離騷〉，還有司馬遷《史記》所記錄的文字；此外，從西漢兩大辭賦家揚雄、司馬相如的創作中，觀察出文筆的工巧相同，但風格卻是大大不同。由此可見，國子監弟子眼中的國子先生學識豐富，文章博取眾家之長，信手揮灑，筆勢恢弘，著作等身。事實上，韓愈作〈進學解〉時，他本人就是在國子監擔任博士的職務，主要工作是負責教導貴族子弟修習儒家經籍，而他筆下那位長期涵泳在古籍芬芳氣息的國子先生，其實正是韓愈的化身，暗喻自己縱有才學滿腹，還是難以躋身朝廷的政治核心，只能借寫文章來發洩他的苦悶情緒。清人曾國藩在《求闕齋讀書錄》中評論此文：「韓公於文用力絕勤，故言之切當有味如此。」肯定韓愈因勤奮於學而培養出深厚的寫作工力，所以寫出來的作品言論確切，意味深長。

【使用的場合】

本句可用來說明人在治學的過程中，深入探索學問之芳美，體味知識之真諦，並將心中領會撰述成文或編著成書。

【名句的出處】

唐．韓愈〈進學解〉：「沉浸醲郁，含英咀華，作為文章，其書滿家。上規姚、姒，渾渾無涯；周〈誥〉、殷〈盤〉，佶屈聱牙；《春秋》謹嚴，《左氏》浮誇；《易》奇而法，《詩》正而葩。下逮《莊》、

〈騷〉，太史所錄；子雲、相如，同工異曲。先生之於文，可謂閎其中而肆其外矣。」

良冶之子，必學為裘；良弓之子，必學為箕。

善於冶煉的工匠，他的兒子必然會先學習接補皮衣的技能；善於製弓的工匠，他的兒子必然會先學習編造畚箕的技能。

【題旨與故事】

西漢經學家戴聖，整理孔子弟子及其後學者所流傳下來的紀錄，輯成四十九篇的《禮記》，向來被視為是儒家重要經典之一。其中一篇〈學記〉內容主在論述教育和學習相關的問題，文中援引冶金和造弓這兩種行業為例，意在強調擁有精湛技藝的人，其傳授家中晚輩相關技能時，也必定是從手藝相近的基本動作開始訓練起，而不是直接從本業入手。好比出身冶金家庭的子弟，因已熟練了縫補獸皮以製成皮裘的技術，日後在從事鑄冶金屬以製成器物的工作時，就會比較容易上手；又如造弓人家的子弟，因從小練習以質地較軟的竹片或柳條編成畚箕，對其長大後用質地較硬的木條彎製成弓的工作，勢必會有很大的助益。換言之，就是先學會了難度較易的部分，然後逐步推進，之後再面對較為艱深的問題時，也不會感到特別困難。由於這段文字，含有子孫受成長環境影響而承接家業的意思，後來也引申出「克紹箕裘」一語，表示後人繼承父志或父業。

【使用的場合】

本句可用來比喻學習必須由淺入深，由易而難，循序漸進，絕不可能一蹴而得。

【名句的出處】

西漢．戴聖《禮記．學記》：「記問之學，不足以為人師，必也其聽語乎。力不能問，然後語之，語之而不知，雖舍之可也。良冶之子，必學為裘；良弓之子，必學為箕；始駕馬者反之，車在馬前。君子察於此三者，可以有志於學矣。」

業精於勤，荒於嬉；行成於思，毀於隨。

學業精進的原因在於勤奮不輟，荒廢的原因在於怠惰貪玩；德行成就的原因在於深思熟慮，毀壞的原因在於敷衍隨便。

【題旨與故事】

韓愈在〈進學解〉的一開頭便借國子先生對弟子的訓勉之言，闡述修習學問和品德的成敗之道。他認為一個人若想要讓自己的學業和品行有所增進，關鍵就在於勤勉篤實的治學態度，仔細認真的反覆思考；反之，若是一味貪圖逸樂，行事因循苟且，在進德修業的這條路上，註定遭受失敗。作者為了強調「業」和「行」這兩方面的修練工夫，文中通過多組文字來作對比，像是「精」對「荒」，「勤」對「嬉」，「成」對「毀」，以及「思」對「隨」，精警傳神地表達出積極進取和荒疏散漫這兩種正、反行為，對於為學立身、品德培養所帶來的深遠影響。

【使用的場合】

本句可用來勸導人們在學識和修養上勤敏專注，堅持到底，不可漫不經心。

【名句的出處】

唐．韓愈〈進學解〉：「業精於勤，荒於嬉；行成於思，毀於隨。方今聖賢相逢，治具畢張。拔去兇邪，登崇俊良。佔小善者率以錄，名一藝者無不庸。爬羅剔抉，刮垢磨光。蓋有幸而獲選，孰云多而不揚？諸生業患不能精，無患有司之不明；行患不能成，無患有司之不公。」

人人自謂握靈蛇之珠[1]，家家自謂抱荊山之玉[2]。

每個人都自認才華超凡，就好像手中握有靈蛇賜與的隨侯之珠，每一家都自認是世間罕見珍寶，就好像身上抱著產自荊山的和氏之璧。

【字詞的注解】

1.靈蛇之珠：相傳春秋時隨侯曾救治一條受傷的蛇，其後蛇從江中銜來一顆明珠作為回報，故又有「隨侯珠」之稱。後多用來比喻無價之寶或稱譽人的才智過人。

2.荊山之玉：相傳春秋楚人卞和在荊山得到一塊璞玉，先後進獻給楚厲王和楚武王，但都被玉工認定是普通的石頭，以犯欺君之罪而被砍斷雙足；直到楚文王即位，卞和抱玉在荊山下痛哭，文王得知後才命人將璞玉剖開，並加以琢磨，終得美玉，故又有「和氏璧」之稱。後多用來比喻極為珍貴的物品或人的資質美好。

【題旨與故事】

曹植在〈與楊德祖書〉一文描述東漢獻帝建安年間，其惜才的父親曹操網羅了天下菁英文士，如建安七子中的王粲（字仲宣）、陳琳（字孔璋）、徐幹（字偉長）、劉楨（字公幹）、應瑒（字德璉）五人，以及這封書信的收件人楊脩（字德祖），同時也是作者的摯友，這群人在當時俱負盛名，從四海八方匯聚到曹操的門下，一個個滿懷自信，蓄勢待發，準備大展他們一身的卓特本領。

【使用的場合】

本句可用來比喻文人負才任氣，自視甚高。也可用來比喻作者珍視自己的創作。還可用來比喻俊才輩出，文學風氣鼎盛。

【名句的出處】

三國魏．曹植〈與楊德祖書〉：「僕少小好為文章，迄至於今二十有五年矣。然今世作者可略而言也，昔仲宣獨步於漢南，孔璋鷹揚於河朔，偉長擅名於青土，公幹振藻於海隅，德璉發跡於大魏，足下高視於上京。當此之時，人人自謂握靈蛇之珠，家家自謂抱荊山之玉。吾王於是設天網以該之，頓八紘以掩之，今悉集茲國矣。」

大都獨抒性靈，不拘格套，非從自己胸臆流出，不肯下筆。

（我的弟弟袁中道所寫的詩歌）大多是以抒發自己的性情為主，從不拘泥於一定的規格和框架，若不是發自內心流露出來的，絕不願輕易落筆。

【題旨與故事】

文題〈敘小修詩〉，是明人袁宏道替弟弟袁中道（字小修）詩集所作的一篇序言，除了讚美袁中道豐富的遊歷經驗，有助於詩文創作能力的提升之外，也論述了袁中道率真任性、崇尚自由的寫作風格，其中「獨抒性靈，不拘格套」之說，後來亦成了明代文學流派「公安派」的核心理論。公安派以袁宗道、袁宏道、袁中道兄弟三人為中心，人稱「公安三袁」，因其籍貫為公安（位在今湖北境內）而得名，他們當中又以袁宏道的成就最為世人所肯定。袁宏道主張每個時代的文學都有其獨特的面貌和精神，故衡量作品的優劣標準，與作品出現在哪個朝代根本毫無關聯。他在文中寫道：「代有升降，而法不相沿，各極其變，各窮其趣。」隨著各個朝代的盛衰興亡，文學形式也不必代代相沿承襲，作家各自在自己的時代極力求取變化，盡情探索意趣，在作品中傾注自己的真情感受便可。公安派思想的形成，起於袁宏道等人不滿當時文壇流行「文崇秦漢，詩必盛唐」的擬古風潮，進而對文人貴古賤今的陋習提出猛烈抨擊，強調文學貴在具有獨創的語言和獨到的見解，且能表現自己的內在情感與真實欲望，而非一味蹈襲前人牙慧。

【使用的場合】

本句用來說明作品應展現作者的個性和才情，不受陳規或常式的束縛，摒棄任何矯飾和虛偽的文字。

【名句的出處】

明．袁宏道〈敘小修詩〉：「泛舟西陵，走馬塞上，窮覽燕、趙、齊、魯、吳、越之地，足跡所至，幾半天下，而詩文亦因之以日進。大都獨抒性靈，不拘格套，非從自己胸臆流出，不肯下筆。有時情與境會，頃刻千言，如水東注，令人奪魂。其間有佳處，亦有疵處，佳處自不必言，即疵處亦多本色獨造語。」

文人相輕，自古而然。

文人之間，相互看輕對方，自古以來都是如此。

【題旨與故事】

此為曹丕文學專論《典論．論文》中的開頭兩句，批評古來讀書人往往自詡高人一等，文中援引東漢兩大辭賦家班固和傅毅為例，認為這兩個人的學問和才識不相上下，但班固在寫給弟弟班超的信上卻說「武仲（傅毅的字）以能屬文，為蘭臺令史，下筆不能自休」，譏諷傅毅雖然以善寫文章，而當上了管理宮中藏書的「蘭臺令史」，但文筆過於冗長散漫。班固對傅毅的此番評論，看在曹丕的眼中，就是以自己所擅長的，去鄙薄他人所不足的；然而文章並不是只有一種體裁，鮮少有人可以兼善各種文體，正如俗語「家有弊帚，享之千金」所言，自家的掃帚即使再破舊，也會視其如珍寶般，道出了多數人無法正確看待自己本身的缺失，卻習於將他人的問題刻意放大檢視。若想要改變「文人相輕」的不良風氣，曹丕提出了「審己以度人」的方法，也就是先仔細審查自己的長處和短處，之後再來衡量別人的優點和缺點，如此才能作出公正客觀的評論，避免犯下輕視他人卻毫無自知之明的過失。

【使用的場合】

本句可用來說明文人自負不凡，彼此瞧不起對方。

【名句的出處】

三國魏．魏文帝曹丕《典論．論文》：「文人相輕，自古而然。傅毅之於班固，伯仲之間耳，而固小之，與弟超書曰：『武仲以能屬文，為蘭臺令史，下筆不能自休。』夫人善於自見，而文非一體，鮮能備善，是以各以所長，相輕所短。里語曰：『家有弊帚，享之千金。』斯不自見之患也。」

文以氣為主，氣之清濁有體，不可力強而致。

文章是由文氣所主導的，而文氣表現出清俊陽剛或沉鬱陰柔的風格，源自於作家個人天生的稟性，不是靠外力就可以勉強達到的。

【題旨與故事】

曹丕在《典論．論文》中提出「文以氣為主」的論點，強調作家獨特的個性、才情，決定了作品所呈現出的風格，而作品的風格，也正是每位作家性情、才學的具體表現；其所謂的「氣」，可以是指作家的氣質或才氣，也可以解釋為是作品的氣勢或氣韻。文中曹丕以音樂作為譬喻，即使是曲調和節奏相同，但由於每位演奏者的運氣方式或素質巧拙不同，所奏出的樂曲自然也會產生差異，縱然親如父兄，亦無法將自己所學全然傳授到自家子弟的身上，畢竟人的資質有別，領悟不一，展現出的風貌自是迥異。曹丕也針對當時作家作品的文氣作了以下評論，如在《典論．論文》中說孔融「體氣高妙，有過人者」，即格調神妙，超乎常人，而徐幹則是「時有齊氣」，行文之中流露出一種舒緩的風格；另於〈與吳質書〉中說劉楨「有逸氣，但未遒耳」，雖然氣概卓越不凡，但還不到剛健有力的地步。南朝梁人劉勰在《文心雕龍．才略》中對曹丕的才氣評價頗高，其云：「樂府清越，《典論》辯要。」意謂曹丕所寫的樂府詩歌清超拔俗，而在《典論》的論述都能抓住重點，言詞中肯扼要。

【使用的場合】

本句可用來說明作家的稟賦，與其作品的風格特色關係密切。

【名句的出處】

三國魏．魏文帝曹丕《典論．論文》：「文以氣為主，氣之清濁有體，不可力強而致。譬諸音樂，曲度雖均，節奏同檢，至於引氣不齊，巧拙有素，雖在父兄，不能以移子弟。」

文章經國之大業，不朽之盛事。

文章是關係到治理國家的偉大功業，也可以是永遠流傳於後世的盛大美事。

【題旨與故事】

《典論．論文》寫於曹丕為魏太子時期，已被曹操認可為接班人的他，雖然位高權重，但讓其念茲在茲的，卻是在文事方面成就千秋大業，認為人的壽命有限，榮耀和喜悅終將隨著生命的結束而停止，唯有從事著述可以「不假良史之辭，不託飛馳之勢，而聲名自傳於後」，不用憑藉史官的文辭，也不必依託顯赫貴人的聲勢，聲望和名譽自可垂世永存。就好像西周文王遭商朝紂王囚禁時推演出《周易》，周公於其攝政期間制定《周禮》，他們不會因為困厄或是顯達，而放棄寫作立言的這等大事。《典論．論文》向來被視為是文學批評史上第一篇專論，此文一出，除了將文學的價值提高到前所未有的地位，也鼓勵了更多的文人願意致力於創作，自覺背負濟世經邦的重大使命。值得注意的是，「文章經國之大業，不朽之盛事」這兩句曹丕的傳世名言，若以書寫時間的先後來看，楊脩〈答臨淄侯牋〉比曹丕《典論．論文》更早寫成，其文中有「若乃不忘經國之大美，流千載之英聲」這兩句與曹丕類似的說法；楊脩在這封回給好友曹植的信上，闡述其看待辭賦文章與經國偉業，兩者是完全沒有衝突的，都是美名可以傳揚千載的事業。曹丕是否有先讀過楊脩寫給弟弟曹植的信已不得而知，但楊脩對於撰述文章典籍的見解，經過曹丕在《典論．論文》中的詮釋發揮，文學自此取得了與治國勛功並立的位置。

【使用的場合】

本句可用來說明文學對於社會、國家的貢獻，足以和政事方面的功績相提並論，名聲傳垂久遠而不廢。

【名句的出處】

三國魏．魏文帝曹丕《典論．論文》：「蓋文章經國之大業，不朽之盛事。年壽有時而盡，榮樂止乎其身，二者必至之常期，未若文章之無窮。是以古之作者，寄身於翰墨，見意於篇籍，不假良史之辭，不託飛馳之勢，而聲名自傳於後。故西伯幽而演《易》，周旦顯而制《禮》，不以隱約而弗務，不以康樂而加思。」

必能狀難寫之景，如在目前，含不盡之意，見於言外，然後為至矣。

必然能描繪出難以敘寫出的景色，彷彿真實景物就在眼前般，內容蘊含無盡的意味，讓讀者感受到文字之外更深刻的寓意，這樣就達到詩歌創作的最高境界了！

【題旨與故事】

這段文字出自歐陽脩晚年之作《六一詩話》，其以隨筆體裁評論詩句或辨析詩法，以及敘述詩人的生平事蹟，開創了詩歌理論著作之先河，亦是現存最早的一部詩話。歐陽脩文中引述好友梅堯臣（字聖俞）的話，表達寫景狀物除了力求唯妙唯肖、窮形極相之外，也要考慮到字面上沒有直接表露出來的意思，即是所謂的「意在言外」。歐陽脩又向梅堯臣請教「狀難寫之景，含不盡之意」的標準為何？梅堯臣回其「作者得於心，而覽者會以意，殆難指陳以言也」，意即作者將其切身的體味寫成作品後，讀者從文字當中得到共鳴，卻很難用言語直述而出。接著梅堯臣不忘舉例說明，好比中唐詩人嚴維寫給好友劉長卿〈酬劉員外見寄〉詩之「柳塘春水

漫，花塢夕陽遲」，就是刻劃「如在目前」畫面的麗句，彷彿融融舒適的春光水色掠過面前，令人眼目愉悅；又如晚唐文人溫庭筠〈商山早行〉詩之「雞聲茅店月，人跡板橋霜」，就是具備「見於言外」效果的奇句，詩人借「雞聲」、「茅店」、「月」、「人跡」、「板橋」、「霜」等六個名詞，連綴成一幅遊子早行的圖景，隱約表現出路途辛苦與羈旅鄉愁，況味留給讀者自行聯想，而不一語道破。

【使用的場合】

本句可用來說明優秀的詩文作品，描摹形象細膩逼真，抒發情感含蓄深隱，韻味無窮。

【名句的出處】

北宋．歐陽脩《六一詩話》：「聖俞嘗謂予余曰：『詩家雖率意，而造語亦難。若意新語工，得前人所未道者，斯為善也。必能狀難寫之景，如在目前，含不盡之意，見於言外，然後為至矣。』」

有南威[1]之容，乃可以論於淑媛；有龍淵[2]之利，乃可以議於斷割。

有著名美人南威那樣的絕世容貌，才可以正確評論女人是否賢美；有龍淵寶劍那樣的鋒利武器，才可以正確議論刀劍的砍截和切割。

【字詞的注解】

1. 南威：人名，春秋時晉國的美人。後用來代稱美女。
2. 龍淵：古代寶劍的名稱，也稱為「龍泉」。

【題旨與故事】

曹植認為歷來除了孔子編纂的《春秋》之外，他尚未見過世上還有哪一部作品是沒有缺點的，既然「世人之著述，不能無病」，所以他也會虛心接受別人的批評意見，適時改正自己文章的不足之處。但是對於批評者的才能和文學素養不如著作者的水準，卻還喜歡出言詆毀或妄加指摘別人之得失，像這種眼高手低又不自量力的人，便是他所嗤之以鼻的；對曹植而言，唯有符合像「南威之容」和「龍淵之利」這般在自身領域已具備優異的條件，方有資格來議論他人，否則就容易淪為無的放矢。此外，曹植也注意到每個人對作品的喜好標準不一，「人各有好尚，蘭茝蓀蕙之芳，眾人所好，而海畔有逐臭之夫」，如同大多數的人愛好芳草的清香氣息，但海邊卻偏偏有喜歡臭味的人，故批評者在評論他人的著作時，也要考慮到文學的主觀性，不可強迫別人認同或遷就自己的價值觀。

【使用的場合】

本句可用來比喻從事文學評論或各種相關鑑賞工作，自己也必須具有相當程度的專業才能與創作水平，才能作出公正的評價。

【名句的出處】

三國魏．曹植〈與楊德祖書〉：「蓋有南威之容，乃可以論於淑媛；有龍淵之利，乃可以議於斷割。劉季緒才不能逮於作者，而好詆訶（ㄏㄜ）文章，掎摭（ㄐㄧˇ ㄓˊ）利病。昔田巴毀五帝、罪三王、呰（ㄗˇ）五霸於稷下，一旦而服千人；魯連一說，使終身杜口。劉生之辯，未若田氏；今之仲連，求之不難，可無息乎？人各有好尚，蘭茝（ㄔㄞˇ）蓀蕙之芳，眾人所好，而海畔有逐臭之夫；〈咸池〉、〈六莖〉之發，眾人所同樂，而墨翟有非之之論，豈可同哉？」

究天人之際，通古今之變，成一家之言。

（想要藉由《史記》這部作品）探究自然宇宙和社會人事之間的關係，貫通古往今來歷史的發展變化，進而成就具有獨到見解、自成體系的論著。

【題旨與故事】

這三句話概括了西漢史學家司馬遷撰寫《史記》的目的和宗旨。《史記》初名《太史公書》，全書包括本紀（記述帝王事蹟）十二篇、表（大事年表）十篇、書（記載各種典章制度的沿革）八篇、世家（記述諸侯事蹟）三十篇，以及列傳（記述各階層人物和四方諸夷）七十篇，共計一百三十篇。其中本紀和列傳為司馬遷首創以紀傳體的書寫方式，也就是以人物傳記為中心的史書體裁，為後代正史所傳承。司馬遷承繼父親司馬談的遺志為太史令，為了能在世上留下一部可以表現自己思想和史觀的著作，他早年漫遊天下，廣泛搜求散失在各

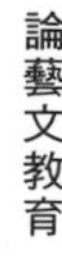

地的文獻，並對這些史料加以考證，綜合整理事件的本末，查核其中成敗、盛衰的道理和教訓，追溯時間自傳說時期的黃帝軒轅開始，到漢武帝劉徹在位的當代為止，前後跨越三千多年。只是書還沒有寫成，期間司馬遷就因替李陵敗降辯解而遭受宮刑這件禍事，令他創鉅痛深，但仍秉持著「以著此書，藏諸名山，傳之其人」的強烈信念，想要把書完成後收藏起來，期待傳給後來能夠理解自己想法的同好，將書世世代代相承，而這也正是支撐司馬遷隱忍苟活下去的精神力量。由於《史記》中有不少關於漢武帝的批評內容，故於司馬遷在世的時候並未公開，而是等到漢宣帝劉詢即位，才由司馬遷的外孫楊惲（ㄩㄣˋ）將書稿公諸於世，成為史上第一部紀傳體通史，司馬遷也通過了《史記》這部鴻篇巨著立言揚名，如願實現其人生理想，向來被視為是史傳文學的不朽典範。東漢班固在《漢書．司馬遷傳》評曰：「有良史之材，服其善序事理，辨而不華，質而不俚，其文直，其事核，不虛美，不隱惡。」和司馬遷一樣同為史家的班固，稱許司馬遷擅長講述事物的道理，能言善辯又不流於浮誇，用詞質樸又不至於鄙俗，文章直白，敘事經過審慎核實，不過分宣揚優點，也不會刻意隱藏過失，堪稱是一位秉筆直書、尊重史實的優秀史官。

【使用的場合】

本句可用來說明作者藉由文字或言論，表述其對自然規律和社會文化的關懷，透過歷史事件的演變，探尋前因後果的關聯，獨創一個思想體系或學說。

【名句的出處】

西漢．司馬遷〈報任少卿書〉：「僕竊不遜，近自託於無能之辭，網羅天下放失舊聞，略考其行事，綜其

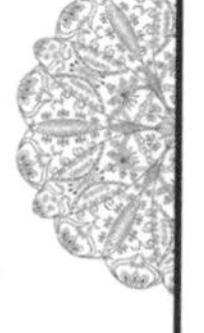

終始，稽其成敗興壞之紀。上計軒轅，下至於茲，為十表，本紀十二，書八章，世家三十，列傳七十，凡百三十篇。亦欲以究天人之際，通古今之變，成一家之言。草創未就，會遭此禍，惜其不成，是以就極刑而無慍色。」

事出於沉思，義歸乎翰藻。

（史書作者的評論及其對歷史人物的敘述褒貶之作）所寫的事類是經過深沉的思考，義理離不開絢麗的文采。

【題旨與故事】

此兩句出自南朝梁武帝之子蕭統為其所編《文選》寫的一篇序文，蕭統雖被武帝立為儲君，但在未即位之前去世，諡號「昭明」，故《文選》又有《昭明文選》之稱，為現存最早的一部文學總集，收錄先秦到南朝梁之間一百多位作家的詩文辭賦共七百餘篇，按體例分成三十八類。蕭統在序文中說明其選文的標準，是以集部中的詩文辭賦為主，將經籍、史書以及諸子百家的作品排除在外，理由是這些作品皆以立論為主要宗旨，並不講究文辭修飾，但史書中作者的史論和述贊之類的文章為例外，因其內容多引用典故以類比事理，具有思辨深度，且辭采優美，所以把它們和詩文辭賦彙整編入《文選》之中。後人雖對蕭統過於注重藻飾的做法有所批評，但從唐人杜甫寫給兒子〈宗武生日〉詩中提及「熟精《文選》理，休覓綵衣輕」，表達其希望兒子盡孝道的方式就是熟習《文選》，而不必效法老萊子穿著綵衣來娛親。另外，南宋陸游在《老學庵筆記》記錄當時士

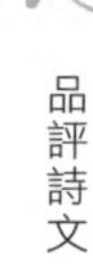

人圈盛傳「《文選》爛，秀才半」一語，意謂只須把整部《文選》讀到爛熟，差不多就可以舉秀才了，可見《文選》對後世文人的影響極深。

【使用的場合】

本句可用來說明文章的內容深刻，辭藻華麗。

【名句的出處】

南朝梁．蕭統《昭明文選．序》：「至於記事之史，繫年之書，所以褒貶是非，紀別異同；方之篇翰，亦已不同。若其讚論之綜緝辭采，序述之錯比文華，事出於沉思，義歸乎翰藻。故與夫篇什，雜而集之。遠自周室，迄於聖代，都為三十卷，名曰《文選》云耳。」

非詩之能窮人，殆[1]窮者而後工[2]。

並不是寫詩而使人陷入窮困失意的處境，恐怕是人經歷過窮困失意之後，更能創作出工整成熟的作品來。

【字詞的注解】

1. 殆：大概、恐怕、也許。表推測的語氣。

2.工：精緻、高妙。

【題旨與故事】

文題〈梅聖俞詩集序〉，其中「聖俞」指的是北宋文人梅堯臣的字。歐陽脩於摯友梅堯臣去世後，將其生前數百首的詩作編撰成集，並為這部詩集寫了一篇序文，文中提到「窮而後工」之說，成為日後文學批評理論史上的重要命題之一。歐陽脩認為梅堯臣的文字風格「簡古純粹」，簡單古樸，純然精粹，並獲得世人的一致好評；然令其不解的是，既然大家都知道梅堯臣擅長作詩，何以這位好友在政治上卻始終坎坷不得志呢？他曾聽人說過「詩人少達而多窮」這樣的話，意即寫詩的人很少有亨通顯達的，大多數的人一生都是窮厄潦倒的。再仔細推敲，他發現並非是寫詩而使人變得困窘，相反地，是因為困窘才激勵人寫出好詩來。就好比自古流傳至今的佳作，多半是際遇不順的人所寫的，這些人滿懷學問、抱負卻無處施展，只能轉而寄情山水，探究草木風雲、蟲魚鳥獸等各種物類的怪奇之處，將鬱積滿心的苦悶，表現在怨恨諷刺的文字上，藉以發洩遭到流放或被離棄的哀愁，道出一般常情難以說出的話，這也正是人在逆境之時，反而更能寫出優秀作品的原因啊！清人吳楚材、吳調侯在其所選編《古文觀止》中評論此文：「『窮而後工』四字，是歐公獨創之言，實為千古不易之論。」

【使用的場合】

本句可用來說明文學創作與作家個人的生活經驗有必然的關聯，往往境遇愈加艱難，作品內容愈富有深度，更臻完善。

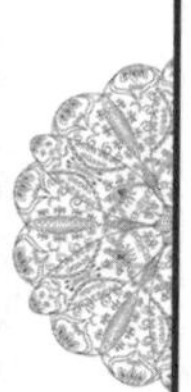

【名句的出處】

北宋．歐陽脩〈梅聖俞詩集序〉：「予聞世謂詩人少達而多窮，夫豈然哉？蓋世所傳詩者，多出於古窮人之辭也。凡士之蘊其所有，而不得施於世者，多喜自放於山巔水涯之外，見蟲魚草木風雲鳥獸之狀類，往往探其奇怪。內有憂思感憤之鬱積，其興於怨刺，以道羈臣寡婦之所嘆，而寫人情之難言，蓋愈窮則愈工。然則非詩之能窮人，殆窮者而後工也。」

恆患意不稱物，文不逮意。蓋非知之難，能之難也。

（寫文章時）經常憂慮文意不能符合所要反映的事物，文辭無法確實表達出心中的想法。這並不是寫作的道理難懂，而是實際寫作時總會遭遇的困境啊！

【題旨與故事】

〈文賦〉的作者陸機通過自身創作的甘苦經驗，摸索出作文利弊產生的原由，大多是對於「意」、「物」、「文」三者之間的掌控技巧尚不嫻熟，作家的思想、意圖，與其想要表現的事物並不相符，提筆時運用的語言、辭藻，無法準確傳遞內心真正的感受，很容易發生知易行難的弊病。陸機認為解決問題的良方，就是借鑑古代作家的優秀作品，這就好比「操斧伐柯，雖取則不遠」的意思一樣，不知道如何製作斧柄的人，在持斧砍伐樹木時，只要按照手中斧柄的長度就可以了；換言之，就近取法古人流傳下來的美文佳作，絕對有助

於寫作工力的提升。

【使用的場合】

本句可用來說明創作過程中，無論是進行構思、描寫事物或是修辭表達方面，往往會出現各種困惑和阻礙。

【名句的出處】

西晉．陸機〈文賦〉：「每自屬文，尤見其情。恆患意不稱物，文不逮意。蓋非知之難，能之難也。故作〈文賦〉，以述先士之盛藻，因論作文之利害所由，佗日殆可謂曲盡其妙。至於操斧伐柯，雖取則不遠，若夫隨手之變，良難以辭逮。」

惟[1]陳言之務去，戛戛[2]乎其難哉。

想著一定要把那些陳舊的言詞去掉，這可是一件非常吃力的難事啊！

【字詞的注解】

1. 惟：此作思考。

2.戛戛：此形容困難、費力的樣子。戛：音ㄐㄧㄚˊ。

【題旨與故事】

〈答李翊書〉是韓愈於唐德宗貞元十七年（西元八〇一年）回覆給一位曾向其請教寫作技巧的學生李翊的一封書信。韓愈在這封回信中，除了強調作家深厚的修養、豐富的學識，是寫好文章的基本條件之外，也提到了其對創作的要求，他認為一個人要把自己內心的構思從手上寫成文字時，必須摒棄陳詞濫調，不要因襲前人用過的詞和說過的話，遣辭措意都要力求新穎，展現出作家個人獨一無二的風格。

【使用的場合】

本句可用來說明寫作應具備創新的精神，獨出巧思，避免作品了無新意。

【名句的出處】

唐・韓愈〈答李翊書〉：「愈之所為，不自知其至猶未也；雖然，學之二十餘年矣。始者，非三代、兩漢之書不敢觀，非聖人之志不敢存。處若忘，行若遺，儼乎其若思，茫乎其若迷。當其取於心而注於手也，惟陳言之務去，戛戛乎其難哉。」

街談巷說，必有可采；擊轅之歌[1]，有應風雅[2]；匹夫之思，未易輕棄也。

無論是人們在大街上的議論，還是在小巷裡的傳言，一定都有其值得採納和記錄下來的地方；鄉間人家一邊駕車、一邊拍打著車轅所唱的歌謠，其實也符合了《詩經》的風雅精神；即使是平民百姓的想法，也不應該輕易捨棄。

【字詞的注解】

1. 擊轅之歌：敲擊車前轅木時的歌唱。後多代指民歌。
2. 風雅：本指《詩經》中的〈國風〉和〈大雅〉、〈小雅〉，內容多反映庶民的日常生活與心聲。後多用來代指具有寫實精神的詩歌文章。

【題旨與故事】

兩漢時期的文人，多只看重闡明義理和內容雅正的詩文，但曹植在寫給好友楊脩的〈與楊德祖書〉中，卻提出了不可輕視「街談巷說」、「擊轅之歌」和「匹夫之思」等這類在當時被定位為「小道」或「道聽塗說」之流的作品。《論語．子張》記錄了孔門中擅長文學的子夏曾云：「雖小道，必有可觀者焉。致遠恐泥，是以君子不為也。」子夏認為正統文學以外的文藝或技能，雖然也有可取之處，但有所為的君子是絕不會在這方面

鑽研拘泥，而使自己日後的學習受到影響。另見東漢史家班固《漢書．藝文志》中提到：「小說家者流，蓋出於稗官。街談巷語，道聽塗說者之所造也。」班固站在儒家思想的觀點，直指小說不過是鄉野鄙陋人士，把他們在路上聽到一些沒有經過證實的話，又輾轉相傳的言談，根本稱不上是一種文體形式，故其言「諸子十家，其可觀者，九家而已」，小說家也成了文人眼中唯一不入流的一家。不過，可以確定的是，至今能夠讓多數讀者一翻閱便欲罷不能的，也正是以軼聞傳說、人物故事為題材的「街談巷說」；而能夠替底層百姓傳達哀樂情緒，並忠實呈現社會生活與關心民生疾苦的，也正是來自民間的「擊轅之歌」，所以曹植才會語出「匹夫之思，未易輕棄也」，希望文人正視凡夫俗子的情思與其創作。

【使用的場合】

本句可用來說明不可輕蔑民間文藝以及百工各項技藝的價值。

【名句的出處】

三國魏．曹植〈與楊德祖書〉：「今往僕少小所著辭賦一通相與。夫街談巷說，必有可采；擊轅之歌，有應風雅；匹夫之思，未易輕棄也。辭賦小道，固未足以揄揚大義，彰示來世也。」

詩緣情而綺靡[1]，賦體物[2]而瀏亮[3]。

詩的作用是為了抒發感情，辭采美妙侈麗，賦重視的是鋪陳物象，語言清楚明確。

【字詞的注解】

1. 綺靡：華麗浮豔。此比喻文句精妙美好。
2. 體物：描繪事物。
3. 瀏亮：清明的樣子。

【題旨與故事】

陸機在〈文賦〉中提出「體有萬殊，物無一量」之說，認為文章的體裁繁多，而每位作家的才情又不一，衡量事物並沒有一定的尺度，有人偏愛浮華的文藻，有人講究嚴謹的語言，每一作品經過作家的精心構思、取捨權衡之後，展現其獨特的風格。由於各種文體皆有其性質、特色，因而作家對文體規律的掌握、技巧的要求，也成了審視作品美惡的重要標準。文中陸機將文體區分為「詩、賦、碑、誄、銘、箴、頌、論、奏、說」十類，並簡述每一文體的特徵；首先提到的是「詩」體，主張詩歌因情而生，講求辭藻豔麗華美，至於「賦」體，則是著重在對物狀的形容和摹寫，用詞清楚明白。原是陸機分別用來概括詩、賦特點的「緣情」和「體物」兩詞，後來也被合成「緣情體物」一個詞組，作為詩賦的代名詞，同時也是六朝文人對詩賦創作的審美依據。

【使用的場合】

本句可用來說明詩和賦這兩種文體，崇尚浮侈麗辭以及形式的美感。

【名句的出處】

西晉．陸機〈文賦〉：「詩緣情而綺靡，賦體物而瀏亮。碑披文以相質，誄纏綿而悽愴。銘博約而溫潤，箴頓挫而清壯。頌優遊以彬蔚，論精微而朗暢。奏平徹以閑雅，說煒曄而譎誑。雖區分之在茲，亦禁邪而制放。要辭達而理舉，故無取乎冗長。」

謝朝華於已披[1]，啟夕秀於未振[2]。

（想寫出立意新穎的作品，就好像花的開落一樣）要讓早晨已開的花謝去，使傍晚未開的花綻放。

【字詞的注解】

1. 披：開。
2. 振：開放。

【題旨與故事】

一般人在創作過程中，大多會發生思路澀滯的情況，被譽為「太康（西晉武帝司馬炎的年號）之英」的陸機，早年便以辭采宏麗著稱，文章冠世，其在〈文賦〉描述自己提筆寫作時，仍然常有「沉辭怫悅」的煩惱，即使絞盡腦汁也遍尋不著最貼切的字詞，就好似要從深淵底下拉起被鉤住的魚一樣費力；等到思路暢通，立刻

「浮藻聯翩」，華靡綺麗的語彙在腦海連綿湧現，就像被箭射中的鳥從高空急遽墜落下來那般容易。陸機在文中以「謝朝華於已披」來比喻拋棄前人已用過的陳言舊詞，以「啟夕秀於未振」來比喻開拓前人還未想到的巧思新意，如此才不致蹈襲前人的履跡，避免重複以往已有的辭意和說法。

【使用的場合】

本句可用來說明寫文章須盡力除去陳濫之詞，別創新局。

【名句的出處】

西晉．陸機〈文賦〉：「於是沉辭怫悅，若游魚銜鉤，而出重淵之深；浮藻聯翩，若翰鳥纓繳（ㄓㄨㄛˊ），而墜曾雲之峻。收百世之闕文，採千載之遺韻。謝朝華於已披，啟夕秀於未振。觀古今於須臾，撫四海於一瞬。」

雖嬉笑怒罵[1]之辭，皆可書而誦之。

即使是充滿嬉弄、笑鬧、發怒和斥責等各種情緒的文字，都可以寫成讓人誦讀再三的文學作品。

【字詞的注解】

1. 嬉笑怒罵：指各種情感產生的不同表現。此比喻寫作不拘題材和形式，都能任意發揮。

【題旨與故事】

此段文字乃元代史家脫脫等人在《宋史．蘇軾傳》對蘇軾文章的評價，而原作者應該算是「蘇門四學士」之一的黃庭堅，其於〈東坡先生真贊〉三首之一寫道：「東坡之酒，赤壁之笛。嬉笑怒罵，皆成文章。」黃庭堅在贊詞裡，刻意以蘇軾謫居黃州（位在今湖北黃岡市境內）所取的自號「東坡」，及其在黃州的代表作〈赤壁賦〉，來代指蘇軾其人其文；又以蘇軾所鍾愛的「酒」，以及〈赤壁賦〉中泛舟時客人所吹奏的「笛」聲，襯托出蘇軾無論何時何地，不管處在任何的場合和氣氛之下，都可以隨心所欲，情致高昂，下筆成章。黃庭堅意在稱美蘇軾的文學素養極高，能將自己的喜怒哀樂情感，揮灑自如。所謂「蘇門四學士」，除了黃庭堅之外，其餘三人分別是秦觀、張耒和晁補之，皆出自蘇軾門下，在他們尚不為世人所知之前，蘇軾便看出了這四個人的才情，常常將他們合在一起向人宣傳，還洋洋得意覺得自己是先知呢！《宋史．蘇軾傳》除了引用黃庭堅的贊詞之外，也節錄了蘇軾〈答謝民師書〉中一段與寫作風格有關的評論，藉此強調蘇軾對文字的駕馭能力，超乎一般文人的水平。〈答謝民師書〉是蘇軾晚年熟讀了謝舉廉（字民師）所寫的詩文作品後，回覆給對方的一封信，其云：「大略如行雲流水，初無定質，但常行於所當行，常止於所不可不止。」蘇軾認為謝舉廉的作品讀來大抵就像是飄浮的雲、流動的水，本來就沒有固定的形式，但要表達思想的時候，往往是該寫什麼就盡情地寫，該停下筆來就止住不寫，內容恰如其分。蘇軾這番話的用意，一方面是對謝舉廉的稱頌和鼓勵，另一方面也是在闡述自己的創作經驗，主張寫作理應順著自己的思考脈絡，行文不受拘束，展現出自然流暢的

文風。

【使用的場合】

本句可用來形容作品文情並茂，引人入勝。也可以用來稱讚善於將自己各種情感表現出來的作家，落筆任情率性，收放自如。

【名句的出處】

元．脫脫等人《宋史．蘇軾傳》：「軾與弟轍，師父洵為文，既而得之於天。嘗自謂：『作文如行雲流水，初無定質，但常行於所當行，止於所不可不止。』雖嬉笑怒罵之辭，皆可書而誦之。其體渾涵光芒，雄視百代，有文章以來，蓋亦鮮矣。」

歌舞書畫

四體妍蚩[1]，本無關於妙處，

傳神寫照[2]正在阿堵[3]中。

（畫人像時）四肢的美醜，本來就和繪畫的神妙處沒有關係，要生動逼真地傳達人物肖像的神情意態，關鍵就在這雙眼睛上。

【字詞的注解】

1. 蚩：此通「媸」字，醜陋。
2. 寫照：此指畫人像。也常被用來引申為真實描寫和刻劃。
3. 阿堵：為東吳、東晉和南朝時期人們的口語，相當於這、這個、此處的意思。此代指眼珠、眼眸。

【題旨與故事】

顧愷之，字長康，是東晉著名的畫家，尤其擅長人物畫。在《世說新語．巧藝》中收錄了顧愷之與人談論繪畫難易的一則記事。有人發現顧愷之經常是畫好了人像之後，隔了幾年，都還沒有替畫中的人物畫上眼睛，便好奇地問其原委。顧愷之告訴對方，畫人像最精妙之處，就是眼睛的摹繪，因為唯有眼神可以傳遞人的內心活動和精神狀態，表現出人物的個性和神韻；儘管畫家在為其所繪對象的四肢形軀作畫時，也有各種不同姿態和細部動作的描繪，需要考驗畫家的工力，但是和點畫眼睛這件事情相比的話，就顯得沒有什麼高妙技法可言了！也就是說，在顧愷之自認還沒有完全掌握一個人的內在精神面貌之前，他是不會輕易替畫中人物的雙眸下筆著墨的。同樣出現在《世說新語．巧藝》之中，與顧愷之活動於同一時代的名人謝安，認為顧愷之的畫乃「有蒼生來所無」，意即自有人類的歷史以來，從沒有見過像顧愷之一樣傑出的作品。正是顧愷之對人物形象的摹畫有其一定的堅持與執著，也讓他在繪畫史上留下了冠絕古今的美譽。

【使用的場合】

本句可用來說明從事人像藝術創作，最重要的就是揣摩人物眼神的微妙變化，如實傳達人物的細膩心思，以及不可言說的情意。

【名句的出處】

南朝宋．劉義慶《世說新語．巧藝》：「顧長康畫人，或數年不點目精。人問其故，顧曰：『四體妍蚩，本無關於妙處，傳神寫照，正在阿堵中。』」

如怨如慕，如泣如訴；餘音嫋嫋，不絕如縷。

（洞簫聲）彷彿充滿著哀怨，又彷彿懷抱著對誰思慕的情感，（聽起來）像是在哭泣似的，又像是在對誰傾訴心底的感受；（即使吹奏結束）宛轉悅耳的樂音仍在腦海中縈繞不去，有如絲縷般綿延不斷。

【題旨與故事】

北宋神宗元豐五年（西元一〇八二年）初秋，被貶至黃州已兩年的蘇軾，在〈前赤壁賦〉敘述其與客人泛舟遊賞月色水光，大家一邊舉杯飲酒，一邊扣舷高歌，樂不可言；此時客人當中有人開始吹起洞簫，配合著歌聲伴奏著，簫聲嗚咽淒切，纏綿悱惻，以致現場原本歡快的氣氛，剎時直轉急下，引人湧上一股悒鬱的愁緒。文中蘇軾形容洞簫的音調幽怨、悲涼的程度，足以使「舞幽壑之潛蛟，泣孤舟之嫠婦」，居然能夠讓潛藏在深壑下的蛟龍聞之起舞，以及獨處在船上的寡婦悲泣不止，藉此展現出音樂撼動心靈的力量有多麼強大啊！

【使用的場合】

本句可用來形容樂曲或歌聲悲淒悠揚，餘韻無窮，令人難忘。

【名句的出處】

北宋．蘇軾〈前赤壁賦〉：「客有吹洞簫者，倚歌而和之。其聲嗚嗚然，如怨如慕，如泣如訴；餘音嫋嫋，不絕如縷。舞幽壑之潛蛟，泣孤舟之嫠婦。」

如崩崖裂石，高山出泉，而風雨夜至也。如怨夫[1]寡婦之歎息，雌雄雍雍[2]之相鳴也。

（急促的琴聲，聽起來）有時像是山崖崩塌、石頭震裂，有時又像是泉水從高山上急流湧出，有時也像是夜裡驟然而來的大風大雨。（和緩的琴聲，聽起來）有時像是充滿怨恨的獨身男子或喪偶的婦人所發出的深深嘆息，有時又像是雄鳥、雌鳥和睦相互唱和的鳴聲。

【字詞的注解】

1.怨夫：即曠夫，指大齡卻還未娶妻的男人。

2.雍雍：和諧的樣子。

【題旨與故事】

歐陽脩的好友楊寘（ㄓˋ）從小體弱多病，仕途又不順遂，即將被調到缺少醫藥且風俗飲食習慣與中原迥異的劍浦（位在今福建境內），去擔任官階低微的縣尉。對琴藝研究頗深的歐陽脩，擔心楊寘到了南方，情緒依然鬱悶不平，臨行前寫了一篇談琴的文章為其送行，勸勉好友可藉由彈琴陶冶心靈，調理疾病。作者在文中將琴曲旋律的快、慢節奏，聯想成自然界的各種音響，以及比喻成沒有伴侶在身邊的男女之幽噫，表現出音樂帶有一種感發的力量，能使人與天地萬物更加貼近融合，進而達到撫慰人心的功能。

【使用的場合】

本句可用來形容絃樂的音調，時而清亮高亢，時而悠揚婉轉，變化巧妙。

【名句的出處】

北宋．歐陽脩〈送楊寘序〉：「夫琴之為技小矣。及其至也，大者為宮，細者為羽。操絃驟作，忽然變之，急者悽然以促，緩者舒然以和。如崩崖裂石，高山出泉，而風雨夜至也。如怨夫寡婦之歎息，雌雄雍雍之

相鳴也。其憂深思遠，則舜與文王、孔子之遺音也。悲愁感憤，則伯奇孤子、屈原忠臣之所嘆也。」

曲有誤，周郎[1]顧。

彈奏者在奏曲時，即使出現微小的差錯，周瑜每次都能聽得出來，並且回頭去看那個人。

【字詞的注解】

1.周郎：此指三國時吳國名將周瑜。郎，少年男子的美稱。

【題旨與故事】

《三國志．吳書．周瑜傳》中形容孫吳著名軍事將領周瑜的外表「長壯有姿貌」，身材高壯又長相俊美的他，不止才智武略兼備，其實也是一位精通音律的高手，就算是在酒酣耳熱的情況下，他仍能精準地辨知別人琴音中的缺失或錯誤，立刻轉過頭來望一望，當時民間就流傳著「曲有誤，周郎顧」的話，說明周瑜對音感的辨識能力和敏銳度極高。後來還由此衍生出「周郎顧曲」這句成語，以及稱呼嗜好音樂或戲曲的人為「周郎癖」。

【使用的場合】

本句可用來比喻音樂或戲曲方面的造詣精湛。也可用來比喻聆賞音樂或戲曲。

【名句的出處】

西晉·陳壽《三國志·吳書·周瑜傳》：「瑜少精意於音樂，雖三爵之後，其有闕誤，瑜必知之，知之必顧。故時人謠曰：『曲有誤，周郎顧。』」

咫[1]尺之圖，寫千里之景。

在一張尺寸短小的圖畫中，就可以畫出遼闊深遠的景象。

【字詞的注解】

1.咫：音ㄓˇ，古代計算長度的單位，約八寸為一咫。可用來比喻很近的距離。

【題旨與故事】

此兩句出自唐人王維〈畫學祕訣〉，也有人稱之〈山水訣〉，內容主在講述其對水墨山水畫的觀念與技

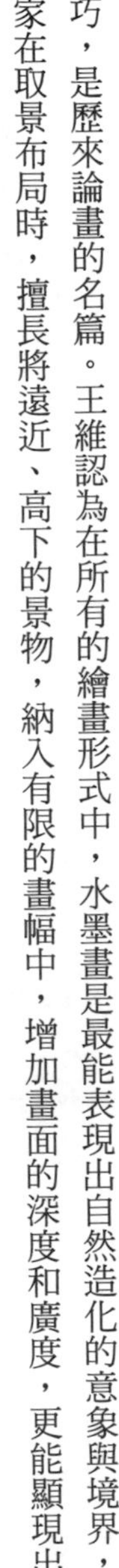

巧，是歷來論畫的名篇。王維認為在所有的繪畫形式中，水墨畫是最能表現出自然造化的意象與境界，尤其畫家在取景布局時，擅長將遠近、高下的景物，納入有限的畫幅中，增加畫面的深度和廣度，更能顯現出景物的寬敞與遼遠。

【使用的場合】

本句可用來形容畫作的尺寸雖小，卻可以展現出空間廣闊的氣勢。

【名句的出處】

唐．王維〈畫學祕訣〉：「夫畫道之中，水墨最為上。肇自然之性，成造化之功。或咫尺之圖，寫千里之景。東西南北，宛爾目前，春夏秋冬，生於筆下。」

怒猊[1]抉[2]石，渴驥奔泉。

（徐浩所寫的書法）好像發怒的獅子用爪子在挑動石頭，也像口渴的駿馬急著奔向泉水。

【字詞的注解】

1.猊：音ㄋㄧˊ，指獅子。

2.抉：挑、挖。

【題旨與故事】

唐代書法家徐浩出身書法世家，他的祖父徐師道、父親徐嶠之皆精於書法，家學根柢深厚。肅宗李亨在位期間，四方詔令多由時任中書舍人（主要掌管詔令、敕旨和審閱上奏表章等）的徐浩所寫，其字體圓勁肥厚，自成一家；傳至今日的墨跡有〈朱巨川告身〉，其中「告身」指的是古代朝廷任命官員的憑信，碑刻則存有〈大證禪師碑〉、〈不空和尚碑〉等。據《新唐書．徐浩傳》記載，徐浩的書法得自父親徐嶠之的傳授，技法日益工致成熟，尤善草書、隸書，當時的人看見其字的形狀，便以獅子生氣時奮爪掘石，以及良駒乾渴時飛奔甘泉的生動姿態，來比喻徐浩的筆勢剛硬強勁，銳不可擋。

【使用的場合】

本句可用來形容書法的筆力遒勁奔放，或詩文風格勁急矯健。

【名句的出處】

北宋．歐陽脩、宋祁等人《新唐書．徐浩傳》：「始，浩父嶠之善書，以法授浩，益工。嘗書四十二幅屏，八體皆備，草隸尤工。世狀其法曰：『怒猊抉石，渴驥奔泉』云。」

畫竹必先得成竹於胸中，執筆孰視，乃見其所欲畫者。

畫竹子之前，必須心中先有完整的竹子形象，拿起筆來仔細看，就能見到自己所想要畫的竹子了。

【題旨與故事】

文題〈文與可畫篔（ㄩㄣˊ）簹谷偃竹記〉，其中「文與可」指的是北宋著名畫家文同，字與可，尤其擅長畫竹，是作者蘇軾的從表兄（一般指母親的堂房兄弟之子、或伯叔母的姊妹之子而年長於自己者；也可解釋為遠房表兄），兩人年紀雖然相差十八歲，但交情甚篤，常有詩文書畫往還，蘇軾還稱自己的畫竹技巧是文同所傳授的。而「篔簹」指的是一種節長而竿高的竹子，也可作為竹的別稱。神宗熙寧八年（西元一〇七五年）文同來到洋州（位在今陝西境內）任知州，期間曾於城北一處竹林茂密的「篔簹谷」修治園池，閑暇時便會來此觀覽竹子和作畫，並將其中一幅〈篔簹谷偃竹圖〉贈與了蘇軾。神宗元豐二年（西元一〇七九年）一月，文同去世，過了半年，蘇軾在湖州（位在今浙江境內）曝晒書畫時，看見了文同生前送給自己的這幅畫卷，睹物思人，忍不住放聲痛哭，提筆寫下這篇追憶文同的文章，同時也藉由〈篔簹谷偃竹圖〉，論及文同的畫竹經驗，闡發「成竹於胸」與「心手相應」的創作觀點。蘇軾發現當時許多畫竹的人都是「節節而為之，葉葉而累之」，先將竹節一節一節地畫，再將葉子一葉一葉地添加上去，他認為這樣是絕對畫不出鮮活逼真的竹子；其主張畫家在動筆之前，一定要像文同一樣，經過充分的觀察和縝密的構思，等到所有的布局都了然於胸，緊接著「急起從之，振筆直遂」，迅速揮筆，一氣呵成，才能追得上腦海中所映現出的種種竹子意象，「如兔起鶻落，少縱則逝矣」，就好像兔子剛剛躍起奔跑，鶻鳥便疾速地俯衝而下，稍微放鬆一下子，便會錯過捕捉兔子

的機會。只不過，縱使蘇軾明白文同所教導他的畫竹之道，但等到自己落墨之際，終究還是不及文同所說的那般境地，他知道問題就是出在「內外不一，心手不相應，不學之過也」，即內心雖然理解繪畫的原理，但用手實際操作時，心和手卻不能相互配合，全是因為沒有認真學習而導致技巧不夠熟練的緣故啊！

【使用的場合】

本句可用來說明畫家、作家或從事各類藝術工作者，在進行創作之前，應對其創作對象、主題或事件有全面性的掌握和深入的體會，如此才能創造出生動傳神的作品。也可用來比喻做事之前，已有了萬全的準備和成熟的計畫，做起事來方能得心應手。

【名句的出處】

北宋．蘇軾〈文與可畫篔簹谷偃竹記〉：「故畫竹必先得成竹於胸中，執筆熟視，乃見其所欲畫者，急起從之，振筆直遂，以追其所見，如兔起鶻（ㄏㄨˊ）落，少縱則逝矣。與可之教予如此。予不能然也，而心識其所以然。夫既心識其所以然，而不能然者，內外不一，心手不相應，不學之過也。」

羅衣從風，長袖交橫。駱驛[1]飛散，颯擖[2]合并。

（舞者）身上輕薄的絲質衣裳，隨風飄拂，兩只長長的衣袖左右搖擺，交錯揮舞。動作起落迅疾，接連不斷，看上去就好像是有東西在風中飛揚飄散一樣，肢體迴旋轉繞，與舞曲的快慢節奏相合。

【字詞的注解】

1. 駱驛：通「絡繹」兩字，相連不絕的樣子。
2. 颯擖：屈折盤旋貌。擖，音ㄑㄧㄚ。

【題旨與故事】

東漢文學家傅毅在〈舞賦〉中，假託戰國楚襄王打算設宴邀請群臣同樂，因而命宋玉寫出一篇在宴會上助興的賦作，宋玉便開始作賦描述君臣歡宴的情景以及歌舞表演的場面。〈舞賦〉作者傅毅文中假借宋玉之筆，敘寫舞者一進場起舞時，「若俯若仰，若來若往，雍容惆悵，不可為象」，忽然俯身向下，又忽然仰面朝上，好像是要跳過來，又好像是要躍過去，時而表現出從容大方的神態，時而顯露出失意落寞的情韻，舞姿變化多端，讓人無法具體形容，難以名狀。舞者接著繼續進行下一段的表演，「若翱若行，若竦若傾，兀動赴度，指顧應聲」，彷若是在空中翱翔，又彷若是在陸地行走，一下子踮起了腳跟站立著，一下子又傾斜了身子屈曲，無論是靜態或動態的舞步都配合著節拍，不管是手一指或頭一轉也都與音律相符。其後寫舞者的技巧純熟細膩，體態搖曳生姿，宛轉靈動，敏捷有如輕盈的燕子，飛躍有如機敏的天鵝，曼妙絕美，令人目不暇給。其實傅毅在〈舞賦〉中所描繪的舞蹈是風行於漢代的「般鼓舞」，由一人或多位舞者在鼓上作低跪、跳躍、踩踏、翻騰等各種動作，長袖折腰，且歌且舞，並有樂隊在旁伴奏，但般鼓舞到了唐代便漸漸失傳，也因此這篇細摹般鼓舞表演流程和姿態變化的〈舞賦〉，向來被視為是研究漢代舞蹈的珍貴史料。

【使用的場合】

本句可用來形容舞姿輕快柔美，舞技精湛動人。

【名句的出處】

東漢．傅毅〈舞賦〉：「其始興也，若俯若仰，若來若往，雍容惆悵，不可為象。其少進也，若翱若行，若竦若傾，兀動赴度，指顧應聲，羅衣從風，長袖交橫。駱驛飛散，颯擖合并。鶣鷅（ㄆㄧㄢ ㄆㄧㄠ）燕居，拉揩鵠驚。綽約閑靡，機迅體輕。姿絕倫之妙態，懷慤素之絜清。修儀操以顯志兮，獨馳思乎杳冥。」

四、論國家社會

政治軍事

二三子其佐我明揚[1]仄陋[2]，唯才是舉，吾得而用之。

諸位要幫助我明察推選那些被埋沒在底層的人才，只要是有能力的就舉薦出來，使我能夠任命委用他們。

【字詞的注解】

1. 明揚：公開選拔、推薦。
2. 仄陋：指身分地位卑下而才德兼備的人。

【題旨與故事】

東漢末年，曹操自赤壁之戰為孫吳、蜀漢的聯軍所擊敗後，見孫權和劉備的政治實力日益強大，他為了早日實現統一天下的心願，於獻帝建安十五年（西元二一〇年）頒布了這道〈求賢令〉，希望廣攬各方能人志士，不論是出身寒微或人品有瑕疵者，一律來者不拒。就好比商朝末年，身穿粗布短衣，在渭水岸邊釣魚的姜尚（即姜太公），因周文王前來訪求，從原本默默無聞而被尊為國師，後助周武王滅了商朝；又如楚、漢相爭之際，謀士魏無知向劉邦推薦了在外風評不佳的陳平，認為陳平雖有與嫂嫂私通的傳聞和收受賄絡的事實，但當時劉邦身邊最需要的就是擅長出謀劃策的才士，而非只有品德良好卻對戰事成敗毫無助益的人，劉邦也因為重用了陳平而打敗了項羽，建立漢朝。由於曹操身處亂世，他清楚地看到東漢的朝政之所以走向衰敗，便是選拔官吏的標準，喜以出身名士世族或已有美名清譽的文士為主要考量，但這樣的用人方式，容易讓那些懂得利用手段求取名譽，本身卻毫無真才實學的人有機可乘，故曹操發出「唯才是舉」的命令，避免重蹈漢室過去只重虛名而不重才略，以致國力頽弱不振的覆轍，同時又可將各類的優秀人才拉攏到自己的陣營。

【使用的場合】

本句可用來說明任用人選，只看重個人的才幹，而與其他的條件無關。也可用來形容上位者求才若渴。

【名句的出處】

東漢．曹操〈求賢令〉：「若必廉士而後可用，則齊桓其何以霸世？今天下得無有被褐懷玉，而釣於渭濱者乎？又得無盜嫂受金，而未遇無知者乎？二三子其佐我明揚仄陋，唯才是舉，吾得而用之。」

不立異以為高，不逆情以干[1]譽。

不標榜與眾不同來表示自己的清高，也不違背人情來求取聲譽。

【字詞的注解】

1. 干：此作營求、求取。

【題旨與故事】

文題〈縱囚論〉，是北宋政治家、文史大家歐陽脩針對唐太宗李世民縱放死囚一案的議論文章。唐太宗貞觀六年（西元六三二年）冬天，將名冊上數百名登記判處死刑的囚犯暫時釋放回家，並規定他們隔年秋天必須準時歸來接受死刑，結果所有的囚犯都在約定的時間回來，沒有一個人逃匿不歸，唐太宗於是下詔大赦，一時傳為美談，人人莫不稱許皇帝的仁德感化了眾多死刑犯。但此一歷史事件在四百年後的歐陽脩看來，不但不可作為天下的常法，更是悖逆人情，首先他認為「信義行於君子，而刑戮施於小人」，對於君子才會講求信用仁義，至於刑罰是用在小人身上的；一個人會被判了死刑，必定是犯了可惡到了極點的罪，比小人還要惡劣，但他們卻可以因為皇帝的恩澤，迅速地改變人性，做到了「視死如歸」這種連君子都很難做到的事。歐陽脩認為治國講究的是法律制度，像唐太宗這種縱囚返家，之後歸獄又赦免他們的事例，只能偶而為之，若是殺人犯罪都可以免除死刑的話，人民又怎麼會願意遵守法律呢？這也正是聖人治理天下，以合乎人情為根本，絕不會為了成就個人的美名而做出破壞國家法治的舉措。

【使用的場合】

本句可用來說明為政者理當依法治國，不可為了謀取讚譽，刻意做出違反常理法度的事情。

【名句的出處】

北宋．歐陽脩〈縱囚論〉：「若夫縱而來歸而赦之，可偶一為之爾。若屢為之，則殺人者皆不死。是可為天下之常法乎？不可為常者，其聖人之法乎？是以堯、舜、三王之治，必本於人情；不立異以為高，不逆情以干譽。」

以言取人，失之宰予[1]；以貌取人，失之子羽[2]。

（我過去）只憑聽了一個人的說話來判別其人品，結果對宰予的評斷就出現差錯；只憑一個人的外表容貌來察看其才能，結果看子羽的眼光就出現失誤。

【字詞的注解】

1.宰予：字子我，孔子弟子，以能言善辯著稱，被列名在孔門四科（德行、言語、政事、文學）中之言語科，也有稱「宰我」。

2.子羽：為孔子弟子澹臺滅明的字，長相醜陋，但行事光明磊落。

【題旨與故事】

此段文字出自《史記・仲尼弟子列傳》，西漢史家司馬遷為孔門之徒立傳，文中提到一位年紀比孔子小三十九歲的澹臺滅明，其剛來拜孔子為師時，因其貌不揚，孔子便認為此人的資質薄弱，未必能成大器；後來澹臺滅明跟隨孔子學習，敦品力行，為人坦直磊落，名聲傳遍了四方諸侯，其後遊歷江南，從學者達三百多人。孔子這時方才明白，原來自己以往光靠一個人的言談和外貌來鑑別人的才德，根本就是大錯特錯，甚至還因而看走了眼；比如擅長辭令的宰予，其實品格方面有很大的瑕疵，而容貌難看的澹臺滅明，行止端正，從來不做投機取巧的事。據《論語・雍也》記載，孔子學生言偃（字子游）在擔任武城（屬春秋魯國轄地，位在今山東境內）首長時，孔子曾問言偃有沒有發現當地傑出的人才，言偃回說：「有澹臺滅明者，行不由徑，非公事未嘗至於偃之室也。」澹臺滅明身為地方長官言偃的得力部屬，處事無私無偏，光明正大，不走旁門小道，如果不是談論公務，絕對不會到言偃的屋子裡來。反觀《論語．公冶長》中的宰予，不僅因白天睡覺而被孔子斥責「朽木不可雕也，糞土之牆不可杇也」，直指其就像是無法雕琢的腐朽木頭，以及無法粉刷在牆上的穢土一樣不堪造就，更說出「始吾於人也，聽其言而信其行；今吾於人也，聽其言而觀其行。於予與改是」，意即孔子在不知道宰予有這些不良行為之前，他是聽人說了什麼，便相信這個人所說的話；但後來的他聽人說了什麼，則是會先觀察這個人的所作所為，這全是因為宰予的緣故，而讓他改變了看人的方法啊！

【使用的場合】

本句可用來說明選拔或任用人才，應以才幹和品德作為取捨的標準，才不會作出錯誤的判斷。

【名句的出處】

西漢．司馬遷《史記．仲尼弟子列傳．澹臺滅明傳》：「澹臺滅明，武城人，字子羽。少孔子三十九歲。狀貌甚惡。欲事孔子，孔子以為材薄。既已受業，退而修行，行不由徑，非公事不見卿大夫。南游至江，從弟子三百人，設取予去就，名施乎諸侯。孔子聞之，曰：『吾以言取人，失之宰予；以貌取人，失之子羽。』」

君子與君子以同道為朋，小人與小人以同利為朋。

德行高尚的人彼此因理想、志趣相合而結為朋友，人格卑劣的人彼此因利益、弊害相同而結為朋友。

【題旨與故事】

北宋仁宗慶曆三年（西元一〇四三年），時任參知政事（職位相當於副宰相）的范仲淹結合一群欲革新弊政的官員，如杜衍、富弼、韓琦等人，推動「慶曆新政」，卻被朝廷一派反對新政的保守勢力冠上「朋黨」之名，直指他們朋比為奸，結黨營私；隔年，范仲淹等人相繼出貶離京，新政以失敗告終，當時在諫院擔任諫官的歐陽脩，為范仲淹等人的際遇深感不平，便順著保守派的「朋黨」之說，寫了這篇〈朋黨論〉予以反駁。文章的開宗明義就提出「朋黨之說，自古有之」，點出了問題不在於有無朋黨的存在，而是在於君王能否區分出君子之朋與小人之朋的根本不同；因為君子是出於志同道合才集聚一起，而小人卻是為了私利才依附相求。接著闡述「小人無朋，惟君子有之」的論點，正是因為小人喜好祿利和財貨，當彼此的利害得失相同時才會暫時勾結為朋，等到無利可圖時就會疏遠對方，甚至反過來自相殘害，所以這樣的群朋關係是虛偽且經不起考驗的；而君子所在乎的是道義、忠信和名節，以此作為修身治國的準則，彼此理念一致而相互幫助，協心濟事，所以這樣的群朋關係是真誠且始終如一的。歐陽脩〈朋黨論〉將古來帶有貶義的「朋黨」一詞賦予新意，書成後上呈仁宗，希望皇帝不要被朝中小人之偽朋集團給蒙蔽，理當重用像范仲淹、韓琦這樣的君子之真朋益友來治理國事，使天下安定太平。南宋理學家黃震《黃氏日鈔》評曰：「〈朋黨論〉謂君子有真朋，足以解萬世人主之疑。」認為歐陽脩文中以道義相交的「真朋」之說，完全可以讓歷朝君王解開他們在識人方面的疑惑。

【使用的場合】

本句可用來提醒上位者明辨君子之朋和小人之朋的差異，進而擢拔賢良君子，遠離邪佞小人。

【名句的出處】

北宋．歐陽脩〈朋黨論〉：「臣聞朋黨之說，自古有之，惟幸人君辨其君子小人而已。大凡君子與君子以同道為朋，小人與小人以同利為朋，此自然之理也。……故為人君者，但當退小人之偽朋，用君子之真朋，則天下治矣。」

其勢非置之死地，使人人自為戰。

（帶領著平時沒有經過訓練的士兵上戰場，就像是趕著路上的平民百姓去打仗一樣）處在這樣惡劣的情勢，除非是將他們置於沒有退路的必死之地，讓每一個人為了自己能存活下去而力戰。

【題旨與故事】

漢將韓信於高祖三年（西元前二〇四年）率兵三萬，準備通過太行山區險塞井陘關（位在今河北石家莊市境內）去攻打趙國。趙王歇與趙軍主帥陳餘一得知消息，便派出二十萬大軍據守在井陘關的隘口，陣容壯大，遠遠超過漢軍。趙國謀士李左車認為韓信才剛打敗魏國，兵馬疲憊，又行軍千里，糧草運送不易，士兵不免會

有挨餓的危險；再加上井陘關的隘道崎嶇狹窄，車子無法並行，騎兵不能排成列，估計運輸糧草的隊伍應當在漢軍的後面，故請求陳餘撥給他三萬精兵，讓他繞小路到後方切斷漢軍的糧道，使其前進卻不能戰鬥，想要後退也已受到圍困，而陳餘只須和其他將士堅守陣地，李左車相信不出十天，漢軍必因糧草不濟而吞下敗仗。自認是儒者出身的陳餘，不贊成李左車所提出「堅壁清野」的計謀，表面上說是標榜「義兵不用詐謀奇計」，即正義之師是不可使用詐術詭計的，事實上根本就是仗恃著趙軍占有險隘和人數的優勢，決定與漢軍正面交鋒。當密探回來，向韓信報告李左車的獻計不為陳餘所用時，韓信心中暗喜，於是下令軍隊在井陘口附近紮營，選派二千名輕騎，每人手持漢軍的赤色旗，半夜從小路前進，要他們先躲在可以看見趙軍動靜的山坡上，等待趙軍全員出來追擊漢軍的那時，就快速地衝入趙營拔掉趙旗，改插上帶去的赤色旗。另一方面，韓信派前鋒部隊一萬人出了營寨，面向趙軍，背向河水，排開陣勢，趙軍見韓信竟然置軍隊於沒有退路的形勢，人人大笑不已。待天一亮，韓信親率軍隊出征，趙軍也打開營寨迎擊，雙方激戰良久，韓信故意佯裝戰敗，拋棄主帥的旗鼓，退到背水的軍陣之中；趙軍眼見勝利在望，遂傾巢而出，全力發動攻擊，而此時躲在山坡的二千名輕騎便乘虛馳入趙營，拔盡趙旗，豎起二千面漢軍的旗幟。由於趙軍一時之間無法打敗背水陣皆作殊死戰的漢軍，正想收兵回營，卻見帳營外全是漢軍的赤色旗，誤以為韓信已經俘虜了他們的將領，軍心頓時潰散，兵士們紛紛躲逃；這時背水陣中的漢軍和兩千名輕騎，同時展開夾攻，大破趙軍，在水邊斬了陳餘，活捉了趙王歇和李左車。戰事結束，有人不解韓信為何用背水列陣這樣奇險的戰術，違反了兵家所謂右邊和背後應該是山陵，以及左邊和前面應該是水澤的布陣方式，最後還以此打敗了趙軍；韓信回其「陷之死地而後生，置之亡地而後存」，這兩句話其實是從春秋兵家孫武《孫子兵法．九地》之「置於亡地然後存，陷之死地然後生」中脫化而出，意即人唯有在退無可退的當下，才會拚死向前，以求生命得到保全。韓信很清楚這次攻打趙國的部隊，多是在倉促間收編而成，士卒缺乏嚴格的訓練，就好比是驅趕著路人去打仗一樣，若不是被逼到性命交關的絕地，有誰願意和敵人奮戰呢？早就往可以逃生的路線跑走了！其中「使人人自為戰」也是後來成語「人自為

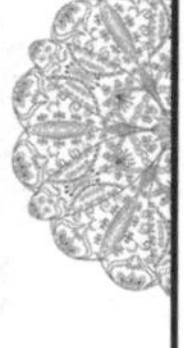

戰」的典故由來，除了人人拚命作戰的本義之外，亦可引申為人人各自獨立戰鬥的意思。另可用來比喻人可以獨當一面工作或完成某一使命。

【使用的場合】

本句可用來形容當人面臨到無路可退的時候，勢必會為了自己的生存而全力以赴。

【名句的出處】

西漢・司馬遷《史記・淮陰侯列傳》：「此在兵法，顧諸君不察耳。兵法不曰『陷之死地而後生，置之亡地而後存』？且信非得素拊（ㄈㄨˇ）循士大夫也，此所謂『驅市人而戰之』，其勢非置之死地，使人人自為戰；今予之生地，皆走，寧尚可得而用之乎？」

能者進而由之，使無所德；不能者退而休之，亦莫敢慍。

（輔佐天子治理天下的宰相）對有才能的人就薦舉他們，並任其充分發揮本領，使他們不用感激是誰施予的恩德；對沒有才能的人就辭退他們，並停止交辦的任務，他們也不敢有所抱怨。

【題旨與故事】

文題〈梓人傳〉，其中「梓人」指的是木工或建築工匠。柳宗元文中通過其一位擅長建築、設計房屋的梓人楊潛的真實事蹟，藉以闡發宰相治理國家的道理。柳宗元記述他剛認識這個自稱工資是其他梓人數倍之多的楊潛時，發現其屋內竟然沒有一件刀鋸、斧斤等木工器具，甚至連楊潛自家的床腳壞了，也要去找其他的工人來修理；柳宗元當時覺得非常可笑，認為楊潛不過是一個「無能而貪祿識貨者」，意即沒有能力又貪圖工錢和財物的人。後來京兆尹的官署要修建，某日柳宗元路過官署，看見楊潛在工地的現場指揮若定，統領各類的工匠進行施工，其對房屋的結構、規模以及各種木料的性能瞭如指掌，在場所有的人都得聽其吩咐，沒有人敢擅作主張；「其不勝任者，怒而退之，亦莫敢慍焉」，對於無法勝任工作的人，楊潛就會果斷地將其斥退，也沒有人敢發出一句怨言，展現其領導的魄力與權威。經過楊潛依照規矩繩墨之術的精密計算，一棟大廈終於如期構建完成，無論高深、方圓、長短皆分毫不差，起初對楊潛很不以為然的柳宗元，這時也被其高超卓越的技術和能力所折服，他更由此聯想到梓人精曉做事要領和用人方式，很值得治理國家的宰相效法。在柳宗元看來，宰相的職責是「擇天下之士，使稱其職；居天下之人，使安其業」，擇選天下的才士，使他們各司其職，安置天下的百姓，使他們安居樂業；換言之，宰相要負責的是統攬大局，識拔賢能之士，使其適才適所，而不是每件事情都親力親為，侵犯下屬的職權，反而把那些重大、長遠的事情給遺漏掉了！至於人才提拔上來之後，合則量才錄用，不合則立刻解除職務，由於一開始用人就不徇私情，所以其後被辭退的人也不敢不悅。清人李扶九《古人筆法百篇》評曰：「一梓人耳，看出宰相之道來，小中見大，識解高卓，筆力勁健，無怪韓、柳並稱也。」意指柳宗元從一名建築技師的身上，便能從中觀察到宰相治國的道理，由小處之中見到大的格局，可見柳宗元的才識卓絕，文筆剛健，難怪可以和韓愈並稱是唐代的文學大家啊！

【使用的場合】

本句可用來說明上位者替國家舉賢任能，應秉持公平的準則，根據各人的才幹而加以任用，不適任者隨即除汰。

【名句的出處】

唐．柳宗元〈梓人傳〉：「能者進而由之，使無所德；不能者退而休之，亦莫敢慍。不衒能，不矜名，不親小勞，不侵眾官，日與天下之英才，討論其大經。猶梓人之善運眾工，而不伐藝也。夫然後相道得，而萬國理矣。」

偏聽生姦，獨任成亂。

聽取片面之詞容易產生奸邪諂媚，單獨信任一人容易造成災禍動亂。

【題旨與故事】

西漢景帝在位期間，其同母弟梁孝王劉武因聽信小人讒言，將投其門下的食客鄒陽關進大牢，準備將其處死。命在旦夕的鄒陽，上書向梁孝王表明心跡，文中除了敘述自己志竭忠貞卻遭到見疑的委屈之外，也提醒梁孝王決斷任何事情應辨明是非，洞燭入微，不可只單聽一方面的說詞，才不會被偏頗又不公正的說法給蒙蔽。

文中援引春秋魯國因聽取大夫季桓子（季孫斯）的話，便將孔子逐出魯國，宋國則是採納臣子子冉（一說子罕）的計謀，而囚禁了墨子；如果憑恃孔子、墨子的辯才，都不能讓自身免於受到誹言的中傷，更何況是一般人呢？然而魯、宋兩國也因此日趨衰弱，陷入危急的境地，這一切全是緣於君主沒有兼聽各方所演變成的後果啊！

【使用的場合】

本句可用來說明上位者必須廣泛聽取各種意見，從中仔細觀察，不可偏心於某一方。

【名句的出處】

西漢．鄒陽〈獄中上書自明〉：「故偏聽生姦，獨任成亂。昔魯聽季孫之說而逐孔子，宋信子冉之計囚墨翟。夫以孔、墨之辯，不能自免於讒諛，而二國以危。何則？眾口鑠金，積毀銷骨。是以秦用戎人由余而霸中國，齊用越人子臧而彊威、宣。此二國豈拘於俗，牽於世，繫奇偏之辭哉？公聽並觀，垂明當世。」

將在外，主令有所不受。

將軍在外作戰，對於君王的命令有時可以不接受。

【題旨與故事】

《史記．信陵君列傳》中，記敘秦昭襄王欲伐趙國，趙國向鄰近的魏國請求救兵，原本魏安釐王派將軍晉鄙率領十萬大軍要去援救趙國，卻遭到秦昭襄王的使者警告，表達秦國攻下趙國不過是早晚的事，若有諸侯敢出兵救趙，秦國在攻下趙國之後，勢必將兵力調過來攻擊救趙的國家。魏安釐王於是心生畏懼，命令晉鄙停止進軍，暫時駐守在鄴城，表面上說是救趙，實際上是首尾兩端，在旁先觀望後續形勢的發展。由於信陵君魏無忌的姊姊嫁與趙國平原君趙勝，平原君不斷派人到魏國，責備信陵君空有高義和急人之困的美名，卻對趙國和手足的危難置之不顧。著急的信陵君屢次向魏安釐王請求出兵，又派了門下辯士前去勸說，魏安釐王始終不為所動，無可奈何之下，信陵君與賓客湊足了一百多輛兵馬，想與趙國共抗秦軍。當信陵君一行人路過東門時，遇見了門客侯嬴，侯嬴認為信陵君準備去和秦國拚命的做法，就像是把肉丟給餓虎一樣，對事情毫無助益，其建議信陵君如果可以幫助魏安釐王的寵妃如姬報了殺父之仇，如姬必定肯為信陵君盜取魏安釐王臥房的虎符，然後信陵君再持虎符去逼迫晉鄙交出軍權，出兵攻擊秦國。侯嬴也料到晉鄙核對虎符之後，會用「將在外，主令有所不受」為由，先不交出兵權，而是派人回來向魏安釐王請示，那麼信陵君假傳命令的事情就暴露了，故又找了大力士朱亥隨行，若晉鄙不肯聽從，到時再讓朱亥殺了晉鄙。整件事情的發展果然全如侯嬴所料，對信陵君的話表示懷疑的晉鄙終為朱亥所殺，信陵君奪取了晉鄙的軍隊，擊退了秦軍，成功解除了趙國的危機，之後派將軍帶領軍隊回去魏國，自己則留在趙國。過了十年，魏國受到秦國的攻擊，無計可施的魏安釐王，只能先放下前嫌，派人去請信陵君回來拯救魏國，這次信陵君聯合了各國的兵馬，逼迫秦軍退到函谷關，許久不敢再出關來，從此信陵君的聲威便在各諸侯國中遠播。其中侯嬴對信陵君所說的「將在外，主令有所不受」，出自春秋兵家孫武《孫子兵法．九變》中「凡用兵之法，將受命於君，合軍聚合。……君命有所不受」，孫武論述用兵的原則是，將帥接受國君的命令，聚集兵馬，組成軍隊，必須通曉各種地形的利弊，和應付隨時突發的

戰況，故國君的命令，有時是可以不接受的；而聖明的君王，也會以國家利益為最高原則，賦予遠征的將帥靈活運用戰術的權限，以免錯失攻敵致勝的時機。

【使用的場合】

本句可用來說明戰場的情況複雜多變，軍事將領不可因循守舊，而是要隨機應變各種特殊的狀況，對於全局毫無意義或有負面影響的事情，即使是上級的命令，也可堅持不予執行。

【名句的出處】

西漢．司馬遷《史記．信陵君列傳》：「將在外，主令有所不受，以便國家。公子即合符，而晉鄙不授公子兵而復請之，事必危矣。臣客屠者朱亥可與俱，此人力士。晉鄙聽，大善；不聽，可使擊之。」

善用兵者，不以短擊長，而以長擊短。

善於帶兵打仗的人，不會以自己的短處去攻擊敵人的長處，而是利用自己的長處去攻擊敵人的短處。

【題旨與故事】

用背水的戰術打敗趙國的韓信，俘虜了趙國謀士李左車，卻對其倍加禮遇，虛心地向其請教北攻燕國和東伐齊國的意見。因韓信知道當初若不是趙軍主帥陳餘犯了輕敵之兵家大忌，而是採信了李左車提出攔截漢軍後方糧道的計謀，如今被擒捉的可能就是自己了！原本以「敗亡之虜，何足以權大事」為由而一再推辭的李左車，最後還是被韓信誠懇恭敬的態度給打動，自謙地說出「愚者千慮，必有一得」和「狂夫之言，聖人擇焉」，表達自己的各種意見雖然愚昧淺薄，有如沒有見識的狂人，但還是全都提供給韓信作為參考，或許韓信可以從中找到一點是值得採納的。李左車乃趙國名將李牧之孫，對兵法也頗有研究，其先析論韓信當時所占的優勢，像是破魏滅趙，名聲威震天下，使敵國的百姓對漢軍充滿恐懼，紛紛放下農活，隨時關注漢軍何時出兵的消息；至於對韓信不利的方面，像是漢軍歷經久戰，士卒疲乏，若燕國堅守城池，恐怕曠日彌久也攻克不下，一旦暴露了自己疲困的實際情況，恫嚇敵人的威勢自然就會減弱，糧草也會耗盡，燕國又怎麼會看不出漢軍的形勢，哪裡肯輕易投降呢？更不用說實力比燕國更強的齊國了！李左車建議韓信不要急著對燕國出兵，而是留守在趙國，以安定百姓、撫卹陣亡的遺孤、犒賞自己的將士為優先目標；然後擺出向北進攻燕國的姿態，派說客帶著書信前往燕國，將自己軍隊的長處展現在燕國的面前，到時燕國必定不敢不從。這就是所謂「先聲後實」的戰略，也就是先以聲勢震懾敵人，挫折對方的士氣，而後再以實力交戰，取得事半功倍的成效。韓信聽取了李左車的建議，燕國果然不戰而降。

【使用的場合】

本句可用來說明與敵人作戰，應竭力發揮自己的優點，回避自己的缺點。

【名句的出處】

西漢．司馬遷《史記．淮陰侯列傳》：「今將軍涉西河，虜魏王，禽夏說閼與，一舉而下井陘，不終朝破趙二十萬眾，誅成安君。名聞海內，威震天下，農夫莫不輟耕釋耒，褕衣甘食，傾耳以待命者。若此，將軍之所長也。然而眾勞卒罷，其實難用。今將軍欲舉倦弊之兵，頓之燕堅城之下，欲戰恐久，力不能拔，情見勢屈，曠日糧竭，而弱燕不服，齊必距境以自彊也。燕、齊相持而不下，則劉、項之權，未有所分也。若此者，將軍所短也。臣愚，竊以為亦過矣。故善用兵者，不以短擊長，而以長擊短。」

善克者不戰，善戰者不師，善師者不陣。

善於克敵的人不必真的到實地去作戰，善於作戰的人不必真的出動軍隊，善於統領軍隊的人不必真的擺列出作戰陣勢。

【題旨與故事】

西漢昭帝所舉行的「鹽鐵會議」上，代表民間的文學之士對於國家為了籌措邊防軍備費用，進而興辦鹽、鐵、酒類專賣，以及貨物均輸政策提出反對的意見，認為主政者不能只想要用武力來解決匈奴侵擾邊境的問題，而是當以仁義道德去教化、安撫百姓，使遠、近處的人都願意前來歸附，並且心悅誠服。其中代表民間的文學之士所講述的「善克者不戰，善戰者不師，善師者不陣」，實脫化自戰國人穀梁赤《穀梁傳．莊公八年》中「善為國者不師，善師者不陣，善陣者不戰」三句，大意是說，善於治國的人不必號令軍隊出去作戰，善於

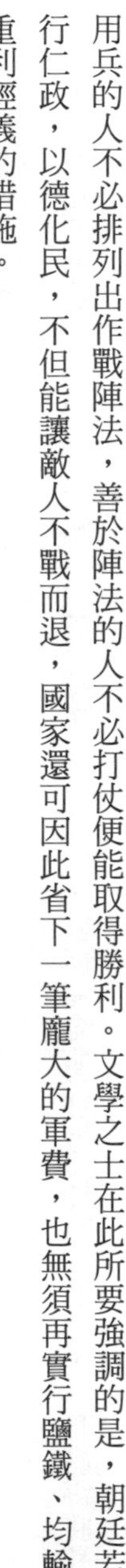

用兵的人不必排列出作戰陣法，善於陣法的人不必打仗便能取得勝利。文學之士在此所要強調的是，朝廷若推行仁政，以德化民，不但能讓敵人不戰而退，國家還可因此省下一筆龐大的軍費，也無須再實行鹽鐵、均輸等重利輕義的措施。

【使用的場合】

本句可用來說明睿智的將領是不會拘泥於任何作戰的形式，只在乎能夠克敵制勝的方法。也可用來說明打敗敵人的戰術可以千變萬化，不一定要興兵動眾或布置高明的陣法。

【名句的出處】

西漢・桓寬《鹽鐵論・本議》：「故天子不言多少，諸侯不言利害，大夫不言得喪。畜仁義以風之，廣德行以懷之。是以近者親附，而遠者悅服。故善克者不戰，善戰者不師，善師者不陣。修之於廟堂，而折衝還師。王者行仁政，無敵於天下，惡用費哉？」

運籌[1]策帷帳之中，決勝於千里之外。

在軍旅中的營帳裡謀劃作戰的策略，決定了千里之遠戰場的勝利。

【字詞的注解】

1.籌：本指計數的器具。此引申計謀、策劃。

【題旨與故事】

此段文字為漢高祖劉邦在取得天下後，對謀臣張良的評語。項羽戰敗後，劉邦成為漢代的開國君主，其在宮內宴請群臣，要大家直言不諱，說出對於自己勝出和項羽失敗的看法。有人說劉邦為人傲慢，又愛侮辱他人，而項羽為人仁厚，又愛護他人；但劉邦肯把攻下的土地封給有功將士，捨得與人共享利益，而項羽卻是嫉賢妒能，誰立下功勞就殺害誰，吝於與人分享戰果，所以失去天下也是必然的事啊！劉邦認為以上說的是「知其一，未知其二」，對事情的了解還不夠透徹、完整，其歸納自己之所以能戰勝項羽，主要是重用了張良、蕭何和韓信這三個人中豪傑的緣故。比如在軍帳內出謀劃策，就能在千里之外獲勝，劉邦自認才智計謀不如張良；鎮守國家，安撫百姓，保證物資運輸流通，劉邦自認治理能力不及蕭何；統帥百萬大軍，攻無不克，劉邦自認威武勇猛比不過韓信。至於項羽，雖然身邊有一賢能的臣子范增，後來也遭其所棄，而這正是項羽之所以敗亡的原因啊！可見劉邦能夠認清自己的短處，善用他人的長處，取人之長，補己之短，終成為楚、漢之爭的贏家。

【使用的場合】

本句可用來形容人富有雄才大略，只須在後方指揮若定，就能完全掌控前方作戰的形勢，並且贏得勝利。

【名句的出處】

西漢．司馬遷《史記．高祖本紀》：「夫運籌策帷帳之中，決勝於千里之外，吾不如子房。鎮國家，撫百姓，給餽饟（ㄒㄧㄤˇ），不絕糧道，吾不如蕭何。連百萬之軍，戰必勝，攻必取，吾不如韓信。此三者，皆人傑也，吾能用之，此吾所以取天下也。項羽有一范增而不能用，此其所以為我擒也。」

憂勞可以興國，逸豫[1]可以亡身[2]。

（時刻）憂心國事，勤奮辛勞，能夠使國家興盛強大，（反之）貪圖安逸，縱情遊樂，足以遭來殺身敗亡的大禍。

【字詞的注解】

1. 逸豫：安逸享樂。
2. 亡身：喪身之禍。也可引申為身敗名裂。

【題旨與故事】

工於詩、文的歐陽脩，在史學方面的造詣也是精深非凡，除了與宋祁奉詔修撰《新唐書》之外，又自著《新五代史》，記載後梁、後唐、後晉、後漢、後周五代的史事，文字仿效《春秋》筆法，多寓褒貶之義。在

《新五代史．伶官傳序》一文中，歐陽脩通過對後唐開國君主莊宗李存勗（ㄒㄩˋ）先盛後衰的記述，闡明政治上的得與失，乃是取決於統治者的思想和治國行為，成敗興廢都脫離不了人為的因素。李存勗早年接受父親李克用臨終前的囑咐，勵精圖治，矢志為父報仇雪恥，但在滅了後梁，建立後唐政權之後，開始沉湎淫逸，寵信宮中負責歌舞表演的伶官，逐漸荒廢國事，最後竟亡於伶官郭從謙所發動的一場政變，成為天下人的笑柄。文末以「禍患常積於忽微，而智勇多困於所溺」作為總結，直指災禍往往是從不為人所注意的細小事情而累積起來的，即便是智勇雙全的人，也會被自己溺愛的人或事物所困惑而身陷其中。歐陽脩希望借五代後唐莊宗李存勗完成大業後卻不知居安思危，終是走向衰敗的經驗教訓，提醒北宋當政者當引以為鑑。清人沈德潛《唐宋八大家文讀本》評論此文：「抑揚頓挫，得《史記》神髓，《五代史》中第一篇文字。」讚許歐陽脩《新五代史．伶官傳序》繼承了西漢史家司馬遷《史記》的精髓，堪稱是全書當中寫得最好的一篇文章。

【使用的場合】

本句可用來說明治理國家應力求殫精極慮，不可耽溺聲色享樂，否則終將導致廢絕喪敗的下場。

【名句的出處】

北宋．歐陽脩《新五代史．伶官傳序》：「《書》曰：『滿招損，謙得益。』憂勞可以興國，逸豫可以亡身，自然之理也。故方其盛也，舉天下之豪傑，莫能與之爭。及其衰也，數十伶人困之，而身死國滅，為天下笑。夫禍患常積於忽微，而智勇多困於所溺，豈獨伶人也哉！作〈伶官傳〉。」

騏驥長鳴，伯樂昭其能；盧狗[1]悲號，韓國[2]知其才。

聽到駿馬放聲鳴叫，善於相馬的伯樂就知道牠的才能；聽到盧狗悲傷嚎叫，善於相狗的韓國就知道牠的本領。

【字詞的注解】

1. 盧狗：戰國時產自韓國的一種黑色壯犬，又有「韓子盧」之稱。後多用來代指良狗。
2. 韓國：人名，戰國時齊國人，以擅長察驗狗的優劣而聞名。

【題旨與故事】

文題〈求自試表〉，是曹植上陳給姪子魏明帝曹叡的一篇奏章，他自認身為皇族的一員，承蒙朝廷賞賜「爵重祿厚」，卻是「無德可述，無功可紀」，如同尸位素餐，覺得心中有愧；尤其魏國當時「西尚有違命之蜀，東有不臣之吳」，面對西邊還在違抗王命的蜀國，以及東邊遲遲不肯臣服的吳國，使得邊境將士片刻不得鬆懈，隨時處於備戰的狀態，讓他經常「寢不安席，食不遑味」，故請求明帝委以其軍政要務，他必竭精殫力，出兵平定蜀、吳這兩大外患，即使最後殉命，但若能以「功勳著於景鐘，名稱垂於竹帛」，此生亦已無憾。曹植文中除了對於當時政治、軍事各方面提出自己的見解，也借戰國時善於相馬的伯樂與相狗的韓國兩人為喻，強調自己的政事才幹有如千里馬和疾犬一樣出眾，只是苦於不遇像伯樂和韓國這樣的慧眼之人，抒發其

迫切渴望獲得重用、建立功業的心願。西晉史家陳壽《三國志．魏書．陳思王植傳》中記載：「植常自憤怨，抱利器而無所施，上疏求自試。」說明了曹植人生的抑鬱苦痛，多來自其強烈的參政願望無法實現，怨恨空有一身長才而無處發揮。事實上，年少時的曹植，曾是父親曹操眼中最可定大事的接班人選，但自立嫡之爭敗給了兄長曹丕，從此便擺脫不了曹丕、曹叡父子對他的疑懼與防範，至死都不得見用。

【使用的場合】

本句可用來比喻才能受到知音的看重、賞識。

【名句的出處】

三國魏．曹植〈求自試表〉：「臣聞騏驥長鳴，伯樂昭其能；盧狗悲號，韓國知其才。是以效之齊、楚之路，以逞千里之任；試之狡兔之捷，以驗搏噬之用。今臣志狗馬之微功，竊自惟度，終無伯樂、韓國之舉，是以於邑而竊自痛者也。」

經濟法治

工不出，則農用乏；商不出，則寶貨絕。農用乏，則穀不殖；寶貨絕，則財用匱。

如果工人不出來，則農具就會缺乏；如果商人不出來，則珍貴的貨物就會斷絕。如果農具缺乏了，則穀物無法增產，如果珍貴的貨物斷絕了，則在市面上流通的錢財、貨物就會發生短缺。

【題旨與故事】

此為《鹽鐵論》中記錄官方代表御史大夫桑弘羊所說的一段文字。漢武帝時期為了供應龐大的軍事費用，實施鹽、鐵官營，酒類專賣以及均輸、平準法等；昭帝即位，在輔政大臣霍光的主導下，召集京城的賢良和各地的文學之士，與以御史大夫桑弘羊為首的一群朝廷官員，雙方針對國家財經議題進行一場歷時數月的大辯論，史稱「鹽鐵會議」，到了宣帝時，儒家學者桓寬整理當時的會議紀錄，輯成《鹽鐵論》。來自民間的文學之士在會議上提出廢除鹽、鐵官營等多項財經政策，認為政府不該與民爭利，社會也因政府的帶頭示範，瀰漫一股重工商而輕農事的貪鄙風氣，故當抑制工商，鼓勵農耕，才不致本末倒置。代表官方的御史大夫桑弘羊則反駁了文學之士的說法，其援引《易經．繫辭下》中「通其變，使民不倦」一語，表明貨物互相交換，各取所需，就可以使人民更加樂於工作而不生厭倦。桑弘羊主張國家治理，不論是農業和工商業都不可偏廢，促進財貨的流通，調節各方急切的需求，才是符合所有行業的最大利益。

【使用的場合】

本句可用來說明經濟發展必須兼顧各行各業的需要，互通有無，不可顧此失彼。

【名句的出處】

西漢．桓寬《鹽鐵論．本議》：「古之立國家者，開本末之途，通有無之用，市朝以一其求，致士民，聚萬貨，農商工師各得所欲，交易而退。《易》曰：『通其變，使民不倦。』故工不出，則農用乏；商不出，則寶貨絕。農用乏，則穀不殖；寶貨絕，則財用匱。故鹽、鐵、均輸，所以通委財而調緩急。罷之，不便也。」

夫獄者，天下之大命[1]也。
死者不可復生，絕者不可復屬[2]。

刑獄，是關係天下人的大事。死去的人不可能再活過來，被割斷的肢體不可能再接回去。

【字詞的注解】

1. 大命：此指大事。
2. 屬：連續、連接。

【題旨與故事】

文題〈尚德緩刑書〉，是西漢大臣路溫舒於宣帝剛剛即位時，寫給皇帝的一封上書，表達其對當時獄政嚴苛、用刑慘酷現象的憂慮，建議宣帝應當崇尚仁德，減緩刑罰，其以為「棰楚之下，何求而不得」，他相信在獄吏的嚴刑拷打之下，人痛苦到受不了的時候，要其招認什麼就會說什麼，沒有逼不出來的口供。文中還援引《書經．大禹謨》中「與其殺不辜，寧失不經」這兩句話來提醒宣帝，與其錯殺無辜之人，寧可在執法時不按既定的規矩辦理；也就是說，在犯罪證據尚不明確的前提下，對涉案的嫌犯應從輕處置，不可直接就施以重刑，畢竟生命是很可貴的，沒有人能夠死而復生，而受到刑罰摧殘的身體也是無法變回原來的樣子。路溫舒請求宣帝施行德政，寬刑省法，不要再重用那些自以為公正嚴明、實際上卻是使人陷入重罪的苛吏，這樣天下太平和諧的時日才會到來。宣帝對路溫舒的建言相當重視，據《漢書．刑法志》記載，由於路溫舒的上書，使得曾經在民間生活過的宣帝，對那些因獄訟不當而無辜被殺的人深感痛心，於是下詔「其為置廷平」，決定在掌管全國司法的最高長官廷尉之下，設置廷平（也稱廷評、廷尉評）一職，「其務平之」，主要任務就是處理案件的覆核，以及錯判所衍生的冤獄糾紛。至於路溫舒則是在寫了〈尚德緩刑書〉之後，得到宣帝的欣賞，從原本一名廷尉史（被廷尉派往各地審理案件的基層人員）的小官，多次高升，最後出任臨淮郡（西漢轄境約在今江蘇北部、山東南部一帶）太守，政績有聲有色。

【使用的場合】

本句可用來說明執法機關在審理、裁決訴訟時宜謹慎，以防止誤判的發生，進而造成無可挽回的人身侵害。

【名句的出處】

西漢．路溫舒〈尚德緩刑書〉：「夫獄者，天下之大命也。死者不可復生，絕者不可復屬。《書》曰：『與其殺不辜，寧失不經。』今治獄吏則不然，上下相驅，以刻為明；深者獲公名，平者多後患。故治獄之吏，皆欲人死。非憎人也，自安之道，在人之死。是以死人之血流離於市，被刑之徒比肩而立，大辟之計，歲以萬數。此仁聖之所以傷也。太平之未洽，凡以此也。」

世不患無法，而患無必行之法也。

這個世上從來不擔心沒有法律，而是擔心沒有切實執行的法律。

【題旨與故事】

西漢昭帝時召開的「鹽鐵會議」，雖是以朝廷的財經政策為討論主題，但代表民間的文學之士和代表官方的御史，雙方在會議上對於法律問題也進行了意見交流。御史認為百姓若不順從法令，國家秩序將會陷入混亂，故主張以法治國；文學之士則是提出法律雖可以懲罰人，卻不能使人廉潔仁義，可謂治標而不治本。更讓文學之士擔心的是，當今執法的人專憑一己喜惡或關係親疏辦案，以致社會上經常發生無辜的人被羅織罪名，家人甚至遭到連累受害，而犯罪的人卻可以逍遙法外。這就好比不怕鋤頭不夠鋒利，只怕拿鋤頭的人放過雜草而割除禾苗；不怕沒有測量水平的工具，只怕拿工具的人不去糾正彎曲的而去矯正直的。所以對親近的人犯了錯而不施以責罰，就等於有了鋤頭也不去使用一樣；對疏遠的人立下功勞而不給予獎賞，就等於不培育禾苗一樣。換言之，即使現有的法律條文完備無缺，但執行法律的人不講求公平正義，也終將無法獲得人民的信賴。

【使用的場合】

本句可用來說明執法必須嚴明公正，無所偏袒。

【名句的出處】

西漢．桓寬《鹽鐵論．申韓》：「非患銚耨（ㄧㄠˊ ㄋㄡˋ）之不利，患其舍草而去苗也。非患無準平，患其舍枉而繩直也。故親近為過不必誅，是鋤不用也；疏遠有功不必賞，是苗不養也。故世不患無法，而患無必行之法也。」

君子急於教，緩於刑。刑一而正百，殺一而慎萬。

上位者以教化人民為當務之急，把用刑放在教化的後面。用刑的目的，是為了懲罰一人而能使一百個人的行為改進導正，處死一人而能使一萬個人的行為小心謹慎。

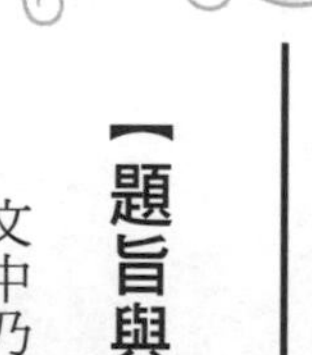

【題旨與故事】

文中乃「鹽鐵會議」上民間代表賢良之士針對刑罰議題所發表的看法，認為在位者當以身作則，遵守禮義，然後風行草偃，以德行化育萬民，使天下安康和樂，百姓就不容易觸犯法網。若迫不得已一定要使用刑罰的話，也是出於警示眾人的一種手段，絕不可視人命如草芥，隨意便施以重刑。

【使用的場合】

本句可用來說明法律應具有懲一儆眾的作用，使人記取教訓而不再犯錯，故用刑必須慎重，不可濫刑無度。

【名句的出處】

西漢．桓寬《鹽鐵論．疾貪》：「故君子急於教，緩於刑。刑一而正百，殺一而慎萬。是以周公誅管、蔡，而子產誅鄧皙也。刑誅一施，民遵禮義矣。夫上之化下，若風之靡草，無不從教。何一一而縛之也？」

法之不行，自上犯之。

（商鞅說）新法之所以不能普遍推行，是因為來自上層階級帶頭違反法令的緣故。

【題旨與故事】

《史記・商君列傳》是司馬遷替以「霸道」和「強國之術」說服戰國秦孝公推行新法的商鞅所寫的一篇傳記。商鞅，出身於衛國貴族，姓公孫，名鞅，亦稱衛鞅，入秦之後，因伐魏有功，受封於、商（約位在今河南、陝西一帶）十五個都邑，號為「商君」，故以封地為姓氏而得名。新法在秦國民間實施了一整年，人們到秦國都城都在談論新法的諸多不便，就在這時，太子嬴駟（即後來的秦惠文王）觸犯了新法，大家多認為刑罰絕對不可能治太子的罪。由於商鞅主張「刑無等級」，無論是貴族還是平民，一旦違法都必須按律定罪，且不能以功抵罪；為使新法順利推動，商鞅還是得處置太子的過失，但因太子是王位的繼承人，所以就對教導太子學問和行為的老師公子虔和公孫賈施以重刑，一反過去「刑不上大夫」的傳統，也因此重重打擊了貴族的勢力，隔日，秦國上下沒有人敢再不服從新法了。商鞅的新法在秦國推行了十年，百姓不會把遺失在路上的東西占為己有，山中沒有盜賊，家家豐衣足食，人民勇於為國家而戰，畏懼為私事打鬥，社會秩然有序，商鞅果然實現了他當初對秦孝公的承諾，使秦國走向富強之路。清人姚祖恩《史記菁華錄》評曰：「持之者期年，決之者一日，妙。」意即原本新法公布一整年下來，執行困難，但就在全國百姓看見商鞅依法對權貴用刑，不過才一天的光景，所有人全都相信違反法律的後果，將是不堪想像的啊！

【使用的場合】

本句可用來說明上位者觸法卻又不加處罰，以致法律窒礙難行，且不被人民所信任。

【名句的出處】

西漢．司馬遷《史記．商君列傳》：「令行於民期年，秦民之國都言初令之不便者以千數。於是太子犯法。衛鞅曰：『法之不行，自上犯之。』將法太子。太子，君嗣也，不可施刑，刑其傅公子虔，黥其師公孫賈。明日，秦人皆趨令。行之十年，秦民大說，道不拾遺，山無盜賊，家給人足，民勇於公戰，怯於私鬥，鄉邑大治。」

倉廩[1]實而知禮節，衣食足而知榮辱。

糧倉充實了，人們就會懂得禮儀和規矩，衣食飽暖了，人們才能注意到榮譽和恥辱。

【字詞的注解】

1.倉廩：儲藏米穀的地方。廩，音ㄌㄧㄣˇ，糧倉。

【題旨與故事】

此段文字是司馬遷在《史記．管晏列傳》中引用了春秋齊相管仲《管子．牧民》針對治理人民所提出「倉廩實則知禮節，衣食足則知榮辱」的觀點，其中「則」字改動成「而」字。雖然春秋時期的齊國版圖不大，但在管仲執掌政事期間，其善用齊國濱臨大海的地利之便，貨暢其流，聚積錢財，致力於經濟發展，與人民的好

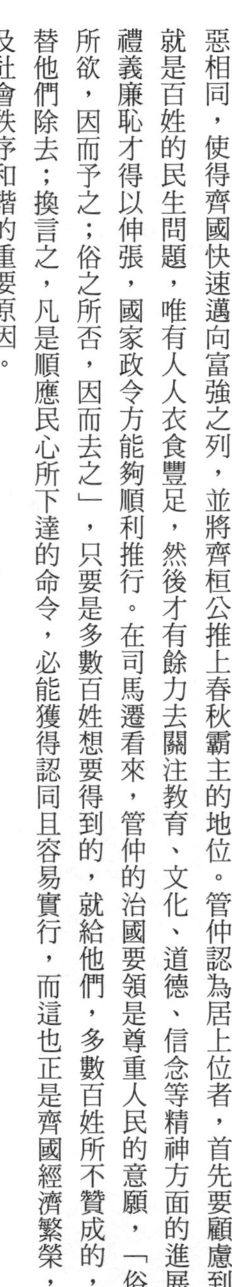

惡相同，使得齊國快速邁向富強之列，並將齊桓公推上春秋霸主的地位。管仲認為居上位者，首先要顧慮到的就是百姓的民生問題，唯有人人衣食豐足，然後才有餘力去關注教育、文化、道德、信念等精神方面的進展，禮義廉恥才得以伸張，國家政令方能夠順利推行。在司馬遷看來，管仲的治國要領是尊重人民的意願，「俗之所欲，因而予之；俗之所否，因而去之」，只要是多數百姓想要得到的，就給他們，多數百姓所不贊成的，就替他們除去；換言之，凡是順應民心所下達的命令，必能獲得認同且容易實行，而這也正是齊國經濟繁榮，以及社會秩序和諧的重要原因。

【使用的場合】

本句可用來說明人民的物質生活需求得到滿足，精神生活才得以提升。

【名句的出處】

西漢．司馬遷《史記．管晏列傳》：「管仲既任政相齊，以區區之齊，在海濱，通貨積財，富國彊兵，與俗同好惡。故其稱曰：『倉廩實而知禮節，衣食足而知榮辱。上服度，則六親固。四維不張，國乃滅亡。下令如流水之原，令順民心。』故論卑而易行。俗之所欲，因而予之；俗之所否，因而去之。」

豪吏富商積貨儲物以待其急，輕賈奸吏收賤以取貴，未見準之平也。

有權的官員和有錢的商人大量積存貨物，等待市場急需時再售出，像這種投機商人和狡猾官吏用低價買進、高價賣出的手法，根本看不出平準制度平穩物價的功能。

【題旨與故事】

此為《鹽鐵論》中記錄民間代表文學之士所說的一段文字，主在批評當時均輸、平準政策的流弊。漢武帝在位時期，在全國各地設置均輸官，彼此接力將當地貢品運送到京城，除可減去遠方交納貢物的困難，也可平均分攤長途運輸的人力與運費；若是當地生產的東西是容易變質的，均輸官有權決定將其轉運至他處出售，所得金錢再去購買京城所要徵收的物品。在京城則是設置平準官，收受各地均輸來的貢品，成立倉庫，物價低時就買進，物價高時就賣出，由政府調節物品的供需，平抑物價的漲跌，使商人無法從中牟取暴利。原本應是立意是良好的均輸和平準法，後來卻成了官吏和商人勾結的致富巧門，各地官員故意不課徵人民生產的農作物或紡織品，而是要求人民繳納不是他們所生產的東西，迫使其不得不賤賣自己現有的，換成官員所要徵收的金錢或高價物品。最令人詬病的是，不肖官員一方面壓低收購農作物或紡織品的價格，另一方面又抬高所要課徵物品的價格，一來一往間，人民等同承受了雙重賦稅的痛苦。唯利是圖的商人背後有操縱買賣官員的包庇，輕易地就能掌握市場逢低買進、高價賣出的時機，進而賺取不當的高額利潤。也正因如此，鹽鐵會議上代表民間的文學之士，呼籲朝廷體察民情，廢除表面看似便民、實是剝削小民的均輸和平準政策。

【使用的場合】

本句可用來說明官商狼狽為奸，彼此利用權勢和金錢控制物價的高低，圖取私利。

【名句的出處】

西漢．桓寬《鹽鐵論．本議》：「行姦賣平，農民重苦，女工再稅，未見輸之均也。縣官猥發，闔門擅市，則萬物並收。萬物並收，則物騰躍。騰躍，則商賈侔利。自市，則吏容姦。豪吏富商積貨儲物以待其急，輕賈奸吏收賤以取貴，未見準之平也。蓋古之均輸，所以齊勞逸而便貢輸，非以為利而賈萬物也。」

罷[1]馬不畏鞭箠，罷民不畏刑法。

疲憊的馬匹，不怕受到鞭子的抽打，疲勞的百姓，不怕受到法律的懲罰。

【字詞的注解】

1. 罷：音ㄆㄧˊ，此通「疲」字，疲困、勞累。

【題旨與故事】

此為西漢昭帝所舉行的「鹽鐵會議」上，代表民間的文學之士針對法治問題與代表官方的御史展開激辯。文學之士認為古代賢明的君主以仁德治國，百姓安居樂業，講求禮義，賞罰自然無從施加，而今國家卻以「時世不同，輕重之務異」為理由，不斷增加新的禁令與法律條文，主張實行嚴刑峻法，才能遏阻人民犯罪，這就好比拙劣的車夫駕馭馬車一樣，馬在行走時要牠停下來，停下來時又揮鞭打牠，等到馬全身傷痕累累、疲累不

堪時，馬夫已無法再用鞭子控制馬接下來的行動了！文學之士的這番論述與《老子．第七十四章》中「民不畏死，奈何以死懼之」的道理相近，也就是當國家訂定的法律，超過了一般百姓所能承受的範圍時，引發強烈的反彈和民怨亦是無可避免的事。

【使用的場合】

本句可用來說明嚴厲的刑罰，對於生活被逼迫到無以為繼的人是不會起任何作用的。也可用來提醒上位者不可一味加重責罰，而是應在犯行未發之前教化人民守法。

【名句的出處】

西漢．桓寬《鹽鐵論．詔聖》：「今之治民者，若拙御之御馬也，行則頓之，止則擊之。身創於箠，吻傷於銜，求其無失，何可得乎？乾谿之役土崩，梁氏內潰，嚴刑不能禁，峻法不能止。故罷馬不畏鞭箠，罷民不畏刑法。雖曾而累之，其亡益乎？」

雖有重律，僅同空文[1]，貪猥[2]之徒，殊[3]無忌憚。

雖然朝廷訂定了嚴厲的法律，卻只像是一紙文字而不按律治罪，以致那些貪鄙的官員，完全沒有任何的畏懼。

【字詞的注解】

1.空文：此指徒具文字而無實際效用的法規。
2.貪猥：貪鄙。猥，音ㄨㄟˇ，卑鄙、可恥。
3.殊：極、非常。

【題旨與故事】

被世人譽為「包青天」的北宋名臣包拯，在擔任開封府尹（北宋京都的最高行政長官）期間，以清廉剛正、鐵面無私以及不畏權貴，而廣受人民的愛戴。事實上，包拯從政的路上，向來便對知法卻又犯法的貪官汙吏深惡痛絕，這篇〈乞不用贓吏疏〉就是包拯到開封府就任前十餘年所寫的；仁宗慶曆四年（西元一〇四四年），當時被任命為監察御史（掌監察百官、巡視郡縣、糾正刑獄等事務的官員）的包拯上奏皇帝，希望朝廷不得起用曾有貪贓枉法紀錄的人為官，其在文章的開頭寫道：「廉者，民之表也，貪者，民之賊也。」廉潔的清官可作為人民的表率，而貪腐的贓官則是危害百姓的盜賊。包拯對於仁宗的用人制度相當不認同，不少官員明明就有貪汙受賄的前科，卻還可以想盡辦法替自己的違法行為開脫或找到減輕罪責的理由，不久又回到了官場上，導致吏治敗壞；包拯見國家所制定的嚴刑峻法，在仁宗採取寬宥定罪的原則下，形同虛設，故主張對貪官汙吏理當依法嚴懲，絕不輕貸，縱逢大赦的恩典，也不得復出，如此才能獎勵廉能的官員，又能讓貪官不敢再無視法紀，以杜絕貪汙的歪風。

【使用的場合】

本句可用來說明上位者若沒有依照法律條文予以治罪或嚴格執法，必然使作奸犯科者更加囂張妄為，無所畏忌。

【名句的出處】

北宋．包拯〈乞不用贓吏疏〉：「臣聞廉者，民之表也，貪者，民之賊也。今天下郡縣至廣，官吏至眾，而贓汙擿（ㄊㄧˋ）發，無日無之。洎（ㄐㄧˋ）具案來上，或橫貸以全其生，或推恩以除其釁。雖有重律，僅同空文，貪猥之徒，殊無忌憚。」

諷諭針砭

力田不如逢年[1]，善仕不如遇合[2]。

努力耕種，比不上剛好遇上農田豐收的年頭，擅長做官，還不如碰到與自己性情相投的君王。

【字詞的注解】

1. 逢年：遇到豐年。
2. 遇合：相遇而彼此投合。也可用來比喻臣子遇到賞識自己的君主。

【題旨與故事】

司馬遷在《史記．佞幸列傳》的開頭，引用了這兩句當時流行通俗的語詞，暗諷那些整天圍繞在國君身旁的嬖臣佞人，指斥這一類人的特質多是本身並無真正的才能，僅僅靠著婉順討好的情態、流利動聽的言辭來博取君王的偏愛，從此平步青雲，無往不利，導致滿朝文武，不但沒有人敢得罪他們，甚至有人為了獲得自己所需要的情報或消除各種阻礙，還會不時用財物請託他們打通關節。其中以「力田」和「善仕」比喻勤勞認真又有能力做事的人，以「逢年」和「遇合」比喻善於逢迎拍馬又恰逢國君與其投合的時機；然後兩相對比，無論前者多麼賣力付出或具備真才實學，都遠遠不及後者只須熟諳承歡獻媚的技巧，便可成為皇帝跟前的大紅人。文中也援引了古今佞幸人物作為例證，像是春秋衛靈公時期的彌子瑕，原本是可以和衛靈公分桃而食的近臣，後因姿色衰退而失寵；又如西漢文帝時期的鄧通，誰也料想不到富可敵國的他，就在文帝一死，再也無人替其撐腰，人生的結局竟然是落魄到身上連一文錢都沒有而死；以及與作者司馬遷活動於同一年代，頗得武帝寵信的韓嫣、李延年，兩人雖同樣風光一時，但韓嫣後來因得罪武帝的母親王太后而被迫自刎，李延年則是因妹妹李夫人（武帝的寵妃）早卒，武帝逐漸與其愛弛恩絕，後又犯事而慘遭滅族。所以，司馬遷在文末語重心長地作了以下結論：「甚哉愛憎之時！彌子瑕之行，足以觀後人佞幸矣，雖百世可知也。」意即君王喜愛或憎恨一個人的時機實在是太可怕了！就好比彌子瑕在不同的時間點，對衛靈公做出一樣的行為，只因衛靈公對其情感

產生愛憎變化，結果卻是昨是今非，足以看出後來佞幸之人的下場，即使歷經了百代，也是可以預料到的啊！

【使用的場合】

本句可用來說明務本踏實之人，其際遇通常不如那些懂得抓住時機、又迎合取寵之人。

【名句的出處】

西漢·司馬遷《史記·佞幸列傳》：「諺曰：『力田不如逢年，善仕不如遇合。』固無虛言。非獨女以色媚，而士宦亦有之。」

上下交相賊[1]以成此名也，烏有所謂施恩德與夫知信義者哉？

（我看唐太宗釋放死囚回家的這件事情）就是上面的人與下面的人，相互用不正當的心思揣摩對方，想要藉此事成就好的名聲，哪裡有什麼施予恩惠和懂得信用道義的呢？

【字詞的注解】

1. 賊：此作暗中窺探、算計的意思。

【題旨與故事】

北宋歐陽脩在〈縱囚論〉一文中，嚴厲批判唐太宗大赦數百名死囚的做法是悖逆常情的不當行為。唐太宗當初先是釋放這些罪大惡極的死囚回家，結果只因他們隔年都能遵守時間歸獄就死，便認定是受到皇帝恩澤的感化而成為重信守義之人，最後還將所有的死囚赦免。文中歐陽脩大膽推論，其實唐太宗「意其必來而縱之，是上賊下之情也」，一開始便料到死囚希望得到赦免，所以一定會如期回來，這是上面的人揣度下面的人的情感；而被釋放回家的死囚們「意其必免而復來，是下賊上之心也」，同樣算準了只要他們按時回來，皇帝一定會給予免罪，這是下面的人揣度上面的人的心理。經過反覆析論，歐陽脩歸納出唐太宗縱囚之舉是「所以求此名也」，而與死刑犯之間是「上下交相賊」，意即一方想要藉此博取美譽，另一方則是想要保住性命，不過是各取所需罷了！可說是完全推翻了歷來頌讚唐太宗布德施恩而感動死囚的說法。清人張伯行選評《唐宋八大家文鈔》寫道：「只『求名』兩字，勘破太宗之心，便將一段佳話盡情抹倒。行文老辣，不肯放鬆一字，真酷吏斷獄手。」

【使用的場合】

本句可用來諷刺上位者沽名釣譽，與下屬或百姓相瞞欺騙，各懷鬼胎。

【名句的出處】

北宋．歐陽脩〈縱囚論〉：「夫意其必來而縱之，是上賊下之情也；意其必免而復來，是下賊上之心也。

吾見上下交相賊以成此名也，烏有所謂施恩德與夫知信義者哉？不然，太宗施德於天下，於茲六年矣，不能使小人不為極惡大罪，而一日之恩，能使視死如歸而存信義。此又不通之論也。」

己嗜臭腐，養鵷雛[1]以死鼠也。

自己喜愛發臭腐敗的食物，就拿死的老鼠去餵養鳳鳥。

【字詞的注解】

1. 鵷雛：也可作「鵷鶵」、「鵷雛」。傳說中與鸞鳳同類的鳥，向來被認為是一種瑞鳥。常用來比喻負有才氣和名望的年輕人或高賢之人。

【題旨與故事】

曹魏末年，嵇康不滿友人山濤向獨掌軍國大權的司馬家族舉薦自己任官，於是寫了這封表明與山濤從此斷絕往來的書信。嵇康崇尚老、莊清靜無為的思想，對那些大力提倡名教、禮法的虛偽人士極其痛恨，嚮往如隱士般的無拘生活。文中以「死鼠」，比喻自己所輕賤的爵祿，以高貴的「鵷雛」比喻不慕仕途的自己，他希望山濤不要因個人熱中官位，便強行將自己的喜好加諸在他人的身上，還自認為是在做對的事。嵇康所用的典故是從《莊子．秋水》中脫化而出，相傳莊周欲去拜訪當時在梁國擔任相位的惠施，有人卻說莊周此行是為了取代惠施的相位而來，惠施聽了十分驚恐，接連三天在全國展開搜索莊周的行動。後來莊周自己去和惠施見面時說道：「夫鵷鶵，發於南海而飛於北海，非梧桐不止，非練實不食，非醴泉不飲。於是鴟得腐鼠，鵷鶵過之，仰而視之曰『嚇』！今子欲以子之梁國而嚇我邪？」意即鵷鶵自南海一路飛往北海，沿途不見梧桐樹絕不棲息，不是竹子的果實絕對不吃，不是甘美的泉水絕對不喝。這時嘴裡銜著腐鼠的鴟鴞見鵷鶵飛過，誤以為對方是要來分食牠的腐肉，急著發出「嚇」的威脅聲。莊周在此借「鵷鶵」自喻，諷刺惠施所看重的梁國相位，正如鴟鴞所在乎的「腐鼠」一樣，殊不知品格高潔的人根本看不入眼，語含「以小人之心，度君子之腹」的意思。同樣是以腐鼠和鳳鳥為喻，但後出的嵇康換從另一層角度著筆，將前人的典故靈活應用在作品之中。

【使用的場合】

本句可用來比喻庸俗之人，因自己珍愛卑賤的物品，便認為所有的人應當與自己的想法一致，進而勉強他人也必須接受之。

【名句的出處】

三國魏．嵇康〈與山巨源絕交書〉：「足下見直木必不可以為輪，曲者不可以為桷，蓋不欲以枉其天才，令得其所也。故四民有業，各以得志為樂，唯達者為能通之，此足下度內耳。不可自見好章甫，強越人以文冕也；己嗜臭腐，養鴛雛以死鼠也。」

不復知人間有羞恥事爾。

（如今你還有臉敢見士大夫們，出入朝廷，稱自己是諫官。可見得你）不再知道人世間尚有讓人感到羞愧的事情了！

【題旨與故事】

北宋仁宗景祐三年（西元一〇三六年），范仲淹因批評時弊而觸怒了宰相呂夷簡，後被冠上「越職言事，離間君臣」的罪名貶出朝廷；支持范仲淹的朝臣余靖（字安道）、尹洙（字師魯）為此上書斥責呂夷簡，並替范仲淹大力辯護，也先後遭到貶逐的命運。時任館閣校勘（負責校訂宮中典籍的官員）的歐陽脩，不滿當時擔任司諫（掌諷諭規諫的官員）的高若訥，非但不恪盡職守，去向皇帝進諫勸說，反而是趨附呂夷簡的惡行，公然毀謗范仲淹的人品，憤而寫了一封痛斥高若訥可恥行徑的書信，世稱〈與高司諫書〉。其中寫道：「夫力所不敢為，乃愚者之不逮；以智文其過，此君子之賊也。」意思是說，如果一個人是因為能力不足而不敢去做，那只能算是資質愚昧而無法做到；如果想用巧智的手段來掩飾自己的過失，那就是士大夫中的敗類。在歐陽脩看來，身為諫官的高若訥，若是出於膽怯怕事，或是只想保住官位，因而不敢得罪權貴也就罷了！但其竟然還能在人前大放厥詞，進出朝廷時，臉上毫無羞慚之意，實在令人所不齒。歐陽脩寫到後來更加氣盛理直，完全不顧個人安危與宦途升沉，激動地道出：「願足下直攜此書於朝，使正予罪而誅之。」意味著縱使高若訥直接把信交給朝廷，甚至讓皇帝判其死罪，他亦無所畏懼。高若訥果然將信上呈仁宗，其後歐陽脩坐貶夷陵（位在今湖北境內）縣令。據元代史官脫脫等人《宋史．蔡襄傳》記載：「襄作〈四賢一不肖詩〉，都人士爭相傳寫，鬻書者市之，得厚利。」一時年不過二十五的蔡襄，在朝中目睹整起事件的言事者，皆遭到貶謫的處分，為此寫了〈四賢一不肖〉組詩五首，為范仲淹等人抱屈，其中四首分別稱讚范仲淹、余靖、尹洙和歐陽脩，譽其為「四賢」，最後一首則是譏刺高若訥為「不肖」。蔡襄的詩作迅速被京城人士競相傳抄，成為市場的搶手

貨，賣字的人還因此大賺一筆呢！足見歐陽脩仗義執言一事，受到當時社會廣泛的關注與反響。

【使用的場合】

本句可用來形容人不知廉恥到了極點。也可用來嘲諷各種行為卑劣、寡廉鮮恥的人。

【名句的出處】

北宋．歐陽脩〈與高司諫書〉：「昨日安道貶官，師魯待罪，足下猶能以面目見士大夫，出入朝中，稱諫官。是足下不復知人間有羞恥事爾。所可惜者，聖朝有事，諫官不言而使他人言之，書在史冊，他日為朝廷羞者，足下也。」

汝君子之處區內，亦何異夫蝨[1]之處褌[2]中乎？

你們君子活在這個地方，與蝨子處在褲縫之中又有什麼不同呢？

【字詞的注解】

1. 蝨：音ㄕ，一種寄生在人或動物身上的小蟲，吸食血液，能傳染疾病。也可用來比喻寄生作惡的人或有

害的事物。

2.褌：音ㄎㄨㄣ，褲子。

【題旨與故事】

文題〈大人先生傳〉，作者是魏、晉名士阮籍，向來不喜歡受到世俗規範拘束的他，認為整個社會最大的亂源就是造作的禮法和名教，其在文中假託一位遺世獨立、委心任運的「大人先生」之口，講述一則「蝨處褌中」的寓言，藉此譏諷封建體制下那些「唯法是修，唯禮是克」君子們的虛偽醜態，直斥他們就像是逃到褲子深縫裡的蝨子，藏在破敗的棉絮中，自以為找到風水不錯的住宅，不敢踏出褲襠一步，自認做的都是對的事，餓了就咬人，自以為食物永遠享用不盡，但等到南方的熱氣如流火般襲來，整個城市宛如一片焦土，所有的蝨子這時也只能死在褲子之中而出不來了！在阮籍看來，總是滿口倫常道德的守禮人士，「坐制禮法，束縛下民」，故意制定出禮制法度，桎梏底層的百姓，以便於榮耀自身或圖謀私利，只是一旦時運變換，同樣也是厄運難逃。從《晉書．阮籍傳》的記載，可以看出阮籍對禮法的憎惡程度，由於《禮記．曲禮》中有「嫂叔不通問」的禮俗，要求女子嫁入夫家後儘量不要和丈夫的弟弟說話，以免嫂叔日久生情。但阮籍見嫂嫂準備返回娘家探親，便發乎自然之情與其道別，此舉立刻招來旁人的訕笑，阮籍卻毫不在意地回說：「禮豈為我設邪？」意味著不合時宜的陳規舊制，又怎麼能束縛住他呢？這句話後來被引喻成不為禮教、流俗之見所拘泥。

【使用的場合】

本句可用來比喻人的見識淺短卻還不自知。

【名句的出處】

三國魏．阮籍〈大人先生傳〉：「且汝獨不見夫蝨之處於褌中，逃乎深縫，匿乎壞絮，自以為吉宅也。行不敢離縫際，動不敢出褌襠，自以為得繩墨也。飢則齧人，自以為無窮食也。然炎丘火流，焦邑滅都，群蝨死於褌中而不能出。汝君子之處區內，亦何異夫蝨之處褌中乎？」

笑罵從汝，好官須我為之。

任憑你要嘲笑還是辱罵，我還是安然自在地做我的官。

【題旨與故事】

北宋神宗即位，重用王安石以推行新政，當時人在寧州（轄境約位在今甘肅、寧夏一帶）擔任通判（在宋代為制衡州、府地方官專權而設置的官職，輔佐各地知州、知府管理政事，同時也有監督州、府地方官的任務）的鄧綰（ㄨㄢˇ），得知王安石獲皇帝的寵信，便寫了一封內容極為諂媚的信給王安石，表達其對新政的支持。據《宋史．鄧綰傳》記載，收到鄧綰書信後的王安石，隨即向神宗推薦鄧綰，神宗於是召鄧綰入京覲見，

除與其談論邊疆政事之外，也問了鄧綰是否與王安石相識，鄧綰當場否認，以顯示自己和王安石絕無私交；只是一退了朝，鄧綰見到了王安石，立刻展現出兩人素有交往的親暱態度。之後，鄧綰果然如願離開了寧州邊地，被調回朝廷任官，並獲得王安石的賞識；當時居住在京城的同鄉都在笑罵他，認為鄧綰為了達到自己的目的，竟能如此恬不知恥，而這些嘲諷的話語傳回鄧綰的耳裡，他也毫不在乎地回說：「笑罵從汝，好官須我為之。」從此「笑罵由人」便成了一句諷刺品行卑劣之人的無恥嘴臉。

【使用的場合】

本句可用來形容官員為求功名利祿而不擇手段，對於他人的譏諷、指責完全無動於衷。

【名句的出處】

元．脫脫等人《宋史．鄧綰傳》：「安石薦於神宗，驛召對。方慶州有夏寇，綰敷陳甚悉，帝問安石及呂惠卿，以不識對，帝曰：『安石，今之古人；惠卿，賢人也。』退見安石，欣然如素交。……鄉人在都者，皆笑且罵。綰曰：『笑罵從汝，好官須我為之。』」

孰知賦斂之毒，有甚是蛇者乎？

哪裡知道徵收賦稅的毒害，竟然有比捕捉毒蛇還來得更厲害的呢？

【題旨與故事】

剛被貶至永州的柳宗元，不解當地居民何以甘願冒著生命的危險，爭先搶著去做捕捉毒蛇的工作，其後才知道原來永州所產的這種毒蛇，其毒性具有特殊的療效，朝廷因而下令，能夠捕到毒蛇的人便可抵免賦稅。有一戶三代皆以捕蛇為業的蔣姓人家，其祖父、父親都因捕蛇而死，而繼承父親捕蛇工作已十二年的蔣氏，幾度為了捕蛇也險些喪命；柳宗元憐憫蔣氏一家人的悲慘遭遇，表明其願意向地方官提出讓蔣氏改換其他的工作，只要恢復賦稅便可。蔣氏聽了不但沒有領情，反而覺得柳宗元的建議，會害自己的生活更難以為繼。蔣氏告訴柳宗元說，就算捕蛇的風險再高，但和恢復賦稅相比，捕蛇還沒有恢復賦稅這件事來得那麼不幸；其常目睹鄉人遭悍吏催稅的可怕景象，「叫囂乎東西，隳突乎南北，譁然而駭者，雖雞狗不得寧焉」，那些催逼賦稅的差役，態度凶狠殘暴，到處吵嚷，肆意騷擾，喧嘩嚇人的氣勢，即使是雞狗也不得安寧啊！在蔣氏看來，與其像鄉人一樣，天天承受著被催稅的恐懼，以及面臨隨時可能死亡的威脅，還不如選擇一年冒死捕蛇幾次，其餘的時間多能安穩度日，不用憂心繳稅的問題，即使現在因捕蛇而身亡，比起大部分的鄉人已算是晚死了，又有什麼好抱怨的呢？柳宗元聽完蔣氏的這番陳述，內心百感交集，他過去曾對孔子在《禮記．檀弓下》說的「苛政猛於虎」這句話感到存疑，如今對比蔣氏一家的境況，才知道孔子所言是真實可信的啊！清末民初人林紓在《韓柳文研究法》中評論此文：「〈捕蛇者說〉胎『苛政猛於虎』而來，命意非奇，然蓄勢甚奇。」意謂柳宗元〈捕蛇者說〉的寓意脫化自孔子「苛政猛於虎」之說，雖不算新奇獨特，然文章所蓄積的氣勢卻是奇偉不凡，震撼人心。

【使用的場合】

本句可用來說明統治者橫徵暴斂的行為，對人民的危害甚為嚴重。

【名句的出處】

唐．柳宗元〈捕蛇者說〉：「余聞而愈悲。孔子曰：『苛政猛於虎也。』吾嘗疑乎是，今以蔣氏觀之，猶信。嗚呼！孰知賦斂之毒，有甚是蛇者乎？故為之說，以俟夫觀人風者得焉。」

晝累累與人兼行，夜則竊齧鬥暴，其聲萬狀，不可以寢。

（永州某人家住處的老鼠）白天成群的老鼠與人們一起活動，夜晚就開始偷啃東西，互相打鬧爭鬥，發出各式各樣的聲響，吵得人根本無法入睡。

【題旨與故事】

文題〈永某氏之鼠〉，是柳宗元所寫的一則寓言故事，描述永州某一戶人家，因主人對時日的禁忌異常畏懼，恰巧其出生那年的地支屬子，而子年的生肖神就是鼠，所以對鼠愛護有加，嚴禁全家上下蓄養貓狗或捕捉老鼠；老鼠們開始奔相轉告，從此便在這戶人家的倉庫、廚房等場所肆意橫行，每天過著吃喝無盡、爭鬧不休

的日子，眾人礙於屋主對老鼠的縱容，也沒有人敢出面阻止。過了幾年，這戶人家搬到別的地方，換另外一家人住了進來，老鼠此時依舊猖狂囂張，我行我素，完全沒有任何收斂的跡象；新的主人決定展開殲滅老鼠的行動，其找來了五、六隻貓，然後關閉房門，掀開屋瓦，用水澆灌老鼠的洞穴，僱佣僕人四處搜捕，殺死的老鼠堆得跟山丘一樣高。柳宗元在文末以「彼以其飽食無禍為可恆哉」作為這則寓言的結語，意味著這群無法無天的鼠輩，本來還天真地以為可以永久過著飽食終日、安逸無憂的生活，渾然不知大禍已經臨頭，藉此諷刺那些仗勢著有人撐腰而胡作非為的敗類，雖能得意一時，但終是無法長久。

【使用的場合】

本句可用來比喻小人得志後便有恃無恐，日夜作威作福，行為專橫跋扈。

【名句的出處】

唐．柳宗元〈永某氏之鼠〉：「由是鼠相告，皆來某氏，飽食而無禍。某氏室無完器，椸（一ˊ）無完衣，飲食大率鼠之餘也。晝累累與人兼行，夜則竊齧鬥暴，其聲萬狀，不可以寢，終不厭。」

竊鉤[1]者誅，竊國者為諸侯。

那些偷取帶鉤這類物品的小盜會被誅殺，但那些竊奪整個國家的大盜反倒成為了稱霸一方的諸侯。

【字詞的注解】

1. 鉤：帶鉤，為古代貴族或具有身分地位的人繫於腰帶的掛鉤，多用金屬或玉等材質製成。

【題旨與故事】

此段文字出自《莊子．胠篋》，內容主在諷刺當時的政治亂象，直指儒家所推崇的聖人之道，也就是遵行以仁義禮智來治理天下的途徑，正是助長奪取國家權柄的大盜興起的關鍵。其中「胠篋」，本是撬開箱子的意思，後來多被用來泛指竊盜的行為。文中提到聖人制定了斗斛來計算容量的多寡，大盜就連同斗斛給偷走；聖人制定了權衡來秤量東西的輕重，大盜就連同權衡給偷走；聖人制定了符璽作為取信於人的信物，大盜就連同符璽給偷走；聖人制定了仁義作為規範和教化人民的準則，大盜就連同仁義也一併給偷走了！再看看那些偷了小東西的人，依照聖人制定的禮法而遭來殺戮這樣重的刑罰，至於那些把聖人制定的斗斛、權衡、符璽，甚至仁義全都偷走的人，最後竟然成了高高在上的諸侯，且還能沿用著聖人所謂的仁義思維繼續統治百姓，這也正是歷來篡奪政權的事件可以不斷發生的原由，因為能夠從中取得的利益太過龐大，即使用盡各種利誘或威嚇的方法，也阻絕不了對君王之位始終虎視眈眈的人。總而言之，作者在此要強調的是，只有摒棄聖人所推行的仁義禮智，毀壞斗斛、權衡、符璽等，這些容易引人產生計較和爭執的物件，大盜從此才會消失，人性才能回復到以往淳樸真誠的狀態。

【使用的場合】

本句可用來譏刺國家賞罰無章，是非混淆，法令毫無公理可言。

【名句的出處】

戰國．莊周《莊子．胠篋》：「聖人不死，大盜不止。雖重聖人而治天下，則是重利盜跖也。為之斗斛以量之，則並與斗斛而竊之；為之權衡以稱之，則並與權衡而竊之；為之符璽以信之，則並與符璽而竊之；為之仁義以矯之，則並與仁義而竊之。何以知其然邪？彼竊鉤者誅，竊國者為諸侯，諸侯之門而仁義存焉。則是非竊仁義聖知邪？」

愛國憂民

工不役鬼，必在役人；物不天降，終由地出。不損百姓，且將何求？

興建巨大佛像的工程，無法驅使鬼神來做，必然只能靠役使人民來完成；而建造佛像所消耗的物料也不會

從天上掉下來，終是要由土地生成長出的。若是不想損害百姓的利益，還有哪裡可以取得呢？

【題旨與故事】

《新唐書．狄仁傑傳》中記敘篤信佛教的武后，晚年欲鑄造一座大型佛像，預計需要花費數百萬錢；由於府庫的經費不足，有人便向武后建議詔令全天下的和尚、尼姑每人每天施捨一錢，協助官方修建大佛。向來敢對弊政直言不諱的狄仁傑得知此事，立刻上書進諫武后，認為如來佛當初設立佛教，本以宣揚慈悲為主要教義，導引眾生安頓身心，修養品德，從不執著於虛浮華麗的表相，豈會認同建造大佛這樣勞民傷財的事情呢？更何況，僅憑僧尼所捐助得來的錢，根本不足以支應龐大的工程費用，既然知道光靠鬼神的力量無法完工，最後還是得徵用民力，讓原本務農的人轉而去服勞役，如此一來，必會耽誤農時，影響收成，萬一某個地方突然發生災難，朝廷此時又能拿出什麼去賑災呢？武后對於狄仁傑的諍諫一向言聽計從，遂中止營建大佛的計畫，也一併停止徵調力役等相關事宜。

【使用的場合】

本句可用來勸諫統治者不該耗費人力、財力，在無助於國家發展和有損人民利益的事情上。

【名句的出處】

北宋．歐陽脩、宋祁等人《新唐書．狄仁傑傳》：「后將造浮屠大像，度費數百萬，官不能足，更詔天下僧日施一錢助之。仁傑諫曰：『工不役鬼，必在役人；物不天降，終由地出。不損百姓，且將何求？今邊垂未寧，宜寬征鎮之傜，省不急之務。就令顧作，以濟窮人，既失農時，是為棄本。且無官助，理不得成。既費官財，又竭人力，一方有難，何以救之？』后由是罷役。」

生無以救國難，死猶為厲鬼以擊賊。

活著的時候沒有辦法解救國家的危難，死了之後也還要變成惡鬼去攻擊敵人。

【題旨與故事】

此段文字出自南宋名臣文天祥〈指南錄後序〉，是他寫來附於自己詩集《指南錄》卷末的一篇序文，內容記敘恭帝德祐二年（西元一二七六年）元兵逼近京都臨安城外，其奉命出使元營談判，卻遭到對方扣押，後歷盡磨難，冒死脫逃而出，在長江一帶繼續和元軍展開對抗，誓言此生至死，就算是化為厲鬼，也絕不與敵人俱生的強烈決心。收錄在《指南錄》中的一百多首詩，其實就是文天祥用詩記錄個人這段患難歷險的經過，集名取其中一首〈揚子江〉詩「臣心一片磁針石，不指南方不肯休」的「指南」兩字，意謂著他的心正如能磨成指南針的磁石一樣，沒有指向位在南方的宋廷是不會停下來的，表達其對宋朝王室的忠貞不渝。可惜的是，在恭帝投降元朝之後，擁護宋室的殘餘勢力雖仍在東南沿海一帶活動，並先後扶持了恭帝之兄趙昰（ㄕˋ）、恭帝之弟趙昺為帝，但不久便為元軍所滅。兵敗被俘的文天祥，在元朝京城大都（即今北京市）的監獄囚禁了三年多的時間，不管元朝派文天祥的昔日同僚或請來恭帝勸降，乃至於最後由元世祖忽必烈親自出面召見，都無法撼

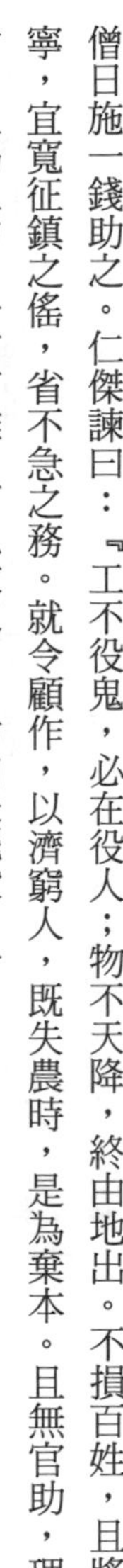

動文天祥只求一死的心志。據《宋史．文天祥傳》記載，文天祥臨刑之前，神情從容，面南朝拜之後，即慷慨就義，過了幾天，他的妻子前去收屍，從其衣帶裡找到了這幾句遺書：「孔曰成仁，孟曰取義；惟其義盡，所以仁至。讀聖賢書，所學何事？而今而後，庶幾無愧。」意思是孔子主張殺身成仁，孟子主張捨生取義；只有自己盡了道義，仁德才得以實現。讀聖賢所寫的書籍，學到的難道還有別的事嗎？從今以後，大概對前人的教誨無所愧疚了啊！文天祥的這段絕筆文字，也被後人稱為〈衣帶贊〉，表現其效法聖賢成仁取義、視死如歸的高超氣節。

【使用的場合】

本句可用來形容人充滿報國的熱忱，對國家忠誠不二，臨危不撓。

【名句的出處】

南宋．文天祥〈指南錄後序〉：「生無以救國難，死猶為厲鬼以擊賊，義也；賴天之靈，宗廟之福，修我戈矛，從王于師，以為前驅，雪九廟之恥，復高祖之業，所謂『誓不與賊俱生』，所謂『鞠躬盡力，死而後已』，亦義也。」

投死為國，以義滅身，足垂於後。

為了報效國家而犧牲生命，為了正義而喪身，這樣就能夠留名於後世。

【題旨與故事】

東漢末年，曹操從洛陽迎獻帝到許都（即今河南許昌市）後，名義上是「奉天子以令不臣」，意即通過尊奉天子，以號令不服從朝廷的臣子，但實際上卻是「挾天子以令諸侯」，嚴格控制獻帝的行動，並對外用皇帝的名義來對群臣發號施令，此舉也讓曹操在政治上的對手劉備、孫權抨擊其有「不遜之志」，懷藏篡漢自立為帝的野心。東漢獻帝建安十五年（西元二一〇年），五十六歲的曹操為消除外界對他的謗議，寫下這篇〈讓縣自明本志令〉，表明要將獻帝賞賜給他四個縣的封地，同時享有三萬戶人家的食邑，歸還其中三縣與朝廷，只留下一縣的封地以及一萬戶人家的食邑，以示自己絕無稱帝的非分之想，但天下的風波猶未平息，所以尚不可讓出丞相之位；此外，曹操還在這次發布的命令中大吐苦水，細數他一生為社稷打拚，歷經無數規模大小的戰役，其中發生於建安五年（西元二〇〇年）與袁紹的「官渡之戰」，即使事先評估雙方的軍力懸殊，自認打贏勝仗的機會不大，然而憑恃其對朝廷的忠心，以及效死捐軀的義氣，終是以寡擊眾，完成統一北方的大業，中央政權也因此逐漸鞏固，故其言「設使國家無有孤，不知當幾人稱帝，幾人稱王」，自詡漢室若沒有他的盡力輔佐，出征掃平各地的叛軍，當時不知有多少人想要代漢自立的呢！意在凸顯自己對漢室的汗馬功績。曹操至死之前確實不曾篡漢，但漢獻帝始終是他用來操縱朝政的傀儡天子也是史實，等曹操一死，其子曹丕便代漢即帝位，立國號魏，追尊曹操魏武帝。

【使用的場合】

本句可用來說明一心效忠國家，捨身竭力，可垂世不朽。

【名句的出處】

東漢．曹操〈讓縣自明本志令〉：「及至袁紹據河北，兵勢彊盛。孤自度勢，實不敵之，但計投死為國，以義滅身，足垂於後。幸而破紹，梟其二子。又劉表自以為宗室，包藏姦心，乍前乍卻，以觀世事，據有當州。孤復定之，遂平天下。身為宰相，人臣之貴已極，意望已過矣。今孤言此，若為自大，欲人言盡，故無諱耳。設使國家無有孤，不知當幾人稱帝，幾人稱王？」

肝腦[1]塗中原，膏液[2]潤野草而不辭也。

（有賢才和德行的人）就是身上的肝腦灑在平原之中，脂膏般的鮮血浸潤著雜草也不會推辭（為國竭力盡忠）啊！

【字詞的注解】

1. 肝腦：借指身體或生命。
2. 膏液：指膏血。可引申為心血。

【題旨與故事】

文題〈喻巴蜀檄〉，是司馬相如代表西漢武帝對巴、蜀（轄境約在今四川中東部和重慶市一帶）百姓所發

出的文告。其中「檄」，指的是古代用來徵召、曉諭或聲討的官方文書。漢武帝在位期間，中郎將唐蒙受命出使西南邊境夷族部落夜郎（轄境約位在今貴州西部一帶）和僰（ㄅㄛˊ）中（轄境約位在今四川中南部一帶）二地，途經巴、蜀兩郡時，唐蒙擅自動員吏卒千餘人，並徵召勞役上萬人來替軍隊運送物資，引起當地官民的恐慌，以為將有戰事發生，不少被徵調的民眾開始展開逃亡或傷殘自己，期間唐蒙還動用軍隊殺了不願順服的巴、蜀官員，導致雙方衝突愈演愈烈。武帝得知此事，便派遣司馬相如出使巴、蜀，除了令其向百姓說明唐蒙前去西南夷的目的，主要是為了宣揚天威，而不是進行戰爭，並且對唐蒙誅殺官員的處置加以斥責，強調唐蒙的不當行為絕非皇帝的意旨；但另一方面，也藉由發布檄文的機會告誡巴、蜀百姓，身為大漢王朝的臣民，本來就該為國家貢獻一己之力，豈可為了躲避徵役而做出自殘或逃亡的舉動？想想那些在邊疆的將士，誰不是一聽到國家有難，便急著趕往與敵人拚鬥，難道他們都是不愛惜生命的人嗎？不過是謀慮長遠，恪盡臣子的職守罷了！所以國家封給他們高官爵位，死後也可留給後代好的名聲，功績顯揚不滅。

【使用的場合】

本句可用來比喻對國家竭誠盡節，縱使犧牲性命也在所不惜。

【名句的出處】

西漢．司馬相如〈喻巴蜀檄〉：「計深慮遠，急國家之難，而樂盡人臣之道也。故有剖符之封，析珪而爵，位為通侯，處列東第。終則遺顯號於後世，傳土地於子孫，行事甚忠敬，居位甚安逸，名聲施於無窮，功烈著而不滅。是以賢人君子，肝腦塗中原，膏液潤野草而不辭也。」

身在江海[1]之上，心居乎魏闕[2]之下。

身體雖然已退居到朝廷以外的地方，但心中卻還是惦記著魏國宮廷裡的事情。

【字詞的注解】

1. 江海：此比喻隱士的居住所在。
2. 魏闕：代指朝廷。闕，古代宮門外兩邊供瞭望的樓臺，其下兩旁常為懸布法令之所。

【題旨與故事】

在《莊子．讓王》中提到戰國時期，被封於中山的魏國公子魏牟，隱居在巖穴裡，卻時常心繫著魏國的朝政，便對來自楚國的賢士瞻子抒發他的苦惱。瞻子予以魏牟「重生則利輕」的忠告，意即一個人看重生命，自然就會看輕名利；魏牟雖明白瞻子所說的道理，但也坦承自己對於魏國的政事就是無法忘情。瞻子則是提醒魏牟，若無法抑制自己心念的話，就順其自然，精神才不會感到厭倦疲累；因為做不到抑制自己的心念，又勉強自己不去順其自然的話，就叫作雙重傷害，一旦精神遭受雙重傷害，壽命就不會長久啊！在作者看來，魏牟身為一國的公子，即使對功名還耿耿於心，但能在巖穴之中生活，和平常人相比，已算是相當難得，雖然未達悟道之境，但也算是有心往悟道之路的人了！其中「魏闕」一詞，除了含有國政朝事的寓意之外，也有人將其視為榮華富貴的象徵。

【使用的場合】

本句可用來比喻無論身在何地，仍然對國家大事十分關心。另可用來諷刺那些對外宣稱退居歸隱的人士，內心其實對官爵、利祿依然留戀不去。

【名句的出處】

戰國．莊周《莊子．讓王》：「中山公子牟謂瞻子曰：『身在江海之上，心居乎魏闕之下，奈何？』瞻子曰：『重生。重生則利輕。』中山公子牟曰：『雖知之，未能自勝也。』瞻子曰：『不能自勝則從，神無惡乎？不能自勝而強不從者，此之謂重傷。重傷之人，無壽類矣。』魏牟，萬乘之公子也，其隱巖穴也，難為於布衣之士，雖未至乎道，可謂有其意矣。」

居廟堂[1]之高，則憂其民；處江湖之遠，則憂其君。

（古代有仁德之心的人）在朝廷做官時，就會擔憂人民的生計；身處偏遠的民間時，也會時刻關心國君在朝廷的施政。

【字詞的注解】

1. 廟堂：此指朝廷。

【題旨與故事】

此段文字出自北宋政治家范仲淹〈岳陽樓記〉，是其應岳州知州滕宗諒之託，而為即將竣工的岳陽樓撰寫的一篇記文。滕宗諒與范仲淹原本都在朝廷任職，仁宗慶曆年間，兩人先後因事遷貶外地，自認仕途受挫的滕宗諒，希望借重范仲淹的響亮名氣和穩練健筆，通過其記述岳陽樓修葺的經過，以彰顯自己治理岳州的卓越政績；另一方面，因慶曆新政失敗而自請外任的范仲淹，雖能理解遭人誣陷的滕宗諒黯然離開京城的委屈心聲，但仍期許友人不要讓個人的悲喜情緒，隨著所處環境的好壞或官位的高下而起伏，應把心胸放得更為開闊，無論在朝或是在野，都要抱持著對國家大事的憂慮，以及對百姓生活的關懷，唯有在全天下的人都獲得快樂的那個時候，自己才能真正享受到快樂。清人吳楚材、吳調候在其所選編的《古文觀止》評論此文：「以聖賢憂國憂民心地，發而為文幸，非先生其孰能之？」意味著同古來聖賢一樣具備體國恤民情懷的范仲淹，因滕宗諒的一封求記信函，幸而為世人留下〈岳陽樓記〉這篇千古傳誦之作，展現其不凡的節概和崇高的精神境界。

【使用的場合】

本句可用來說明隨時隨地都在關心國家大計和民生疾苦。

【名句的出處】

北宋．范仲淹〈岳陽樓記〉：「嗟夫！予嘗求古仁人之心，或異二者之為，何哉？不以物喜，不以己悲。居廟堂之高，則憂其民；處江湖之遠，則憂其君。是進亦憂，退亦憂，然則何時而樂耶？其必曰：『先天下之憂而憂，後天下之樂而樂歟』！噫！微斯人，吾誰與歸？」

屍踣[1]巨港之岸，血滿長城之窟。無貴無賤，同為枯骨。

（這裡曾經是古時候的戰場，回想當時）大港的堤岸邊遍布屍骸，長城下的洞窟染滿血汙。（這些犧牲生命的將士）無論他們在世時的地位是高貴或是低賤，屍身腐朽後同樣都化為一堆朽骨。

【字詞的注解】

1. 踣：音ㄅㄛˊ，暴屍；僵仆。

【題旨與故事】

曾於唐玄宗天寶年間奉詔出使朔方（約位在今寧夏一帶）的李華，深刻理解前線戰士在邊塞生活的苦寒處境。其在〈弔古戰場文〉一文中描寫自戰國以來，戍守邊境的軍隊與四方外族歷經生死拚搏的激烈廝殺之後，

只見戰場上屍橫遍野、血流成河的驚悚慘狀，意在暗諷當朝的玄宗崇尚武事，好大喜功，寧可輕易挑起邊釁，濫行攻伐，也不願用仁義治天下的王道思想來安撫異族，使其成為替天子守衛疆土的得力幫手，畢竟戰爭的結果不論輸贏，都會造成後方無數家庭的離散破碎，與至親從此天人路隔，給人民帶來的災難和悲愴，沉重到無以復加。作者文中一方面憑弔歷來在邊境不幸作戰而卒的亡魂，以及替戰死的家屬發出悲憫關懷；另一方面則是藉此表達其對朝廷連年黷武、頻動干戈的不滿，抒發其渴望和平的心聲。清人李扶九《古文筆法百篇》評曰：「感慨悲涼之中，自饒風韻，故爾人人樂誦，且可為窮兵者炯戒，可為戰場死者吐氣。」認為李華〈弔古戰場文〉充滿著一股深沉的悲愴氣氛和獨特的韻味，所以歷來深受讀者的喜愛，足以讓好戰者作為警惕，讓戰亡者一吐怨氣。

【使用的場合】

本句可用來形容戰場上殺戮之慘烈，軍士死傷之慘重，令人目不忍睹。

【名句的出處】

唐．李華〈弔古戰場文〉：「屍踣巨港之岸，血滿長城之窟。無貴無賤，同為枯骨。可勝言哉？鼓衰兮力竭，矢盡兮弦絕，白刃交兮寶刀折，兩軍蹙兮生死決。降矣哉？終身夷狄；戰矣哉？暴骨沙礫。」

畏天命而閔[1]人窮也，惡[2]得以自暇逸乎哉？

（如果是賢能的人，本來就應當）敬畏上天的旨意，憐憫百姓的窮苦，怎麼能夠只顧慮到自己的閑暇安逸呢？

【字詞的注解】

1. 閔：音ㄇㄧㄣˇ，此通「愍」字，憐恤。
2. 惡：音ㄨ，怎麼、如何。

【題旨與故事】

文題〈爭臣論〉，是韓愈針對諫議大夫陽城，未能善盡諫官的職責而提出批評的一篇文章。其中「爭臣」，指的是諫諍之臣，也就是能直言規勸君主過失的臣子。「爭」在此通「諍」字。原本考取進士後便隱居山中的陽城，被唐德宗召來擔任諫議大夫一職，負責勸諫國君、議論政事等事宜，只是多年下來，卻不見陽城進諫皇帝一言；德宗貞元八年（西元七九二年），甫登進士第的韓愈，年輕氣盛，對於陽城不能忠於職守、敷衍塞責的態度頗為失望。有人則替陽城出言緩頰，認為陽城本來就是一位不求顯達的隱士，入朝做官以來，操守如一，即使在諫官這個職務的表現上不算稱職，也不該過於苛責。韓愈聽了很不以為然，援引了古代聖賢夏禹、孔子和墨翟三人的事蹟為例，「禹過家門不入，孔席不暇暖，而墨突不得黔」，為了解決天下百姓的疾苦，夏禹當初在治水時，可以好幾次經過家門都不進去；孔子周遊列國時，汲汲推行仁道，每到一地，總是席子還沒坐暖又趕著起身，奔波忙碌；墨翟熱心濟世，四下奔走，家裡爐灶上的煙囪都來不及燻黑就匆匆出門，可見休息的時間，少之又少。在韓愈看來，上天授與聖賢優異於常人的才能，並不是要讓他們圖求清閑自足的

生活，而是把救濟蒼生的重責大任寄託在他們的身上，這也是古來聖人賢士之所以敬天愛民，公而忘私，永遠都在想著如何替民眾謀求更大的福祉，夙夜不懈，死而後已。韓愈〈爭臣論〉一出，陽城當下雖然沒有表示什麼，但據《新唐書．陽城傳》記載，後來宰相陸贄遭人誣陷，官員們擔心觸怒德宗，皆選擇緘默不語，唯有陽城敢拚死上疏，為陸贄申辯是非，其說道：「吾諫官，不可令天子殺無罪大臣。」這件事情的結果是陸贄雖逃過死罪，但其與陽城都遭到貶謫的處分，世人多認為陽城問政態度的轉變，主要是受了後生晚輩韓愈〈爭臣論〉一文的影響。

【使用的場合】

本句可用來說明有能力的人，懂得尊重上天和命運的安排，關懷社會和民生的困苦，承擔更多改善時局的責任，不敢獨善其身。

【名句的出處】

唐．韓愈〈爭臣論〉：「聖賢者，時人之耳目也；時人者，聖賢之身也。且陽子之不賢，則將役於賢以奉其上矣；若果賢，則固畏天命而閔人窮也，惡得以自暇逸乎哉？」

參、敘事寫物篇

一、敘說事理

借物說理

千丈之隄[1]，以螻蟻之穴潰；百尺之室，以突隙之熛[2]焚。

千丈的長堤，會因為螻蟻的洞穴滲水而潰堤；百尺的高樓，會因為煙囪的裂縫冒出火焰而焚毀。

【字詞的注解】

1. 隄：通「堤」字，多以土或石修築，用來防水的建築物。
2. 熛：音ㄅㄧㄠ，火焰。

【題旨與故事】

在《韓非子．喻老》中，戰國時人韓非認為事物的發展都是由易入難，從小到大，然人們卻經常對細小的事故不加理會，任其延伸擴大，終將原本可以輕易就處理好的問題，演變成難以應付的災禍。舉例來說，人們明知堤防出現蟻穴的話，就會引發潰決的危險，卻不在發現的第一時間把這些小洞堵塞住；人們也知道房屋的

煙囪有空隙的話，便容易招來飛火，卻不願提早將這些小縫塗補好。等到日後大水沖破堤防或房屋發生火災事故，對生命或財產造成慘重的損害，那時才想要來進行彌補或修復的工作，還不知得耗費多大的心力和財力呢？旨在提醒世人不可輕忽微小的疏漏，以免釀成大禍。

【使用的場合】

本句可用來說明人應慎重對待小事或細微疏失，才可遠離難事或避開禍事。

【名句的出處】

戰國．韓非《韓非子．喻老》：「千丈之隄，以螻蟻之穴潰；百尺之室，以突隙之熛焚。故白圭之行隄也，塞其穴；丈人之慎火也，塗其隙。是以白圭無水難，丈人無火患。此皆慎易以避難，敬細以遠大者也。」

以地事秦，譬猶抱薪救火，薪不盡，火不滅。

（何況）用（割讓魏國的）土地來侍奉秦國，就好像抱著柴草去救火一樣，柴草燒不完，火就不會熄滅。

【題旨與故事】

戰國時期，來自周王都雒邑（即今河南洛陽市）的蘇代，向來被視為是縱橫家的代表人物，其兄長蘇秦在當時名聲響亮，曾說服燕、趙、韓、魏、齊、楚六國結盟，一同抵抗秦國，迫使秦國長達十多年的時間，不敢恣意出兵，史稱「合縱」政策。蘇秦死後，蘇代也追隨兄長蘇秦的步履，運用智謀與辯才遊走各國，擔任說客的工作。據《史記．魏世家》記載，自魏安釐王即位，秦昭襄王便連年派兵攻打魏國，掠奪土地，短短三年已拔取了魏國八座城池；到了魏安釐王四年（西元前二七三年），秦國又攻破魏、趙和韓國，有十五萬名軍士慘遭秦軍殺害，魏國大臣段干子請求魏安釐王割讓土地給秦國，以換取魏國的和平，魏安釐王也同意段干子的建議。蘇代對魏安釐王這種苟且偷安的想法相當不以為然，他對魏安釐王說：「想得到秦國封賞的是段干子，想得到魏國土地的是秦國，現在大王卻讓想得到土地的秦國控制封賞的權力，讓想獲得封賞的段干子控制魏國的土地，只要魏國的土地還沒有完全到手，秦國是不會善罷甘休的！再說，割地給秦國的行為，就好比抱著柴薪救火，徒然助長火勢的蔓延，柴薪沒有燒完，火是不會滅的。」魏安釐王無奈地回說：「你說的固然很有道理，但事到如今，我也無法做任何的改變了！」事實證明蘇代的推論是正確的，秦國依然不斷對各國發動大小戰事，蘇代那時早已看出秦國的最終目的，就是將所有國家的土地全部併吞，哪裡是魏國送上一塊土地便能滿足的呢？過了數十年，秦國取得了更多的土地，國力強大，等到秦王嬴政即位，六國即被秦國所滅。

【使用的場合】

本句可用來比喻想要解決問題，卻使用錯誤的方法，反而使得問題更加嚴重。

【名句的出處】

西漢．司馬遷《史記．魏世家》：「蘇代謂魏王曰：『欲璽者段干子也，欲地者秦也。今王使欲地者制璽，使欲璽者制地，魏氏地不盡則不知已。且夫以地事秦，譬猶抱薪救火，薪不盡，火不滅。』王曰：『是則然也。雖然，事始已行，不可更矣。』」

玉屑滿篋[1]，不為有寶；《詩》《書》負笈[2]，不為有道。

擁有裝滿整個箱子玉的碎屑，並不能算是有寶物的人；背著裝滿《詩經》、《書經》典籍的書箱，也不能算是有德行的人。

【字詞的注解】

1. 篋：音ㄑㄧㄝˋ，放東西的箱子。
2. 笈：裝書的箱子。

【題旨與故事】

此為《鹽鐵論》中記錄官方代表御史大夫桑弘羊所說的一段話。西漢昭帝時期舉辦的「鹽鐵會議」，代表

官方的朝廷官員和代表民間的文學之士，各自站在自己的立場脣槍舌戰，攻防激烈。總管國家財政的桑弘羊，一直是武帝所倚重的財經大臣，數十年的四方征伐、樹立漢威所需的巨額軍費，全仰仗其籌措張羅，使國庫的收入大增。當桑弘羊在會議上，聽到文學之士大肆抨擊自己一手擘畫的經濟政策，忍不住批評這些人一提起治國之道，滿口都是崇尚堯、舜的言論，一談及仁德禮義，話說得比秋天的天空還要遙不可及，言語華麗，卻不見任何的成效；其更以「玉屑滿篋」來諷刺對方自以為詩書滿腹，但全是華而無用的理論，才學品行不過爾爾，還達不到安定國家、為人民謀福利的治事能力。

【使用的場合】

本句可用來比喻書讀得雖多，卻不懂得如何運用到實際事務上。

【名句的出處】

西漢．桓寬《鹽鐵論．相刺》：「文學言治尚於唐、虞，言義高於秋天，有華言矣，未見其實也。昔魯穆公之時，公儀為相，子思、子柳為之卿，然北削於齊，以泗為境，南畏楚人，西賓秦國。孟軻居梁，兵折於齊，上將軍死，而太子虜，西敗於秦，地奪壤削，亡河內、河外。夫仲尼之門，七十子之徒，去父母，捐室家，負荷而隨孔子，不耕而學，亂乃愈滋。故玉屑滿篋，不為有寶；《詩》《書》負笈，不為有道。要在安國家，利人民，不苟繁文眾辭而已。」

冰炭不同器，日月不並明。

冷的冰和熱的炭火不能在同一器皿上並存，太陽和月亮不會在同一時間照亮大地。

【題旨與故事】

西漢昭帝時所舉辦的「鹽鐵會議」上，代表民間的文學之士，對於朝廷重利尚武的政策表達不滿，然而代表官方的御史也不甘示弱，直指文學之士口中那些崇古尚賢的言論，對於當今朝政毫無助益，並舉漢武帝時期曾重用過獨尊儒術的公孫弘擔任丞相為例，卻不見公孫弘當時對國家樹立任何功業，藉此來反擊文學之士。文學之士則以「冰炭不同器，日月不並明」一語反譏對方，認為公孫弘任職丞相之時，正好處於武帝策劃對四夷用兵的期間，所以擅長權謀詭計和勇於作戰的人大量湧現，等到士兵疲憊、軍費不足時，專精於替國家財政增加收入的人又趁機興起，想要迎合君王喜好的人實在多不勝數，但想要以正道事君的人卻是少之又少，兩者勢不兩立，水火不容，也絕非儒者出身的公孫弘一人之力所能改變的。

【使用的場合】

本句可用來比喻對立的雙方或性質不同的事物彼此排斥，無法相容。也可用來比喻兩個相互矛盾的理論，不可同時共用。

【名句的出處】

西漢．桓寬《鹽鐵論．刺復》：「冰炭不同器，日月不並明。當公孫弘之時，人主方設謀垂意於四夷，故權譎之謀進，荊、楚之士用，將帥或至封侯食邑，而剋獲者咸蒙厚賞，是以奮擊之士由此興。其後干戈不休，軍旅相望，甲士糜弊，縣官用不足，故設險興利之臣起，磻（ㄆㄢˊ）溪熊羆之士隱。」

形之龐也類有德，聲之宏也類有能。

（被運到黔地的驢子）外形龐大，看起來似乎很有德行的樣子，聲音宏亮，聽起來好像很有本事的樣子。

【題旨與故事】

柳宗元在〈黔之驢〉這篇寓言故事中，描述黔地（唐代轄境，約位在今重慶市東南部和貴州北部一帶）本無驢子，有好事者用船載來了一頭驢子，後來覺得驢子在黔地沒什麼用處，便將其置在山下圈養。從未見過驢子的老虎從旁經過，被驢子巨大的體型所驚懾，起初以為是神，怕到不敢接近，一開始先躲在隱蔽的地方偷觀察，其後慢慢靠近，突然聽到驢子大聲的吼叫，嚇得老虎以為驢子是要過來咬自己，便趕緊跑開；又過了幾天，老虎這時已習慣了驢子的叫聲，但仍只在附近徘徊，漸漸發覺驢子好像也沒什麼特別的本領，就出現在驢子的面前，隨意碰撞挑釁，惹得驢子怒踢了老虎一腳，而也正是這個踢的動作，才讓老虎完全看穿驢子的鬥技不過如此而已，隨即撲上前把驢子的喉嚨咬斷，吃光牠的肉才離開。作者文末替這則寓言作了以下總結，認為故事中的這頭驢子，若自始至終都不要在老虎面前顯露其拙劣的技能，老虎縱使天性凶猛，也會因心存畏忌而

不敢冒進妄動，結局或許就不至於命喪虎口了！其中「形之龐也類有德，聲之宏也類有能」的言外之意，即是在說驢子的外表看似強大威武，實則無德又無能，藉此告誡人們，若本身沒有真實的本領，還是不要在人前逞能，以免暴露了自己的弱點而招來禍敗。此文亦是成語「黔驢技窮」、「黔驢之技」的出處由來，從此「黔驢」便被視為是用來諷刺人愚蠢無知的代名詞。

【使用的場合】

本句可用來比喻人外強中乾，卻又喜歡虛張聲勢，賣弄自己淺薄的伎倆。

【名句的出處】

唐・柳宗元〈黔之驢〉：「噫！形之龐也類有德，聲之宏也類有能。向不出其技，虎雖猛，疑畏，卒不敢取。今若是焉，悲夫！」

始作俑[1]者，其無後乎[2]？

最初那個發明以人形的木（或陶）偶來殉葬的人，難道他自己沒有後代子孫嗎？

【字詞的注解】

1.俑：木製或陶製的人偶，為古代用來陪葬的物品之一。

2.其無後乎：這句話歷來有多種解釋，其一是他難道沒有後代子孫嗎？意在批評此人的不仁，畢竟自己也有後人的話，怎麼會想到用面目似真人的俑來陪葬這樣殘忍的事呢？其二是他以後一定會沒有後代啊！意指此人將來會得到絕子絕孫的報應。其三是他以後一定會影響到後來的人啊！意即會被其他人看了之後所仿效。

【題旨與故事】

戰國時代的孟軻，雖然處在百家爭鳴的年代，但仍致力於宣揚儒家孔子的仁義之道，期盼各國君王不要只顧眼前的私益，而對百姓的痛苦完全無動於衷。在《孟子．梁惠王上》記敘孟軻前來拜見梁惠王（即魏惠王魏罃，因遷都大梁，故稱之。大梁，位在今河南開封市西北部一帶），梁惠王客氣地說道：「先生有什麼建言儘管說出來吧！我很願意聽從您的教誨。」其實梁惠王的心裡是希望孟軻提出如何使梁國更強大的謀略。孟軻問說：「請問大王，拿木棍殺人和用刀子殺人有什麼差別呢？」梁惠王回答：「沒有什麼差別。」孟軻接著問說：「那麼用刀子殺人和藉由政令來殺人有什麼差別呢？」因為兩者都是致人於死，梁惠王一樣回答：「沒有什麼差別。」孟軻這時便說道：「大王您的廚房裡有吃不完的肥肉，馬廄裡有數不清的肥馬，可是您的百姓卻是面有飢色，甚至許多人都已經餓死在路旁，請問您的作為跟帶領著野獸吃人有什麼不同呢？野獸相互吃著彼此的肉，人們看了都忍不住心生厭惡，更何況是身為百姓父母的君王，自己卻率領著野獸來吃人，這樣又怎能當百姓的父母呢？」孟軻還引用孔子之言「始作俑者，其無後乎」，直斥以人俑來陪葬的這種行為，連孔子看了都覺得於心不忍，更別說梁惠王「率獸食人」的政策，比起「始作俑者」的殘酷程度不知有多少呢？後來人們便用「率獸食人」來比喻暴政虐害人民，用「始作俑者」來比喻首開惡例的人。

【使用的場合】

本句可用來比喻開啟惡劣風氣或做某件壞事的人，將會對自己的後代或是後來的人們造成不良的影響。

【名句的出處】

戰國．孟軻《孟子．梁惠王上》：「庖有肥肉，廄有肥馬，民有飢色，野有餓莩，此率獸而食人也。獸相食，且人惡之。為民父母，行政不免於率獸而食人。惡在其為民父母也？仲尼曰：『始作俑者，其無後乎？』為其象人而用之也。如之何其使斯民飢而死也？」

披五嶽[1]之圖，以為知山，不如樵夫之一足。

翻閱五座名山的地圖，就以為自己很了解這幾座高山了，實際上還比不上砍柴的人親自上山走一步。

【字詞的注解】

1. 五嶽：五大名山的總稱，即東嶽泰山，位在今山東境內；西嶽華山，位在今陝西境內；南嶽衡山，位在今湖南境內；北嶽恆山，位在今山西境內；中嶽嵩山，位在今河南境內。

【題旨與故事】

清代思想家魏源文中所要強調的是躬行實踐的重要性，即便是博覽群書的飽學之士，所獲悉的知識或資訊也有可能只是片面的，故言「及之而後知，履之而後艱」，人唯有經過實際接觸之後，方能看清楚事物的真實狀況，也唯有身體力行之後，才能理解事情的困難與問題的所在，否則，一切不過都是紙上談兵，與事實還是會有些許的落差，甚至是會被未更新或訛傳的訊息給誤導。

【使用的場合】

本句可用來說明凡事必須親身踐履，透過具體觀察而得到的領會，勝過讀萬卷書。

【名句的出處】

清．魏源《默觚．學篇》：「及之而後知，履之而後艱，烏有不行而能知者乎？披五嶽之圖，以為知山，不如樵夫之一足；談滄溟之廣，以為知海，不如估客之一瞥；疏八珍之譜，以為知味，不如庖丁之一啜。」

放虎於山林。

（假若讓劉備去討伐張魯）就好像是把抓到的老虎，又放回山林之中一樣。

【題旨與故事】

南朝宋史學家裴松之奉宋文帝劉義隆的命令，為西晉陳壽《三國志》一書作注，以補足《三國志》文獻不足之缺失，史稱《三國志注》。裴松之在《三國志注》中引用西晉司馬彪《零陵先賢傳》（原書已經失傳，後人蒐集保存在其他文獻中的引用文字成輯佚本）的一段記載，記敘東漢末年，全天下的人都知道丞相曹操有篡位的野心，導致各方群雄爭立，漢室名存實亡，許多地方州牧無不擁兵自重，一心只想坐大自己的軍事實力。當時益州（東漢轄境，約位在今四川、重慶市、雲南一帶）州牧（地方最高行政、軍事首長）劉璋的部下當中，有個名叫張松的部屬，看出劉璋的個性懦弱無能，難以成就大業，故轉而投靠鄰近在旁的荊州州牧劉備，並答應當劉備的內應，協助其取得益州。恰巧劉璋此時正在擔心占據漢中的張魯，隨時可能南下攻打益州，張松便趁機向劉璋提出結合劉備的勢力，聯手對抗曹操和張魯的計策。獻帝建安十六年（西元二一一年），劉璋聽從張松的建議，決定迎接劉備進入益州。劉璋身邊有位文士劉巴，主動來對劉璋說：「劉備堪稱是一位英雄人物，您若讓他進入益州，將來一定會對您造成危害啊！」但劉璋根本聽不進劉巴的勸說。待劉備率數萬兵馬，整軍到達益州時，劉璋還讓劉備駐守在邊防要地，以防止張魯的入侵。這時劉巴又前去對劉璋說道：「您先前同意劉備進入益州，已經是大錯特錯了！現在又請其去征伐張魯，不就像是把抓到的猛虎，又縱放回歸山林裡去嗎？」劉璋依然不聽。隔了一年，也就是獻帝建安十七年（西元二一二年），劉璋和劉備的關係正式決裂，本是被劉璋請來共同對付張魯、抵抗曹操的劉備，卻停止了對張魯的進軍，而是反過頭來對劉璋展開攻擊，毫不掩飾其一直虎視眈眈的就是益州的領土。獻帝建安十九年（西元二一四年），果然不出劉巴所料，益州被野心勃勃的劉備所攻占，劉璋只得出城投降。劉巴自劉璋不聽其勸阻之後，從此便稱疾不出，直到劉備攻下益州的治所成都，還吩咐左右，絕對不可傷害劉巴，否則就要誅其三族，顯見劉備對才智過人的劉巴極為重視。劉巴後來歸附劉備，成為蜀漢陣營的一名重要謀士。

【使用的場合】

本句可用來比喻放走實力強大的敵人或輕忽居心叵測的對手，日後必定為自己帶來無窮的後患。

【名句的出處】

西晉．陳壽《三國志．蜀書．劉巴傳》裴松之注引《零陵先賢傳》：「璋遣法正迎劉備，巴諫曰：『備，雄人也，入必為害，不可內（ㄋㄚˋ）也。』既入，巴復諫曰：『若使備討張魯，是放虎於山林也。』璋不聽，巴閉門稱疾。備攻成都，令軍中曰：『其有害巴者，誅及三族。』及得巴，甚喜。」

盲人騎瞎馬，夜半臨深池。

眼睛看不到的人騎著一匹瞎眼的馬，在黑夜裡來到了深不見底的水池旁。

【題旨與故事】

《世說新語．排調》中記載東晉時期畫家顧愷之，與當時的兩位官員桓玄和殷仲堪，三人的談話告一個段落，有人便提議來玩「危語」的遊戲。這個遊戲的玩法是，每個人必須各自敘述一件非常危險的事情，看誰說的內容最讓人感到害怕，誰就是勝利者。桓玄首先說道：「矛頭淅米劍頭炊。」意即用尖銳的矛頭淘米，用鋒利的劍頭燒火煮飯；因為這樣一來，用來淘米的竹籮與用來煮飯的鍋底，一定會被矛頭和劍頭給戳破，哪裡還

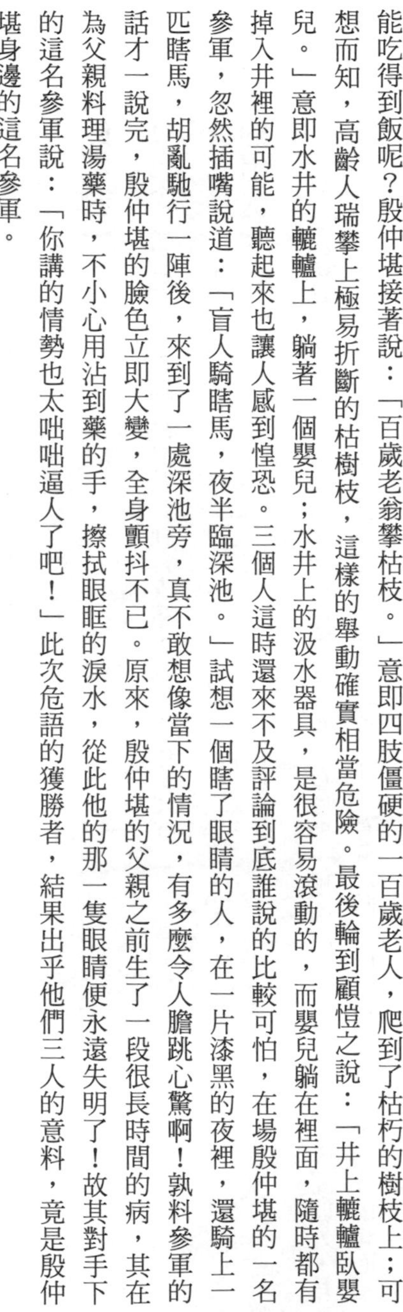

能吃得到飯呢？殷仲堪接著說：「百歲老翁攀枯枝。」意即四肢僵硬的一百歲老人，爬到了枯朽的樹枝上；可想而知，高齡人瑞攀上極易折斷的枯樹枝，這樣的舉動確實相當危險。最後輪到顧愷之說：「井上轆轤臥嬰兒。」意即水井的轆轤上，躺著一個嬰兒；水井上的汲水器具，是很容易滾動的，而嬰兒躺在裡面，隨時都有掉入井裡的可能，聽起來也讓人感到惶恐。三個人這時還來不及評論到底誰說的比較可怕，在場殷仲堪的一名參軍，忽然插嘴說道：「盲人騎瞎馬，夜半臨深池。」試想一個瞎了眼睛的人，在一片漆黑的夜裡，還騎上一匹瞎馬，胡亂馳行一陣後，來到了一處深池旁，真不敢想像當下的情況，有多麼令人膽跳心驚啊！孰料參軍的話才一說完，殷仲堪的臉色立即大變，全身顫抖不已。原來，殷仲堪的父親之前生了一段很長時間的病，其在為父親料理湯藥時，不小心用沾到藥的手，擦拭眼眶的淚水，從此他的那一隻眼睛便永遠失明了！故其對手下的這名參軍說：「你講的情勢也太咄咄逼人了吧！」此次危語的獲勝者，結果出乎他們三人的意料，竟是殷仲堪身邊的這名參軍。

【使用的場合】

本句可用來比喻茫然不知自己身陷險境之中。也可用來比喻不了解情況而盲目行動，後果危險至極。

【名句的出處】

南朝宋．劉義慶《世說新語．排調》：「次復作危語。桓曰：『矛頭淅米劍頭炊。』殷曰：『百歲老翁攀枯枝。』顧曰：『井上轆轤臥嬰兒。』殷有一參軍在坐，云：『盲人騎瞎馬，夜半臨深池。』殷曰：『咄咄逼人！』仲堪眇目故也。」

雨不破塊，風不鳴條。

細雨無法將田地的土塊沖壞弄破，輕風無法將樹上的枝條吹出聲響。

【題旨與故事】

西漢昭帝時的「鹽鐵會議」上，民間代表賢良之士針對水、旱災議題和官方代表御史大夫桑弘羊展開辯論。桑弘羊主張影響農業收成的水災和旱災屬於天災，故不可將責任歸咎在朝廷官員的身上；但賢良之士認為古代在施行仁政的時候，就會陰陽調和，星辰井然，風雨適時，此乃上天降福給修德行善之人，所以國家安定，百姓長壽，年年五穀豐收。文中賢良之士借「雨不破塊，風不鳴條」之喻，強調聖賢以仁義治國，有如微雨滋潤、和風輕拂般，雨順風調，農田也因為沒有遭受狂風暴雨的侵襲，倉廩豐實，黎民樂業安居。

【使用的場合】

本句可用來比喻賢者在位，政治清明，社會安寧，人民生活富足。

【名句的出處】

西漢・桓寬《鹽鐵論・水旱》：「古者，政有德則陰陽調，星辰理，風雨時。故行脩於內，聲聞於外，為善於下，福應於天。周公載紀而天下太平，國無夭傷，歲無荒年。當此之時，雨不破塊，風不鳴條，旬而一雨，雨必以夜，無丘陵高下皆熟。」

枳句[1]來巢，空穴來風。其所託者然，則風氣殊焉。

枳樹的枝節彎曲，導致鳥類喜歡到枳樹上來築巢，有孔洞的地方，很自然地就會把風給招進來。既然事物是依靠其所憑藉的東西而形成的，那麼風的氣息同樣也是會根據不同的環境條件而出現差異。

【字詞的注解】

1. 句：音ㄍㄡ，此指屈曲、彎曲。

【題旨與故事】

戰國楚人宋玉在〈風賦〉中記述楚頃襄王到蘭臺宮遊玩，其與另一名辭賦作家景差隨侍在側。當時一陣輕風吹來，楚頃襄王便敞開衣襟說道：「這風吹在身上可真是涼爽啊！應該是我和天下百姓所共享的吧？」宋玉告訴楚頃襄王說：「大王，這是您個人獨享的風，老百姓怎麼可能與您共享呢？」楚頃襄王疑惑地問道：「風乃天地自然之氣，不分貴賤、高下都能享受到風的暢快吹拂。怎麼會是我個人的風呢？這種說法的根據是什麼呢？」宋玉回答：「我從老師那裡聽說過，枳樹因形狀句曲，鳥兒就會前來築巢，有空穴就會產生風。可見鳥巢和風所依託的地方不同，而風的氣息也會受到環境的影響而有所不同。」楚頃襄王問說：「這是什麼道理

呢？」宋玉答道：「就好比住在皇宮裡的大王所吹到的風，是令人感到遍體清涼、神清氣爽，甚至還可以治療疾病，那是因為它經過的地方都是華麗的宮殿，四處山明水秀、花草芳香的緣故。這就是屬於大王您的風啊！」楚頃襄王又問宋玉：「那什麼是老百姓的風呢？」宋玉說：「住在低窪小巷的老百姓所吹到的風，是令人感到煩亂憂慮、眼睛疼痛，甚至容易讓人生病，那是因為它經過的地方都是塵土泥沙，四處堆積穢物、臭氣沖天的緣故。這就是屬於老百姓的風啊！」宋玉文中刻意借風為喻，暗諷王公貴族與平民百姓的生存條件有如天壤之別，以此勸諫楚頃襄王不可繼續貪圖享樂，應正視民間疾苦。原本「枳句來巢，空穴來風」這兩句話是用來強調事情的發生總是有因由的，只是後來「空穴來風」一語卻演變成完全沒有根據的消息或傳言的意思，與〈風賦〉作者宋玉的原意出入頗大。

【使用的場合】

本句可用來比喻事出必有因，不可能無中生有。也可用來比喻自身存在著某弱點，以致流言蜚語得以找到機會傳開來。

【名句的出處】

戰國．宋玉〈風賦〉：「楚襄王遊於蘭臺之宮，宋玉、景差（ㄘㄨㄛ）侍。有風颯然而至，王迺披襟而當之曰：『快哉此風！寡人所與庶人共者邪？』宋玉對曰：『此獨大王之風耳，庶人安得而共之？』王曰：『夫風者，天地之氣，溥暢而至，不擇貴賤高下而加焉。今子獨以為寡人之風，豈有說乎？』宋玉對曰：『臣聞於師，枳句來巢，空穴來風。其所託者然，則風氣殊焉。』」

茂林之下無豐草，大塊之間無美苗。

在茂密的樹林下方，不會長出茁壯的青草，在一整片的荒土間，不會長出美好的禾苗。

【題旨與故事】

「鹽鐵會議」上代表官方的御史對於朝廷權衡現實輕重、緩急程度的需求，採取鹽、鐵官營和重刑峻法的策略予以肯定，認為這種「損有餘，補不足」的政策不僅能讓國庫的財貨充足，農業和工、商業也同時受惠，更可藉由嚴格執法來鏟除豪強奸邪，強者無法再欺凌弱者，百姓貧富均平，各安其所。文中御史以「茂林之下」和「大塊之間」比喻富商大賈或奸詐狡猾之徒強勢橫行，以「無豐草」和「無美苗」比喻人民的身家受到耗損，猶如滋長草、苗的養分被榨取般。因此，整肅奸商，誅殺惡霸，使民眾的生活無虞便是政府的職責。

【使用的場合】

本句可用來比喻面對強大的勢力，一般人或較弱勢者容易受到壓制或迫害。也可用來比喻合宜的環境和條件，有利於人的生存與發展。

【名句的出處】

西漢．桓寬《鹽鐵論．輕重》：「水有猵（ㄅㄧㄢ）獺而池魚勞，國有強禦而齊民消。故茂林之下無豐

草，大塊之間無美苗。夫理國之道，除穢鋤豪，然後百姓均平，各安其宇。張廷尉論定律令，明法以繩天下，誅姦猾，絕并兼之徒，而強不凌弱，眾不暴寡。大夫君運籌策，建國用，籠天下鹽、鐵諸利，以排富商大賈，買官贖罪，損有餘，補不足，以齊黎民。」

逐麋之狗，當顧菟[1]邪？

正在追逐麋鹿的獵犬，當下哪裡顧得了兔子呢？

【字詞的注解】

1.顧菟：與「顧兔」相通，自古傳說月中有兔，因兔具有多疑的天性，常作顧望狀，故後人以「顧兔」代稱月。此作顧及兔子的意思。

【題旨與故事】

這兩句話出自西漢昭帝皇后上官氏（名不詳）的父親上官安之口，即使女兒已貴為皇后，自己與父親上官桀皆受封為侯，但日益驕橫的上官安仍不滿朝事始終被大司馬大將軍霍光（即上官氏的外祖父，也是上官安的岳父）所獨攬；為了爭權，上官安不惜與昭帝的兄姊燕王劉旦、鄂邑公主劉氏（名不詳）結黨聯盟，共謀殺害霍光，廢黜昭帝，最後因消息走漏而失敗，上官宗族遭到誅滅，燕王、鄂邑公主自盡，唯皇后上官氏當時年紀尚小，且又是霍光的外孫女，才沒有受到牽連。上官安在發動政變之前，有人問其關於皇后上官氏的安危時，怎料身為父親的他，竟以狗在追比鹿長得稍大的麋，無心關注體積較小的兔子作為回答，表達其對權柄的渴望，更甚過骨肉親情，即使過程中極有可能犧牲無辜幼女，也絕不反顧。唐代史家顏師古為《漢書》作注，其對此語的解釋為：「言所求者大，不顧小也。」意即上官安為了圖謀政治上更大的利益，便顧不得自己女兒的生死，因為兩相比較，前者才是他心目中認定的大事，後者便顯得沒有那麼重要了！

【使用的場合】

本句可用來比喻圖謀大事或巨利者，不會去顧慮小事或看重微利。

【名句的出處】

東漢．班固《漢書．外戚傳》：「或曰：『當如皇后何？』安曰：『逐麋之狗，當顧菟邪？且用皇后為尊，一旦人主意有所移，雖欲為家人亦不可得，此百世之一時也。』」

傳聞不如親見，視景[1]不如察形。

輾轉聽到的，不如親眼所看見的，只見到物體的影子，不如直接觀察物體本身。

【字詞的注解】

1.景：此通「影」字，指物體的形影。

【題旨與故事】

此兩句出自東漢名將馬援上表給光武帝中的文字。馬援不僅擅長騎馬，也懂得辨別名馬，其認為「馬者甲兵之本，國之大用」，堪稱是一個國家軍隊戰力的重要角色，但多數人卻對揀選馬匹的知識不足或標準不一，經常會誤信傳言而挑中資質駑鈍的馬，嚴重影響國力，故馬援以其自身豐沛的相馬經驗，鑄造一座良馬應具備的形骨模型獻給光武帝，方便後人在相馬時有所依據，不會再盲從捕風捉影來的錯誤資訊。光武帝對於馬援的說法表示認同，下詔將此馬的模型置於長樂宮宣德殿下，作為全國衡量名馬的準則。

【使用的場合】

本句可用來說明人應對事物的真實狀況親自查證，眼前為實，不可道聽塗說。

【名句的出處】

南朝宋．范曄《後漢書．馬援傳》：「馬者甲兵之本，國之大用。安寧則以別尊卑之序，有變則以濟遠近之難。昔有騏驥，一日千里，伯樂見之，昭然不惑。近世有西河子輿，亦明相法。子輿傳西河儀長孺，長孺傳茂陵丁君都，君都傳成紀楊子阿，臣援嘗師事子阿，受相馬骨法。考之於事，輒有驗效。臣愚以為傳聞不如親

見，視景不如察形。今欲形之於生馬，則骨法難備具，又不可傳之於後。」

彊弩[1]之極，矢不能穿魯縞[2]；衝風之末，力不能漂鴻毛。

勁度強硬的弓射出去的箭，飛到射程的盡頭，那時的力道連最薄的魯國絲綢也穿透不過；猛烈又疾速的風，颳到了最後，那時的風勢連一根極輕的雁毛也飄不起來。

【字詞的注解】

1. 彊弩：音ㄑㄧㄤˊ ㄋㄨˇ，指強勁有力的弓。彊，通「強」字。
2. 魯縞：古代魯地所產的絲織品，以薄細著稱。後用來泛指質地細緻的絲織品。縞，音ㄍㄠˇ，白色細絹。

【題旨與故事】

《史記・韓長孺傳》中記載西漢武帝在位時期，匈奴派人來請求和親，武帝將此事交由朝臣商議，有些大臣認為漢與匈奴和親，大多過不了數年，匈奴便會再度違背盟約，不如起兵攻之。時任御史大夫的韓安國（字長孺）卻持相反的觀點，力主與匈奴和親才是上策，畢竟漢軍到千里之外去作戰，很難取得好的戰果，更何況占有地利之便的匈奴，憑恃戎馬充足，遷徙速度有如疾飛的鳥群，漢軍想要制伏他們並非易事。韓安國在文中借「彊弩」和「衝風」比喻漢軍剛出征時勇武威猛的狀態，以「極」和「末」形容漢與匈奴兩地的距離遙遠，

用「魯縞」和「鴻毛」說明深入匈奴腹地後的漢軍，力量微弱到連極薄、極輕的物品都無法駕馭。追究其中原委，並不是漢軍一開始的實力不強，而是勞師遠征，人困馬乏，導致最後力量衰竭；反觀匈奴在漢軍到來之前，早已養精蓄銳，以逸待勞，可見漢軍發兵攻擊匈奴是多麼不利的啊！群臣們聽完之後，大多附議韓安國的意見，於是武帝同意與匈奴實行和親政策。其中「彊弩之極，矢不能穿魯縞」後來也演變成「強弩之末」、「力窮魯縞」這兩句成語，用來比喻本來的力量雖然強大，但到了末了也會勢窮力弱，發揮不了任何的作用。

【使用的場合】

本句可用來比喻氣勢由強而弱，或原本的優勢現象消失。也可用來比喻事物不斷發生變化，由極盛轉向衰微的狀態。

【名句的出處】

西漢．司馬遷《史記．韓長孺傳》：「漢數千里爭利，則人馬罷，虜以全制其敝。且彊弩之極，矢不能穿魯縞；衝風之末，力不能漂鴻毛。非初不勁，末力衰也。擊之不便，不如和親。」

雖曰愛之，其實害之；雖曰憂之，其實仇之。

（種植樹木的過程中，若過於干預樹的成長）雖然說是愛護它，實際上卻是在做傷害它的事；雖然說是擔心它，實際上卻是在做仇恨它的事。

【題旨與故事】

文題〈種樹郭橐駝傳〉，是作者柳宗元替一名善於種樹的農夫郭橐（ㄊㄨㄛˊ）駝所立的傳記，文中借郭橐駝栽培和管理樹木的經驗，闡述為官治民的道理，表達其對當時官吏自以為勤政愛民，實為虐政擾民現象的不滿。其中「橐駝」本為駱駝的別名，後被引申為駝背。柳宗元在文章的一開始敘述郭橐駝因患有駝背的疾病，鄉人便以橐駝這個外號稱呼之，其本人聽了不但不生氣，還覺得很適合自己，於是捨棄了自己原來的名字，從此也自稱是橐駝了。由於郭橐駝所栽種的樹或經其所移植的樹，都長得比其他人所種的樹更為高大茂盛，且果實纍纍，所以長安一帶的富豪，以及經營園林遊覽和從事水果買賣的人，無不爭相重金僱請其至家中，替自家的園林種樹或代為養樹。有人好奇地向郭橐駝探求種樹的祕訣，郭橐駝自認並沒有什麼特別的訣竅，只要掌握「能順木之天，以致其性」這個要領，順應樹木生長的天性，讓它們按照自身的習性發展。比方說，種樹的時候要留心根部的舒展，培土均勻，多使用舊土，並將樹根四周的土搗實；做完以上的動作後，「勿動勿慮，去不復顧」，便不要再去擾動它、憂慮它，「其蒔也若子，其置也若棄」，也就是種的時候，用心的程度像是在照顧子女一樣，但種好了之後，就別再去管它們，看起來像是棄置不顧似的，「天者全而其性得」，如此方能保全樹的自然成長規律，使樹的本性得以實現。至於別人種樹的方式，不是一開始便隨意栽種，就是種好之後仍早晚持續關注，甚至經常去翻攪土壤，抓破樹皮，搖晃樹幹，使得樹的天性一天天遠去，無法適應自然環境，這些人以為是在關心樹的成長，殊不知做的都是在壓抑和傷害樹的事。由此可以看出，郭橐駝的種樹之道，是掌握樹的自然生長法則，僅著重在樹苗的根和土的照護，其後便不再妨礙或破壞樹的天性，隨其本性自由發展。

【使用的場合】

本句可用來比喻所作所為，原是出於關愛和呵護對方的動機，結果卻適得其反。也可用來勸誡為人父母者，不可過度寵溺子女，而影響其自身的發展成長和獨立能力。

【名句的出處】

唐．柳宗元〈種樹郭橐駝傳〉：「橐駝非能使木壽且孳也，能順木之天，以致其性焉爾。……他植者則不然，根拳而土易，其培之也，若不過焉則不及。苟有能反是者，則又愛之太恩，憂之太勤，旦視而暮撫，已去而復顧，甚者爪其膚以驗其生枯，搖其本以觀其疏密，而木之性日以離矣。雖曰愛之，其實害之；雖曰憂之，其實仇之。故不我若也，吾又何能為哉？」

寓理於事

三折肱[1]知為良醫。

折斷三次的手臂，就能找到有效治療斷臂的方法，成為醫術高超的人。

【字詞的注解】

1. 肱：音ㄍㄨㄥ，指手臂從肘到腕的部分。泛指胳膊。

【題旨與故事】

春秋魯國史家左丘明在《左傳．定公十三年》中，記載投奔到晉國的齊人高彊，以其自身的失敗經驗告誡晉國六卿中的中行氏、范氏兩家主事者荀寅和士吉射，人民是絕對不會支持對國君出兵的人，正如同他自己就是因為伐君的舉動才流亡到晉國來的。但荀寅和士吉射根本聽不進高彊的勸諫，結果終是戰敗，兩人開始展開逃亡，幾年後中行氏、范氏便為晉國其他四卿，也就是知氏、韓氏、趙氏、魏氏所滅。其中「三折肱知為良醫」，即是高彊表達其在歷經多次的挫折教訓後，從中學習到如何理智看待和妥善處理事情。

【使用的場合】

本句可用來比喻人對某事累積了豐富的閱歷，進而成為這方面的專家。

【名句的出處】

春秋．左丘明《左傳．定公十三年》：「冬十一月，荀躒、韓不信、魏曼多奉公以伐范氏、中行氏，弗克。二子將伐公，齊高彊曰：『三折肱知為良醫。唯伐君為不可，民弗與也。我以伐君在此矣。三家未睦，可盡克也。克之，君將誰與？若先伐君，是使睦也。』弗聽，遂伐公。國人助公，二子敗，從而伐之。丁未，荀

寅、士吉射奔朝歌。」

五十步笑百步。

（雙方才一開始交戰，有些士兵就嚇得往後逃跑，有的人跑了一百步才停下來，有的人跑了五十步就停下來）那些跑了五十步的人，就嘲笑那些跑了一百步的人。

【題旨與故事】

《孟子．梁惠王上》記敘梁惠王向孟軻抱怨自己天天操心國政，做了許多比起鄰國的君王更加體恤人民的具體政績，但奇怪的是，國內的人口數並沒有因此而增多，而鄰國的人口數也沒有因此而減少，梁惠王對於這樣的結果，感到十分不解。孟軻知道梁惠王生性好戰，便用其熟悉的事例來作比方，其說道：「當戰鼓聲一響起，兩軍的刀刃才剛剛交鋒，此時竟然有人丟下盔甲，拖著兵器，掉頭就跑；有的跑了一百步，有的則是跑了五十步，而那些跑了五十步的人，卻對著那些跑了一百步的人大聲恥笑，王以為如何呢？」梁惠王聽了之後回說：「這是不對的啊！只是沒有跑一百步而已，但都算是逃跑的行為。」孟軻於是順著梁惠王這個回答，希望梁惠王重視人民的衣食溫飽，而不是一味地加重百姓的兵役和勞役；明知路上有餓死的人，卻只想把問題歸罪到是年歲收成不好所造成的，也不願打開糧倉來賑濟災民。孟軻意在提醒梁惠王，梁國的人口數之所以沒有增加的原因，正是因為在天下百姓的眼中，梁惠王和鄰國的君王，就如同「五十步笑百步」的例子一樣，兩者其實是相去無幾的，哪裡會吸引他們想要投奔到梁國來呢？

【使用的場合】

本句可用來比喻彼此的缺點或所犯的錯誤，雖有程度上的差別，但本質上卻沒什麼不同，然其中一方自認程度較輕，因而取笑另一方。

【名句的出處】

戰國．孟軻《孟子．梁惠王上》：「梁惠王曰：『寡人之於國也，盡心焉耳矣。河內凶，則移其民於河東，移其粟於河內。河東凶亦然。察鄰國之政，無如寡人之用心者。鄰國之民不加少，寡人之民不加多，何也？』孟子對曰：『王好戰，請以戰喻。填然鼓之，兵刃既接，棄甲曳兵而走，或百步而後止，或五十步而後止。以五十步笑百步，則何如？』」

夫逃虛空者，藜藋[1]柱[2]乎鼪鼬之逕[3]，踉[4]位其空，聞人足音跫[5]然而喜矣。

至於那些逃到空曠荒野的人，雜草堵住了黃鼠狼出入的路徑，長期處於荒涼無人的所在（此句另可譯為：踉踉蹌蹌地居住在空野荒地），只要聽到人的腳步聲就覺得很高興。

【字詞的注解】

1.藜藿：野草或野菜。常引申作一般百姓或窮人吃的粗劣飯菜。
2.柱：堵塞、擋住。
3.鼪鼬之逕：引申為荒涼偏僻的小路。鼪鼬，音ㄕㄥ 一ㄡˋ，黃鼠狼。逕，此通「徑」字，小路。
4.踉：一說音ㄌ一ㄤˊ，通「良」字，良久。另一說音ㄌ一ㄤˋ，即踉蹌，走路不穩的樣子。
5.跫：音ㄑㄩㄥˊ，腳踏地的聲音。

【題旨與故事】

在《莊子．徐无鬼》中記敘戰國時期的魏武侯，經由寵臣女商的介紹，接見了一位住在山林裡的隱士徐无鬼。魏武侯慰問徐无鬼說：「先生感到很疲累吧！大概是隱居太久的緣故，所以才會下山來見我。」徐无鬼笑著回答：「我可是專程來慰問您的啊！您哪有什麼可以慰問我的呢？您想要滿足嗜好和欲望，放縱自己的喜好和厭惡，卻又擔心生命因而受到損害；您想要斷絕一切的嗜欲和好惡之情，但又割捨不下這些耳目享受。所以，我才來慰問您心中的勞苦啊！」徐无鬼的這番話，正好說中魏武侯的心事，讓他一句話都答不上來。接著，徐无鬼妙語如珠地和魏武侯聊起相狗、相馬的技術，還教魏武侯如何分辨狗、馬品種的優劣，逗得魏武侯開懷大笑。等到徐无鬼一步出宮廷，女商便好奇地問說：「先生究竟對君王講了什麼呢？平日我跟君王談論各種儒家經典和兵書，也從沒見他如此開心過。」徐无鬼回說：「我不過告訴君王如何相狗和相馬而已。」女商疑惑地問說：「你真的只有說這件事嗎？」徐无鬼說：「你難道沒聽說過越國有被流放的人，離開國家幾天後，看見認識的人就很高興；離開國家一個月後，看見曾在國內見過的人就很高興；到了離開國家一年之後，看到像是同國的人就很高興。這不就是離開故人越久、思念就越深的道理嗎？對於長久住在杳無人煙之處的人而言，只要一聽到人的腳步聲就很高興，更何況是兄弟或親人在一旁說笑呢！畢竟已經很久沒人在君王的身邊說出親切平實的話啊！」徐无鬼道出了魏武侯雖貴為一國之君，內心卻是寂寞無比，因身旁沒人敢和他說一般家常的話語。而這段文字也正是後來成語「足音跫然」、「空谷足音」的典故由來。

【使用的場合】

本句可用來比喻久居荒僻處所的人，對他人的來訪感到愉悅。另可用來比喻難得一見的事物或難得聽到的言論。

【名句的出處】

戰國．莊周《莊子．徐无鬼》：「子不聞夫越之流人乎？去國數日，見其所知而喜；去國旬月，見所嘗見於國中者喜；及期年也，見似人者而喜矣；不亦去人滋久，思人滋深乎？夫逃虛空者，藜藋柱乎鼪鼬之逕，踉位其空，聞人足音跫然而喜矣，又況乎昆弟親戚之謦欬（ㄑㄧㄥˇ ㄎㄞˋ）其側者乎！久矣夫莫以真人之言謦欬吾君之側乎？」

生於憂患，而死於安樂也。

人在憂愁、患難的環境中（會懂得審慎思慮）而得以生存，然而人在安逸、享樂的環境中（很容易就會輕

忽怠惰）而導致衰亡。

【題旨與故事】

在《孟子．告子下》中，孟軻先列舉歷史上六位出生低微，且飽經磨難，終有一番成就的人物，比如舜本在耕田，被堯起用而成為天子；比如傅說本在替人築牆，後被殷高宗舉用為相；比如膠鬲本在販賣魚鹽，經由周文王的推薦，而成為紂王的大臣，後見紂王暴虐無道，轉而輔助周武王；比如管仲早年被囚禁在監獄裡，後來得到鮑叔牙的推薦，被齊桓公舉用為相；比如孫叔敖為了避禍，住在海濱，之後被楚莊王舉用為相；比如百里奚身為奴隸，被秦穆公贖回來作了大夫。孟軻認為他們這六個人皆為「天將降大任於是人也，必先苦其心志，勞其筋骨，餓其體膚，空乏其身，行拂亂其所為」之實例，意即上天要把重責大任加到像他們這樣的人身上，一定會先磨礪他們的意志，勞累他們的筋骨，讓他們體驗到飢餓和窮困的痛苦，行為處事受到百般的阻撓；目的就是為了「動心忍性，曾益其所不能」，藉此震撼他們的心志，培養他們堅忍不拔的性格，同時增強他們原本欠缺的才幹。在孟軻看來，任何一位要擔負重任的人，都必須經歷挫折、磨難，從一次又一次的錯誤中累積經驗和教訓，進而發現自身想法的困滯和阻礙，不斷奮發向上，使自己的志氣和能力更加茁壯；反之，若是一味貪圖享樂，生活無憂無慮，長久下來，勢必無力面對任何的困難，抵擋不了任何外來的禍患。綜合以上各項論據，孟軻最後歸納出「生於憂患，而死於安樂也」這兩句強而有力的結論，無論是對一般人或是對國家的生存發展，都具有相當警示的作用。

【使用的場合】

本句可用來說明順境易使人沉湎於愉逸享受，而逆境方能使人隨時保持警戒。

【名句的出處】

戰國．孟軻《孟子．告子下》：「人恆過，然後能改；困於心，衡於慮，而後作；徵於色，發於聲，而後喻。入則無法家拂士，出則無敵國外患者，國恆亡。然後知生於憂患，而死於安樂也。」

有備則制人，無備則制於人。

有所防備就可以制服敵人，沒有防備就會被敵人所制服。

【題旨與故事】

此為西漢昭帝時「鹽鐵會議」上，代表官方的御史大夫桑弘羊針對地勢險固攸關國家安全的一段發言。文中舉戰國時期的秦國之所以能夠超越各國諸侯，併吞天下，正是因其地理位置占盡優勢；就好比烏龜和玳瑁的背上有甲殼的保護，狐貉也難以擒住牠們，而蛇的嘴裡長有毒牙，人們就不敢輕視牠傷人的能力。桑弘羊這段話意在強調，如果連動物都深諳自我保護之道，對外界隨時保持高度的戒備，而人在面對各種可能發生的危險，又怎麼能不事先做好萬全的準備呢？

【使用的場合】

本句可用來說明凡事須提早設防，以免事到臨頭時束手無策，只能受制於人。

【名句的出處】

西漢．桓寬《鹽鐵論．險固》：「秦所以超諸侯、吞天下、并敵國者，險阻固而勢居然也。故龜猖有介，狐貉不能禽；蝮蛇有螫，人忌而不輕。故有備則制人，無備則制於人。」

事不患於不成，而患於易壞。蓋作者未始不欲其久存，而繼者常至於殆廢。

不擔心事情做不成功，而是擔心事情容易衰敗。興建的人一開始並沒有不想把事情做得長久牢固，只是後繼的人經常將其荒廢。

【題旨與故事】

北宋仁宗慶曆年間，岳州知州滕宗諒為避免往來洞庭湖的船舶，經常遭受風浪襲擊而發生翻覆溺水的危險，決定興工修築偃虹堤。等到堤壩完工，滕宗諒託人帶書信和地圖給當時在滁州的歐陽脩，希望其能為新堤寫一篇記文；歐陽脩在看了洞庭湖的地圖，以及聽了送信人對建堤過程的說明之後，被滕宗諒為民除患的用心所感動，寫下了這篇〈偃虹堤記〉。文中大力稱讚滕宗諒「蓋慮於民也深，則其謀始也精，故能用力少而為功多」，因其考慮的是對百姓甚至後代有益的事，策劃周全，施工精細，故能達到事半功倍的成效，建造出可以抵禦凶險風波的堤壩；同時也感嘆歷來像滕宗諒這樣認真的官員其實也不在少數，可惜後面接續的人往往無法承繼前人的處事態度，以致建物或工事難以保存久遠。但也正因如此，更凸顯出滕宗諒「不苟一時之譽，思為利於無窮」，無私精神之可貴，治事不貪圖一時的美譽，只顧慮到能否帶給後世無窮的利益，「而告來者不以廢」，並藉此告誡後續者不可廢棄前人的功業。值得一提的是，滕宗諒治理岳州期間，因重修岳陽樓和築建偃虹堤兩大工程，幾乎是同一時間向兩大文友范仲淹、歐陽脩求記，也意外促成了〈岳陽樓記〉和〈偃虹堤記〉這兩篇傳世之作。

【使用的場合】

本句可用來說明做事講究方法，思慮長遠，事前審慎準備，事成之後也要兢兢業業，不可懈怠而敗壞事業。

【名句的出處】

北宋．歐陽脩〈偃虹堤記〉：「夫事不患於不成，而患於易壞。蓋作者未始不欲其久存，而繼者常至於殆廢。自古賢智之士，為其民捍患興利，其遺蹟往往而在。使其繼者皆如始作之心，則民到於今受其賜，天下豈有遺利乎？此滕侯之所以慮，而欲有紀於後也。」

事固有難明於一時，而有待於後世者。

有些事情本來就很難在短時間內讓人明白，需要等待後來的人去深入理解。

【題旨與故事】

此出自歐陽脩〈濮議序〉的開頭兩句，其中「濮議」指的是北宋英宗治平年間，從對英宗生父濮王封號的討論，後來演變成朝臣之間的一場政治鬥爭，史稱「濮議之爭」。由於英宗趙曙為沒有子嗣的仁宗所收養，生父乃濮王趙允讓，故登基後，便希望尊稱自己的生父為「皇考」，當時的執政大臣韓琦、歐陽脩等人也和英宗的立場一致；然臺諫大臣呂誨、呂大防等人卻堅持英宗既已過繼給仁宗，對其生父就只能稱「皇伯」，兩派人馬為此展開一年多的脣槍舌戰，最後英宗雖如願得以稱生父濮王「皇考」，但捲入這場政爭的歐陽脩，卻飽受流言中傷，有人為了打擊異己，甚至還出面誣告歐陽脩與媳婦有私，手段可說無所不用其極。歐陽脩即使在濮議之爭中抱持「子不可絕其父」的主張，認為父親就是父親，沒有稱伯父的道理，然其在〈濮議序〉也提到許多事情其實並不用去急著爭論誰對誰錯，隨著時間的推移和事物本身的發展，或許後人看待同樣的一件事，會比前人更容易理出頭緒或辨清事實。

【使用的場合】

本句可用來說明人礙於自己的認知有限或一時的偏見，有時看的只是事物的片面或假象，所以不要對有爭議的事過早下定論，而是留給將來的人去評斷是較為持平客觀的。

【名句的出處】

北宋・歐陽脩〈濮議序〉：「臣某頓首死罪言。臣聞事固有難明於一時，而有待於後世者。伯夷、叔齊是已。夫君臣之義，父子之道至矣，臣不得伐其君，子不得絕其父，此甚易知之事也。方武王之作也，人皆以為君可伐；濮議之興也，人皆以為父可絕，是大可怪駭者也。」

明者遠見於未萌，而智者避危於無形。

聰明的人可以在事情尚未萌發之前就預見結果，而有智慧的人可以在危險還沒形成之前就及時避開。

【題旨與故事】

西漢辭賦家司馬相如跟隨著漢武帝出遊打獵，其見漢武帝沉迷於射擊和追逐野獸的娛樂，因而上書勸諫漢武帝不可為了享受馳獵的樂趣，輕視天子的尊貴地位，沒有顧慮到安全，畢竟在獵捕凶猛動物的過程中，即使事先做好萬全的準備，還是有可能出現萬一的危害，根本不值得國君以身犯險。況且明智的人都知道災禍藏匿於隱微的地方，突發於人們疏忽的時候，就好像俗語「家有千金，坐不垂堂」所說的道理一樣，如果連有錢人都不敢坐在堂簷下，唯恐簷上的屋瓦一不小心掉落而受到傷害，那麼富有四海的帝王，難道不應該更珍愛自己嗎？豈可貪圖一時的快樂而將自己置身於險境之中呢？

【使用的場合】

本句可用來說明防患未然，遠離禍源，才能保全其身。

【名句的出處】

西漢·司馬相如〈上書諫獵〉：「夫輕萬乘之重，不以為安，而樂出萬有一危之塗以為娛，臣竊為陛下不取也。蓋聞明者遠見於未萌，而智者避危於無形，禍固多藏於隱微，而發於人所忽者也。故鄙諺曰：『家累千金，坐不垂堂。』此言雖小，可以喻大。臣願陛下留意幸察。」

思則有備，有備無患。

思慮清楚，就會有所準備，有所準備，就不會發生禍患。

【題旨與故事】

春秋時期的鄭國，長期受到晉、楚兩大國的威脅，有時與晉國友好，有時與楚國結盟，但這種兩面討好的手法，反而成了晉、楚兩國攻打鄭國的藉口。鄭簡公即位後，晉悼公對鄭國又向楚國輸誠一事懷恨在心，聯合了齊、宋、魯、衛等國討伐鄭國；鄭國趕緊派人到晉國議和，晉悼公答應了鄭國的請求，其他國家也同時退兵。晉悼公之所以能成為眾多諸侯的領袖，實要歸功於一名叫作魏絳的臣子，其建議晉悼公採取「和戎」政

策，也就是與少數民族戎狄和平共處，避免分散軍備實力，使得晉國的國力日益壯大，在各國的威望如日中天。據《左傳．襄公十一年》記載，晉悼公將鄭國求和之後送來的樂師、歌女、樂器與兵車等厚禮，分送一半給魏絳，並對魏絳說：「我能與戎狄和睦相處，且在八年之中，九次會合諸侯，這些功績如音樂般和諧美好，所以想和你一起分享。」魏絳當場謝絕了晉悼公的賞賜，更藉此機會向晉悼公進行勸諫：「能與戎狄和好，是晉國的福氣；九次會合諸侯，是大王的英明與眾臣的努力。我個人哪有什麼功勞呢？只希望大王在享樂時，還能想到國家以後的事情。古書上有『居安思危』這句話，處在安逸的環境中，也要想到隨時可能出現的危險，凡事都得事先做好規劃與萬全的防備，方能避免禍患的到來。」晉悼公笑著回說：「你的話我哪敢不聽呢？若是沒有你的輔助，我不可能有今天的成就。不過，賞賜臣子禮物是國家的規矩，不可廢除，請你還是收下吧！」魏絳聽到晉悼公這樣說，才勉為其難地收下這些餽贈。

【使用的場合】

本句可用來說明想要防止事故或災禍的發生，務必考慮周詳，準備充分，時刻保持警覺。

【名句的出處】

春秋．左丘明《左傳．襄公十一年》：「夫和戎狄，國之福也。八年之中，九合諸侯，諸侯無慝（ㄊㄜˋ），君之靈也，二三子之勞也，臣何力之有焉？抑臣願君安其樂而思其終也。……《書》曰：『居安思危。』思則有備，有備無患，敢以此規。」

悟已往之不諫，知來者之可追。

覺悟到過去做的錯誤已無法改正，知道未來的事情還來得及補救。

【題旨與故事】

被譽為「古今隱逸詩人之宗」的陶淵明，前後有十三年的時間，入仕不久便辭官，但其後為了養家活口的緣故，又不得不拂逆本意出來做官；最後一次則是當了八十多天的彭澤令，這次的他終於澈底醒悟，那個充滿曲意逢迎的官僚文化，並不適合生性嚮往自然又愛好自由的自己，從此之後二十多年的人生，他不曾再涉足宦途一步。陶淵明文中以「迷途」來比喻過去做官的經歷，雖說是誤入歧途，但幸好走得還不算遠，也讓他體認到現在免冠解印的做法為「今是」，而以往出任官職的生涯為「昨非」，覺返迷津，實為時不晚。其中「悟已往之不諫，知來者之可追」兩句，化用了《論語．微子》中楚國狂士接輿提醒孔子「往者不可諫，來者猶可追」之語，暗喻當時的政治昏亂，及時歸隱才可避免惹禍上身。

【使用的場合】

本句可用來規勸人們目光應放在未來的歲月，把握時機，不要沉溺於過去種種無法挽回的事。

【名句的出處】

東晉・陶淵明〈歸去來兮辭〉：「歸去來兮，田園將蕪胡不歸？既自以心為形役，奚惆悵而獨悲？悟已往之不諫，知來者之可追。實迷途其未遠，覺今是而昨非。」

挾太山以超北海[1]，語人曰「我不能」，是誠不能也。為長者折枝[2]，語人曰「我不能」，是不為也，非不能也。

要一個人挾持著泰山跨越渤海，這人告訴人家說「我做不到」，這是真的做不到。要一個人為老人家折取樹枝，這人告訴人家說「我做不到」，這是不願意做，而不是做不到。

【字詞的注解】

1. 挾太山以超北海：比喻無法辦到的事情。挾，音ㄒㄧㄝˊ，夾在腋下。太山，即泰山，戰國時位在齊國境內。北海，即今渤海的古稱，戰國時位在齊國的北面。

2. 為長者折枝：比喻輕而易舉的事情。折枝，歷來對此語的解釋有以下三種說法，其一是為長者折取樹枝，以作為手杖；其二是按摩的意思，「枝」在此通「肢」字；其三是彎腰鞠躬，表達對長者的敬意。「枝」在此通「肢」字。無論以上哪一種說法，都含有很容易做到的意思。

【題旨與故事】

來到齊國的孟軻，時常對齊宣王講述以仁心仁政治理天下的王道思想，卻始終得不到認同，這是因為齊宣王的治國理念，原本就傾向於用武力和權勢的霸道思想，所以覺得孟軻所說的政策是自己做不到的。在《孟子．梁惠王上》中孟軻以「挾泰山以超北海」和「為長者折枝」這兩個比喻來說明「不能」與「不為」的分別，顯而易見，前者是絕對辦不到的事，而後者則是相對簡易的事，藉此凸顯出齊宣王打從心底對王道思想的排斥，才會把施恩給人民這種和「為長者折枝」一樣簡單的事，當成是和「挾泰山以超北海」一樣任誰也無能為力的事。孟軻接著又提出「老吾老，以及人之老；幼吾幼，以及人之幼」的主張，意思是先做到尊敬家裡的長輩，再把這份尊敬的心推廣到他人的長輩身上；以及先做到愛護家裡的晚輩，再把這份愛護的心推廣到他人的晚輩身上。按照這個道理推行下去，由近而遠，四方百姓都可以受到君王恩澤的照拂，那麼「天下可運於掌」，用王道統一天下，就像是在手掌之中運轉般，哪裡會有什麼困難呢？

【使用的場合】

本句可用來說明是自己能力所及且合理的事，就理當盡力去做。

【名句的出處】

戰國．孟軻《孟子．梁惠王上》：「挾太山以超北海，語人曰『我不能』，是誠不能也。為長者折枝，語人曰『我不能』，是不為也，非不能也。故王之不王，非挾太山以超北海之類也；王之不王，是折枝之類也。

老吾老，以及人之老；幼吾幼，以及人之幼。天下可運於掌。」

當斷不斷，反受其亂。

應當作出決斷的時候卻猶豫不決，反而因此遭受災禍。

【題旨與故事】

司馬遷在《史記・春申君列傳》中引用這句古諺，表達其對戰國楚人春申君黃歇一世機勇過人，宏才偉略，卻在晚年昏庸愚昧，未能果斷解決問題而死於非命的惋惜。黃歇早年出使秦國期間，以其滔滔流利的辯才，不僅成功遊說秦昭襄王打消了與韓、魏共同伐楚的決定，甚至還反過來與楚國結為盟友。此外，黃歇與楚太子熊完有長達十年的時間一起在秦國為人質，直到熊完的父親楚頃襄王病重，秦昭襄王仍遲遲不肯同意其回國探視，黃歇唯恐楚國另立新君，便安排熊完喬裝成楚國使者的車夫，自己則獨自留在秦國，估計熊完和楚國使者的車隊離開了秦國的關口，才向秦昭襄王告知熊完已返回楚國的事實，自己願受死罪的處分。秦昭襄王原本非常生氣，但秦相范雎卻認為黃歇能夠不顧個人生命的安危，寧可替主人而身死的行為是值得嘉許的，故建議秦昭襄王不要加罪於黃歇，放其歸楚，使其成為秦、楚兩國的親信。黃歇回到楚國三個月，楚頃襄王去世，太子熊完即位，是為楚考烈王，黃歇被任命為相，封為春申君，把持楚國政權二十多年，門下賓客數以千計，與齊國孟嘗君、魏國信陵君、趙國平原君並稱「戰國四公子」。由於楚考烈王無子，黃歇一直擔心楚考烈王死後，自己的權柄不保，有趙人李園先把貌美的妹妹獻與黃歇，待妹妹懷有身孕後，又讓妹妹去說服黃歇，稱此

時進宮獲寵的話，其腹中之子他日必可繼位為楚王，等同整個楚國全都在黃歇的掌握之中。黃歇覺得很有道理，於是將李園的妹妹送入楚宮，果然立刻受到楚考烈王的寵幸，不久誕生一子熊悍，被立為太子（即日後的楚幽王），李園的妹妹也成為了楚國的王后，楚考烈王開始重用國舅李園。黃歇有一門客朱英打聽到李園暗中蓄養死士，意欲殺黃歇滅口，朱英奉勸黃歇須先下手為強，但黃歇自認待李園不薄，根本不相信對方會做出謀害自己的事情來；過了十幾天，楚王病故，黃歇一走進楚王寢宮的門口，即遭李園埋伏在兩旁的死士刺殺，頭顱還被割了下來，接著李園又派人去屠殺黃歇全家。司馬遷在文末提及黃歇早先勸說秦、楚聯盟，以及遣送楚太子熊完回國等舉動，在在顯見其為人忠義，機智和膽力不凡，怎料到了老年，竟被權勢和私欲蒙住了心眼，遇事不決，反而受制於李園，就是當初沒有聽取朱英的諫言啊！

【使用的場合】

本句可用來說明臨事應當機立斷，才不致延誤時機，貽患無窮。另可用來比喻當機會來臨時，要及時作出決定，不可優柔寡斷，一旦良機錯失，自己反而會深受其害。

【名句的出處】

西漢．司馬遷《史記．春申君列傳》：「吾適楚，觀春申君故城，宮室盛矣哉。初，春申君之說秦昭王，及出身遣楚太子歸，何其智之明也。後制於李園，旄矣。語曰：『當斷不斷，反受其亂。』春申君失朱英之謂邪？」

壽陵[1]餘子[2]之學行於邯鄲[3]與？未得國能[4]，又失其故行矣，直匍匐[5]而歸耳。

（你難道沒聽過）來自燕國壽陵的少年，（因見趙國人走路姿態優美而）學習趙國首都邯鄲人走路的故事嗎？結果不但沒有學會趙國人走路的技能，還忘記了自己原來走路的方式，最後只能爬著回去壽陵。

【字詞的注解】

1. 壽陵：相傳是戰國時期燕國的一座城邑名。
2. 餘子：未成年的男子。
3. 邯鄲：戰國時期趙國的國都，位在今河北南部一帶。
4. 國能：指一國之中特有的技能。
5. 匍匐：音ㄆㄨˊ ㄈㄨˊ，身軀貼地，慢慢爬行。

【題旨與故事】

戰國趙人公孫龍乃名家的代表人物，擅長辯論，提出著名的「白馬非馬」與「堅白石」學說。所謂的「白馬非馬」，主張馬是通稱，白馬不過是馬的特色之一，所以不可以說白馬等同所有的馬；此說旨在揭示事物的共性和個性的區別。所謂的「堅白石」，主張一塊堅硬白色的石頭，是由堅、白、石三個要素組合而成，其中堅是石頭的性質，白是石頭的顏色，石是石頭的質地，三者是不可能同時被感知的；就好比用眼睛可看見石頭

的白，但看不見其堅硬，用手可觸摸到石頭的堅硬，但觸摸不到其白。既然視覺與觸覺是各自獨立的，那麼用眼睛感知到石頭的「白」，和用手觸摸到石頭的「堅」，自然也就是彼此相離的；此說旨在強調事物的一種屬性，而否認與其他屬性的關聯。在《莊子．秋水》中記敘一向自認通達事理、辯才無礙的公孫龍，因聽了莊周的思想言論而感到茫然迷惘，故前來請教魏國公子魏牟，希望能找到問題的癥結所在。魏牟先以「埳井之蛙」和「東海之鱉」來比喻公孫龍與莊周兩人格局的高下，直指前者的見識淺薄，卻還自以為高明，後者則是見多識廣，思路遠闊。魏牟接著又舉壽陵少年學習邯鄲人走路為例，故事中那個嚮往邯鄲人走路樣子的壽陵少年，終究學不會別人走路的本事，更糟糕的是，少年後來竟然連自己原本走路的方法都忘記了，只好一路爬回家鄉。魏牟藉此提醒公孫龍，趁著還沒有忘記自己原有的技能之前，趕緊離開才是上策。事實上，文中的魏牟並不是在教公孫龍不要向莊周學習，而是其看出公孫龍與莊周分屬不同的思想領域，若要公孫龍生搬硬套地仿效莊周，恐怕就會像壽陵少年的下場一樣，畢竟公孫龍的專長是在推理、辯證方面，而崇尚自然的莊周，認為言語即是風波，爭論誰對或是誰錯，在其看來根本毫無意義。後來的成語「壽陵失步」、「邯鄲學步」就是由此衍生而出。

【使用的場合】

本句可用來比喻模仿他人不成，反而喪失了自己本來的特點。

【名句的出處】

戰國．莊周《莊子．秋水》：「子乃規規然而求之以察，索之以辯，是直用管闚（ㄎㄨㄟ）天，用錐指地也，不亦小乎？子往矣！且子獨不聞夫壽陵餘子之學行於邯鄲與？未得國能，又失其故行矣，直匍匐而歸耳。今子不去，將忘子之故，失子之業。」

人事變化

人事之推移，理勢之相因，其疏闊而難知，變化而不可測者，孰與天地陰陽之事？

世上人事的推展和轉換，情理和形勢之間的相互依託，可說是空疏迂闊又難以理解，千變萬化又不能揣測，（儘管人事關係已讓人捉摸不定）但哪裡能和天地各種自然現象（更為複雜的程度）相比呢？

【題旨與故事】

文題〈辨姦論〉，作者蘇洵是北宋文人蘇軾、蘇轍兄弟的父親，父子三人同在「唐宋八大家」之列，後人合稱其「三蘇」。文中直指事理的發展和趨勢，都有其必然的結果和一定的原則，天下唯有冷靜的人得以「見微而知著」，透過事情的微小跡象，就能知道日後將要發生的顯著之事；接著舉自然界「月暈而風，礎潤而雨」為例，當月亮的四周圍繞著光暈時，人們便知這是刮風前的預兆，當房屋的石柱出現潮濕水氣時，人們便知這是下雨前的徵候。蘇洵認為縱使人世間的事情變化多端，但和大自然相比，很明顯地，自然萬象的奧妙變

化，還是比人事的變遷更加深不可測；但令其不解的是，何以人人都能從細微之處，看出自然界風雨欲來的先兆，反而是那些所謂的賢能之士，竟然連自己身邊的人事，也會有察覺不出好壞的時候呢？作者歸根究柢，發現原因全出在人的內心受到喜愛和憎恨情緒的擾亂，行為被考慮利益和損害的想法給剝奪，以致無法像冷靜的人一樣，能夠小中見大、見始知終啊！蘇洵這段話意在提醒人們，在審視他人或面對紛雜世事之時，應當保持客觀而理性的思考，才不會被一己的好惡之情，以及計較利害得失之心所動搖，進而失去了辨別是非曲直的能力。

【使用的場合】

本句可用來說明仔細觀察周遭人或事物的細小徵兆和演變規律，方能掌握機先，洞明真相。

【名句的出處】

北宋．蘇洵〈辨姦論〉：「事有必至，理有固然。惟天下之靜者，乃能見微而知著。月暈而風，礎潤而雨，人人知之。人事之推移，理勢之相因，其疏闊而難知，變化而不可測者，孰與天地陰陽之事？而賢者有不知，其故何也？好惡亂其中，而利害奪其外也。」

彼一時，此一時也。

以前那個時間點是一種情況，現在這個時間點又是另一種情況。

【題旨與故事】

戰國儒家思想家孟軻早年也曾效法先聖孔子，帶領著學生周遊列國，向各國諸侯提倡以仁義治理天下的王道思想，闡述以民為本、以利為輕的學說，只不過當時各國的諸侯多崇尚功利，講求的是富國強兵之道，看重的是善於權謀和外交辭令的人才，因此孟軻的主張不為各國所採納也是想當然耳。在《孟子．公孫丑下》記敘孟軻神情黯然地離開齊國之後，學生充虞在路上便問孟軻說：「老師看起來好像不太高興的樣子，先前您不是才引用《論語．憲問》中君子『不怨天，不尤人』的道理來教導我們嗎？」孟軻回說：「過去的狀況和現在的差別很大，已不可同日而語啊！每五百年必有一位聖明的君王興起，期間也必有一位名顯於當代的賢人出來輔佐聖明君王。從周朝開國至今，已有七百年的歷史，算算年數，早已超過了五百年，衡量當前的事勢，也該是有聖賢出來的時候了！或許上天還沒有想讓天下得到平治，若有的話，在這個時代，除了我以外，還有誰能擔負如此重任呢？既然一切都是天意的安排，我怎麼會不高興呢？」孟軻雖對自己客居齊國的這段時日，未能成功說服齊宣王推行仁政有些許的失落，同時也對當時的戰亂紛乘頗為憂心，但向來以承繼孔子聖人之道自居的他，至此仍然懷抱著強烈的使命感，期許將來能夠擔起淑世濟民的任務，實現其平治天下的政治理想。

【使用的場合】

本句可用來說明情勢會隨著時間不同而出現變化，所以無法用同樣的標準而論。

【名句的出處】

戰國．孟軻《孟子．公孫丑下》：「孟子去齊。充虞路問曰：『夫子若有不豫色然。前日虞聞諸夫子曰：君子不怨天，不尤人。』曰：『彼一時，此一時也。五百年必有王者興，其間必有名世者。由周而來，七百有餘歲矣。以其數，則過矣；以其時考之，則可矣。夫天，未欲平治天下也；如欲平治天下，當今之世，舍我其誰也？吾何為不豫哉？』」

物盛而衰，樂極則悲；日中而移，月盈而虧。

事物發展到了極盛，就會轉為衰落，歡樂到達了頂點，就會產生悲涼；太陽過了正午，就會開始西斜，月亮到了滿月，就會開始虧損。

【題旨與故事】

《淮南子》為西漢宗室淮南王劉安（漢高祖劉邦之孫，其父為劉邦七子劉長）與其門客共同編撰而成的一部著作，劉安原將書命名為《鴻烈》，意即廣大而光明的大道之言，內容涵蓋了天地、神祇、人事、萬物等各方面，全書要旨與道家思想較為接近，但因混雜了其他各家的學說，向來被歸類為雜家典籍。在《淮南子．道應訓》中記錄孔子與弟子們參觀魯桓公的廟，孔子生平第一次看見了古代君王放在座位右邊以示警戒的「宥卮」，這原是一種利用物體重心原理製成的盛酒器具，裡頭空時，器身就會傾斜，裝到適中的分量時，器身就會平正，裝滿時，器身就會傾覆；由於宥卮這個器物，具有滿則溢出、虛則不及，以及中庸才能保持平直不斜的象徵意義，歷來被國君置於座位的右方，隨時告誡自己，行事不可超過或不及，故又被稱為「宥坐之器」。孔子於是趁此機會現場教學，令弟子拿水注入宥卮裡，當水灌到中間時，宥卮就從原本傾斜的狀態轉為平正，當水灌到滿時，宥卮就整個翻倒了！孔子臉色凝重地告訴弟子們：「從這裡就可以看出持盈之道。」也就是處於高位又能守住既有成就的道理。一旁的子貢向孔子請教持盈的意思。孔子回說：「益而損之。」本以為是獲益的事情，卻反而因此受到損害。子貢請孔子再加以解釋。孔子回道：「所有事情的發展都是極盛轉衰，樂極轉悲，就如同日月盈虛消長的變化一樣。所以天資聰穎的人要靠愚拙來持守，博學善辯的人要靠孤陋來持守，勇武蓋世的人要靠畏懼來持守，富足顯貴的人要靠儉僕來持守，德澤廣大的人要靠謙讓來持守。古來聖明的君王，就是能夠做到守愚、守陋、守畏、守儉和守讓這五點，天下才得以長久保有；相反地，做不到以上五點的，勢必會讓自己逐步陷入危險不利的形勢。」世上多數的人都是戀棧高位，喜歡生活富裕無虞，但在孔子看來，當一個人所處的地位愈高，擁有的財物愈多，其實也正是邁向衰敗的開始，故借古人引以為戒的宥卮來教育弟子，凡事戒慎恐懼，待人謙遜退讓，不可志驕氣盈，如此才能保守已成的事業，防止危機的發生。

【使用的場合】

本句可用來說明萬事萬物皆逃不過盛極而衰、滿而招損的變動歷程，人應從中體察出進退、存亡之道，方能持盈保泰，趨吉避凶。

【名句的出處】

西漢・劉安《淮南子・道應訓》：「孔子造然革容曰：『善哉！持盈者乎？』子貢在側曰：『請問持盈？』曰：『益而損之。』曰：『何謂益而損之？』曰：『夫物盛而衰，樂極則悲；日中而移，月盈而虧。是故聰明睿智，守之以愚；多聞博辯，守之以陋；武力毅勇，守之以畏；富貴廣大，守之以儉；德施天下，守之以讓。此五者，先王所以守天下而弗失也；反此五者，未嘗不危也。』」

物極則反，器滿則傾。

事物發展到了極點，必然會轉往相反的方向發展，就好像裝了液體的容器滿溢時，整個容器便會傾倒的道理是一樣的。

【題旨與故事】

北宋史學家司馬光在其所撰寫的編年體史書《資治通鑑・唐紀》中，記敘當時未有官職在身的蘇安恆，無懼遭來禍事，自武則天長安元年（西元七〇一年）起，連續三年三次上書，請求年事已高的武后退位，還政給太子李顯；武后當下雖然沒有採納蘇安恆的諫言，但也並未將這個敢觸犯天威的蘇安恆治罪。史書中記載蘇安恆於武則天長安二年（西元七〇二年）第二次上書時，直言天下江山乃唐高祖李淵（謚號神堯皇帝）、太宗李世民（謚號文武聖皇帝）這兩位皇帝所打下的，武后雖繼承正統，實為大唐李家奠定的根基；如今太子的年紀和德望盛壯，蘇安恆奉勸武后儘早把皇權歸還太子，不要為了貪戀帝位，而忘卻了母子之情，日後又有何顏面出現在宗廟和先帝高宗李治的陵寢呢？更何況，天意和民心全都趨向於大唐李家，提醒武后莫忘「物極則反，器滿則傾」這個自古以來顛撲不破的定律，趁著事情尚有轉圜餘地的時候，適可而止，以免日後造成的損害，是武后自己也不樂見的。直到武則天神龍元年（西元七〇五年），八十二歲高齡的武后，才把政權交還給太子李顯，也就是後來的中宗，恢復唐的國號，結束其武周王朝的稱帝歲月。

【使用的場合】

本句可用來說明人事的興衰變遷，與勢極必反的自然法則是相通的，人若過分自滿自大，不知警惕，局勢一旦逆轉，災禍將無可避免。

【名句的出處】

北宋．司馬光《資治通鑑．唐紀．則天順聖皇后長安二年》：「蘇安恆復上疏曰：『臣聞天下者，神堯、文武之天下也。陛下雖居正統，實因唐氏舊基。當今太子追回，年德俱盛，陛下貪其寶位而忘母子深恩，將何聖顏以見唐家宗廟？將何誥命以謁大帝墳陵？陛下何故日夜積憂，不知鐘鳴漏盡？臣愚以為天意人事，還歸李家。陛下雖安天位，殊不知物極則反，器滿則傾。臣何惜一朝之命，而不安萬乘之國哉？』太后亦不之罪。」

猶是芋也，而向[1]之香且甘者，非調和[2]之有異，時、位之移人也。

（老人對相國說這碗芋頭和十幾年前的那碗芋頭）還是一樣的芋頭啊！以前的芋頭之所以又香又甜的原因，並不是烹調方法有什麼差別，而是因為時勢和地位使人改變了口味啊！

【字詞的注解】

1. 向：此指昔日。
2. 調和：此指烹調、調味。

【題旨與故事】

文題〈芋老人傳〉，作者周容曾是明末的一名諸生（明清兩代指考取秀才後，得以進府學、州學或縣學的生員），明亡後便寄情山水，堅決不仕清廷。周容在〈芋老人傳〉中敘述住有位住在渡口老先生，某日見一名書生在自家屋簷下避雨，老先生看對方的身影消瘦，衣衫單薄，且全身濕透，便請其進屋子裡坐坐；一問之下，得知書生剛從府城參加童子試（科舉時代指錄取秀才的考試）回來，兩人相談甚歡，老先生就叫妻子煮了芋頭給書生吃。書生吃飽後，笑著對老先生說：「我將來絕不會忘記您老人家的芋頭啊！」十幾年過去，書生已經官拜相國，權傾一時，卻仍念念不忘老先生妻子煮的那頓芋頭的味道，於是派人將老先生夫妻兩人接來相府，請老先生的妻子再煮芋頭給他吃。只是吃了幾口，相國便放下筷子，說道：「怎麼以前吃的芋頭那麼香甜呢？」老先生便告訴相國說：「芋頭這個食材並沒有變，煮的人和烹調的工夫也沒有變，而是相國的時勢和地位今昔不同所致；以前那個時候又累又餓，吃東西是不會挑剔的，現在天天都有享用不盡的珍饈，哪裡還吃得出芋頭原來的香甜呢？」不過，老先生還是很高興相國的改變僅僅是芋頭而已，因其看過社會上許多的人，在富貴顯赫之後，便改變了對情義、志節的態度，有的拋棄結髮妻子，有的與舊友絕交，有的甚至可以連身名、國家都棄之不顧，「世之以今日而忘其昔日，豈獨一箸間哉」，世上因為眼前而忘記過去的，難道只有放下筷子、不吃芋頭這樣一件小事嗎？周容文中透過老先生之口，道出從前那個落魄書生、也就是今日這位顯貴相國，之所以覺得芋頭已不如以前那麼美味，正是「時、位之移人」的緣故。雖說隨著時間和外在環境的改變，人的心態和口味會與以往截然不同也是無可厚非的，但若以此推論到其他的事情上，從政者因境遇的變化而迷失本心，喪失氣節，對整個社會和國家危害的程度，就不只是對一種食物變心這樣單純的事了！清人王文濡在《清文評註讀本》評曰：「就一芋上，發出絕大議論。時位移人，一語破的。」生活在明、清易代之際的周容，看過太多前後不一的嘴臉，故借寫「芋」事，以諷刺時下那些忘本背恩、寡廉鮮恥的人，其中「時位移人」就是整篇文章最關鍵的一句話。

【使用的場合】

本句可用來比喻時移境遷，人的性情、作風也會跟著轉變。

【名句的出處】

清．周容〈芋老人傳〉：「至京，相國慰勞曰：『不忘老芋人，今乃煩爾嫗一煮芋也。』已而嫗煮芋進，相國亦輟箸曰：『何向者之香而甘也？』老人曰：『猶是芋也，而向之香且甘者，非調和之有異，時、位之移人也。相公昔自郡城走數十里，困於雨，不擇食矣。今者堂有煉珍，朝分尚食，張筵列鼎，尚何芋是甘乎？……然則世之以今日而忘其昔日，豈獨一箸間哉？』」

節同時異，物是人非，我勞如何？

（經常想起我們當年於仲夏五月的那次出遊）季節雖然和現在相同，但時間已不是以前的那個時間了，景物依然如常，人事卻有了許多的改變，我的憂思該如何是好呢？

【題旨與故事】

文題〈與朝歌令吳質書〉，此乃人在外地的曹丕，得知好友吳質即將出任朝歌（位在今河南境內）令，特地派人捎信傳達問候。信中提及自己至今無法忘懷昔日與諸位詩朋酒友宴遊時，一同「妙思六經，逍遙百氏」，精研六經與諸子百家的學說，人人興致勃勃，放言高論，閑暇時彈棋博戲，聽著清耳悅心的琴箏樂聲，時而馳獵，時而豪飲；甚至為了消除炎夏的暑氣，還做了「浮甘瓜於清泉，沉朱李於寒水」的舉動，將甜瓜漂浮在清泉之上，把紅色的李子泡入冰水之中，就這樣從白晝一路玩到朗月升起仍意猶未足，繼續同車前往後園夜遊，實在是樂不可言。只是，分別之後大家各居一地，曾有的歡娛隨著時間一過也就真的過去了，況且當年同遊的其中一位文友阮瑀已長眠地下，如今望著與那時同樣繁茂的花木果樹，氣候晴和一如昔往，而人的境況卻已是天懸地隔，讓人不禁百端交集。

【使用的場合】

本句可用來形容面對相同的節物風光，追溯往事，感嘆時過境遷，今非昔比。

【名句的出處】

三國魏．魏文帝曹丕〈與朝歌令吳質書〉：「每念昔日南皮之遊，誠不可忘。既妙思六經，逍遙百氏，彈棋閑設，終以六博，高談娛心，哀箏順耳。馳騖北場，旅食南館。浮甘瓜於清泉，沉朱李於寒水。白日既匿，繼以朗月，同乘並載，以遊後園。……時駕而遊，北遵河曲。從者鳴笳以啟路，文學託乘於後車。節同時異，物是人非，我勞如何？」

蓋將自其變者而觀之，則天地曾不能以一瞬；自其不變者而觀之，則物與我皆無盡也。

要是從事物變化的方面來看，天地間的萬物是不可能有瞬間的永恆；要是從事物不變的方面來看，天地萬物和我都是無窮盡的。

【題旨與故事】

北宋神宗元豐年間，被貶謫黃州的蘇軾，與客人於月圓之夜出遊泛舟，客人睹物起興，不禁發出欣羨江水之無窮，悲怨生命的有限與世事的無常，蘇軾舉眼前的水和月為例，他認為從事物變化的角度來看，水的奔逝，月的圓缺，何嘗有過一分一毫的靜止？換以事物不變的角度來看，江水恆流，明月依舊，變的不過是表面現象，本體又何嘗改變過？亦即人一旦從觀看視角跳脫而出，改由整個宇宙的高度來審視人間，萬物和人類的生命其實也同樣生生不息、恆久永存。只是人面對時間的流逝、年華的老去，常會湧上莫名的恐懼與失落，這

在蘇軾看來，實是緣於人自覺所擁有的快要離自己而去，若是人可以體悟到，世上從來沒有任何東西真正屬於過自己，那麼又何來恐懼和失落呢？

【使用的場合】

本句可用來說明人從不同的角度看待事物，所得到的結果也不盡相同。

【名句的出處】

北宋．蘇軾〈前赤壁賦〉：「客亦知夫水與月乎？逝者如斯，而未嘗往也；盈虛者如彼，而卒莫消長也。蓋將自其變者而觀之，則天地曾不能一瞬；自其不變者而觀之，則物與我皆無盡也，而又何羨乎？」

廢興成毀，相尋於無窮，

則臺之復為荒草野田，皆不可知也。

（過去這裡還是長滿雜草的荒野，那時豈能料到有一座凌虛臺會出現在此呢？）事物的衰廢和興盛，成功和毀壞，相互接續，永無止盡，那麼這座（凌虛）臺何時又會變回長滿雜草的荒野，都是無法預知的啊！

【題旨與故事】

北宋仁宗嘉祐八年（西元一〇六三年），來到鳳翔（位在今陝西境內）擔任簽判（協助各州、府長官處理文書事務的官員）的蘇軾，當時年僅二十七、八歲，奉直屬上司鳳翔知府陳希亮之命，要求他為一座新築成的高臺作記；由於這座高臺坐落在終南山的山巔，看上去像是凌空憑虛而起，陳希亮便將其取名為「凌虛臺」。蘇軾文中除了記敘凌虛臺修建的經過、周遭的地形環境，以及得名的由來之外，也提及自己對此事的觀點，其認為凌虛臺之前曾是一片荒蕪，當時的人們，是不可能事先知道這裡未來會興建一座高臺的；同樣地，今日人們所見到的凌虛臺，或許再過一段時日，亦將化為烏有，這個地方又將回復到和過去一樣的荒涼。其再進一步探究，發現歷史上比凌虛臺更宏偉奇麗、堅固百倍以上的建築物不知凡幾，只是後來大多成了頹垣廢墟，更何況是眼前這座普通的土製樓臺呢？一座樓臺尚且不能維持久遠，那麼「人事之得喪，忽往而忽來」也自是理所當然的了！一切事物的得與失，都是來往不定、瞬息多變的。文末寫道：「蓋世有足恃者，而不在乎臺之存亡也。」蘇軾相信世上確實有足以永久依靠之物，但絕對與物的興毀無關，因為世間萬物的存在都有其一定的時限，就像凌虛臺一樣，從無到有，終將從有回到了無，循環不止；直到文章結束，作者還是沒有明確點出所謂「足恃者」到底為何，但從「不在乎臺之存亡」這句話來看，可知其在意的，應是超乎具體事物之外，諸如文章、功業、道德等方面的不朽成就。清人吳楚材、吳調侯在其選編的《古文觀止》對此文的評語是：「通篇只是興成廢毀二段，一寫再寫，悲歌慷慨。」藉由記錄凌虛臺落成一事，蘇軾整篇文章一再發出其對事物成毀興替、盛衰無常的慨嘆，意在提醒自己和他人，切莫被那些容易泯滅的事體所迷惑，便就此得意沾沾，理當把握有限的生命，留下足以永垂於世的事蹟。

【使用的場合】

本句可用來說明世事更迭交替，變遷快速。

【名句的出處】

北宋．蘇軾〈凌虛臺記〉：「物之廢興成毀，不可得而知也。昔者荒草野田，霜露之所蒙翳，狐虺（ㄏㄨㄟˇ）之所竄伏，方是時，豈知有凌虛臺耶？廢興成毀，相尋於無窮，則臺之復為荒草野田，皆不可知也。」

踵[1]其事而增華，變其本而加厲。

事情繼續發展下去，就會一直增加華美的裝飾，改變了本來的狀態，而且變得更加完善。

【字詞的注解】

1.踵：跟隨、繼續。

【題旨與故事】

南朝梁昭明太子蕭統在《昭明文選．序》中闡述文學創作的演變歷程，其借「椎輪大輅」以及「增冰積水」兩件日常事例作為比喻，君王乘坐的豪華大輅，本是由古代原始簡陋的椎輪發展而來的，但大輅卻沒有椎輪那樣質樸；層層的厚冰是由積蓄的水所凝結而成的，但積水卻沒有厚冰那樣冷冽，這是緣於事物必然隨著時代的更迭，不斷演進而日趨繁雜瑣細，文章的道理也是一樣的，都是由素樸天然的口語詞句，逐漸蛻化成華靡雕琢的美文。其中蕭統所言「踵其事而增華，變其本而加厲」兩句，原是指在事物既有的基礎上持續發展下去，必然遵循由粗到精、從簡至繁的規律；只是「踵事增華」後來衍生出隱含有批評人畫蛇添足、錦上添花的諷刺意味，而「變本加厲」則轉變成事情比原先的狀態更加嚴重，偏向後果不堪設想的貶義。果然應驗了蕭統的論調，文意隨著時間的推演進化，早與作者一開始所想要表達的產生了別異。

【使用的場合】

本句可用來說明承繼前人的事業或因襲先前的事物，經過增補修改，進而開展出不同以往的嶄新形式。

【名句的出處】

南朝梁．蕭統《昭明文選．序》：「若夫椎輪為大輅（ㄌㄨˋ）之始，大輅寧有椎輪之質？增冰為積水所成，積水曾微增冰之凜。何哉？蓋踵其事而增華，變其本而加厲。物既有之，文亦宜然；隨時變改，難可詳悉。」

觀基扃[1]之固護[2]，將萬祀而一君。出入三代，五百餘載，竟瓜剖而豆分[3]。

看城池如此堅固，以為可以上萬年永遠保持一姓的君王。然歷經了漢、魏、晉三個朝代，五百多年下來，竟然就像剖開瓜果、剝分豆子般那麼容易便崩壞了！

【字詞的注解】

1.基扃：城闕。扃，音ㄐㄩㄥ，本義是指裝在門外用來關門的門閂、環鈕或鉤等。也可用來泛稱門戶。
2.固護：牢固。
3.瓜剖而豆分：瓜果被剖開，以及豆子從筴裡裂出。後多用來比喻國土遭到分割或被人併吞。

【題旨與故事】

文題〈蕪城賦〉，其中「蕪城」，指的是廣陵城，位在今江蘇揚州市境內，西漢高祖劉邦兄長劉喜之子吳王劉濞（ㄆㄧˋ）曾經在此建都築城。作者鮑照於南朝宋孝武帝大明三年（西元四五九年）之後，來到因戰亂而呈現一片荒蕪殘破的廣陵城，讓他聯想到五百年前的漢代，吳王劉濞在這裡修築高峻廣寬、堅實穩固的城牆，打造出一座繁華熱鬧的城都，那個時候的廣陵城，「車掛轊，人駕肩，廛閈撲地，歌吹沸天」，路上車輛眾多，車軸不時相互撞擊，街上人潮擁擠，人得挨著肩膀行走，地面上的房舍，蓋得密密麻麻，商店到處林立，歌樂響徹雲際，顯示出人煙稠密、歌舞昇平的富庶景象，當時任誰看了，都會以為劉姓的漢家王朝可以持續千秋萬代呢！誰知過了五百年，廣陵城已經歷經了漢、魏、晉三朝的統治，到了鮑照生活的年代，更是兵禍接連不斷，這個時候的廣陵城，只見「孤蓬自振，驚沙坐飛」，蓬草孤獨飄轉，狂沙隨風翻捲，以及「通池既已夷，峻隅又已頹」，護城河已經夷為平地，高聳的城池也已崩塌。此時的鮑照極目遠望，回顧這座城市昔日雄壯堅固的優越形勢，還有那段肩摩轂擊的榮盛時光，再對照今日眼前頹壞敗落、蕭條死寂的慘狀，一盛一衰，心中悲涼無限，於是用他那飽蘸著深沉情感的筆觸，寫下這篇〈蕪城賦〉。清人方廷珪《昭明文選大成》評曰：「前半城未蕪時，何等雄麗；後半城既蕪時，何等荒涼。」意即鮑照在文章的一開頭，極力張揚廣陵城過去的雄偉壯麗，乃是為了接下來寫其破敗不堪所作的鋪墊，兩兩相形，更能凸顯出廣陵城目前凋敝衰頹的程度有多麼慘重。

【使用的場合】

本句可用來說明事物的興廢變遷無常，無論是多麼堅不可摧的事物，還是多麼強大鞏固的政權，也不會永久不變，終有毀壞或被瓜分、侵略的時候。

【名句的出處】

南朝宋．鮑照〈蕪城賦〉：「當昔全盛之時，車掛轊（ㄨㄟˋ），人駕肩。廛閈（ㄏㄢˋ）撲地，歌吹沸天。孳貨鹽田，鏟利銅山。才力雄富，士馬精妍。故能侈秦法，佚周令，劃崇墉，刳（ㄎㄨ）濬洫，圖修世以休命。是以板築雉堞之殷，井幹烽櫓之勤，格高五嶽，袤廣三墳，崪（ㄗㄨˊ）若斷岸，矗似長雲。製磁石以禦衝，糊赬（ㄔㄥ）壤以飛文。觀基扃之固護，將萬祀而一君。出入三代，五百餘載，竟瓜剖而豆分。」

二、描寫人物

形貌儀態

曲眉豐頰，清聲而便體[1]，秀外而惠中[2]。

（那些被皇帝重用的顯貴大臣，身邊圍繞著眾多的美女，她們的）眉毛彎曲，臉頰豐腴，聲音清脆而且體態輕盈，外貌秀美而且資質聰慧。

【字詞的注解】

1.便體：形容人的舉動靈敏，姿態柔美。

2.秀外而惠中：形容人的容貌秀麗，內心聰明。惠，此通「慧」字。

【題旨與故事】

韓愈在〈送李愿歸盤谷序〉一文引述即將歸隱的友人李愿的觀察，描寫當時在朝廷為皇帝所賞識的高官顯爵，他們因為能夠把利益、恩惠施與別人，所以無論走到哪裡，沒有人不知道他們的顯赫名氣，出門時有大批的侍從左簇右擁，緊緊跟隨，回到家時有站滿門前的賓客，等著對其奉承巴結。除此之外，這些掌握大權的官員家裡都是姬妾成群，一個個長得眉目清秀，貌美如花，個性聰敏伶俐，身材婀娜多姿，妝飾濃麗鮮豔，住在一排排的屋子裡頭，什麼事情也不用她們動手去做，成天不是妒忌別人受寵，就是依恃自己的容貌姣好，爭相比美獻媚，想盡辦法博取家主更多的憐愛。韓愈在文中通過李愿之口，生動描述了中唐時期的權貴顯要階層，不單出入的排場盛大，還縱情於聲色享樂，以華奢相尚。

【使用的場合】

本句可用來形容女子的外表清新秀雅，說話婉轉可人，動作靈活輕便，內在機敏穎慧。

【名句的出處】

唐．韓愈〈送李愿歸盤谷序〉：「曲眉豐頰，清聲而便體，秀外而惠中，飄輕裾，翳長袖，粉白黛綠者，列屋而閑居，妒寵而負恃，爭妍而取憐。大丈夫之遇知於天子，用力於當世者之所為也。」

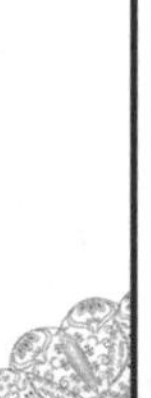

東家之子，增之一分則太長，減之一分則太短；著粉則太白，施朱則太赤。

住在我家東鄰的美女，身上增加一分就顯得太高，減少一分就顯得太矮；臉上抹了粉就顯得過於白皙，塗了胭脂就顯得過於豔紅。

【題旨與故事】

宋玉在〈登徒子好色賦〉中言其遭到楚王身邊的侍從登徒子進讒，說他「體貌閑麗，口多微辭，又性好色」，希望楚王別讓他跟著進出後宮，以免衍生禍患。宋玉對此提出反駁，認為自己的長相俊美乃是天生，口才辯給則是出自老師的教導，但他絕對沒有好色的習性。宋玉為了反駁登徒子，其對楚王說全天下的美女，都比不上楚國；而楚國的美女，都比不上自己的鄉里；而鄉里的美女，都比不上住家東鄰的一名女子。接著又說這位住在東鄰的女子，不但身高胖瘦都長得恰到好處，過與不及都將失去完全比例，而且肌膚天生麗質，無須任何妝扮修飾，姿色便足以迷倒眾人；如果自己被這樣的絕色佳人愛慕了多年都還不為所動的話，又豈可把「好色」之名加諸在他的身上呢？其中「東家之子」後來也成了美女的代稱。

【使用的場合】

本句可用來形容女子的體態穠纖合度，容貌姸麗。

【名句的出處】

戰國．宋玉〈登徒子好色賦〉：「天下之佳人，莫若楚國；楚國之麗者，莫若臣里；臣里之美者，莫若臣東家之子。東家之子，增之一分則太長，減之一分則太短；著粉則太白，施朱則太赤。」

眉如翠羽，肌如白雪；腰如束素，齒如含貝。

（女子的）眉色像是翠鳥青綠色的羽毛，光澤亮麗，肌膚猶似雪般晶瑩白皙；腰有如一束白絹一樣纖細，齒有如口中含著白色的貝殼一樣整齊。

【題旨與故事】

文題〈登徒子好色賦〉，其中「登徒子」這個家喻戶曉的稱號乃戰國辭賦家宋玉所杜撰出的人物。宋玉寫其因聽聞登徒子對楚王批評自己生性好色，於是向楚王提出辯解，陳述他家東鄰住著一位眉目明秀且身材苗條的女子，楚國貴族公子無不為之傾倒，然而此姝卻已爬上牆頭偷窺了自己三年，只是至今他仍未接受對方的情意。宋玉接著話鋒一轉，說登徒子的妻子樣貌奇醜無比，「蓬頭攣耳，齞脣歷齒；旁行踽僂，又疥且痔」，不僅頭髮蓬亂，耳朵蜷曲，嘴脣外翻，牙齒稀疏，還橫著走路，彎腰駝背，甚至患有疥瘡和痔瘡的疾病。這樣的婦人竟深得登徒子的歡心，並與其生下五個孩子。文中宋玉借不為美色所迷惑的自己，與不擇美醜的登徒子相比，希望楚王仔細思量，到底誰才是真正的好色之徒？此後，人們遂把妍媸不分、貪悅女色的人稱為「登徒子」。令人玩味的是，宋玉筆下這個愛妻又不嫌妻醜的男人，長久以來卻一直背負著好色的汙名，至今都還難以平反呢！

【使用的場合】

本句可用來形容女子容貌姣好，身姿窈窕。

【名句的出處】

戰國．宋玉〈登徒子好色賦〉：「眉如翠羽，肌如白雪；腰如束素，齒如含貝。嫣然一笑，惑陽城，迷下蔡。然此女登牆窺臣三年，至今未許也。登徒子則不然，其妻蓬頭攣耳，齞（ㄧㄢˇ）脣歷齒；旁行踽僂，又疥且痔。登徒子悅之，使有五子。王孰察之，誰為好色者矣？」

腸肥[1]腦滿[2]，輕為舉措。

（北齊左丞相斛律光對後主高緯說：您的弟弟琅琊王高儼年紀還小）每天肚子吃得飽飽的，腦袋長得肥肥的，舉止動作又是那麼隨便莽撞。

【字詞的注解】

1.腸肥：形容人的腹部很大，身子很肥。

2.腦滿：形容人肥頭大耳的樣子。

【題旨與故事】

南北朝時期，北齊後主高緯雖已即位為帝，但父親武成帝高湛仍以太上皇帝自居，在幕後掌控朝政大權；高緯向來對備受父親武成帝、母親胡太后寵愛的親弟弟琅琊王高儼懷有忌心，深恐一個不小心惹怒了父親，皇位便會被高儼所取代。過了四年左右，武成帝去世，這時才握有實權的後主高緯，卻整日荒淫作樂，國家大事交由佞臣和士開、穆提婆等人處理，政風更加敗壞。據唐代史家李百藥《北齊書．武成十二王列傳．琅琊王儼》記載，北齊後主武平二年（西元五七一年），琅琊王高儼因不滿自己的官職和兵權遭到兄長高緯的削弱，更看不慣和士開等人恃寵而驕，行徑囂張跋扈，於是設計殺了惡名在外的和士開；後主高緯得知此事，認為弟弟高儼殺自己親信的動機並不單純，雙方的兵馬和勢力在朝廷展開對峙。此時，北齊的開朝元老斛律光就出來當和事佬，其言：「天子的弟弟殺了一個人，又何必把局面弄成這樣呢？」接著拉起高儼的手，走到高緯的面前，說道：「琅琊王年幼無知，飽食終日，做事魯莽，長大以後就不會這樣了，希望陛下寬恕他的罪。」後主高緯雖憤恨難平，但當下選擇忍耐，只是用刀背在高儼的頭上亂打一通，當作懲戒；接著高緯親自用箭射死那些慫恿高儼帶兵作亂的人，又叫人把他們的屍體全都肢解，然後暴屍在大街上示眾。這個事件過後，表面上看似風波平息，但還是有人常在高緯的耳邊說高儼「聰明雄勇，當今無敵，觀其相表，殆非人臣」，使得高緯日夜寢食難安，如芒在背，同年便假借打獵的名義，派人把弟弟高儼給殺了，死時年僅十四歲；隔年，曾經調解兄弟兩人紛爭的一代名將斛律光，也因功高震主，再加上高緯聽信讒言，被誘騙入宮後，遭刺殺身亡；再隔一年，皇族之中，最勇猛善戰的蘭陵王高長恭，也是在高緯的逼迫下飲毒自盡。後主高緯天真地以為，只要把國內具有聲望、又能力強大的人一一除盡，自己的帝位便可高枕無憂，然其面對腐敗墮落的國政卻毫無對策，這也加速了北齊亡國之日的到來，過沒多久遂為北周所滅。其中「腸肥腦滿」本是斛律光用來強調琅琊王高儼每天吃飽喝足，無所事事，絕不可能與兄長高緯爭位而說的話，後來竟衍生出形容人肥胖醜陋的意思；然若從史

家之言，高儼的外貌給人「聰明雄勇，當今無敵」的英武印象，實在讓人無法將其與又肥又醜的模樣聯想在一起啊！

【使用的場合】

本句可用來形容人大腹便便，身形壯碩，舉動輕佻。也可用來形容人的生活養尊處優，虛有壯盛的外表，而無實際的內涵。

【名句的出處】

唐．李百藥《北齊書．武成十二王列傳．琅琊王儼》：「帝駐馬橋上，遙呼之，儼猶立不進。光就謂曰：『天子弟殺一漢，何所苦。』執其手，強引以前。請帝曰：『琅琊王年少，腸肥腦滿，輕為舉措，長大自不復然，願寬其罪。』帝拔儼帶刀環，亂築辮頭，良久乃釋之。」

貌嫽妙[1]以妖蠱[2]兮，紅顏曄其揚華。眉連娟[3]以增繞[4]兮，目流睇[5]而橫波[6]。

（這群能歌善舞的女子們）外貌俊秀美好，儀態妖冶，足以媚惑人心，臉色紅潤，光采煥發。眉毛細長而彎曲，眼神如流動的水波般。

【字詞的注解】

1. 嫽妙：俊俏；美好。
2. 妖蠱：此作妖豔迷人貌。另有以妖態蠱惑害人之意。
3. 連娟：此作細長的樣子。另可形容纖弱的樣子。
4. 繞：彎曲。
5. 流睇：眼睛轉動、斜視的樣子。
6. 橫波：形容女子的眼睛轉動，如水波橫流。

【題旨與故事】

東漢文學家傅毅在〈舞賦〉中描述君王於皎潔明月下，宴請文武百官至其華屋繡帳內飲酒作樂，正當所有的賓客都還沉醉在杯觥交錯、揮霍談笑的歡快氣氛時，一群身穿長袖舞衣的年輕女子，就在此時緩緩步入宴會場地，準備開始進行一段歌舞表演。這群女子們身上穿的是質地細薄、輕柔的羅衣，衣裾隨風飛揚，戴的是光芒閃爍的珍珠、翠玉，妝飾明亮豔麗，意態平和怡悅；由於正值青春年華，她們個個面貌姣好，姿態妖嬈，肌膚光澤飽滿，眉眼間含有脈脈的情意，深深吸引住全場觀眾的目光。

【使用的場合】

本句可用來形容女子儀容明豔嬌媚，眼波流轉動人。

【名句的出處】

東漢．傅毅〈舞賦〉：「於是鄭女出進，二八徐侍。姣服極麗，姁（ㄒㄩˇ）媮致態。貌嬈妙以妖蠱兮，紅顏曄其揚華。眉連娟以增繞兮，目流睇而橫波。珠翠的皪（ㄌㄧˋ）而炤燿兮，華袿飛髾而雜纖羅。顧形影，自整裝。順微風，揮若芳。動朱脣，紆清陽，亢音高歌為樂方。」

翩若驚鴻，婉若遊龍。榮曜秋菊，華茂春松。髣髴[1]兮若輕雲之蔽月，飄颻[2]兮若流風之迴雪[3]。

（洛水之神宓妃）體態像是受到驚嚇而迅疾飛起的鴻鳥一樣輕盈，身姿有如蜿蜒曲折的蛟龍一樣婉轉。她的容光閃耀，有如秋日的菊花，華美豐盈，有如春天的松樹。她的身影時隱時現，猶似浮雲遮月，飄飄飛舞，宛若風吹雪花。

【字詞的注解】

1. 髣髴：通「彷彿」兩字，近似、好像。
2. 飄颻：通「飄搖」兩字，隨風飄動。
3. 流風之迴雪：本指落雪在風中飛舞、迴旋的情狀。後多用來形容女子姿態飄逸的樣子。也可用來比喻文筆清逸美好。

【題旨與故事】

曹植在〈洛神賦〉中細膩描摹洛水之神宓妃的迷人風采，其先借「驚鴻」翩飛、「遊龍」靈動的動物形影，刻劃宓妃移步時輕逸婀娜的姿態；接著通過「秋菊」盛開、「春松」豐茂的季節植物，來表現宓妃亮麗盛美的儀容；其後又用「輕雲」、「蔽月」、「流風」、「迴雪」等大自然的景物，展示宓妃行動飄忽、轉身從容的倩影，予人一種想要親近、又害怕被拒絕的朦朧美感。作者文中從不同的角度切入，巧妙運用各種物象來作比喻，將古代傳說中的女神寫得活靈活現，彷彿這位似人又似仙的美女真確地出現在他的眼前般。

【使用的場合】

本句可用來形容女子的身型纖秀，豔光照人，舉手投足間散發出優雅的神韻。

【名句的出處】

三國魏．曹植〈洛神賦〉：「其形也，翩若驚鴻，婉若遊龍。榮曜秋菊，華茂春松。髣髴兮若輕雲之蔽月，飄颻兮若流風之迴雪。遠而望之，皎若太陽升朝霞；迫而察之，灼若芙蕖出淥波。穠纖得衷，修短合度，肩若削成，腰如約素。延頸秀項，皓質呈露，芳澤無加，鉛華弗御。」

頭無釵澤，面無脂粉，形骸不蔽，手足抱土。

（家中這名侍婢）頭上沒有戴任何的釵飾，頭髮也毫無光澤，臉上沒有擦脂抹粉，身上穿的衣服遮不住身體，雙手雙腳都沾滿泥土。

【題旨與故事】

東漢文人馮衍寫信給妻子任氏的弟弟任武達，向妻舅抱怨任氏的性情潑辣強悍，善於嫉妒，經常對著家中唯一的婢女「跳梁大叫，呼若入冥」，大嚷大鬧的蠻橫模樣，連住家附近販賣糖食的婦人都看不下去；信中他又提到任氏不但把這名婢女折磨到面容枯槁，衣不蔽體，四肢骯髒，看上去完全不成人樣，甚至還對其施以暴力，不過半年的光景，婢女便全身「膿血橫流」，命懸一髮，從此臥病不起。馮衍原本念在兒女年紀尚小而選擇不斷隱忍，之後發現任氏的暴虐行為越發變本加厲，逼不得已才決定出妻，故希望妻舅任武達能理解其將任氏休離的苦衷。

【使用的場合】

本句可用來形容人的形色憔悴，衣服無法遮身的難堪窘態。

【名句的出處】

東漢．馮衍〈與婦弟任武達書〉：「唯一婢，武達所見，頭無釵澤，面無脂粉，形骸不蔽，手足抱土。不原其窮，不揆其情，跳梁大叫，呼若入冥，販糖之妾，不忍其態。計婦當去久矣，念兒曹小，家無它使，哀憐姜、豹，常為奴婢。惻惻焦心，事事腐腸，詾詾籍籍，不可聽聞。暴虐此婢，不死如髮，半年之間，膿血橫流。」

體迅飛鳧，飄忽若神。凌波微步[1]，羅襪生塵。

（洛水之神宓妃）身體敏捷有如飛翔的鳧鳥，行蹤不定如似神仙，細步行走在水波上面，濺起的水花打在她的絲製襪子上，遠遠看去像是生起的塵埃。

【字詞的注解】

1. 凌波微步：形容女子的步履輕盈或物體緩慢輕移。

【題旨與故事】

此為曹植在〈洛神賦〉中對其所心儀的洛水之神宓妃動作輕捷、步伐飄逸之描述，藉此彰顯出神和人之間

的歧異，即使自己滿懷愛慕之心，也註定與已成神仙的宓妃無法再作進一步的交往。文中以「飛鳧」這類水鳥比喻宓妃的動作輕捷，飄忽難測；以「凌波微步」比喻宓妃在煙波浩瀚的洛水上緩步走著，游移自如；以「羅襪生塵」比喻踏行於洛水之上的宓妃，襪底蕩起的漣漪，好似平地上騰起的細微塵土。唐人李善在為《昭明文選》作注時評論此文：「凌波而襪生塵，言神人異也。」認為曹植所描寫的情況根本不可能發生在現實之中，意味著其與宓妃的這場神人之戀必然是以悲劇收場。〈洛神賦〉向來被視為是描繪美女形象細膩生動的名篇，不僅詞藻典麗，對於宓妃儀容舉止的描述如真似幻，想像力豐富，引人遐思無限。

【使用的場合】

本句可用來形容女子步履如飛，變化莫測，搖曳生姿。

【名句的出處】

三國魏．曹植〈洛神賦〉：「體迅飛鳧，飄忽若神。凌波微步，羅襪生塵。動無常則，若危若安。進止難期，若往若還。轉眄流精，光潤玉顏。含辭未吐，氣若幽蘭。華容婀娜，令我忘餐。」

釃[1]酒臨江，橫槊[2]賦詩。

（想當年曹操）面對著大江斟酒而飲，橫持著長矛吟詩作賦的豪邁氣概。

【字詞的注解】

1.釃：音ㄙ，此作斟酒、倒酒的意思。
2.槊：音ㄕㄨㄛˋ，長矛。

【題旨與故事】

謫居黃州的蘇軾，在〈前赤壁賦〉中描述其在船上聽了一位客人的洞簫聲後，便向對方探詢樂音如此悲婉淒惻的原由。客人先以東漢末年曹操（字孟德）在〈短歌行〉中「月明星稀，烏鵲南飛」兩句詩作為與蘇軾對話的開場白，接著敘說其有感於自己正置身在歷史上著名的赤壁之戰附近（蘇軾與客人所遊的黃州，與赤壁戰爭的發生地並非同一處，前者位在今湖北東部，後者位在今湖北東南部），回想起孫吳名將周瑜當年與劉備合力在赤壁困住了曹操；又聯想到那個時候的曹操，剛剛攻下了荊州，占領了江陵，為了一統天下，馬上帶領著數十萬的大軍，陣容浩浩蕩蕩，沿著長江順流而下，戰船接連千里，旌旗遮蔽了天空，曹操當時就在船上把酒作詩，意氣風發，神采不可一世，而今山川依舊，卻已不見曹操這樣一位蓋世雄才的影蹤，使其興起人生短暫、世事無常的感喟。

【使用的場合】

本句可用來形容能文善武、英姿煥發的特出人物。

【名句的出處】

北宋．蘇軾〈前赤壁賦〉：「『月明星稀，烏鵲南飛。』此非曹孟德之詩乎？西望夏口，東望武昌，山川相繆，鬱乎蒼蒼，此非孟德之困於周郎者乎？方其破荊州，下江陵，順流而東也，舳艫千里，旌旗蔽空，釃酒臨江，橫槊賦詩，固一世之雄也，而今安在哉？」

言行心性

人言之不實者十九，聽言而易信者十九，聽言而易傳者十九。

人們說的話，不盡確實的有十分之九，聽到話的人，容易相信話中內容的也有十分之九，喜歡將聽到的話，到處傳播出去的還是有十分之九。

【題旨與故事】

明人呂坤為官清廉，執法公正，是當時天下公認的賢者，清人張廷玉《明史．呂坤傳》稱其「指陳時政，炳炳鑿鑿，鯁亮有足稱者」，可見呂坤批判政務時事，言論明確有據，以剛直誠實而為後人所稱道。然其二十多年的官宦生涯，卻遭到有心人士的誣告，呂坤憤而辭官，此後專心寫作和教學，著述頗豐。曾被謠言中傷過的呂坤，更能體會謹言慎行的重要，畢竟有許多人說話都是言而不實或言過其實，但人們卻寧可選擇聽信這樣的言論，然後再將自己所聽到的迅速傳開，經過眾人的蜚短流長，傳到後來，到底事情的真相為何誰也分辨不清，讓呂坤不禁感嘆，史書上說不定就有不少飽受流言攻擊而沉冤莫白的人啊！

【使用的場合】

本句可用來形容人們喜好誇誇其談，以訛傳訛。

【名句的出處】

明．呂坤《呻吟語．品藻》：「人言之不實者十九，聽言而易信者十九，聽言而易傳者十九。以易信之心，聽不實之言，播喜傳之口，何由何詎？而流傳海內，記載史冊，冤者冤，幸者幸。嗚呼！難言之矣。」

女無美惡，入宮見妒；士無賢不肖，入朝見嫉。

女子的容貌無論是美還是醜，一進了後宮，就會遭到妒忌；士人的才智無論是賢能還是無能，一進了朝廷，就會遭到嫉恨。

【題旨與故事】

西漢景帝即位，原是吳王劉濞門客的鄒陽，察覺到吳王有謀逆之心，他在勸阻無效後，改投奔景帝同母弟梁孝王劉武的門下，後來事情的發展果然如鄒陽所料，吳王不久便策動七王叛亂，兵敗後被殺。鄒陽在當時即以辯才聞名，但也因其智略過人，言行曠放不羈，致使梁孝王的門客對其心懷妒意，他們利用機會向梁孝王進讒言，構陷鄒陽入罪。被囚入獄中的鄒陽，明知梁孝王的身邊已被小人的不實之詞所迷惑，仍然冒死上書，諫諍梁孝王不可輕信謠言，畢竟那些人之所以要讒害他，不過是嫉妒自己的才能遠遠勝過他們的緣故。就好像戰國時期的司馬喜，曾在宋國受了臏刑，被削了膝蓋骨，最後卻是在中山國拜相；又例如范雎在魏國被折斷了脅肋、敲落了牙齒，但來到了秦國卻被封為應侯。鄒陽認為司馬喜和范雎這兩個人，皆深信自己必然可行的計畫，摒棄結黨營私的欲望，堅持孤高獨立的原則與人交往，自是很難避開他人的怨恨和敵意。其在文中援古證今，目的便是希望梁孝王切莫聽信讒佞、不辨賢愚，同時也暗喻君臣之間若能相待以誠，臣子勢必也會使出全力輔助君王，成就君王的事業。年代稍晚於鄒陽的史家司馬遷，在《史記·魯仲連鄒陽列傳》寫道：「鄒陽辭雖不遜，然其比物連類，有足悲者，亦可謂抗直不橈矣。」意指鄒陽文辭雖有欠恭順，但大量使用相類似的事物進行比較，充分展現其剛直不屈的志氣，確實是相當感人的。

【使用的場合】

本句可用來說明一般人看見別人有某一方面超過自己，便容易產生嫉妒的心態。

【名句的出處】

西漢・鄒陽〈獄中上書自明〉：「故女無美惡，入宮見妒；士無賢不肖，入朝見嫉。昔司馬喜臏腳於宋，卒相中山；范睢摺脅折齒於魏，卒為應侯。此二人者，皆信必然之畫，捐朋黨之私，挾孤獨之交，故不能自免於嫉妒之人也。」

外愚內智，外怯內勇，外弱內彊；不伐善，無施勞，智可及，愚不可及[1]。

（曹操稱讚荀攸）表面上看起來像是愚鈍的樣子，實際上卻是具有大智慧的人，外貌看似膽怯、柔弱，內心卻是無比勇武、強大；從不誇耀自己的長處，也不會把煩雜的事推卸到別人的身上，他的智力或許有人可以達到，但他的大智若愚卻是別人達不到的。

【字詞的注解】

1.愚不可及：本意是讚美人的智慧極高卻深藏不露，非一般人所能企及。典出《論語・公冶長》：「甯武子邦有道則知，邦無道則愚。其知可及也，其愚不可及也。」這是孔子稱讚衛國大夫甯武子智慧絕大的言詞。意即在國家安定時，甯武子就發揮自己的才智，此等智慧是一般人可及的；當國家政治昏暗，甯武子就把自己的才智隱藏起來，靜待時機，此等智慧則是一般人不可及的。現今「愚不可及」一詞多作貶義，用以譏罵人愚蠢至極。

【題旨與故事】

東漢末年曹操陣營有兩名不可或缺的謀士，一位是為曹操所敬重，人稱「荀令君」的荀彧（字文若），另一位則是做事風格低調，從不在人前彰顯自己的荀攸（字公達）；荀攸在輩分上算是荀彧的堂姪，但年紀卻比荀彧還要大上六歲。據《三國志．魏書．荀攸傳》中記載，長期追隨在曹操的身邊，參與過無數戰役計畫和決策的荀攸，由於個性不愛張揚，自然不會成為眾人注目的焦點；但在曹操的眼裡，早已看出荀攸外表雖然給人笨拙、怯弱的感覺，但事實上卻是機智過人，為其出謀獻策，態度從容安閑，之後戰勝敵人也從不矜誇自己的功勞，如此「愚不可及」的行為表現，即使賢如顏淵、甯武子也難以和荀攸相比啊！東晉史學家袁宏在〈三國名臣序贊〉一文對荀攸作出以下的評價：「雖懷尺璧，顧哂連城；知能拯物，愚足全生。」雖然才幹能力如尺璧一樣珍貴，但荀攸竟對自己這樣價值連城的才能，回頭一笑置之；智識能夠濟世救人，大巧若拙的言行足以保全自身。

【使用的場合】

本句可用來形容真正有智慧的人，行事含蓄內斂，以免鋒芒逼人。

【名句的出處】

西晉．陳壽《三國志．魏書．荀攸傳》：「攸深密有智防，自從太祖征伐，常謀謨帷幄，時人及子弟莫知其所言。太祖每稱曰：『公達外愚內智，外怯內勇，外弱內彊；不伐善，無施勞，智可及，愚不可及，雖顏子、甯武不能過也。』」

吾無過人者，但平生所為，未嘗有不可對人言者耳。

（司馬光曾說過）我並沒有什麼地方比別人優秀，只是生平所做的事情，從來沒有一件是不能對人說出口的。

【題旨與故事】

蘇軾在《東坡志林》這本筆記著作中，有一則篇名〈修身曆〉的短文，內容寫到其於北宋哲宗元祐年間，想起了當時去世不久的司馬光，生前曾說過自己本身雖然談不上有什麼超越他人之處，但一生絕不做任何一件不可告人的事。蘇軾認為司馬光對自我言行的嚴格要求，並且實踐力行，其人品和操守，足以成為世人立身處事的典範。在北宋的新舊黨爭之中，保守派的司馬光一直與改革派的王安石理念不合，自神宗決定重用王安石推行新法，司馬光便自請退居到西京洛陽，當有人來向其抱怨王安石在朝中的是非時，司馬光一概不回應，覺得自己既已不在朝廷做事，便不該干涉或評議朝政；有長達十五年的時間，司馬光絕口不論政事，專心編纂《資治通鑑》這部編年體的史書，直到神宗駕崩，哲宗即位，司馬光才回到朝廷，被任命為「尚書左僕射兼門下侍郎」，也就是國君之下的全國最高行政長官，權力等同宰相的官銜，上任八個月而卒，死後被追封為溫國公，謚文正，世稱其「司馬溫公」或「司馬文正公」。蘇軾文末還引用了北宋思想家張載送給他人的一句詩作結：「怕人知事莫萌心。」意思是唯恐別人知道的事，那就連在心裡萌生念頭的想法都不要產生，提醒人們應

常切己自省，行事光明正大，內外如一。

【使用的場合】

本句可用來比喻行事坦蕩，胸懷磊落，問心無愧。

【名句的出處】

北宋・蘇軾《東坡志林・修身曆》引司馬光之語：「司馬溫公有言：『吾無過人者，但平生所為，未嘗有不可對人言者耳。』予亦記前輩有詩曰：『怕人知事莫萌心。』皆至言，可終身守之。」

我知言，我善養吾浩然之氣。

我的專長是在語言方面（此句另可譯為：我能夠從言談中了解他人的真實想法），我也善於培養自己內在正大剛直的一股強大力量。

【題旨與故事】

戰國時期的孟軻，不但富有滔滔雄辯的口才，更經常運用日常生活中的事物作為其教學的題材，藉以說明比較艱深難懂的道理。在《孟子・公孫丑上》中記述孟軻與其弟子公孫丑的一段對話。公孫丑問孟軻說：「老師，您的專長是在哪一方面呢？」孟軻回答：「我善於辨析言辭，也善於涵養浩然之氣。」公孫丑聽了有些不太明白，繼續問說：「什麼是浩然之氣呢？」孟軻回答：「這實在很難用言語來表達清楚。這股極為浩大、剛強的氣，是長期累積正義而產生的，必須用正義與道德相互配合，使這股氣充塞於天地之間；這可不是偶而躬行正義之事就能夠得到的，而是時時刻刻都要把正義牢記於心，並且不可用不適當的方式來助長它。」為了讓公孫丑更容易理解所謂的「浩然之氣」，絕非靠外在的力量就能快速取得，而是要在人的心中逐漸滋養而成；孟軻接著對公孫丑講述一則「拔苗助長」的寓言，大意是說，宋國有個性情急躁的農夫，希望自己田裡的稻苗再長快一點，便自作聰明地到田裡，把所有的稻苗往上拔高了一些，此舉反而造成稻苗全都枯萎而死。孟軻認為當時的人們，大都犯了和這個揠苗的農夫一樣急功近利的毛病，最後卻適得其反，對提升自我的心性修持毫無助益。

【使用的場合】

本句可用來形容為人明辨是非，行事坦蕩剛正。

【名句的出處】

戰國．孟軻《孟子．公孫丑上》：「曰：『我知言，我善養吾浩然之氣。』『敢問何謂浩然之氣？』曰：『難言也。其為氣也，至大至剛，以直養而無害，則塞於天地之間。其為氣也，配義與道；無是，餒也。是集義所生者，非義襲而取之也。……宋人有閔其苗之不長而揠之者，芒芒然歸。謂其人曰：今日病矣，予助苗長矣。其子趨而往視之，苗則槁矣。天下之不助苗長者寡矣。以為無益而舍之者，不耘苗者也；助之長者，揠苗

者也。非徒無益，而又害之。』」

足將進而趑趄[1]，口將言而囁嚅[2]。

腳剛要跨進一步卻又遲疑不決，不敢往前走去，嘴剛要開口說話卻又支支吾吾，不敢把話說出來。

【字詞的注解】

1. 趑趄：音ㄗ ㄐㄩ，形容猶豫不前的樣子。
2. 囁嚅：形容欲言又止的樣子。

【題旨與故事】

韓愈在〈送李愿歸盤谷序〉借準備退隱山林的好友李愿之口，揭露其多年仕途生涯經常見到的三種典型人物，其一是得勢的高官權臣；其二是看穿官場醜陋黑暗或政治上的失意者，最後決定歸隱，不再過問政事；其三是終日在高官權臣間奔走鑽營的攀附之徒。很顯然地，李愿想要表達的就是自己屬於其中第二種典型，然也直言其對第一種典型的人並無厭惡之心，只是有感於富貴名利乃命中註定，不是光靠努力或僥倖便可以企及的；至於第三種典型，即是李愿所深惡痛絕的庸碌小人，認為像他們這樣整天守候在高官權臣的門下，汲汲營營於求名奪利的路上，行動畏畏縮縮，說話吞吞吐吐，處在骯髒卑下的地位卻不覺得羞恥，一觸犯刑法便遭到誅殺，一切只為了貪圖那萬分之一的翻身機會，直到老死，方才罷休，一生過得既可鄙又可悲。北宋蘇軾在

〈跋退之送李愿序〉寫道：「唐無文章，惟韓退之〈送李愿歸盤谷序〉一篇而已。平生願效此作一篇，每執筆輒罷，因自笑曰：『不若且放，教退之獨步。』」唐代的文章在蘇軾看來，竟然僅有韓愈〈送李愿歸盤谷序〉一篇值得推崇，原本蘇軾還有意仿效韓愈此文的筆鋒，但每每提起筆來又隨即作罷，自嘲文筆既然比不上韓愈，姑且還是讓前輩的大作獨步天下好了！可以想見，能夠讓蘇軾都自嘆弗如的文章，無論在內容思想或謀篇布局方面，絕對堪稱是上乘之作。

【使用的場合】

本句可用來譏諷人的言行卑屈低下，怯懦怕事。另可用來形容心懷疑懼，因而顯露出躊躇不定、小心翼翼的樣子。

【名句的出處】

唐．韓愈〈送李愿歸盤谷序〉：「伺候於公卿之門，奔走於形勢之途。足將進而趑趄，口將言而囁嚅。處穢汙而不羞，觸刑辟而誅戮。徼倖於萬一，老死而後止者，其於為人，賢不肖何如也？」

苟非吾之所有，雖一毫而莫取。

假若不是屬於自己的東西，即便只有一毫那樣微小也不會拿取。

【題旨與故事】

〈前赤壁賦〉是蘇軾歷經「烏臺詩案」這起攸關死生的事件後，被貶至黃州時所寫的作品，文題中的「赤壁」雖與東漢末年赤壁之戰的地點不同，但作者文中刻意借客人之口，將古戰場史跡與顯赫一時的英雄人物曹操作連結，抒發人生如寄而江月無窮的滄桑悲感；然後再引出自己的回答，來化解客人的感傷，道出了天地萬物各有其主宰的想法，意味著不該是自己所有的，無論是名利物欲，還是生命的長度，皆無須妄圖營求，畢竟造物者賜給每個人的無盡寶藏，就是大自然中常存的清風明月，可以任人永遠取用不歇，同享共有，言語中展現其超脫豁達的襟懷。所謂的「烏臺詩案」可說是北宋史上一場著名的文字獄，事情發生在神宗元豐二年（西元一〇七九年），當時蘇軾被調往湖州，一到任他依慣例向朝廷上謝表，御史官員以蘇軾在表中謾罵朝政為由，將其免職逮捕，並從湖州押回京城御史臺接受審訊。由於御史臺內古柏參天，柏樹上常有烏鴉棲息築巢，故有「烏臺」、「烏府」之稱。案件經過數月的審理，期間多人出面力保，蘇軾才僥倖逃過死劫，被釋後謫貶為黃州團練副使（在宋代為沒有實權的職缺），不得簽署公事，也不得離開貶所，等同被流放和軟禁在黃州的意思。不少人對蘇軾曲折的仕途、不平的際遇感到惋惜，認為他若懂得稍加隱晦，收斂言行，即便不受重用，也應該可以躲過政敵的陷害，不過正如《宋史．蘇軾傳》最末兩句所言：「假令軾以是而易其所為，尚得為軾哉？」意即假如蘇軾為此而改變他的行事風格，那麼他還能是蘇軾嗎？換言之，蘇軾之所以為蘇軾，正是因為他絕不會為了避禍而改變其作為，縱使宦海不甚如意，但他的凌雲健筆、風趣幽默、磊落心志，以及隨緣自適的處世態度，至今仍深入人心。

【使用的場合】

本句可用來形容人的心地光明，品格廉正，不作非分之想。

【名句的出處】

北宋·蘇軾〈前赤壁賦〉：「且夫天地之間，物各有主，苟非吾之所有，雖一毫而莫取。惟江上之清風，與山間之明月，耳得之而為聲，目遇之而成色。取之無禁，用之不竭。是造物者之無盡藏也，而吾與子之所共適。」

破山中賊易，破心中賊難。

打敗山裡的賊寇容易，但要打敗心中的賊性卻是相對困難的。

【題旨與故事】

文題〈與楊仕德、薛尚謙書〉，為明代思想家、軍事家王守仁寫給其門下弟子楊驥（字仕德）、薛侃（字尚謙）的一封書信。明武宗正德年間，四十六歲的王守仁平定南方多處流民暴亂後，移兵贛州（位在今江西境內）龍南，準備繼續剿匪，途中他有感而發，認為弭平這次的民變匪患其實一點都不難，然而欲破除人的貪邪惡念或是改掉長期積累的壞習性，才是人心的一大考驗，畢竟「心中賊」不僅存於「山中賊」的內心，也深植

在每一個人的心中。一生講學不綴，主張「致良知」、「知行合一」之說的王守仁，自身也相當注重心性的修持工夫，據弟子錢德洪編輯《陽明先生年譜》記載，王守仁臨終之前，門生問其有何遺言，他笑著回說：「此心光明，亦復何言？」便瞑目而逝，得年五十七歲，為世人留下戰勝「心中賊」的美好典範。

【使用的場合】

本句可用來說明克服內心的欲望或惡習是極為不易之事。

【名句的出處】

明・王守仁〈與楊仕德、薛尚謙書〉：「即日已抵龍南，明日入巢，四路兵皆已如期並進，賊有必破之勢。某向在橫水，嘗寄書仕德云：『破山中賊易，破心中賊難。』區區翦除鼠竊，何足為異？若諸賢掃蕩心腹之寇，以收廓清平定之功，此誠大丈夫不世之偉績。」

欲影正者端其表，欲下廉者先之身。

想要影子正，就要先把標竿放置端正，希望下屬廉潔，就要從自身率先做起。

【題旨與故事】

此為「鹽鐵會議」上，代表民間的賢良之士，針對當時官箴敗壞所提出的建言。由於代表官方的御史大夫桑弘羊，認為貪而無厭乃是人的天性，與官吏職務的高低無關；但賢良之士則直指貪鄙的根源，正是來自高階官吏，職位高的，往下向職位低的索取財貨，職位低的，再往下向職位更低的進行勒索或強占，這樣的風氣，就好比水往下流一樣，根本不會停止。如今，眼看著大川江河都已流入了大海，想要使山谷間的小溪流不接受雨後地面上流動的積水，也是不可能的啊！賢良之士意指當政者若不改變高階官吏的貪婪之風，卻只會要求小吏下民清廉正己，完全可以說是本末顛倒的舉措。

【使用的場合】

本句可用來說明告誡他人必須做到的事情，自己也要以身作則，身教勝過言教。

【名句的出處】

西漢・桓寬《鹽鐵論・疾貪》：「今大川江河飲巨海，巨海受之，而欲谿谷之讓流潦；百官之廉，不可得也。夫欲影正者端其表，欲下廉者先之身。故貪鄙在率不在下，教訓在政不在民也。」

臨大事，決大議，垂紳[1]正笏[2]，不動聲色，而措天下於泰山之安。

面對重大的事件，決策重要的議題，他都能夠衣帶整齊地垂下，雙手端正地拿著朝笏，態度沉著冷靜，把天下治理得像泰山一樣安穩。

【字詞的注解】

1. 紳：古代官員束在腰間的大帶子。
2. 笏：音ㄏㄨˋ，古代大臣上朝時所執的手板，通常是以玉、象牙或竹製成。

【題旨與故事】

歐陽脩在〈相州晝錦堂記〉一文中先是讚譽好友韓琦「出入將相，勤勞王家，而夷險一節」，不管是在外出任大將或是入朝擔任宰相都是遊刃有餘，為皇室、朝廷辛勤付出，無論處於太平時日或艱困時刻，節操始終如一。接著又極力推崇韓琦在處理政務時，總是能表現出沉穩淡定的神態，因為一般人遇到緊急的情況，不免驚慌失措，尤其是在決斷國家大事的關鍵上，更是牽一髮而動全身，若稍有不慎，影響的是便是國家未來的前途以及全國百姓的生計。其中「垂紳正笏」一語，是借寫士大夫衣帶整齊、執笏端正的樣子，引申臣子的儀態莊重嚴肅。

【使用的場合】

本句可用來形容人臨事不亂，從容以對。

【名句的出處】

北宋．歐陽脩〈相州晝錦堂記〉：「蓋不以昔人所誇者為榮，而以為戒。於此見公之視富貴為何如，而其志豈易量哉？故能出入將相，勤勞王家，而夷險一節。至於臨大事，決大議，垂紳正笏，不動聲色，而措天下於泰山之安，可謂社稷之臣矣。其豐功盛烈，所以銘彝鼎而被絃歌者，乃邦家之光，非閭里之榮也。」

辯訟愕愕然。

辯論爭訟的樣子，氣勢洶洶。

【題旨與故事】

「鹽鐵會議」上代表民間的文學和賢良之士大力抨擊時政，指責朝廷公卿大臣只在乎個人的身家財富不斷積累，卻無視於社會存在的各種弊端，老百姓即使辛勤勞動，日子依然窘困匱乏。然而代表官方的丞相史，則是認為正因朝廷重視儒家知識分子的意見，才會請文學和賢良之士來參與會議，雙方在爭論國家政策的得失時，應當以理服人，而不是用「辯訟愕愕然」的態度，況且也沒有聽到像孔子弟子中公西赤（字子華）、端木

賜（字子貢）那樣出色的辭令，卻只有看見粗野無禮的模樣，從未聽說過有這樣的儒家學者啊！文學和賢良之士連忙起身，為自己過於激動的言行致歉，但仍然堅持「愕愕者，福也；諓諓（ㄐㄧㄢˋ）者，賤也」，深信唯有正言不諱才是國家之福，當權者若只想要聽阿諛奉承的話，對國家前途必然造成傷害。

【使用的場合】

本句可用來形容直言爭辯，盛氣凌人。也可用來形容理直氣壯，不隨聲附和他人。

【名句的出處】

西漢．桓寬《鹽鐵論．國疾》：「所以貴術儒者，貴其處謙推讓，以道盡人。今辯訟愕愕然，無赤、賜之辭，而見鄙倍之色，非所聞也。大夫言過，而諸生亦如之，諸生不直謝大夫耳？」

才識風範

人傳元祐[1]之學，家有眉山[2]之書。

每一個人都在傳述哲宗元祐年間與他（蘇軾）相關的學說，每一戶人家皆有祖籍眉山的他（蘇軾）所寫的書籍。

【字詞的注解】

1.元祐：北宋哲宗趙煦在位時期所使用的第一個年號。
2.眉山：地名，古稱眉州，位在今四川中部，為北宋文學家蘇軾的故鄉。

【題旨與故事】

蘇軾在世時因捲入了新舊黨爭，屢遭政敵的讒言毀謗，晚年甚至還被放逐到嶺南（即惠州，位在今廣東東南部）和海外（即儋州，位在今海南西北部）這樣的蠻荒之地，有長達七年的時間，過著極為清苦的貶居生活，直到死前半年，才獲釋渡海北歸。徽宗建中靖國元年（西元一一〇一年）蘇軾去世，但政敵對他的迫害並未停歇，宰相蔡京為了打擊異己，奏請徽宗將元祐年間得勢的舊黨官員置入黨籍，樹立「元祐黨人碑」，石碑上刻寫了蘇軾、司馬光等三百餘人的姓名和罪狀，以昭示後人。被名列在黨籍之中的蘇軾，著述也因而遭到查禁和焚毀，只是令人想不到的是，官方的禁令愈嚴，民間傳播蘇軾書籍的數量卻是愈來愈多，人們寧願冒著風險，也一定要讀到蘇軾的詩詞文章，或偷偷將其保存下來，足見其文學名望之高。就在蘇軾離世後近七十載，南宋孝宗趙昚（ㄕㄣˋ）於乾道六年（一一七〇年）正式為蘇軾恢復名譽，頒贈其「文忠」的諡號，又追封其「太師」的官銜，堂堂一國之君還親筆為蘇軾的文集寫序。在這道〈追贈蘇軾太師銜聖旨〉中，孝宗毫不掩飾其對蘇軾才情和氣節的崇仰欽慕，不僅對蘇軾生前治世才能沒有獲得重視感到惋惜，也對蘇軾死後滿腹才學不斷被眾人議論表達佩服之意。即便著作被朝廷長期列為禁書，但仍抵擋不了全國上上下下對蘇軾作品的熱中和

喜愛。

【使用的場合】

本句可用來稱美北宋文豪蘇軾的創作廣受歡迎，蔚為風潮。

【名句的出處】

南宋．宋孝宗趙昚〈追贈蘇軾太師銜聖旨〉：「知言自況於孟軻，論事肯卑於陸贄？方嘉祐全盛，嘗膺特起之招；至熙寧紛更，迺陳長治之策。歎異人之間出，驚讒口之中傷。放浪嶺海，而如在朝廷。斟酌古今，而若斡造化。不可奪者嶢（ㄧㄠˊ）然之節，莫之致者自然之名。經綸不究於生前，議論常公於身後。人傳元祐之學，家有眉山之書。」

文起八代[1]之衰，而道濟天下之溺。

（韓愈）所致力的古文運動，足以振興東漢以來八代的衰頹文風，所提倡的儒家道德思想，足以把沉溺於佛、老思想的天下蒼生拯救出來。

【字詞的注解】

1. 八代：此指唐代古文大家韓愈之前的八個朝代，即東漢、魏、晉、宋、齊、梁、陳、隋。

【題旨與故事】

文題〈潮州韓文公廟碑〉，是北宋蘇軾於哲宗元祐年間，接受潮州（位在今廣東境內）知州王滌的請託，替潮州重新修建韓愈廟而寫的一篇碑文。其中「韓文公」指的就是韓愈，死後諡「文」，故稱之。活動於中唐時期的韓愈，是古文運動的重要推行者，不滿當時文壇仍承繼六朝和初唐以來講究韻律、用詞工麗的駢體文風，主張文章是用來闡述儒家先賢的仁義、倫常和經世思想，對於強調清靜寂滅、淡泊無為的佛家和道家學說極力排斥。唐憲宗元和十四年（西元八一九年），韓愈因反對憲宗迎佛骨而上表力諫，惹怒了憲宗，立刻遭貶為潮州刺史；來到潮州雖然不到一年的時間，韓愈不僅解決了境內的鱷魚之患，還請人來教授百姓學問和禮義之道，使向來被視為是邊陲之地的潮州，自此從蠻荒走向了開化文明之路。後來潮州居民為了感念韓愈在潮州的惠政和恩德，決定興建專門祭祀韓愈的廟，以表達對韓愈的景仰和緬懷之忱。時間過了將近三百年，同韓愈一樣位列「唐宋八大家」之一的蘇軾，在〈潮州韓文公廟碑〉的一開頭便寫道：「匹夫而為百世師，一言而為天下法。」意指像韓愈這樣一個平民出身的普通人，能夠成為百代人學習的表率，其說出來的一句話，能夠成為天下人奉行的準則。蘇軾除了高度褒揚韓愈一生在傳道、授業、解惑方面的教育成就，也充分肯定了韓愈在尊崇儒學，以及恢復秦、漢之前散文傳統所作的貢獻，不止風靡當世，也撼動了一代一代無數的後人。其實在蘇軾〈潮州韓文公廟碑〉面世之前，歷來已有不少文人寫過歌頌韓愈的相關文章，然南宋人洪邁《容齋隨筆》對蘇軾此文予以極高的評價，其言：「及東坡之碑一出，而後眾說盡廢。」意即有了蘇軾〈潮州韓文公廟碑〉

這篇名作，其他稱誦韓愈的紀念文全都不值得一看。

【使用的場合】

本句可用來頌揚唐代文學家、教育家韓愈對世人的深遠影響。

【名句的出處】

北宋．蘇軾〈潮州韓文公廟碑〉：「獨韓文公起布衣，談笑而麾之，天下靡然從公，復歸於正，蓋三百年於此矣。文起八代之衰，而道濟天下之溺，忠犯人主之怒，而勇奪三軍之帥。豈非參天地，關盛衰，浩然而獨存者乎？」

生不用封萬戶侯[1]，但願一識韓荊州[2]。

人生不需要有萬戶侯的封號，只願能夠結識統領荊州的韓朝宗。

【字詞的注解】

1. 萬戶侯：漢代稱食邑上萬戶的侯爵。此借指顯貴。
2. 韓荊州：指唐代官員韓朝宗，曾任荊州大都督府長史，為所轄地的軍政和行政長官，故稱之。荊州，原指古代九州之一，幅員廣大；但到唐朝時，轄境約位在今湖北荊州市一帶。

【題旨與故事】

唐人賀知章在盛唐時期早已名揚海內，其在玄宗天寶元年（西元七四二年）讀到李白飄逸神妙的詩文，驚嘆地語出「子，謫仙人也」，意謂李白的才氣就如同自天上被謫居在世間的仙人般，從此「詩仙」名號便與李白畫上等號。不過，李白在未獲賀知章賞識之前，一直默默無聞，其於玄宗開元二十二年（西元七三四年）遊歷到荊、襄一帶，聽聞天下士人都在談論地方長官韓朝宗樂於薦賢舉能，懷有政治抱負的李白，當然不願錯過這個可能進身仕途的大好機會，他在寫給韓朝宗書信的一開頭，不直接說出自己的冀求，而是通過天下談士之口，稱頌韓朝宗求賢殷切的作風，足以和「一沐三握髮，一飯三吐哺」的周公媲美，為了趕去接待賢士，總是無法好好地洗一次頭髮和吃完一頓飯，這種無私無我的精神，使得四海之內的豪傑俊士奔走相告，爭著前來歸附。李白文中一方面褒美韓朝宗愛才若渴、知人善用，另一方面示意自己才識超拔，絕對值得韓朝宗向人大力推薦。後來由此衍生出「識韓」、「識荊」等詞，都是代指見到平時所仰慕的人。

【使用的場合】

本句可用來讚揚某人名重當時，廣受眾人的愛戴。

【名句的出處】

唐．李白〈與韓荊州書〉：「白聞天下談士相聚而言曰：『生不用封萬戶侯，但願一識韓荊州。』何令人之景慕，一至於此耶？豈不以有周公之風，躬吐握之事，使海內豪俊，奔走而歸之。」

生而為英，死而為靈。

在世時是人間的英傑，死後化為天上的神靈。

【題旨與故事】

文題〈祭石曼卿文〉，是歐陽脩於好友石延年去世二十多年後所寫的一篇悼念文章，其中「曼卿」是石延年的字。文中除抒發對亡友的深切哀思之外，也稱頌其才氣卓特，人格高邁，「不與萬物共盡，而卓然其不朽者，後世之名」，即使石延年的形影已不在人世，但在歐陽脩的心目中，以好友這樣英偉不凡、磊落高潔之人，絕不會同萬物一樣，歷經生死後便消失不見，聲名必能傳垂久遠。清人浦起龍《古文眉詮》評曰：「文雖極悲涼，卻能向已墟境象，點出不朽精神。」

【使用的場合】

本句可用來說明傑出的人物，無論生前或身後，英名永不磨滅。

【名句的出處】

北宋．歐陽脩〈祭石曼卿文〉：「嗚呼曼卿！生而為英，死而為靈。其同乎萬物生死，而復歸於無物者，暫聚之形；不與萬物共盡，而卓然其不朽者，後世之名。此自古聖賢，莫不皆然。而著在簡冊者，昭如日星。」

故內無其質而外學其文，雖有賢師良友，若畫脂鏤冰[1]，費日損功。

如果內在的資質不好，而只學會表面的文采或禮節，即使有賢德的師長和益友的教導，也像是在油脂上繪畫和冰塊上雕刻一樣，遇熱隨即融化，不過是白白浪費時間和精力而已。

【字詞的注解】

1.畫脂鏤冰：字面上意思是指在凝固的油脂上繪畫或是在冰上雕刻；由於油脂和冰遇到高溫便會融化，作品立即化為烏有，故常被用來比喻勞而無功。鏤，音ㄌㄡˋ，雕刻。

【題旨與故事】

此為西漢昭帝時的「鹽鐵會議」上，官方代表御史大夫桑弘羊對於稟性問題所發出的言論，直指人的才智高低與外表美醜、性格強弱都是與生俱來的，縱使聖賢如孔子，孔門也出現過因白天睡覺、又想縮短守父母喪三年禮俗而被孔子訓斥「糞土之牆不可杇也」的宰予（字子我），以及個性好勇、行事莽撞而讓孔子憂心日後可能「不得其死然」的仲由（字子路），後來果然死於非命；這就好比技法高超的師傅，也無法把人駝背的缺點掩飾起來，氣味芳香的脂粉，也無法把婦人醜陋的樣貌變得漂亮啊！文中桑弘羊借「畫脂鏤冰」之喻，目的是為了反駁民間代表文學之士「非學無以治身，非禮無以輔德」的說法，文學之士的意思是，教育可使人修省自身，精進品德，將來可成大器。但代表朝廷的桑弘羊這一方，則是堅信人的天賦資質，絕不是靠著師長的諄諄善誘和個人的好學不倦就可以改變的。

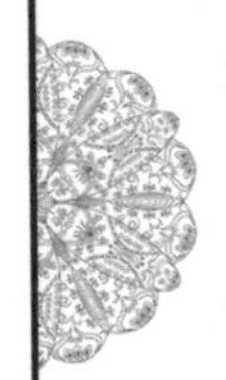

【使用的場合】

本句可用來說明一個人的先天素質不佳，即便後天跟隨賢良師友學習，也終是不堪造就且徒勞無功的。

【名句的出處】

西漢．桓寬《鹽鐵論．殊路》：「性有剛柔，形有好惡，聖人能因而不能改。孔子外變二三子之服，而不能革其心。故子路解長劍，去危冠，屈節於夫子之門，然攝齊師友，行行爾，鄙心猶存。宰予晝寢，欲損三年之喪。孔子曰：『糞土之牆不可杇也』，『若由不得其死然』。故內無其質而外學其文，雖有賢師良友，若畫脂鏤冰，費日損功。故良師不能飾戚施，香澤不能化嫫母也。」

桃李不言，下自成蹊[1]。

（有著豔麗花朵和甜美果實的）桃樹、李樹雖然不會說話，但（由於經過的人群眾多）樹下卻自然而然地形成了一條小路。

【字詞的注解】

1. 蹊：小路。

【題旨與故事】

這兩句話是司馬遷在《史記．李將軍列傳》中借民間流傳的諺語，來形容西漢名將李廣當時受人們愛戴的情況，以「桃李」比喻李廣忠實真誠的美好人格，以「不言」比喻李廣為人謙虛低調，從不主動張揚自己的優點，以「下自成蹊」比喻李廣具備感召人心的力量，才能吸引廣大民眾的認同與敬仰，實至名歸。李廣歷仕文帝、景帝和武帝三朝，驍勇善戰，數十年下來，參與過無數次抗擊匈奴的戰役，屢建奇功，匈奴人對他又敬又畏，稱其「漢之飛將軍」，曾有好幾年不敢再來犯境，可惜李廣始終未獲漢王朝封侯。武帝元狩四年（西元前一一九年）李廣跟隨大將軍衛青出征匈奴，原被任命為前將軍的他，臨時被衛青調開，改從道路迂迴、資源缺乏的東路出發，他雖一再向衛青表達自己出任負責開頭先鋒的前將軍，就是為了與單于正面對敵，決一死戰，但衛青堅持不接受他的請求；結果李廣只能服從軍令，帶兵從東路出發，因為部隊中沒有嚮導，所以在沙漠迷失道路，耽誤了與衛青約定好的軍期，導致衛青與單于交戰時，單于有機會突圍逃走，漢軍鎩羽而歸，李

廣也因延誤戰機而遭到衛青的責備，準備將其交付軍法審判。李廣認為這次出征卻被衛青調去繞遠路，偏偏又迷了路，這些突發的狀況，或許都是天意的安排，想到自己一生戎馬，與匈奴作戰不下七十幾回，如今年紀老大，還得去面對審判過程中那些刀筆吏的羞辱，遂拔刀自刎而死，手下的將士全都為之痛哭，百姓得知李廣去世的消息，無論是認識他的還是不認識他的，莫不為他流淚哀悼。司馬遷文末引用了《論語．子路》中「其身正，不令而行；其身不正，雖令不從」這段話，意思是領導者本身的行為正當，不用命令，人民也會照著去做；反之，領導者本身的行為不正，即使下達了命令，人民也不會遵從，藉此說明李廣對部屬和百姓的影響極深，正是身教重於言教的最佳實例。清人牛運震《史記評註》評曰：「傳目不曰李廣，而曰李將軍，以廣為漢名將，匈奴號之曰『飛將軍』，所謂不愧將軍之名者也。只一標題，有無限景仰愛重。」意即司馬遷的篇名標題〈李將軍列傳〉，不以姓名李廣稱之，而是用「李將軍」三字，實寄寓其對李廣的嚮慕之情。

【使用的場合】

本句可用來比喻為人忠實誠懇，品格清高，根本不用到處向人宣揚、誇耀，自會深得人心。

【名句的出處】

西漢．司馬遷《史記．李將軍列傳》：「余睹李將軍悛悛（ㄑㄩㄢ）如鄙人，口不能道辭。及死之日，天下知與不知，皆為盡哀。彼其忠實心誠信於士大夫也？諺曰：『桃李不言，下自成蹊。』此言雖小，可以喻大也。」

秦失其鹿[1]，天下共逐之，於是高材疾足者先得焉。

秦朝失去了政權，各方豪傑同時出來爭逐，因此才能高、動作快的人可以得到天下。

【字詞的注解】

1. 鹿：此比喻帝位、政權。古代常以鹿作為狩獵的主要目標，又諧音「祿」，寓意福祿、富貴，後來便以「得鹿」比喻取得天下。

【題旨與故事】

此段文字為《史記．淮陰侯列傳》中謀士蒯通對漢高祖劉邦所說的一段話。楚、漢爭戰期間，蒯通本是追隨劉邦底下的一員大將韓信，曾在韓信打敗齊王田廣之後，勸韓信背叛劉邦，擁兵據土，自立為王，並與楚、漢三分天下；蒯通提醒韓信「功者難成而易敗，時者難得而易失也」，功業要取得成功很難，但失敗卻很容易，時機很難遇到，但失去卻很容易，認為尚握有軍權的韓信，一旦錯失自行坐大的良機，等到劉邦除去強敵項羽，勢必會回過身來，對付韓信這個讓自己如芒刺背的潛在威脅。韓信當時並沒有接受蒯通的勸說，之後果然不出蒯通所料，待項羽一死，功蓋天下的韓信先是被解除兵權，不久即被貶為淮陰侯，接著又有人告發其謀反，最後在呂后和相國蕭何的合謀下，被騙入長樂宮的鐘室內處死。劉邦出征歸來，聽聞韓信死去的消息，湧上的是「且喜且憐」的複雜心情，得知韓信死前說出「恨不用蒯通計」這一句話，立刻派人去把蒯通抓來，正

準備對其施以烹刑時，蒯通急著替自己展開辯白，直指先前秦的法紀敗壞，天下大亂，各方諸侯紛紛起事，英雄豪傑聚集一起，人人搶著競逐大位，結果當然是智能高人一籌的，還有反應比別人快的人先得。又好比古代殘暴人物的代表盜跖所養的狗，對著賢能的堯不斷狂吠，並不是因為堯沒有仁義，而是狗只要不是牠的主人就會吠叫；其自認是韓信的部屬，故只對自己的主人獻出計策，竭智盡忠，又怎麼能算是錯呢？更別說那個時候，舉國精銳，誰不是想要取代秦而稱帝的呢？差別就在於他們的能力比不上打敗群雄的劉邦罷了！劉邦聽完，覺得蒯通的這番辯解也不無道理，決定赦免蒯通，將其釋放。由此可以看出，蒯通能言善道和隨機應變的能力，不著痕跡地便把劉邦吹捧得飄飄然起來，終於保住了自己的性命。其中「高材疾足者先得」也是後來成語「捷足先登」的典故由來，比喻腳程或行動最快速的人率先達成目的。

【使用的場合】

本句可用來形容眾多傑出優秀的人才，群起爭取同一宏大目標。

【名句的出處】

西漢．司馬遷《史記．淮陰侯列傳》：「秦之綱絕而維弛，山東大擾，異姓並起，英俊烏集。秦失其鹿，天下共逐之，於是高材疾足者先得焉。跖之狗吠堯，堯非不仁，狗因吠非其主。當是時，臣唯獨知韓信，非知陛下也，且天下銳精持鋒欲為陛下所為者甚眾，顧力不能耳。又可盡亨之邪？」

淑質貞亮，英才卓躒[1]。

（禰衡的）資質美好，堅貞清亮，才智傑出，絕異優秀。

【字詞的注解】

1. 卓躒：卓越超群。躒，音ㄌㄨㄛˋ，超絕、優異。

【題旨與故事】

文題〈薦禰衡表〉，是東漢名儒孔融於獻帝建安元年（西元一九六年）向朝廷舉薦其友人禰衡而寫的一封奏章。時年四十四歲的孔融，雖與禰衡相差了二十歲，但兩人的情感契合，相處融洽，結為忘年之交。年紀較長的孔融，對年輕氣盛的禰衡極為欣賞，奏章中不僅稱讚禰衡聰敏好學，才華特出，過目成誦，又言其「忠果正直，志懷霜雪。見善若驚，疾惡若仇」，個性忠誠果敢，正義直爽，志向高潔，看見善行便驚喜若狂，對惡事的痛恨，就如同遇到仇敵一樣。孔融認為禰衡的才學和志節兼備，絕對是值得朝廷重用的人才。當時的皇帝名義上雖為獻帝劉協，但實際掌權的卻是權臣曹操，原本經由孔融的引薦，曹操也有意召見禰衡，但趾高氣昂的禰衡卻不願為曹操所用，稱病不肯前往，令曹操頗為不悅。據《後漢書．禰衡傳》記載，曹操聽聞禰衡擅長擊鼓，故意命其擔任鼓史，於大會賓客時讓禰衡擊鼓為樂，欲藉機予以羞辱，誰知輪到禰衡登場時，沒有先換上鼓史的衣著，而是穿著自己原來的衣裝，官吏對其大聲怒罵，禰衡便直接脫下身上的衣服，裸身而立，動作緩慢地在所有人的面前更衣，面色從容不變。曹操笑著說道：「本欲辱衡，衡反辱孤。」原以為可以讓禰衡在

大庭廣眾下受辱，怎料到竟然弄成是自己被禰衡給羞辱！曹操雖然很想要殺了禰衡，然礙於禰衡的才名遠近皆知，其唯恐落人口實，便將禰衡遣送與荊州刺史劉表。禰衡來到劉表的幕下，依然不改其狂傲的性格，不時對劉表侮慢不恭，劉表為此憤恨不已；劉表的心思其實也和曹操一樣，不希望日後被天下人指責自己殺了才士，於是又將禰衡轉給脾氣急躁的江夏太守黃祖，意在「借刀殺人」，果然黃祖受不了禰衡多番的譏諷，一怒之下便殺了禰衡，死時才二十六歲，距離孔融將其推舉給朝廷，僅隔了短短的二年時間而已。清代學者方廷珪在《昭明文選大成》評論〈薦禰衡表〉，表明其雖可從文章中，看出作者孔融對禰衡「愛士憐才」的真心，但也察覺到孔融對政治情勢的敏銳度不足，「既不量而入，非薦之，實殺之也」，自以為是在替漢室覓得賢俊志士，卻沒有衡量複雜的現實處境，根本容納不下像禰衡這樣「恃才傲物，不屈貴勢」的狂士，最後反而是將禰衡推向了送死之路。

【使用的場合】

本句可用來形容人的資質佳美，卓犖非凡。

【名句的出處】

東漢．孔融〈薦禰衡表〉：「竊見處士平原禰衡，年二十四，字正平，淑質貞亮，英才卓躒。初涉藝文，升堂睹奧。目所一見，輒誦於口；耳所暫聞，不忘於心，性與道合，思若有神。弘羊潛計，安世默識，以衡準之，誠不足怪。忠果正直，志懷霜雪。見善若驚，疾惡如仇。任座抗行，史魚厲節，殆無以過也。」

筆參造化，學究天人。

您的文章參與了自然的創造化育，您的學問探究了天道和人事的奧妙。

【題旨與故事】

李白在〈與韓荊州書〉這封求薦書中，先是稱讚時任荊州大都督府長史的韓朝宗著作高妙如神，德行感天動地，通曉天人之道，可謂學養俱佳，是當時許多讀書人敬慕的一號人物；接著李白提出想與韓朝宗坦誠相待、平等交往的請求，故見面時他只會行拱手禮而不行拜禮，期盼韓朝宗器量寬宏，胸襟開闊，不會因此而拒絕接納他。由這段文字可以看出，李白雖欲以文章求見韓朝宗，但依然不改心高氣傲的本性，絕不願為了得到推介而顯露出摧眉折腰的乞憐姿態。不過話說回來，向來喜好提掖後進的韓朝宗，收到這封書信之後，並未被李白所打動，引薦一事，自是不了了之，或許原因早已被李白料中，也就是韓朝宗對於李白特來相求卻長揖不拜的倨傲舉動，其實還是耿耿於懷的。

【使用的場合】

本句可用來形容文筆精妙，學問淵博。

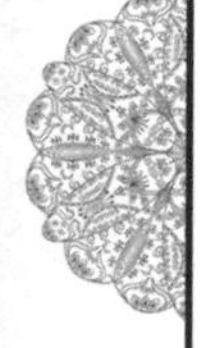

【名句的出處】

唐．李白〈與韓荊州書〉：「君侯制作侔神明，德行動天地，筆參造化，學究天人。幸願開張心顏，不以長揖見拒。」

蛟龍[1]得雲雨，終非池中物[2]。

蛟龍有了雲和雨的幫助，終究不會甘心一直留在池子之中的。

【字詞的注解】

1. 蛟龍：傳說中一種能使洪水氾濫的神獸。此比喻有才能和謀略的人。
2. 池中物：比喻安於現狀的平庸人士。

【題旨與故事】

此為《三國志．吳書．周瑜傳》中孫吳大將周瑜在赤壁之戰後的隔年，提醒孫權及早防範劉備乘機坐大的諫言，其中「蛟龍」指的就是劉備。孫權與劉備雖在赤壁聯手擊退了曹操的軍隊，但孫權對曹操在北方的強大戰力仍存畏懼，故希望借重劉備在荊州的聲望，為其統領荊州。周瑜得知此事，立刻上書勸諫，直指劉備此人野心勃勃，左右又有關羽、張飛這兩名猛將，絕不可能久居人下，建議孫權將劉備留置於吳，以華屋、美女和各式的奇珍異寶，迷惑其耳目，然後把關羽、張飛調離劉備的身邊，分別安排在不同的地方，讓像自己這樣的人與他們協力作戰，方可成就孫吳的大業；反之，若率然分割土地與劉備，使其勢力日益壯大，再加上關羽、張飛的力量，三人同在一處邊境，日後必成孫吳的大患。孫權看了周瑜的上奏，當下雖然沒有即刻答應劉備借地的請求，但也並未採納周瑜提出軟禁劉備的計策；不久周瑜病死，孫權才決定暫時借地給劉備，只是多年後要向劉備索討當初借出的土地時，卻遲遲不見歸還，這也成了諺語「劉備借荊州」的典故由來，影射有借無還。由此可知，周瑜在對人的觀察以及對事情發展的掌握方面，還是別具慧眼的。

【使用的場合】

本句可用來比喻有才幹的人，一旦得到施展本領的機會，就會嶄露鋒芒，大有可為。

【名句的出處】

西晉．陳壽《三國志．吳書．周瑜傳》：「備詣京見權，瑜上疏曰：『劉備以梟雄之姿，而有關羽、張飛熊虎之將，必非久屈為人用者。愚謂大計宜徙備置吳，盛為築宮室，多其美女玩好，以娛其耳目，分此二人，各置一方，使如瑜者得挾與攻戰，大事可定也。今猥割土地以資業之，聚此三人，俱在疆場，恐蛟龍得雲雨，終非池中物也。』」

雲山蒼蒼，江水泱泱。先生之風，山高水長。

高山直聳入雲，蒼茫遼闊，江流深廣無邊，浩蕩盛大。（嚴光）先生的風骨氣節，就好像山一樣崇高，水一樣深遠。

【題旨與故事】

文題〈嚴先生祠堂記〉，全稱〈桐廬嚴先生祠堂記〉，是北宋名臣范仲淹於仁宗景祐元年（西元一〇三四年）出任睦州（轄境約位在今浙江西部一帶）知州所寫的一篇紀念文章。其中「嚴先生」指的是東漢高士嚴光，本姓莊，為避漢明帝劉莊的諱而改姓嚴，年少時曾和光武帝劉秀一同遊學，兩人情誼甚篤，等到光武帝登帝位，欲授予嚴光諫議大夫一職，卻遭其堅決推辭，其後選擇在桐廬富春江畔附近的山麓耕釣以終。范仲淹來到睦州，其所管轄的區域也包括了當年嚴光的隱居地桐廬，他發現州人對嚴光的高尚風節十分景仰，於是便建造一座祠堂來祭祀嚴光，並免除嚴家後代子孫的賦稅。在范仲淹看來，「微先生，不能成光武之大，微光武，豈能遂先生之高哉」，若沒有嚴光不慕榮利的光明心志，是無法成就光武帝的寬宏氣度；同樣地，若不是光武帝以帝王之尊去禮賢下士，又豈能成就嚴光為後人所稱頌的清高品格呢？祠堂落成之後，范仲淹為了追念光武帝的隆盛君德以及表彰嚴光的冰潔風操，寫了「雲山蒼蒼，江水泱泱。先生之風，山高水長」十六字歌頌之。據宋代人所輯的《范文正公集．言行拾遺事錄》記載，范仲淹一開始「先生之風」寫的是「先生之德」，其友人李泰伯看後對范仲淹說道：「雲山江水之語，於義甚大，於詞甚博，而德字承之，乃似碌碌，擬換作風字如何？」意即「德」字的格局較為一般，承載不起「雲山」、「江水」所寄寓的博大深意，建議改成含有流風遺韻意思的「風」字。范仲淹聽了也納諫如流，李泰伯因而被視為一代文學大家的「一字師」。

【使用的場合】

本句可用來讚美人德尊望重，風範永存。

【名句的出處】

北宋．范仲淹〈嚴先生祠堂記〉：「微先生，不能成光武之大；微光武，豈能遂先生之高哉？而使貪夫廉，懦夫立，是大有功於名教也。仲淹來守是邦，始構堂而奠焉，乃復為其後者四家，以奉祠事。又從而歌曰：『雲山蒼蒼，江水泱泱。先生之風，山高水長。』」

請日試萬言，倚馬可待[1]。

請您讓我試著在一日之內寫出上萬字的文章，即使倚在馬背我也可以援筆立成。

【字詞的注解】

1.倚馬可待：具備靠在馬前起草文書並立即完成的才能。後多用來比喻行文時構思迅捷，斐然成章。典出《世說新語．文學》：「桓宣武北征，袁虎時從，被責免官。會須露布文，喚袁倚馬前令作。手不輟筆，俄得

七紙，殊可觀。」東晉時袁宏跟隨大將軍桓溫北伐出征，因事被免了官職。當時軍中急需擬出一篇告示，桓溫即令袁宏倚在戰馬前起草，只見袁宏手不停揮，頃刻便寫滿了七張紙，且文采飛揚，粲然可觀。

【題旨與故事】

李白在他青壯時期漫遊到荊、襄一帶，聽聞荊州大都督府長史韓朝宗賢名遠播，被視為是品鑑人物的權威人士，文人的作品只要經其評定認可，便可顯姓揚名，宦途扶搖直上。一直懷有風雲之志的李白，也想要藉由韓朝宗的舉薦，以圖仕進，從此「揚眉吐氣，激昂青雲」，故提筆寫了這封自薦書；文中他未能免俗地先恭維韓朝宗在士子心目中的地位崇高，其後開始稱述自己的經歷與才華，希望韓朝宗不要吝於接見自己，無論給予其任何題目，他都有自信可在短時間內一揮萬言，展現其筆翰如流的才氣。

【使用的場合】

本句可用來比喻走筆成文，才思敏捷。

【名句的出處】

唐．李白〈與韓荊州書〉：「必若接之以高宴，縱之以清談，請日試萬言，倚馬可待。今天下以君侯為文章之司命，人物之權衡，一經品題，便作佳士。而君侯何惜階前盈尺之地，不使白揚眉吐氣，激昂青雲耶？」

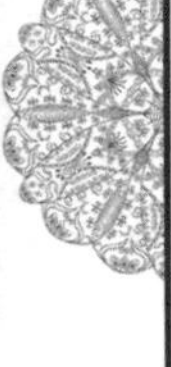

懷文抱質，恬淡寡欲，有箕山之志[1]，可謂彬彬君子者矣。

（徐幹）不僅文章寫得好，品德也相當高尚，心境淡泊，少有欲望，懷有避世離俗的心志，可說是同時具備文采和內涵的人了。

【字詞的注解】

1. 箕山之志：比喻不慕名利而有退隱山野的清高志節。相傳堯欲將天下傳給高士許由，許由不願接受而逃到箕山避居。箕山，山名，位在今河南鄭州市境內，後多用來代指隱居之地或隱士。

【題旨與故事】

曹丕在他剛被立為魏太子的隔年，寫給好友吳質一封書信，他在信上評論「建安七子」中除了孔融之外其他六人的詩文，而他們六人生前皆曾入曹操幕下，與曹丕、曹植兄弟的關係友好。曹丕首先提到的便是七子當中唯一留有專著的徐幹（字偉長），他認為徐幹文質兼備，個性淡泊名利，創作《中論》二十餘篇，內容主在論述聖賢義理與君臣相處之道，堪稱可「成一家之言，辭義典雅，足傳於後，此子為不朽矣」，大肆讚揚徐幹的文風獨特，辭藻高雅，聲名足以永傳後世，可謂予以相當高的評價。曹丕接著也對諸子個別擅長的領域，依次作了一番評論，如應瑒的述作、陳琳的章表、劉楨的五言詩、阮瑀的書記，以及王粲的辭賦，但都是各有褒貶，唯徐幹一人全是溢美之詞，可以看出其在曹丕心目中的重要地位。

【使用的場合】

本句可用來說明文才與德行均備，恬靜自安，風采儒雅溫和。

【名句的出處】

三國魏．魏文帝曹丕〈與吳質書〉：「觀古今文人，類不護細行，鮮能以名節自立。而偉長獨懷文抱質，恬淡寡欲，有箕山之志，可謂彬彬君子者矣。著《中論》二十餘篇，成一家之言，辭義典雅，足傳於後，此子為不朽矣。」

識時務者，在乎俊傑。

能夠認清當前形勢和要務的人，都是才智傑出的人士。

【題旨與故事】

南朝宋史家裴松之在《三國志注》引用東晉人習鑿齒《襄陽記》（原書已經失傳，後人蒐集保存在其他文獻中的引用文字成輯佚本）中一段有關諸葛亮與劉備相識經過的記載。敘述東漢末建安年間，依附在荊州刺史劉表下的劉備，深感身邊若無智謀能士的協助，絕對無法成就大事，又聽聞有「水鏡先生」之稱的襄陽名士司馬徽（字德操）擅長識人，於是前往拜訪，一同析論時事。司馬徽認為時下的書生或一般人士，根本看不懂天下大勢，而正好住在襄陽附近的「伏龍」和「鳳雛」就是「識時務」之「俊傑」；劉備連忙詢問兩位高人的姓名，得知司馬徽口中的伏龍指的是諸葛亮（字孔明），而鳳雛指的是龐統（字士元），之後延請兩人出來輔佐自己，勢力果然擴展到得以和曹操、孫權三強鼎立的局面。由於「伏」含有隱藏不露的意思，「雛」可用來比喻年輕後輩，所以「伏龍鳳雛」也可引喻具有潛能而尚未被發掘的人。

【使用的場合】

本句可用來說明有智慧的人，能洞悉時局的發展，進而作出正確的決斷。也可用來勸人看清現實形勢，適應時代潮流。

【名句的出處】

西晉・陳壽《三國志・蜀書・諸葛亮傳》裴松之注引習鑿齒《襄陽記》：「劉備訪世事於司馬德操。德操曰：『儒生俗士，豈識時務？識時務者，在乎俊傑。此間自有伏龍、鳳雛。』備問為誰，曰：『諸葛孔明、龐士元也。』」

三、繪寫景物

自然風景

土地平曠，屋舍儼然，有良田、美池、桑、竹之屬。阡陌交通，雞犬相聞。

（呈現眼前的是）一片平坦廣闊的土地，一排排整齊有序的房屋，還有肥沃的田地、優美的池塘，以及桑樹和竹子這類的植物。田間的小路交錯相通，家家戶戶的雞鳴狗叫聲也都可以聽得到。

【題旨與故事】

陶淵明在〈桃花源記〉中描述一名漁夫因迷路而誤入一處與世隔絕的桃花源，住在桃花源裡的人對漁夫充滿好奇，還一個個輪番邀請其到家中作客，藉此向其探詢外界的消息；席間，桃花源的人道出了他們的先祖當初是為了避秦亂世，才帶著妻小和村人遷居到這個偏僻地方，之後就沒有再出去過了，所以根本不知道這幾百年來外面世界的情況與變化。漁夫也發現到，桃花源除了景色秀麗之外，這裡的土地空曠，房舍井然，田疇肥沃，村落間的雞犬聲此起彼落，人們在田野裡來來往往，致力於農桑勞動，日出而作，日落而息，無論男女老

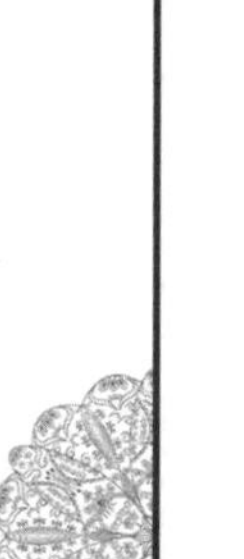

少，臉上全都洋溢著安適愉悅的神情，民風淳樸敦厚。其實，陶淵明筆下的這處「桃花源」也正是後人口中「世外桃源」的典故由來，原是作者寄託心目中沒有苛稅暴政壓迫，人人自耕自食、平等互愛、安寧和樂的理想社會，後來也成了人間美好居住境界的代名詞，常被用來比喻世外樂土或避世離俗的所在。明思宗崇禎年間的進士羅其鼎與〈桃花源記〉中那位武陵（位在今湖南北部一帶）漁夫剛好是同鄉（羅其鼎為桃源人，桃源縣地乃北宋之後才從武陵縣地析出），對桃花源更是心馳神往，曾於家鄉的「淵明祠」重修時作了一篇〈淵明祠序〉，其中寫道：「淵明文章風節，夐絕一時。自其記若詩，傳誦後祀，遂使桃花源名勝千古。」頌美陶淵明的文字風骨絕高，同時代的作家無人能與之相比，尤其是傳揚久遠的〈桃花源記〉和〈桃花源詩〉，也讓桃花源這個地方成為歷久不衰的著名勝景。

【使用的場合】

本句可用來形容農村田園生活的景象。

【名句的出處】

東晉．陶淵明〈桃花源記〉：「復行數十步，豁然開朗。土地平曠，屋舍儼然，有良田、美池、桑、竹之屬。阡陌交通，雞犬相聞。其中往來種作，男女衣著，悉如外人。黃髮垂髫，並怡然自樂。」

升清質[1]之悠悠[2]，降澄輝之藹藹[3]。

看著那清朗的月亮慢慢地升起，將它澄澈的光輝輕柔地灑向大地。

【字詞的注解】

1. 清質：質地潔白美好。此指月亮。
2. 悠悠：緩慢的樣子。
3. 靄靄：暗淡或幽暗的樣子。此指月光清柔舒緩。

【題旨與故事】

南朝宋時的文人謝莊，在〈月賦〉中虛擬歷史人物王粲接到魏國王侯曹植命其寫一篇與月有關的賦作，便拿起筆來摹寫月升到月落的清麗夜色，仰望蒼穹，「白露曖空，素月流天」，看見白色的霧氣朦朧，皎潔的月光籠罩整個天際；等到雲霧散去，「柔祇雪凝，圓靈水鏡，連觀霜縞，周除冰淨」，地面光潔如積凝的白雪，夜空清澄如一面鏡子，相連的樓臺彷彿披上一層霜白色的生絹，周圍的庭階明淨如冰。作者謝莊假借賦中人物王粲的生花之筆，連用了「雪」、「水」、「霜」、「冰」等寓含冷寒意象的字彙比擬秋夜月色，將天地一片素潔白淨、清透空靈的景象傳神地描繪而出。

【使用的場合】

本句可用來形容朗月當空，清輝普照。

【名句的出處】

南朝宋・謝莊〈月賦〉：「升清質之悠悠，降澄輝之藹藹。列宿掩縟，長河韜映。柔祇雪凝，圓靈水鏡，連觀霜縞，周除冰淨。」

天寒夜長，風氣蕭索。鴻雁于征，草木黃落。

天候寒涼，長夜漫漫，到處瀰漫著秋天蕭瑟的氣息。大雁往南方飛去，草木發黃，枯葉飄落。

【題旨與故事】

陶淵明在〈自祭文〉中設想自己於暮秋（農曆九月）辭別人世，親朋好友們來到墳前祭奠他時，寒氣蕭瑟，準備到南方避冬的鴻雁從夜空飛過，樹木枯萎，落葉紛紛，大地呈現一片冷淒的景象。與此文同一時間寫成的還有〈挽歌〉詩三首，其於第三首的開頭四句寫道：「荒草何茫茫，白楊亦蕭蕭。嚴霜九月中，送我出遠郊。」作者想像著自己在霜氣冰寒的九月，被親友們葬在周遭滿是茫茫野草的荒郊，寒風不斷吹打著白楊樹，發出了蕭蕭的聲響，氣氛更顯悲涼。〈自祭文〉與三首〈挽歌〉詩皆完成於南宋文帝元嘉四年（西元四二七年）九月，文章和詩歌的內容互為表裡，不僅是陶淵明生前的自挽之詞，也是他人生最後留下的系列作品，卒於當年的十一月。

【使用的場合】

本句可用來形容秋夜蕭條冷落的景象。

【名句的出處】

東晉．陶淵明〈自祭文〉：「歲惟丁卯，律中無射。天寒夜長，風氣蕭索。鴻雁于征，草木黃落。陶子將辭逆旅之館，永歸于本宅。故人淒其相悲，同祖行於今夕。羞以嘉蔬，薦以清酌。候顏已冥，聆音愈漠。嗚呼哀哉！」

日出而林霏[1]開，雲歸而巖穴暝，晦明變化者，山間之朝暮也。

（早晨）太陽一出來，林間的雲霧便會消散，（傍晚）雲霧聚集，山巖的洞穴便顯得陰晦不明，這種昏暗明亮的轉變，就是山上早晨和傍晚的景色啊！

【字詞的注解】

1. 霏：音ㄈㄟ，此作雲霧之氣。

【題旨與故事】

此段文字出自著名的山水小品文〈醉翁亭記〉，為歐陽脩自朝廷貶官至滁州時所作，文中描寫其於滁州西南琅琊山上早晚所見的不同景貌。當清晨的陽光照射下來，山林間的雲氣隨之散去，山色由曖曖無光轉為清朗；等到黃昏時分，太陽下山之後，雲氣又慢慢聚攏起來，山谷顯露出一抹黯淡昏黑的色調。這種隨著日出日落而出現光線明暗交替變化的美感，讓自號「醉翁」的歐陽脩陶醉不已，經常和滁人到此遊樂飲宴的他，還將這裡一座可以鳥瞰群山的涼亭取名「醉翁亭」，並親自為亭作記，從此醉翁亭因文章而聲名遠播，甚至被譽為「天下第一亭」。

【使用的場合】

本句可用來形容山間曉色晴和明朗，暮色陰沉幽暗，前後對比鮮明。

【名句的出處】

北宋．歐陽脩〈醉翁亭記〉：「若夫日出而林霏開，雲歸而巖穴暝，晦明變化者，山間之朝暮也。野芳發而幽香，佳木秀而繁陰，風霜高潔，水落而石出者，山間之四時也。朝而往，暮而歸，四時之景不同，而樂亦無窮也。」

冰皮[1]始解，波色乍明，鱗浪層層，清澈見底，晶晶然如鏡之新開，而冷光之乍出於匣也。

（在這個初春時節）河面上的冰層開始解凍，水波才發出閃閃的光芒，泛起一層一層像魚鱗般的浪紋，河水澄澈透明到可以看見底部，晶亮耀眼的程度，如似剛剛從鏡匣打開的鏡子，突然從鏡匣中映射出一道冷冷的寒光。

【字詞的注解】

1. 冰皮：指凍結在水面上的冰層。

【題旨與故事】

明人袁宏道在山水小品〈滿井遊記〉描寫位於京城郊外名勝滿井的山水春景，文中以「冰皮始解，波色乍明」示意節令正值冬盡春來，天氣回暖，原本結凍的河冰逐漸消融，露出明淨的光澤；接著以「鱗浪層層」形容春風拂過水面，波光蕩漾的景況；最後以「晶晶然如鏡之新開」來表現春水的晶光閃亮，猶如一面明鏡。袁宏道在細摹滿井的清麗水色之後，也不忘賦予山景嬌媚的形象，像是「山巒為晴雪所洗，娟然如拭，鮮妍明媚，如倩女之靧面，而髻鬟之始掠也」，接續前面以鏡喻水的說法，作者將晴日山上的積雪融化，山色由雪白轉為翠綠的過程，擬比成是一位剛用雪水洗過臉的長髮美女，開始在鏡前梳掠髮絲，盤曲挽束成髻型，看起來容華四射，光潔照人。經過作者的細膩觀察和敏銳巧思，滿井的春水春山，活脫脫就像是一名正在對鏡梳理妝容的美人，不禁為之怦然心動。

【使用的場合】

本句可用來形容殘寒褪去，水清透底，波光粼粼。

【名句的出處】

明·袁宏道〈滿井遊記〉：「於時冰皮始解，波色乍明，鱗浪層層，清澈見底，晶晶然如鏡之新開，而冷光之乍出於匣也。山巒為晴雪所洗，娟然如拭，鮮妍明媚，如倩女之靧（ㄏㄨㄟˋ）面，而髻鬟之始掠也。柳條將舒未舒，柔梢披風，麥田淺鬣寸許。」

江流有聲，斷岸千尺[1]；山高月小，水落石出。

江中的水流發出聲響，江岸的斷崖直立陡峭；山勢高聳峻拔，更襯托出月亮的渺小，由於水位下降，使得原本沉在水底的石頭都露了出來。

【字詞的注解】

1. 千尺：形容極高、極長或極深的樣子。

【題旨與故事】

文題〈後赤壁賦〉，北宋神宗元豐五年（西元一〇八二年）的七月十六日，蘇軾才與客人泛舟同遊黃岡城外的赤壁，同年十月十五日，他們一行人攜帶著魚和酒，再度結伴到赤壁夜遊，期間相隔了三個月，蘇軾將這兩次赤壁之遊的經過寫成兩篇同題的賦作，後人為作區別，遂稱前一篇為〈前赤壁賦〉，後一篇為〈後赤壁賦〉。復遊赤壁，讓蘇軾感到不可思議的是，眼前的江山風月，竟然和先前大不相同，其在〈前赤壁賦〉所見的是「白露橫江，水光接天」，白茫茫的水霧橫貫著江面，水光接連著天際，以及「山川相繆，鬱乎蒼蒼」，山水圍繞，草木蒼翠茂盛；而到了〈後赤壁賦〉卻已是「山高月小，水落石出」的景象，氣氛寒峭清冷，與第一次來時所感知的早秋新涼氣息迥異。事實上，距離蘇軾上次前來，不過才隔了多少時日，季節也由秋天剛剛轉入初冬，但前後景物變化之大，簡直叫人辨識不出兩次所遊的其實是同一地點啊！其中「水落石出」之句並非出自蘇軾原創，在歐陽脩〈醉翁亭記〉一文中描寫山間四季的不同景觀，便用了「水落而石出」來形容水枯而石頭盡露的冬景；這句描寫大自然冬日奇景的文字，後來也被人們用來比喻事情經過澄清或到了一定的時候，終於得以真相大白。

【使用的場合】

本句可用來形容冬夜山川寒肅冷峭的景致。

【名句的出處】

北宋·蘇軾〈後赤壁賦〉：「江流有聲，斷岸千尺；山高月小，水落石出。曾日月之幾何，而江山不可復識矣。予乃攝衣而上，履巉巖，披蒙茸，踞虎豹，登虬龍，攀棲鶻之危巢，俯馮夷之幽宮。」

每風自四山而下，振動大木，掩苒[1]眾草，紛紅駭綠，蓊葧[2]香氣。

每每有風從四面山上吹下來的時候，搖撼著巨大的樹木，刮倒了眾多柔弱的小草，紅花和綠葉像是受到驚嚇似的紛飛飄散，發出濃烈的芳香氣息。

【字詞的注解】

1. 掩苒：披靡；倒下。
2. 蓊葧：音ㄨㄥˇ ㄅㄛˊ，本形容樹木旺盛的樣子。此引申香氣濃郁。

【題旨與故事】

文題〈袁家渴記〉，其中「袁家渴」指的是一條位在今湖南永州市境內的河水。而「渴」字，在此讀ㄏㄜˊ，為楚、越兩地之間的方言，指反流的水，即流向與一般相反的水流。柳宗元文中先是描摹永州袁家渴附近的山石奇麗、花卉繽紛、草木宜人等風光；只是等到風一出現，原本幽美的景物瞬間化靜為動，大樹因風而搖來晃去，小草也為之東倒西歪，隨處可見散亂一地的殘紅落葉，雖然滿目狼藉，但還是聞得到花朵的芬芳香氣。由此可以看出，柳宗元借助對袁家渴有形物體在風中各種姿態的描繪，讓無形的風，不僅充滿動感的形象，且聲色並茂。北宋人蘇軾在〈書子厚、夢得造語〉中，稱讚柳宗元和劉禹錫的創作「皆善造語」，意即兩人的語言文字同樣具有獨創性，並針對柳宗元〈袁家渴記〉這段描寫風的文句予以「殆入妙矣」的高度評價。

【使用的場合】

本句可用來形容繁盛的花草、樹木隨風飄動，花香四溢。

【名句的出處】

唐．柳宗元〈袁家渴記〉：「每風自四山而下，振動大木，掩苒眾草，紛紅駭綠，蓊葧香氣。沖濤旋瀨，退貯溪谷；搖揚葳蕤，與時推移。其大都如此。余無以窮其狀。」

其上則豐山，聳然而特立；下則幽谷，窈[1]然而深藏；中有清泉，滃[2]然而仰出。

（滁州的甘泉來自城南附近）它的上面有豐山，高聳矗立；下方有峽谷，幽暗深邃；中間有一股清澈的泉水，水勢盛大，不斷向上湧動冒出。

【字詞的注解】

1. 窈：音ㄧㄠˇ，此作深遠。
2. 滃：音ㄨㄥˇ，此作水盛貌。

【題旨與故事】

歐陽脩在〈豐樂亭記〉的開篇說明其建造豐樂亭的始末原由，就在他上任滁州知州的第二年夏天，意外飲用到滋味甘甜的泉水，於是向當地居民詢問泉水的源頭，才知道原來泉水的上流有巍峨的高山，深幽的峽谷，以及源源不絕湧出的清泉，風景明秀，令人看了胸懷暢快。不願獨享這份山水樂趣的歐陽脩，便決定在此疏導泉水，鑿開大石，新闢一塊土地築建亭子，希望能讓更多的人同遊共賞滁州這處天然美景。

【使用的場合】

本句可用來形容山高谷深、水流汩汩的景色。

【名句的出處】

北宋．歐陽脩〈豐樂亭記〉：「其上則豐山，聳然而特立；下則幽谷，窈然而深藏；中有清泉，滃然而仰出。俯仰左右，顧而樂之。於是疏泉鑿石，闢地以為亭，而與滁人往遊其間。」

初淅瀝[1]以[2]蕭颯，忽奔騰而砰湃[3]，如波濤夜驚，風雨驟至。

（聽到西南方有聲音傳來）剛開始像是淅淅瀝瀝夾雜著颯颯蕭索的風吹落葉聲，突然變得騰湧澎湃起來，有如江河在夜裡掀起驚人的浪濤般，又好似狂風暴雨驟然來襲。

【字詞的注解】

1. 淅瀝：形容輕微的風雨或霜雪、落葉等聲音。
2. 以：此作而、和。表並列關係。
3. 砰湃：形容水流洶湧激盪的聲音。

【題旨與故事】

秋夜萬籟俱寂，正在案前專心讀書的歐陽脩忽然被窗外的風聲驚動，轉而將心思關注到風的狀態變化上。由於流動在空氣中的風難以名狀，因而作者運用一連串形象的比喻，繪聲繪影，極力刻畫風與物體接觸時所引起的強弱之聲，予人聽覺上時而顯、時而隱的不同感受。文中除了以「淅瀝以蕭颯」形容細微簌簌的風響，「奔騰而澎湃」形容狂風怒號之外，還用了「鏦鏦錚錚，金鐵皆鳴」，即金屬碰撞時發出的鏦錚鳴聲，來形容風力鏗鏘帶勁，以及用「赴敵之兵，銜枚疾走，不聞號令，但聞人馬之行聲」，即前往敵營的士兵，口裡銜枚（古代襲敵時，令軍士口中橫銜著像筷子的物品，防止出聲而被敵人發覺），沒有聽到任何的號令聲，只有聽見人和馬快速行進的腳步聲，來形容急促而來源隱微不明的疾風。通過歐陽脩的豐富想像，讓原本無形的秋聲變得如實逼真，拈來猶有或輕或重的分量，層次分明。在清人吳楚材、吳調侯所編選的《古文觀止》中評論此文：「秋聲，無形者也。卻寫得形色宛然，變態百出。」

【使用的場合】

本句可用來形容風勢從微弱到強勁的發展過程。

【名句的出處】

北宋．歐陽脩〈秋聲賦〉：「初淅瀝以蕭颯，忽奔騰而砰湃，如波濤夜驚，風雨驟至。其觸於物也，鏦鏦（ㄘㄨㄥ）錚錚，金鐵皆鳴；又如赴敵之兵，銜枚疾走，不聞號令，但聞人馬之行聲。」

忽逢桃花林，夾岸數百步，中無雜樹，芳草鮮美，落英繽紛。

（漁夫沿著溪水划行）忽然看見一片桃花林，延綿在溪水的兩岸約有幾百步的長度，中間（除了桃樹之外）沒有其他的樹木，沿途的鮮嫩綠草散發出清新的芳香，色彩明亮美麗，從桃樹上落下的桃花瓣雜亂紛飛，撒滿了一地。

【題旨與故事】

陶淵明在〈桃花源記〉的開端，記敘東晉武帝太元年間，有一名武陵漁夫沿溪捕魚時，忽然遇見溪岸兩旁滿是灼灼桃花，鮮豔明亮，他對眼前的景象感到十分驚奇，於是循著桃林而行，划到了桃林的盡處，也就是溪水的源頭；這時漁夫看到一個山洞小口，見洞口彷若有光，便下船從洞口走進去，起初洞內的路極為狹窄，走了一小段路後才豁然開朗起來，這也讓漁夫意外發現一處別有洞天的桃花源，進而展開他在源內的一連串奇幻見聞。漁夫後來離開桃花源時，還特別在回去的路上處處做了記號，然當他想要再度前往，卻已遍尋不著桃花源的蹤跡。歷來學者多認為桃花源並非真實的存在，而是身處亂世的作者所虛構出的方外仙境，借寫桃花源外有清溪綠水、芳草落花等自然美景的遮護，源內有良田美池、桑竹雞犬等田園風光，住著一群自食其力、恬淡無爭的純樸村民，以勾勒其所嚮往的理想生活圖景。不過，由於文中對於人、事、時、地、物的敘述生動逼真，讓人有身臨其境的親切感受，也使得「桃花源」一詞，成為後人對於美好世界之想望。

【使用的場合】

本句可用來形容林草豐茂，桃花遍地，景色絢麗燦爛。

【名句的出處】

東晉・陶淵明〈桃花源記〉：「晉太元中，武陵人，捕魚為業。緣溪行，忘路之遠近。忽逢桃花林，夾岸數百步，中無雜樹，芳草鮮美，落英繽紛。漁人甚異之。復前行，欲窮其林。」

春秋代謝，有務中園。載耘載耔，乃育乃繁。

春天走了，秋天來了，田園裡總有做不完的農務。一下子割除雜草，一下子在苗根旁邊堆土，農作物不斷滋長繁衍。

【題旨與故事】

陶淵明晚年回憶其對田野生活的熱愛，春去秋來，年復一年，他總是每天早出晚歸，忙於農活，看著自己親手種植的作物滋生繁盛，最後收穫滿滿，就是一件最令人感到幸福的事。作者曾於歸隱多年之後，在〈庚戌歲九月中於西田穫早稻〉詩中寫道：「開春理常業，歲功聊可觀。晨出肆微勤，日入負耒還」，從春天一開始

便在田裡耕作，一年下來的收穫勉強可觀。早晨出門，直到日落才荷著農具返家。又言「田家豈不苦？弗獲辭此難」，一整天稼穡之事忙碌下來，身體豈有不勞累的道理，但無論如何，他都不會推辭這份艱難的工作，畢竟躬耕自足的生活方式，亦是其對自我人生價值的堅持與體現，只要收成尚可供給家用，過程中付出的一切辛勞都已不算什麼了！

【使用的場合】

本句可用來形容春種秋收，終年致力於田間農事的景況。

【名句的出處】

東晉．陶淵明〈自祭文〉：「春秋代謝，有務中園。載耘載耔，乃育乃繁。欣以素牘，和以七弦。冬曝其日，夏濯其泉。勤靡餘勞，心有常閑。樂天委分，以至百年。」

掇[1]幽芳而蔭喬木，風霜冰雪，刻露[2]清秀，四時之景，無不可愛。

（春夏時節）採擷清香的花朵，在大樹的遮蔭下休息，（到了秋冬）寒風瑟瑟，霜氣凝結，寒冰冷然，白雪飄飛，更顯露出山形陡峭挺拔，清新秀美，（滁州豐山一帶）四季的風光，沒有不令人感到喜愛的。

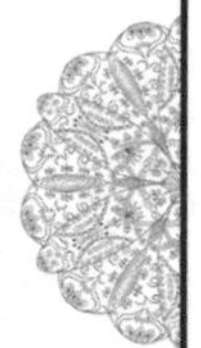

【字詞的注解】

1. 掇：音ㄉㄨㄛˊ，採摘。
2. 刻露：畢露。

【題旨與故事】

歐陽脩在〈豐樂亭記〉記敘其自到滁州擔任知州之後，便逐漸愛上這個地處偏遠但風俗安閑的治所，公務閑暇之餘，他也經常和當地百姓出遊同樂，時而仰望山之彌高，時而聆聽流泉琤琤，靜心欣賞自然造化的各式奇景。其在文中僅以「幽芳」、「喬木」、「風霜」、「冰雪」四個詞彙，便分別概括了滁州城南豐山下春、夏、秋、冬四時的風景，歷來亦被公認是寫景之佳句。清人過珙在《古文評註》中對這段文字的點評為：「寫秋景謂峭刻呈露，清爽秀麗也。說四景是畫家妙筆。」認為歐陽脩在〈豐樂亭記〉所描繪的秋景，更能顯現出山勢的冷寒峭拔，文辭清芬俊秀，及其對四時風景的敘述，簡直就如同畫家的神妙之筆般。

【使用的場合】

本句可用來形容山間一年四季所呈現的清俊宜人景致。

【名句的出處】

北宋・歐陽脩〈豐樂亭記〉：「脩之來此，樂其地僻而事簡，又愛其俗之安閑。既得斯泉於山谷之間，乃

日與滁人仰而望山，俯而聽泉。掇幽芳而蔭喬木，風霜冰雪，刻露清秀，四時之景，無不可愛。」

湖光染翠之工，山嵐設色之妙。

（杭州西湖）日光映照在湖面上，渲染成一片翠綠的光影，看起來精緻工巧，被霧氣籠罩的山巒，呈現出各種色彩，看起來神奇美妙。

【題旨與故事】

擅長寫山水小品文的袁宏道，在〈晚遊六橋待月記〉一文敘述杭州西湖的春天，雖然遊客絡繹不絕，但人潮大多集中在午時到申時這三個時辰，也就是現今的上午十一時到下午五時之間。然而從他的審美眼光來看，西湖最濃豔嬌媚的景致，其實是在遊客稀少的清晨和黃昏這兩個時段，人們可以觀賞到湖水和山林的煙霧雲氣，隨著太陽剛剛升起以及即將落下前的光線強弱變化，顏色也會出現深淺程度的差別，美不勝收。在整篇文章中，作者沒有直接說出的弦外之音是，真正懂得西湖之美的人實在是少之又少啊！

【使用的場合】

本句可用來形容山水和天光相互照映的巧妙景色。

【名句的出處】

明．袁宏道〈晚遊六橋待月記〉：「然杭人遊湖，止午、未、申三時；其實湖光染翠之工，山嵐設色之妙，皆在朝日始出，夕舂（ㄔㄨㄥ）未下，始極其濃媚。月景尤不可言，花態柳情，山容水意，別是一種趣味。此樂留與山僧遊客受用，安可為俗士道哉？」

落霞與孤鶩齊飛，秋水共長天一色。

黃昏的晚霞從空中往下飄散，孤單的野鴨往天空舉翅高飛，看起來就像是晚霞和野鴨一起飛翔，秋天的江水和遼闊的天空，上下接連成一種顏色，讓人分不出天空和江水的界線。

【題旨與故事】

此乃歷來被公認是寫景的名句，出自唐代作家王勃之手，描寫秋日傍晚滕王閣外雨過天晴，斜陽夕照，滿天彩霞由上而下蔓延飄散，獨行野鴨自低處而高處橫空遠舉，澄碧的江水與寬廣的青天，交相輝映，展現在作者眼前，彷彿霞與鶩同時飛動、水和天的色彩一致般。嚴格來說，王勃並不能算是這兩句的原創者，而是化用了原仕南朝梁、後被強留在北朝的文人庾信〈三月三日華林園馬射賦〉中「落花與芝蓋齊飛，楊柳共春旗一色」，意即落下的花瓣與行進中車子的傘蓋一同飛舞，隨風搖擺的楊柳和車上插的青旗同樣顏色。由於王勃筆下的「落霞」、「孤鶩」、「秋水」、「長天」皆屬大自然的物象，給予讀者清新和諧的感受，後來人們多認為其意境更勝於前人。據五代人王定保《唐摭言》中的記載，洪州都督閻公於重陽節在滕王閣宴請賓客，另有一目的是為了在宴會上炫耀自家女婿孟學士的文才，閻公還吩咐孟學士事先擬好序文，以便在席間大顯身手；當閻公命人把紙筆傳至客人的面前，眾人紛紛辭讓，唯獨王勃不知趣地援筆而就，閻公雖怒氣填胸，但也不便當場發作，遂以更衣為由離席，令人隨時回稟王勃所寫的文句。起先聽到的回報，閻公尚覺得是老生常談，接著再聽下去，開始沉吟不語，直至「落霞與孤鶩齊飛，秋水共長天一色」兩句出現，閻公瞿然起身說道：「此真天才，當垂不朽矣。」連忙趕回宴所，與王勃盡歡而罷，自此王勃的才名又比以往更加顯揚了。

【使用的場合】

本句可用來形容雲霞燦爛，野鳥飛舉，水天相連的秋暮景色。

【名句的出處】

唐．王勃〈滕王閣序〉：「雲（一說作「虹」）銷雨霽，彩徹區明。落霞與孤鶩齊飛，秋水共長天一色。漁舟唱晚，響窮彭蠡之濱，雁陣驚寒，聲斷衡陽之浦。」

豐草綠縟[1]而爭茂，佳木蔥蘢[2]而可悅；草拂之而色變，木遭之而葉脫。

（春夏之時）綠草濃密豐盛，彼此競爭茂美，美麗的樹木青翠，令人賞心悅目；（到了秋天）風一掠過，綠草就會變色，樹葉就會脫落。

【字詞的注解】

1. 綠縟：形容草木豐美茂密。
2. 蔥蘢：形容草木碧綠繁茂。

【題旨與故事】

歐陽脩〈秋聲賦〉文中先是用「其色慘淡」、「其容清明」、「其氣凜冽」、「其意蕭條」等可以表現秋天物象、節候特徵的形容詞，以烘托秋風所發出「淒淒切切，呼號憤發」的淒厲聲響，賦予無形的秋聲具體的形象；接著通過自然界草木欣欣向榮，與零落殘敗的景象作對比，藉以凸顯出秋天的寒氣，帶給大地面貌的變化有多麼劇烈。

【使用的場合】

本句可用來形容秋天未來臨之前，草木蔥綠繁盛，生氣蓬勃，等到秋風吹起，草木隨之摧折敗落，肅殺冽厲。

【名句的出處】

北宋．歐陽脩〈秋聲賦〉：「蓋夫秋之為狀也：其色慘淡，煙霏雲斂；其容清明，天高日晶；其氣慄冽，砭人肌骨；其意蕭條，山川寂寥。故其為聲也，淒淒切切，呼號憤發。豐草綠縟而爭茂，佳木蔥蘢而可悅；草

拂之而色變，木遭之而葉脫。其所以摧敗零落者，乃其一氣之餘烈。」

霪雨[1]霏霏[2]，連月不開；陰風怒號，濁浪排空。

綿綿不斷的雨，連續下了好幾個月都還沒有放晴；冷寒的風大聲呼號，混濁的浪濤沖向空中。

【字詞的注解】

1.霪雨：久下不停的雨。
2.霏霏：形容雨或雪紛飛的樣子。

【題旨與故事】

范仲淹在〈岳陽樓記〉一文中，敘述屹立在洞庭湖畔的名勝岳陽樓，經常聚集著來自各方的文士，有的是被朝廷遷謫遠地的失意政客，有的則是多愁善感的落魄詩人。若是剛好遇到連日久雨、狂風怒吼的氣候登樓覽景，只能望見洞庭湖翻捲而起的掀天巨浪，日月星辰的光輝和周遭山嶽的形影全都隱沒不見，那些平時往來湖上的船隻根本不敢通行，擔心發生船桅倒下、船槳折斷的危險；到了傍晚時分，天色昏暗，此時可以聽到遠處傳來老虎的咆哮和猿猴的啼哭聲，氣氛顯得更為陰森淒涼。

【使用的場合】

本句可用來形容天氣陰霾連雨，風勢猛烈。

【名句的出處】

北宋．范仲淹〈岳陽樓記〉：「若夫霪雨霏霏，連月不開；陰風怒號，濁浪排空；日星隱耀，山嶽潛形；商旅不行，檣傾楫摧；薄暮冥冥，虎嘯猿啼。登斯樓也，則有去國懷鄉，憂讒畏譏，滿目蕭然，感極而悲者矣。」

人文環境

五步一樓，十步一閣；廊腰縵迴[1]，簷牙高啄[2]；各抱地勢，鉤心鬥角[3]。

（秦朝時所建造的阿房宮）五步的距離就有一棟樓臺，十步的距離就有一座亭閣；長長的走廊有如腰帶般迴環曲折，尖銳如牙的屋簷高高翹起，看上去像是鳥在高處啄食一樣；這裡的宮殿樓閣各依地形的高低而建

造，全都與阿房宮的中心位置接連交錯，突出的簷角互相對峙，彷彿是在爭強鬥勝似的。

【字詞的注解】

1. 廊腰縵迴：形容走廊長而曲折的樣子。廊腰，走廊、迴廊的轉折處。縵，指一種沒有花紋圖案的絲綢。
2. 簷牙高啄：形容屋簷尖銳高聳，有如禽鳥在仰首啄物的樣子。簷牙，指屋簷翹出如牙的部分。
3. 鉤心鬥角：形容建築物相互交連，錯落有致，構思精心巧妙。心，此指宮室中心。角，此指簷角。後來衍生出用盡心機、算計爭鬥的意思。

【題旨與故事】

文題〈阿房宮賦〉，作者是晚唐文人杜牧。其中「阿房宮」指的是秦始皇嬴政消滅六國、統一全國後，於秦始皇三十五年（西元前二一二年）在都城咸陽渭河南岸的上林苑（遺址約位在今陝西西安市西郊）開始營建的大型宮殿。由於阿房宮的規模空前，工程浩繁，期間被徵調來服勞役的工人，以及到處搜刮來的金銀珠寶，還有從各方運送來的高級木料石材等等，耗費的人力、財力和物力，數目多到難以估計；兩年後秦始皇去世，阿房宮也僅完成了前殿的工程，其子秦二世胡亥接續修建，完全不理會人民累積的怨憤已達到了頂點，等到楚人項羽一攻進秦都，放了一把火，便將尚未竣工的阿房宮燒成了一片焦土。杜牧於唐敬宗寶曆元年（西元八二五年）寫成〈阿房宮賦〉這篇名作，當時年僅二十三歲的他，不滿剛剛即位的敬宗李湛，無視國家內有宦官專權、外有藩鎮作亂的危險局勢，卻還能成日淫樂無度，荒廢朝政，又喜好大興土木，廣建宮室；向來對國事十分關心的杜牧，隱約感知到大唐王朝已然步入衰微末路，故在〈阿房宮賦〉中借古諷今，極力鋪寫宮殿的氣勢

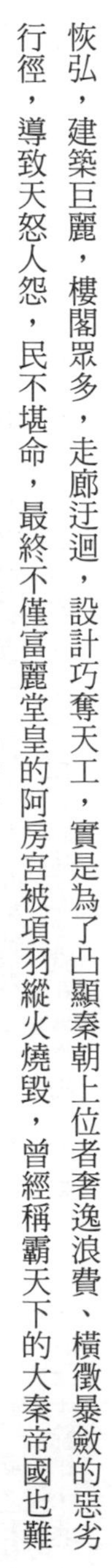

恢弘，建築巨麗，樓閣眾多，走廊迂迴，設計巧奪天工，實是為了凸顯秦朝上位者奢逸浪費、橫徵暴斂的惡劣行徑，導致天怒人怨，民不堪命，最終不僅富麗堂皇的阿房宮被項羽縱火燒毀，曾經稱霸天下的大秦帝國也難逃覆滅的命運，旨在提醒當政者以史為鑑，時刻戒慎警惕。

【使用的場合】

本句可用來形容建築物的格局宏壯瑰麗，結構迴旋交錯，樣式工巧精細。

【名句的出處】

唐．杜牧〈阿房宮賦〉：「六王畢，四海一。蜀山兀，阿房出。覆壓三百餘里，隔離天日。驪山北構而西折，直走咸陽。二川溶溶，流入宮牆。五步一樓，十步一閣；廊腰縵迴，簷牙高啄；各抱地勢，鉤心鬥角。」

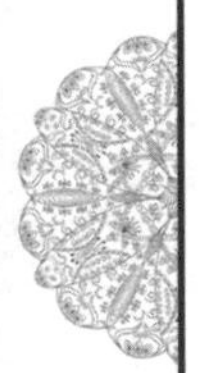

池塘竹樹，兵車蹂踐[1]，廢而為丘墟；高亭大榭[2]，煙火焚燎，化而為灰燼。

（洛陽的）水池、竹林和樹木，經過兵火戰車的踐踏，大多遭到棄置而變成了荒涼殘破的廢墟；那些蓋在高處的亭臺和寬敞的樓榭，歷經戰火的焚燒，幾乎都化成了灰塵粉屑。

【字詞的注解】

1. 蹂踐：蹂躪、踩踏。
2. 榭：建築在臺上或水上的屋子。

【題旨與故事】

文題〈書洛陽名園記後〉，為北宋文人李格非在寫成《洛陽名園記》後而作的一篇後記。李格非除了是文壇領袖蘇軾的門生之外，亦是著名女詞家李清照的父親，他在《洛陽名園記》一書中，敘述其親身走訪洛陽十九處園林別墅的經過，對於每一座名園內的泉池、花木、亭樓等景觀和布局，都作了詳實而具體的描繪，向來被視為是研究古代園林發展的一部重要文獻。至於〈書洛陽名園記後〉這篇後記，主在抒發作者遊覽諸園後的感想，文中提到唐朝在國力鼎盛的太宗貞觀年間以及玄宗開元年間，公卿貴戚在東都洛陽（因位在唐代首都長安之東，故有東都之稱）建造的府邸園林多達上千家，唐室亡滅後，接著進入五代時期，戰爭仍然頻繁，千餘處的園林全都難逃無情烽火的焚毀破壞；然其書中記錄的洛陽十九處名園，多為唐時所留下的廢園故址，經過宋代王公貴族的修葺重建，演變成今日他所見到的樣貌。由於洛陽地處天下要衝，歷來為兵家必爭之地，李格非認為天下的太平或動亂，可以從洛陽的繁盛或衰微看出徵候，而洛陽的繁盛或衰微，則是可以通過洛陽園林的興旺或荒廢發現端倪；旨在勸勉北宋的士大夫們，切勿放縱一己私欲、貪圖眼前逸樂，而輕忽積弱不振的國勢，以為退休後還能優遊於園林之中安享清福，只要想想唐朝最後的下場，便可以知道天下一亂，區區園囿又怎麼躲得過戰事的摧殘呢？全文借寫洛陽名園的興衰，進而推論到天下治亂之大事，最末又不忘舉「唐之末路」為例證，展現李格非見微知著、借古喻今的觀察和省思能力。就在《洛陽名園記》書成後的三十餘年，北宋王朝即為金人所滅，宋王室渡河南遷，建都臨安，史稱「南宋」，洛陽自此淪陷外族之手，果真應驗了李格非「洛陽之盛衰，天下治亂之候也」的預言。

【使用的場合】

本句可用來形容城市的庭園造景和樓閣建築因逢戰亂，面目全非。

【名句的出處】

北宋．李格非〈書洛陽名園記後〉：「方唐貞觀、開元之間，公卿貴戚，開館列第於東都者，號千有餘邸。及其亂離，繼以五季之酷，其池塘竹樹，兵車蹂踐，廢而為丘墟；高亭大榭，煙火焚燎，化而為灰燼；與唐俱滅而共亡，無餘處矣。予故嘗曰：『園圃之廢興，洛陽盛衰之候也。』」

披繡闥[1]，俯雕甍[2]，山原曠其盈視，川澤紆其駭矚。

推開繪飾華麗的閣門，俯看雕鏤精美的屋脊，遼闊空曠的山巒原野，充滿整個視野，迂迴曲折的河川湖泊，看了令人感到驚異。

【字詞的注解】

1. 闥：音ㄊㄚˋ，門。
2. 甍：音ㄇㄥˊ，屋頂中間高起的部分。

【題旨與故事】

被列為「江南三大名樓」之一的滕王閣，因王勃途經洪州時曾登臨其上，並寫下膾炙人口的名篇〈滕王閣序〉而聲名鵲起。王勃在文中描寫滕王閣的門扉繪有色彩鮮豔的裝飾圖案，屋脊雕刻精巧細緻。再由高處往下看過去，寬廣的山野盡收眼底，盤紆的江湖動心駭目；還有遍地里巷屋舍，住的都是擊鐘為號、列鼎而食的顯貴人家，可以想見其阜盛繁華的景況。年代稍晚於王勃的作家韓愈，其於〈新修滕王閣記〉寫道：「愈少時，則聞江南多臨觀之美，而滕王閣獨為第一，有瑰偉絕特之稱。」由此可知，以瑰麗、雄偉、奇絕、獨特著稱的滕王閣，是多少文人心目中嚮往的遊賞勝地。

【使用的場合】

本句可用來形容建築物雕飾富麗，高大堂皇。

【名句的出處】

唐・王勃〈滕王閣序〉：「披繡闥，俯雕甍，山原曠其盈視，川澤紆其駭矚。閭閻撲地，鐘鳴鼎食之家；舸艦迷津，青雀黃龍之舳（一說作「軸」）。」

城郭崩毀，宮室傾覆，寺觀灰燼，廟塔丘墟，牆被蒿艾，巷羅荊棘。

（以前的京都洛陽）整個城邑毀壞，宮殿倒塌，寺宇被火焚燒，佛塔有如廢墟，屋牆野草叢生，巷弄長滿荊棘。

【題旨與故事】

此段文字出自北魏末人楊衒之《洛陽伽藍記》一書的序文，其中「伽藍」是梵語「僧伽藍摩」的略稱，泛指佛教寺院。全書內容以北魏孝文帝拓跋宏（鮮卑族，實行漢化後改姓元，故漢名元宏）遷都洛陽後的佛寺園林盛衰興廢為主題，同時也記錄了當時的人物軼事、風俗傳聞等，向來被公認是研究北魏歷史、地理和人文風貌的一部重要著作。楊衒之撰寫《洛陽伽藍記》時北魏王朝已分割成東、西魏，分別選擇在鄴城、長安建立國都，名義上兩地的皇帝雖然還是北魏拓跋氏皇族的後人，但實際上東、西魏的政權，各為權臣高歡和宇文泰所把持，拓跋氏並無統治實權。楊衒之在序文中提到，其於東魏孝靜帝武定五年（西元五四七年）因事重回北魏故都洛陽，目睹經過戰火蹂躪之後，城牆頹壞，屋宇殘破，滿地荊草刺棘的景況，無法想像這裡是他二十年

前，猶在北魏朝廷做官時，有過一千餘所寺廟寶塔林立的繁榮城都，可以想見佛教在北魏時期的熾盛程度；只不過再堅固壯美的宮殿佛寺，也敵不過兵燹之災的摧殘，作者撫今思昔，藉由追敘洛陽佛寺的盛衰變遷，寄託其個人對家國興廢的哀思，也提醒世人莫忘洛陽曾經有過的一段京華輝煌。

【使用的場合】

本句可用來形容城市或建築物破敗荒涼，瘡痍滿目。

【名句的出處】

北魏．楊衒之《洛陽伽藍記．序》：「余因行役，重覽洛陽。城郭崩毀，宮室傾覆，寺觀灰燼，廟塔丘墟，牆被蒿艾，巷羅荊棘。野獸穴於荒階，山鳥巢於庭樹。遊兒牧豎，躑躅於九逵；農夫耕老，藝黍於雙闕。〈麥秀〉之感，非獨殷墟；〈黍離〉之悲，信哉周室！京城表裡，凡有一千餘寺，今日寥廓，鐘聲罕聞。恐後世無傳，故撰斯記。」

高甍巨桷[1]，水光日景，動搖而上下，其寬閑深靚[2]，可以答遠響而生清風；此前日之頹垣斷塹而荒墟也。

（園林內的樓閣亭臺）屋脊高聳，屋椽巨大，映照在水面上的光影，隨波上下晃動著；景致寬敞幽靜，可以激起深遠悠長的回聲，吹出徐徐清涼的微風；這裡以前可是牆壁傾塌、壕溝阻斷的荒涼廢墟啊！

【字詞的注解】

1. 桷：音ㄐㄩㄝˊ，古代建築中用以支撐房頂和屋瓦的方形木條，即屋椽。
2. 靚：音ㄐㄧㄥˋ，此通「靜」字，安靜。

【題旨與故事】

文題〈真州東園記〉，是歐陽脩應友人許元（字子春）也就是東園主人的請求而撰寫的一篇記文。其中「真州」位在今江蘇中西部一帶，地處長江和運河的交匯之所，是東南一帶水路交通的樞紐。北宋仁宗皇祐年間，時任江淮、兩浙、荊湖發運副使（負責江南一帶漕運、物資徵調運輸等事宜）的許元到京城拜訪歐陽脩，說明其與另外兩名同僚在真州治所覓得一處廢棄軍營，三人合力將其重整改建成一座名為「東園」的園林景觀，作為他們工作餘暇的休憩場所，也提供四方人士前來遊賞娛樂。許元還帶來了一紙東園地景的畫卷，便於其對未能親臨實境的歐陽脩進行看圖解說，先言東園寬達百畝，園前有流水經過，水上有畫舫穿梭往來，右方的池邊蓋起閣樓，北面的高臺築起涼亭，又在園中的空地新造一間堂屋，後園則開闢一大塊場圃給賓客練習射箭之用；接著描述東園的花草樹木、水色天光，以及池臺亭閣的佳美景色，誰也想不到這個地方曾是荊棘叢生、滿目殘垣的破敗不堪啊！歐陽脩在〈真州東園記〉中，通過今昔景況的對比，更凸顯出許元等人對整治東園所付出的巨大心力，至於東園不僅有歐陽脩這篇記文的加持，還有冠絕一時的書法家蔡襄，受歐陽脩之託而

為〈真州東園記〉全文揮毫，故被列入史上山水名園之一亦是想當然耳，後人遂稱園、記、書為「東園三絕」。清人劉大櫆《唐宋八家文百篇》評曰：「此篇鋪敘今日為園之美，一一倒追未有之荒蕪，更有情韻意態。」

【使用的場合】

本句可用來形容昔日荒僻殘破之地，經過一番整理，如今建築高敞宏美，園景幽深雅靜。

【名句的出處】

北宋・歐陽脩〈真州東園記〉：「芙蕖芰荷之的（ㄉㄧˋ）歷，幽蘭白芷之芬芳，與夫佳花美木，列植而交陰；此前日之蒼煙白露而荊棘也。高甍巨桷，水光日景，動搖而上下，其寬閑深靚，可以答遠響而生清風；此前日之頹垣斷塹而荒墟也。」

廛里[1]蕭條，雞犬罕音。

（舊京洛陽的）街道上冷冷清清，幾乎聽不到人所豢養的雞、狗叫聲。

【字詞的注解】

1. 廛里：古代城市中住宅、商店區域的通稱。廛，音ㄔㄢˊ，古代城市中平民居住的宅地。

【題旨與故事】

東晉安帝義熙十二年（西元四一六年），劉裕率軍北伐後秦姚泓，成功收復百年失土洛陽。這座城市曾是西晉武帝司馬炎開國時的國都所在，後因胡人入侵，西晉亡滅，王室被迫南遷，在建康（即今江蘇南京市）建立東晉王朝，故安帝司馬德宗一收到光復洛陽的捷報，即刻下詔，命劉裕替其拜謁和修整西晉五座先皇的陵墓。一直追隨在劉裕的身邊，專門為其起草各類文書的傅亮，便代劉裕寫了這篇〈為宋公至洛陽謁五陵表〉，上奏給人在建康的安帝，報告其抵達五陵之後，三軍瞻拜與說明如何修繕、設置人員守衛陵寢的情況，藉以寬慰安帝的心。其中「宋公」是劉裕於北伐成功後，安帝賜給劉裕的封號。「五陵」中的兩陵，是武帝司馬炎和惠帝司馬衷父子兩人的陵墓，其餘三陵，分別是司馬懿、司馬師和司馬昭父子三人的陵墓，他們生前皆為曹魏的重臣，死後才被代魏稱帝的司馬炎追加帝王的諡號（司馬炎追尊其祖父司馬懿為宣帝，伯父司馬師為景帝，父親司馬昭為文帝）。傅亮在〈為宋公至洛陽謁五陵表〉一文中，描繪歷經外族百年統治的洛陽城遍地荒蕪一片，港口如同廢墟般，山川雖然依舊，但城內的宮殿傾圮、樓牆毀壞，原本應該懸掛鐘、磬的架上空蕩蕩的，徒然留下兩根用來架鐘、磬的柱子挺立著；宮室周遭長滿禾黍，街市靜寂冷落，讓人懷想起昔日此地的繁鬧景況，不禁痛心入骨。就在傅亮代劉裕寫成這篇奏表後的兩年，劉裕便派人殺害安帝，另立安帝之弟司馬德文，也就是東晉的末代皇帝恭帝；再過一年多的時間，傅亮在劉裕的授意下，事先草擬好一份禪讓詔書，進宮逼恭帝按稿抄寫，協助劉裕代晉稱帝，改國號宋，史稱「南朝宋」或「劉宋」。為劉裕立下大功的傅亮，也成為南

朝宋的開國元勛和劉裕的御用寫手。

【使用的場合】

本句可用來形容住宅區荒涼殘破，人跡少見。

【名句的出處】

南朝宋．傅亮〈為宋公至洛陽謁五陵表〉：「始以今月十二日，次故洛水浮橋。山川無改，城闕為墟，宮廟隳頓，鍾（此通「鐘」字）虡（ㄐㄩˋ）空列；觀宇之餘，鞠為禾黍；廛里蕭條，雞犬罕音。感舊永懷，痛心在目。」

舉目則青樓畫閣，繡戶珠簾。雕車競駐於天街[1]，寶馬爭馳於御路，金翠耀目，羅綺飄香。

（從汴京的街道上）放眼看去，到處都是彩繪華麗的樓閣，雕飾精美的門戶上懸掛著用珍珠綴成的簾子。豪華的馬車競相停靠在京城的大街旁，名貴的駿馬爭先恐後地奔馳在道路上，女子們配戴著黃金、翠玉製成的飾物，耀眼奪目，穿著織有花紋的絲綢衣裳，身上飄散著一股清香。

【字詞的注解】

1. 天街：原指京城中皇帝出巡時專用的車道，又稱「御街」。後多用來泛稱京城中的街道。

【題旨與故事】

北宋為金人所滅之後，跟著南宋朝廷移居到南方的孟元老，在《東京夢華錄》中追憶北宋首都汴京承平時的景觀風貌，隨處可見雕梁畫棟的富麗建築，以及競馳在寬敞街道上的雕車寶馬，喧騰雜沓；此外，居住在京城裡的女子，出門時無不盛裝豔服，一身穿戴珠光寶氣，絢麗閃耀，讓人看得目不暇接，展現出這座位在天子腳下的城都人煙阜盛的景貌。

【使用的場合】

本句可用來形容城市繁榮昌盛，車水馬龍，人民財物富足。

【名句的出處】

北宋末、南宋初．孟元老《東京夢華錄．序》：「舉目則青樓畫閣，繡戶珠簾。雕車競駐於天街，寶馬爭馳於御路，金翠耀目，羅綺飄香。新聲巧笑於柳陌花衢，按管調絃於茶坊酒肆。八荒爭湊，萬國咸通。集四海之珍奇，皆歸市易；會寰區之異味，悉在庖廚。花光滿路，何限春遊，簫鼓喧空，幾家夜宴。」

國家圖書館出版品預行編目資料

日日讀古文，句句是經典：主題式賞析歷代古文300句，提升中文讀寫力／黃淑貞 編著. -- 初版. -- 臺北市：商周出版, 城邦文化事業股份有限公司出版：英屬蓋曼群島商家庭傳媒股份有限公司城邦分公司發行, 2022.04
面： 公分
ISBN 978-626-318-202-8（平裝）
830.99 111002766

日日讀古文，句句是經典：

主題式賞析歷代古文300句，提升中文讀寫力

編　著　者／黃淑貞
企畫選書人／林宏濤
責 任 編 輯／劉俊甫

版　　　權／黃淑敏、吳亭儀
行 銷 業 務／周佑潔、周丹蘋、黃崇華、賴正祐
總　編　輯／楊如玉
總　經　理／彭之琬
事業群總經理／黃淑貞
發　行　人／何飛鵬
法 律 顧 問／元禾法律事務所　王子文律師
出　　　版／商周出版
城邦文化事業股份有限公司
115台北市南港區昆陽街16號4樓
電話：(02) 2500-7008　傳真：(02) 2500-7759
Blog：http://bwp25007008.pixnet.net/blog
E-mail：bwp.service@cite.com.tw
發　　　行／英屬蓋曼群島商家庭傳媒股份有限公司城邦分公司
115台北市南港區昆陽街16號8樓
書虫客服服務專線：(02) 2500-7718、(02) 2500-7719
服務時間：週一至週五上午09:30-12:00；下午13:30-17:00
24 小時傳真專線：(02) 2500-1990、(02) 2500-1991
劃撥帳號：19863813；戶名：書虫股份有限公司
讀者服務信箱：service@readingclub.com.tw
城邦讀書花園：www.cite.com.tw
香港發行所／城邦（香港）出版集團有限公司
香港九龍土瓜灣土瓜灣道86號順聯工業大廈6樓A室
E-mail：hkcite@biznetvigator.com
電話：(852)2508-6231　傳真：(852) 2578-9337
馬新發行所／城邦（馬新）出版集團【Cité (M) Sdn. Bhd.】
41, Jalan Radin Anum, Bandar Baru Sri Petaling,
57000 Kuala Lumpur, Malaysia.
Tel: (603) 9056-3833　Fax:(603) 9057-6622
email:services@cite.my

封 面 設 計／周家瑤
拉 頁 繪 圖／陳巧貝
排　　　版／新鑫電腦排版工作室
印　　　刷／韋懋實業有限公司
總　經　銷／聯合發行股份有限公司
電話：(02) 2917-8022　傳真：(02) 2911-0053
地址：新北市231新店區寶橋路235巷6弄6號2樓

■ 2022年4月初版
■ 2024年9月初版2.3刷
Printed in Taiwan
城邦讀書花園 www.cite.com.tw

定價480元

 ISBN 978-626-318-202-8

115台北市南港區昆陽街16號8樓

英屬蓋曼群島商家庭傳媒股份有限公司　城邦分公司

請沿虛線對摺，謝謝！

書號：BK6056　**書名：**日日讀古文，句句是經典　**編碼：**

請於此處用膠水黏貼

讀者回函卡

線上版讀者回函卡

感謝您購買我們出版的書籍！請費心填寫此回函卡，我們將不定期寄上城邦集團最新的出版訊息。

姓名：________________________ 性別：□男 □女

生日：西元__________年__________月__________日

地址：____

聯絡電話：____________________ 傳真：____________________

E-mail ：

學歷：□ 1. 小學 □ 2. 國中 □ 3. 高中 □ 4. 大學 □ 5. 研究所以上

職業：□ 1. 學生 □ 2. 軍公教 □ 3. 服務 □ 4. 金融 □ 5. 製造 □ 6. 資訊

□ 7. 傳播 □ 8. 自由業 □ 9. 農漁牧 □ 10. 家管 □ 11. 退休

□ 12. 其他________________________________

您從何種方式得知本書消息？

□ 1. 書店 □ 2. 網路 □ 3. 報紙 □ 4. 雜誌 □ 5. 廣播 □ 6. 電視

□ 7. 親友推薦 □ 8. 其他________________________

您通常以何種方式購書？

□ 1. 書店 □ 2. 網路 □ 3. 傳真訂購 □ 4. 郵局劃撥 □ 5. 其他______

您喜歡閱讀那些類別的書籍？

□ 1. 財經商業 □ 2. 自然科學 □ 3. 歷史 □ 4. 法律 □ 5. 文學

□ 6. 休閒旅遊 □ 7. 小說 □ 8. 人物傳記 □ 9. 生活、勵志 □ 10. 其他

對我們的建議：____

____

____

請於此處用膠水黏貼